SCHERZ

Nikos Milonás

Kretische Nacht

Ein neuer Fall für Michalis Charisteas

SCHERZ

Aus Verantwortung für die Umwelt hat sich der S. Fischer Verlag zu einer nachhaltigen Buchproduktion verpflichtet. Der bewusste Umgang mit unseren Ressourcen, der Schutz unseres Klimas und der Natur gehören zu unseren obersten Unternehmenszielen.

Gemeinsam mit unseren Partnern und Lieferanten setzen wir uns für eine klimaneutrale Buchproduktion ein, die den Erwerb von Klimazertifikaten zur Kompensation des CO_2-Ausstoßes einschließt.

Weitere Informationen finden Sie unter: www.klimaneutralerverlag.de

FSC www.fsc.org
MIX
Papier | Fördert gute Waldnutzung
FSC® C083411

Erschienen bei FISCHER Scherz

Dieses Werk wurde vermittelt durch die
Michael Meller Agency GmbH, München

Redaktion: Ilse Wagner
Satz: Pinkuin Satz und Datentechnik, Berlin
Druck und Bindung: CPI books GmbH, Leck
Printed in Germany
ISBN 978-3-651-02504-2

Für Sandra

Dein kluger Rat, deine Herzenswärme,
deine fordernden Anmerkungen:
Ich vermisse sie,
und sie werden mich immer begleiten.

Wie schön ist Kreta,
murmelte Kapitän Michalis, wie schön!
Ach, wäre ich ein Adler,
um das ganze Kreta aus luftiger Höhe zu bewundern.

Nikos Kazantzakis, ›Freiheit oder Tod‹

Ungeheuer ist viel,
doch nichts ist ungeheurer als der Mensch.

Sophokles, ›Antigone‹

Personenverzeichnis

Michalis Charisteas, Mitte 30, Kommissar in Chania
Hannah Weingarten, Anfang 30, Kunsthistorikerin
Pavlos Koronaios, Anfang 50, Partner von Michalis

Sotiris Charisteas, Bruder von Michalis, Wirt des *Athena*
Nicola, Frau von Sotiris
Takis Charisteas, Vater von Michalis, Wirt des *Athena*
Loukia Charisteas, Mutter von Michalis
Elena Chourdakis, Schwester von Michalis
Sofia und Loukia, 11 und 9 Jahre alt, Töchter von Sotiris

Jorgos Charisteas, Leiter der Mordkommission von Chania
Myrta Diamantakos, Assistentin in der Polizeidirektion
Ioannis Karagounis, leitender Kriminaldirektor von Chania
Kostas Zagorakis, Chef der Spurensicherung
Lambros Stournaras, Gerichtsmediziner Chania

Sokratis Samarakis, Hotelier Kissamos, Mitte 50
Stefanos Samarakis, Sohn von Sokratis, Anfang 30
Teresa Stavridis, Schwester von Stefanos, Mitte 30

Artemis Apostolidis, Verlobte von Stefanos Samarakis
Danilos Apostolidis, Bruder von Artemis, Mitte 30
Emilia Apostolidis, Schwester von Artemis, Mitte 20
Markos Apostolidis, Vater von Artemis, Ende 50

Karolos Katrougalos, Malermeister, Vater von Jannis, Anfang 50
Vassilis Katrougalos, Sohn von Karolos, Ende 20
Danai Katrougalos, Ehefrau von Karolos, Anfang 50
Jannis Katrougalos, Sohn von Karolos, Bauarbeiter, Anfang 30

Gavrilis Tavernarakis, bester Freund von Stefanos Samarakis
Kostas Tavernarakis, Vater von Gavrilis, Ende 50
Melitta Papastasatos, Freundin von Gavrilis, Hotelmanagerin

Christos Minotis, Revierleiter Kissamos, Ende 40

Antonis Katzourakis, Hotelier Kissamos, Ende 50
Petros Katzourakis, Sohn von Antonis

Lemonia Kaliotsis, Archäologin, Mitte 50
Evangelis Embirikos, Archäologie-Direktor, Anfang 60

Stavros Tsivilikas, Bauarbeiter, Mitte 30

u. a.

1

Hinter sich das dunkle Meer. Über sich der sternenklare Himmel und ein Mond, der gerade erst über den Bergen aufgegangen war.

Und vor sich das wütende, überhebliche Gesicht des Mannes mit den teuren Hemden.

Ein Mann, den er unterschätzt hatte. Er war sicher gewesen, sie würden sich bei einem Spaziergang einig werden. Doch plötzlich hatte der Mann eine Waffe gezogen und ihn auf einen der beiden Felsen gedrängt, der zum Meer hin steil abfiel.

Er wollte dem Mann in den Arm fallen, doch der schlug sofort zu. Sein Kopf wurde herumgerissen, er taumelte, spürte einen Tritt. Dann verlor er den Halt.

Das Letzte, was er sah, war der Mond, dessen kaltes, helles Licht auf der Wasseroberfläche glitzerte.

Dann prallte er mit dem Kopf auf einen Felsvorsprung, und es wurde schwarz um ihn.

2

Du versprichst mir, dass niemand davon erfährt?«, vergewisserte sich Michalis.

»Selbstverständlich. Das hab ich dir doch schon versprochen.«

Michalis nahm die Ringe aus der kleinen Schatulle, streifte sich einen über den Ringfinger und betrachtete ihn. Er hatte mit dem Juwelier einen Termin außerhalb der Öffnungszeiten ausgemacht, damit keiner mitbekam, dass er Ringe kaufte.

Aus der kleinen Werkstatt hinter dem Verkaufstresen waren Geräusche zu hören.

»Da ist doch jemand«, sagte Michalis.

»Nur meine Schwester. Aber die kann ein Geheimnis für sich behalten«, antwortete der Juwelier.

Die Schwester des Juweliers. Wenn diese Frau auch nur einen Hauch von Ähnlichkeit mit seiner eigenen Schwester hatte, dann würde sich noch heute Abend in Chania verbreiten, dass der Kriminalkommissar Michalis Charisteas heimlich Verlobungsringe kaufte, während seine zukünftige Ehefrau für ein paar Tage beruflich in London war.

Michalis betrachtete die Ringe ein letztes Mal, bevor er sie in die Schatulle zurücklegte. Er hatte Ringe ausgewählt, die grob gebürstet, kantig und ohne Stein waren. Irritiert hatte der Juwelier angemerkt, dass es sich um Herrenringe handelte, und er war regelrecht entsetzt, als er begriff, dass Michalis genau das wollte – und zwar den gleichen Ring für sich und Hannah. Er war sicher, das würde Hannah gefallen, denn die Rollenverteilung zwischen ihnen würde nicht wie in einer traditionellen kretischen Ehe sein. Hannah würde nur "Ja" sagen, wenn sie nach der Hochzeit die gleichen Möglichkeiten wie vorher hatte und mehr als lediglich Mutter und Hausfrau sein konnte.

Michalis machte einen Abstecher in die Wohnung in der *Odos Georgiou Pezanou*, versteckte die Schatulle mit den Ringen in einem seiner Winterstiefel und ging ins *Athena*, die Taverne seiner Familie. Seit Tagen fiel ihm dieser Weg immer schwerer, da ihn dort fragende Gesichter und skeptische Bemerkungen erwarteten: Wann ist Hannah endlich wieder auf Kreta? Warum ist sie ständig unterwegs? Hast du heute schon mit ihr gesprochen?

Heute wurde Michalis jedoch fast euphorisch empfangen, obwohl das *Athena* am venezianischen Hafen von Chania voller Gäste war. Sein Bruder Sotiris, seine Schwester Elena und auch sein Vater Takis nahmen unentwegt Bestellungen auf und servierten Getränke und Gerichte.

»Ich komm sofort!«, rief Takis, und als seine Mutter Loukia sogar die Küche verließ, um ihren jüngsten Sohn Michalis zu begrüßen, befürchtete er: Die Schwester des Juweliers hatte nicht geschwiegen.

»Wie war dein Tag? Willst du jetzt oder später essen?«, fragte seine Mutter und strahlte ihn an.

Michalis nahm an dem Tisch Platz, an dem normalerweise Takis saß. Jetzt im Juli war die Promenade voller Menschen und im *Athena* jeder Tisch besetzt.

»Setz dich schon mal, wir beide spielen eine Runde Tavli. Nicola kommt gleich und hilft, dann werd ich nicht mehr gebraucht.«

Auch das verstärkte Michalis' Eindruck, seine Familie könnte von den Verlobungsringen wissen. Nicola, die Frau seines

Bruders Sotiris, kam nur dann zur Unterstützung, wenn jemand ausfiel. Und heute sollte Takis wohl Zeit haben, um im Auftrag der Familie etwas über die Hochzeit mit Hannah zu erfahren.

Takis war ein herausragender Tavli-Spieler und Michalis kein ebenbürtiger Gegner. Auch deshalb war er sicher, dass sein Vater nur mit ihm spielte, um ihn dabei aushorchen zu können. Vielleicht war er auch von den Frauen der Familie dazu gedrängt worden, denn Takis spielte schlechter als sonst, da er sich eher auf das Thema Hannah und die Zukunftsplanung konzentrierte als auf die Spielsteine. Er erwähnte einen Bekannten, dessen Sohn zur Hochzeit außerhalb von Chania ein Haus geschenkt bekommen hatte.

»Ist euch eure Wohnung nicht langsam zu klein? Ihr habt doch nur das Wohnzimmer mit Küche sowie das Schlafzimmer. Viel ist das nicht«, sagte Takis.

»Die Wohnung ist völlig ausreichend«, entgegnete Michalis.

»Ja, jetzt noch. Aber vielleicht braucht ihr ja mal mehr Platz. Und da schadet es nicht, sich rechtzeitig umzusehen.«

»Wenn wir irgendwann mehr Platz brauchen sollten, werden wir eine Lösung finden«, erwiderte Michalis.

Während Takis noch darüber nachdachte, wie er das Thema Hochzeit diskret ansprechen könnte, wurde ihm plötzlich klar, dass es auf dem Spielbrett schlecht für ihn stand. Michalis hatte die Unkonzentriertheit seines Vaters genutzt und war kurz davor, auch seine letzten Steine vom Spielfeld zu würfeln und die erste der drei Runden im Tavli, die *Portes,* zu gewinnen. Takis ärgerte sich, konnte aber seine Niederlage in dieser Runde nicht mehr verhindern. Michalis lächelte, denn so leicht hatte es ihm sein Vater nicht mehr gemacht, seit er Kind gewesen war. Und er war sicher, dass Takis ihn heute nicht wie früher absichtlich gewinnen ließ, was sich in der nächsten Runde, dem *Plakoto,* bestätigte. Takis war hochkonzentriert, stellte keinerlei Fragen mehr Richtung Hochzeit und ließ Michalis keine Chance. Doch als er gerade alle Steine in sein Zielfeld gewürfelt hatte und mit dem Aussteigen beginnen wollte, klingelte Michalis' Smartphone. Hannahs Gesicht erschien auf dem Display, und er ging sofort ran.

»Hey!«

»Wo bist du gerade? Ich hätte jetzt eine Stunde Zeit. Danach muss ich mit dem Kollegen aus Athen und dem Londoner Assistenten essen gehen. Hab zwar wenig Lust, aber da muss ich durch. Wie sieht es bei dir aus?«, fragte Hannah.

Michalis blickte seinen Vater an.

»Ich muss leider nach Hause. Hannah kann nur jetzt.«

»Aber wir sind mitten im Spiel, und du hast auch noch nichts gegessen.«

»Wir spielen ein anderes Mal weiter. Hannah? Ich klingel in zehn Minuten bei dir durch, okay?«

»Gern. Super!«

Michalis legte auf. »Tut mir leid. Aber das ist im Moment die einzige Chance, Hannah zu sehen und mit ihr zu reden«, sagte er, stand auf und ging los. Er hatte den letzten Tisch des *Athena* noch nicht ganz erreicht, da kamen seine Mutter Loukia und seine Schwester Elena bereits auf Takis zu. Der zuckte mit den Schulter, sah in die vorwurfsvollen Gesichter der beiden und konnte nicht bestätigen, was sie so gern wissen wollten.

»Hey!«

»Hey!«

Sie begrüßten sich noch immer wie ganz am Anfang, und noch immer strahlten sie, wenn sie sich nach fast einem Tag wiedersahen. Auch wenn es nur am Computerbildschirm war und Michalis sich nicht daran gewöhnen konnte, alle paar Tage neue Hotelzimmer kennenzulernen, in denen Hannah wohnte.

»Wie war dein Tag?«, fragte Hannah.

»Es ist gerade ruhig. Zum Glück. Und bei dir?«

»Manchmal ist es schwer, zu durchschauen, ob die Kollegen hier in London an der Ausstellung wirklich interessiert sind oder ob sie ihre griechischen Kollegen für Schlitzohren halten, die die britischen Exponate nicht wieder rausrücken.« Hannah stöhnte. »Wenn es in dem Tempo weitergeht, bekommen wir die Ausstellung in diesem Jahrzehnt nicht mehr organisiert.« Sie grinste. »Du siehst: Es ist wie all die letzten Tage. Morgen verhandeln wir weiter, und übermorgen fliegen wir endlich zurück nach Heraklion. Dann habe ich noch einige Termine, aber abends bin ich wieder in Chania.«

Michalis hörte, dass jemand bei Hannah klopfte. Sie stand auf, und Michalis konnte sehen, wie sie an der Tür mit einem jungen Mann sprach und dann zurück zum Computer kam.

»Es tut mir leid, wir müssen aufbrechen. Bevor wir gleich mit den Briten essen, haben wir noch eine Video-Konferenz mit unserem Boss in Athen.« Hannah schüttelte den Kopf. »Es ist eine verrückte Phase. In den nächsten Tagen könnte sich entscheiden, ob die ganze Arbeit womöglich umsonst war.«

Dieses Projekt war längst eine Herzensangelegenheit für Hannah. Die archäologischen Sammlungen von Athen, Rom, Madrid, London und Berlin wollten mit herausragenden Exponaten ihres Bestands eine Wanderausstellung zusammenstellen, die über mehrere Jahre weltweit zu sehen sein würde. Ursprünglich hatte Hannah für die Griechen vor allem mit der deutschen Seite verhandeln sollen, doch inzwischen war sie in alle Besprechungen eingebunden. Und sie hatte schnell festgestellt, dass Berlin von allen Beteiligten der komplizierteste Partner war.

Michalis und Hannah warfen sich am Monitor Küsse zu, lächelten wehmütig und beendeten wie immer bei ihren Videotelefonaten gleichzeitig die Sitzung. Michalis starrte noch einen

Moment auf den leeren Monitor, dann riss er sich los und ging auf den Balkon. Die Hitze des Sommers war jetzt am Abend gewichen, und die Dämmerung hatte eingesetzt. In einer Stunde würde es dunkel sein.

»Michalis!«

Michalis hörte die Stimme seines Bruders und beugte sich über die Balkonbrüstung. Unten auf der Gasse stand Sotiris mit einer Tasche, in der eindeutig etwas zu essen war.

»Ich mach dir auf!«, rief Michalis, und kurz danach betrat Sotiris die Wohnung.

»Ich hab mir gedacht, dass du nicht mehr kommst. Nicola hat etwas eingepackt, als unsere Mutter nicht in der Küche war.«

Für einen Moment befürchtete Michalis, Sotiris hätte sich dazu drängen lassen, ihn wegen der möglichen Hochzeit auszuhorchen. Doch dieser Verdacht war unbegründet.

»Ich kann mir vorstellen, dass es für dich nicht einfach ist, wenn Hannah unterwegs ist. Aber ständig ausgefragt werden macht es ja nicht besser. Ich hab unseren Eltern und Elena gesagt, sie sollen dir nicht auf die Nerven gehen«, erklärte Sotiris.

Der Satz *Wenn du über etwas reden willst, kannst du es mir gern sagen* lag in der Luft, und Michalis rechnete es Sotiris hoch an, dass er ihn nicht aussprach. Wenn Michalis mit jemandem aus der Familie reden wollte, dann wäre es sowieso Sotiris, das wussten beide.

Sotiris verabschiedete sich. Michalis war hungrig und setzte sich mit der großartig duftenden Moussaka sowie weißen Bohnen mit Salbei auf den Balkon. Einige Mausersegler schwirrten umher, und im Hintergrund war das Meer zu hören. So schön der Moment sein mochte – Michalis würde sich nie daran gewöhnen, allein zu essen. Er wusste durch Hannah, dass in Deutschland viele Menschen nicht nur allein aßen, sondern auch allein wohnten. Für einen Kreter war diese Vorstellung schwer zu ertragen.

Michalis überlegte, später ins *Athena* zu gehen, auch wenn er dort wieder ausgefragt werden würde. Doch dann klingelte sein Smartphone. Kurz hoffte er, es sei noch einmal Hannah, aber es war sein Partner Koronaios.

»Wir müssen nach Balos. Dort hat es ein schweres Unglück gegeben. Vermutlich drei Tote. Eine Motoryacht ist gegen Felsen gerast und dann ausgebrannt. Die Lage ist sehr unübersichtlich, sagt die Polizei vor Ort. Ich wollte gerade ins Bett gehen, als Jorgos angerufen hat. Ich bin in zehn Minuten bei dir, okay?«

»Ja klar. Ich komm runter.«

Michalis war vor Jahren einmal in Balos gewesen. Es war eine traumhaft schöne Lagune mit türkisfarbenem Wasser auf der im äußersten Nordwesten gelegenen Halbinsel *Gramvousa*. Diese Lagune war nur über eine acht Kilometer lange, holperige Schotterpiste voller Schlaglöcher und einer kleinen Wanderung oder aber vom Wasser aus zu erreichen. Und ausgerechnet in diesem kleinen Paradies hatte es ein Unglück mit mehreren Toten gegeben. Vermutlich ein tragischer Unfall, bei dem die Kriminalpolizei routinemäßig eingeschaltet wurde, um ein Verbrechen ausschließen zu können.

Während Michalis am Ende der Gasse auf Koronaios wartete, hörte er von überallher Stimmengewirr. Im Hochsommer ging in Chania niemand früh ins Bett, und auch die Kinder spielten bis spät in der Nacht.

Koronaios hielt neben Michalis. Es hatte Zeiten gegeben, da hätte sein Partner ihn schimpfend begrüßt, wenn sie spätabends zu einem Einsatz an einem schwer erreichbaren Tatort gerufen worden wären. Doch seit einigen Wochen war Koronaios bemerkenswert gut gelaunt. Seine jüngste Tochter Galatia hatte sich nicht nur von ihrem Freund getrennt, den Koronaios für einen Taugenichts und ein Großmaul gehalten hatte, sondern konzentrierte sich seit Monaten auf das Abitur im nächsten Frühjahr und behauptete, sie müsse an ihre Zukunft denken. Koronaios befürchtete zwar, es könnte etwas anderes dahinterstecken, aber er hatte bisher nicht herausgefunden, was es war. Also genoss er die friedliche Stimmung zu Hause und war ausgeglichen wie lange nicht.

»Was hat Jorgos sonst noch gesagt?«, wollte Michalis wissen, nachdem sie losgefahren waren. Jorgos Charisteas, sein Onkel, war der Chef der Mordkommission.

»Die Motoryacht gehört wohl einem Hotelier aus Kissamos, der selbst aber nicht an Bord war. Die drei Toten sind Bekannte von ihm. Das Boot liegt unzugänglich an den Felsen, andere Bootsbesitzer haben versucht, das Feuer zu löschen. Aber es gab nichts mehr zu retten.«

Michalis nickte. Dieses Drama würde sich in Windeseile auf Kreta herumsprechen.

»Wie kommen wir nach Balos?«, fragte er.

»Hast du Angst, dass wir die Schlaglochpiste nehmen und im Dunkeln eine halbe Stunde über den Berg wandern müssen? Keine Sorge. Wir steigen in Kissamos am Fährhafen auf ein Boot der Wasserschutzpolizei, und die bringen uns direkt zu dem Unfallort.«

Draußen zog die nächtliche Landschaft an ihnen vorüber. Im Mondlicht war der Oleander zu erkennen, der die Schnellstraße säumte und dessen rote und weiße Blüten auch jetzt im Juli noch nicht ganz verblüht waren. Michalis öffnete sein Fenster, und der Duft von Oregano und Thymian zog in den Wagen.

Sein Smartphone klingelte. Michalis warf einen Blick auf das Display. *Jorgos.*

»Ja?« Michalis stellte auf laut, damit Koronaios mithören konnte.

»Zagorakis und Stournaras sind ebenfalls auf dem Weg nach Balos. Ich habe inzwischen erfahren, dass der Sohn des Bootsbesitzers behauptet, das Unglück sei kein Unfall, sondern ein Anschlag gewesen. Unter den Toten ist sein bester Freund und auch seine Verlobte. Ich muss euch nicht sagen, dass wir so schnell wie möglich Erkenntnisse brauchen.«

Trotzdem würde Zagorakis, der Chef der Spurensicherung, bei einem ausgebrannten Wrack einige Zeit brauchen, um Hinweise auf einen Anschlag zu finden. Stournaras, der Gerichtsmediziner, würde ihnen schneller sagen können, ob Anzeichen auf Fahruntauglichkeit wegen Alkohol oder Drogen vorlagen.

»Und die Kollegen aus Kissamos sind vor Ort, nehme ich an?«, fragte Michalis.

»Ja, der Kollege Minotis ist in Balos«, antwortete Jorgos.

»Du kennst ihn?«, warf Koronaios ein.

»Ja. Er war mal ein richtig guter Polizist«, entgegnete Jorgos vorsichtig.

»Er war?«, hakte Koronaios nach. »Das heißt …«

»Ihr werdet es nachher sehen. Tut mir den Gefallen und vertraut ihm. Dann kann es funktionieren.« Jorgos machte eine Pause. »Die Wasserschutz bringt euch von Kissamos direkt zur Unfallstelle. Die Felsen sind schroff und schwer zu erreichen, ihr werdet euch also wohl erst einmal nur vom Wasser aus einen Eindruck verschaffen können.«

3

Vor Kissamos endete der Teil der Strecke, der zur Schnellstraße ausgebaut war. Vor ihnen breitete sich eine weitläufige Bucht aus, und keine hundert Meter vom Strand entfernt war im Mondlicht das Wrack eines Frachtschiffs zu erkennen, das dort im letzten Winter bei starkem Sturm auf Grund gelaufen war. Die Besatzung hatte gerettet werden können, doch das Schiff war auseinandergebrochen. Die Bergung wäre sehr aufwendig, vermutlich würde das Wrack in einigen Jahrzehnten immer noch dort vor sich hin verrotten.

Über die kilometerlange Hauptstraße dieser größten Stadt der Region erreichten sie den Fährhafen, der am anderen Ende außerhalb von Kissamos lag. Der Kapitän der Küstenwache begrüßte Michalis und Koronaios, nachdem sie aus dem Wagen ausgestiegen waren.

»Wir kommen gerade von der Unfallstelle. Ein furchtbarer Anblick. Aber das werden Sie ja gleich sehen«, sagte er.

Das Schiff legte sofort ab und fuhr nah an der schmalen, langgestreckten Halbinsel entlang. *Gramvousa* zog sich über etwa fünfzehn Kilometer hin und bestand weitgehend aus unbewachsenen Felsen und Geröll. Wer lediglich diesen kargen und abweisenden Teil der Halbinsel kannte, wäre nie auf die Idee gekommen, dass auf der anderen Seite eine karibisch anmutende Lagune lag.

Hinter der Nordspitze nahm das Schiff Kurs Richtung Westen und passierte die kleine Insel *Imera Gramvousa*. Die Überreste eines mächtigen Kastells aus venezianischer Zeit waren gut zu erkennen. Nachdem die Venezianer vor etwa dreihundert Jahren vertrieben worden waren, hatten mal Piraten und später, im Kampf gegen die deutsche Wehrmacht, auch kretische Rebellen diese Festung als Posten genutzt.

Ein runder, mehrere hundert Meter breiter Felsenhügel war der Lagune vorgelagert, an dessen Ausläufer die Unglücksstelle lag. Bevor sie sich ihr genähert hatten, hob am Strand ein Rettungshubschrauber ab und verschwand.

»Sofort nach dem Unglück ist aus Chania eine Ärztin hierhergeflogen worden. Nachdem die letzten Flammen gelöscht waren, haben wir die Frau mit einem Beiboot zum Wrack gebracht. Ein Betreten war unmöglich, aber im Licht unserer Suchscheinwerfer hat sie drei Leichen ausgemacht. Es gab keine Hoffnung mehr, jemanden zu retten.«

Michalis und Koronaios nickten.

Bei der Umrundung des Felsenhügels hing bereits eine unangenehme Mischung aus Brandgeruch, Benzin und Chemikalien, mit denen das Feuer gelöscht worden war, in der Luft. »Weitere Unterstützung ist auf dem Weg«, sagte der Kapitän, als die Unglücksstelle in Sicht kam. Auf dem Wasser war eine schwimmende Barriere ausgelegt worden, die verhindern sollte, dass Benzin und die Löschmittel in die Lagune trieben.

»Von Heraklion ist ein Spezialschiff aufgebrochen, um das ausgelaufene Benzin und die Chemikalien abzusaugen. Aber das dauert natürlich, bis es hier ankommt. Zeitgleich ist in Chania ein LKW mit Material beladen worden, um die Barriere zu verstärken. Sollten das Benzin und das Löschwasser in die Lagune treiben, wäre sie für den Tourismus auf Jahre verloren. Von den Auswirkungen auf die Natur ganz zu schweigen.«

Je näher sie dem ausgebrannten Wrack kamen, desto mehr wurde Michalis und Koronaios klar, wie kompliziert die Suche nach der Ursache sein würde. Die Motoryacht war auf der Meeresseite des Felsenhügels gegen dessen Ausläufer gerast. Zwei kleinere Motorboote ankerten in der Nähe und hatten ihre Suchscheinwerfer auf das zerstörte Boot gerichtet. Einige Teile der Aufbauten und des Rumpfes waren durch den Aufprall abgesplittert. Mehrere Beamte in Uniform suchten mit kleinen Motorbooten das Wasser nach diesen Wrackteilen ab. In der Nähe hockten zwei Gestalten auf den Felsen und hatten von dort sowohl das Wrack als auch die Lagune im Blick.

Auf der dem Land zugewandten Seite des Felsenhügels, Richtung Lagune, führte ein schmaler Sandstreifen zum eigentlichen Strand. Auf diesem Streifen konnte Michalis einzelne kleine Gruppen ausmachen und ging davon aus, dass es sich bei ihnen um die Familien der Toten handelte. Dort, wo der Sandstreifen endete und zum Hauptstrand wurde, hatte die Polizei eine Absperrung errichtet, um Schaulustige zurückzuhalten. Der Felsen, an dem die Motoryacht zerschellt war, lag etwa fünfhundert Meter von dem Hauptstrand entfernt.

Die Lagune war voller kleiner Motorboote. Auf einem dieser Boote stand ein Mann in Uniform und starrte in die Nacht. Michalis vermutete, dass es sich um den Revierleiter von Kissamos handelte.

Das Schiff der Küstenwache hatte den Motor gedrosselt, und der Kapitän ließ zwei starke Suchscheinwerfer auf das Wrack sowie die Felsen richten. Die schwarz verkohlten Überreste des Rumpfes lagen quer zu den Felsen, und es war eindeutig, dass auf dem Boot niemand überlebt haben konnte. Es war allerdings nicht frontal mit dem Bug, sondern mit der Backbordseite aufgeprallt. Michalis überlegte, ob jemand noch versucht haben könnte, das Ruder herumzureißen. Vermutlich hatte er in der

Dunkelheit den Felsen erst im letzten Moment bemerkt, und es war nicht einmal Zeit geblieben, sich mit einem Sprung über Bord zu retten.

»Kurz nach dem Aufprall hat es wohl eine Explosion gegeben«, sagte der Kapitän. »Obwohl das Boot in Flammen stand, sind einige Leute zu Fuß über die Felsen oder vom Wasser aus gekommen, um zu helfen. Einige Motorboote hatten Feuerlöscher an Bord, aber sie konnten sich dem Wrack erst nähern, als es schon fast ausgebrannt war.«

Der Kapitän blickte zu dem Mann in Uniform, der noch immer reglos am Bug eines Motorboots stand.

»Zu den Details müssen sie Christos Minotis befragen. Der Revierleiter hat die Polizeiarbeit bisher koordiniert.«

Michalis und Koronaios warfen sich einen Blick zu.

»Dann würden wir den Kollegen jetzt gern sprechen«, sagte Koronaios.

»Christos! Du wirst hier gebraucht!«, rief der Kapitän Richtung Motorboot.

Der Uniformierte löste sich aus seiner Erstarrung, und das kleine Boot setzte sich in Bewegung. Keine Minute später betrat er das Schiff der Küstenwache und sah sich mürrisch um.

Der Mann war großgewachsen, hatte volles, kräftiges Haar und einen gestutzten Vollbart, und beides war bereits schlohweiß. Als ihn das Licht eines Suchscheinwerfers von hinten erfasste, schien dieser Kopf regelrecht zu leuchten. Das von Falten durchzogene, markante Gesicht zeigte kaum eine Regung.

»Christos, das sind die Kommissare aus Chania. Sie werden das Unglück untersuchen«, sagte der Kapitän.

»Gut.« Der Revierleiter strich sich mit einer mechanischen Geste durch das weiße Haar.

Koronaios ging auf den Mann zu und streckte ihm die Hand entgegen.

»Pavlos Koronaios. Kriminalkommissar. Und das ist mein Kollege Michalis Charisteas«, sagte er.

Der Revierleiter ergriff die Hand.

»Christos Minotis. Revierleiter von Kissamos.«

»Uns interessiert, was Sie hier vorgefunden und bereits veranlasst haben«, sagte Koronaios.

Der Revierleiter blickte Koronaios skeptisch an.

»Wir sind wenige Minuten nach dem Unglück alarmiert worden. Als wir ankamen, schlugen noch Flammen aus dem Boot. Einige Männer hatten versucht, mit ihren Feuerlöschern den Brand zu löschen. Aber retten konnten sie niemanden mehr«, erwiderte er dann.

»Hat jemand versucht, an Bord zu gehen?«, wollte Koronaios wissen.

»Der Eigentümer des Bootes. Sokratis Samarakis. Sie finden ihn und seinen Sohn Stefanos dort drüben.« Christos Minotis deutete auf die beiden Personen auf dem Sandstreifen. »Aber es war unmöglich, an Bord zu gelangen. Auf dem Boot hat auch niemand mehr auf Rufe reagiert. Samarakis war sicher, dass keiner der Insassen noch lebte. Das hat wenig später auch die Rettungsärztin bestätigt.« Christos Minotis stockte.

»Wie viele Personen waren an Bord gewesen?«, fragte Michalis.

»Drei. Da sind sich Vater und Sohn Samarakis sicher.«

»Wer sind diese drei?«, hakte Koronaios nach.

»Einer ist Gavrilis Tavernarakis, der beste Freund von Stefanos. Er wollte mit den dreien in der Lagune feiern, und deshalb hatten sie mit Stefanos' Vater und dessen Boot einen Ausflug hierher gemacht. Die Tavernarakis betreiben in Kissamos eine Autovermietung. Gavrilis wollte wohl eine Spritztour mit dem Boot machen, während Stefanos bei einer der Strandbars Getränke besorgt. Tja.« Der Revierleiter schüttelte den Kopf.

»Gavrilis hatte vor kurzem eine Frau kennengelernt und wollte sie beeindrucken. Ich schätze, er hat dabei die Kontrolle über das Boot verloren. Jetzt sind er und die Frau tot.«

»Wer ist diese Frau?«,

»Eine Melitta Papastasatos. Sie hat als Managerin im Hotel *Orizontas* gearbeitet. In Kissamos, in der Nähe der Promenade.«

»Und der dritte Tote?«, fragte Koronaios.

»Die dritte ... das ist Artemis Apostolidis. Sie ist ... sie war die Verlobte von Stefanos Samarakis. Warum sie an Bord und nicht bei Stefanos war ... ich weiß es nicht.« Christos Minotis sah Michalis und Koronaios an. »Aber das werden Sie sicherlich herausfinden.«

»Und was haben Sie und Ihre Leute bisher unternommen?«, erkundigte sich Koronaios.

»Einige meiner Männer versuchen, Wrackteile zu sichern. Und einige« – er deutete zur schmalen Landzunge, die zum Sandstrand führte – »halten Schaulustige ab.« Er schüttelte den Kopf. »Sie können sich nicht vorstellen, wie viele *malakes*, *Idioten*, es gibt, die so ein Unglück aus nächster Nähe sehen wollen. Und die haben alle ihre Handys dabei. Wenn wir die nicht zurückhalten, würden sie hier über die Felsen klettern und Videos machen. Und keine zehn Minuten später wären die Aufnahmen im Netz.«

Michalis deutete auf die beiden Männern, die in der Nähe des Wracks auf den Felsen kauerten.

»Wer sind die zwei?«

»Der Bruder und ein Cousin der toten Artemis, der Verlobten. Sie sind mit ihren Motorrädern hierhergerast und über den Bergrücken gestiegen, sobald sie von dem Unglück gehört hatten. Und da drüben« – Christos Minotis deutete auf die zwei Personen am Beginn des Sandstreifens – »sind Vater und Sohn Samarakis. Ihnen gehört das Boot. Sokratis Samarakis, der Vater, hat vor ein paar Jahren ein großes Hotel an der Promenade in Kissamos gebaut. In der Nähe der beiden stehen die Eltern und die Schwester der Verlobten. Die Apostolidis. Sie betreiben in Kissamos mehrere Supermärkte. Und kurz vor der Absperrung, das ist die Familie von Gavrilis, dem besten Freund von Stefanos Samarakis.«

»Die Freundin von Gavrilis Tavernarakis … sind deren Angehörigen nicht hier?«, fragte Koronaios.

»Melitta Papastasatos stammt von Rhodos. Ihre Familie lebt auch dort. Der Vater von Gavrilis hat mir die Adresse gegeben. Bisher bin ich nicht dazu gekommen, mich mit ihnen in Verbindung zu setzen.«

»Das übernehmen wir«, sagte Koronaios.

»Gern.« Christos Minotis nahm sein Handy. »Ich kann Ihnen die Adresse schicken, wenn Sie mir Ihre Nummer geben. Oder ich schicke sie an Jorgos, und er gibt sie Ihnen.«

»Nein, das machen wir lieber direkt«, entgegnete Koronaios und bekam die Angaben.

Christos Minotis hatte also die Handynummer von Jorgos, dachte Michalis. Das bedeutete, dass die beiden sich näher kannten.

Der Revierleiter deutete zu der Absperrung. »Da hinten wartet ein Pärchen aus Schweden. Denen ist angeblich vor der Explosion ein Mann bei den Motorbooten aufgefallen. Ich glaube nicht, dass das viel zu bedeuten hat.« Der Revierleiter kratzte sich kurz am Hinterkopf. »Ich habe angeordnet, dass die beiden sich für eine Aussage zur Verfügung halten sollen.«

Michalis blickte in die Richtung der Angehörigen.

»Behauptet einer von ihnen, das hier sei kein Unfall gewesen?«, fragte Michalis.

»Stefanos Samarakis hat heute Abend seine Verlobte und seinen besten Freund verloren. Ich kann verstehen, dass er an etwas anderes glauben will als an einen Fahrfehler. Es ist schwer, zu akzeptieren, dass das hier ein Unfall gewesen sein soll«, sagte der Revierleiter grimmig. Er machte auf Michalis den Eindruck, als würde er so etwas nicht zum ersten Mal erleben.

Der Kapitän wurde an den Funk gerufen. Kurz darauf kam er zurück.

»Wir sind gebeten worden, sofort nach Kissamos aufzubrechen. Dort steht« – er sah Michalis und Koronaios an – »ein Kollege von Ihnen mit zwei Kleintransportern. Wir sollen sein Equipment hierhertransportieren.«

»Das wird Kostas Zagorakis sein, der Chef unserer Spurensicherung. Er ist in den nächsten Stunden der wichtigste Mann, um etwas über die Ursache dieses Unglücks herauszufinden.« Koronaios sah den Kapitän an. »Dies hier ist sogar für unseren Kollegen Zagorakis ein ungewöhnlicher und aufwendiger Einsatz. Sehen Sie es ihm nach, wenn er etwas … ungeduldig ist.«

Der Kapitän nickte. »Ich nehme an, dass Sie hier vor Ort bleiben. Ich würde Sie beide und unseren Revierleiter mit einem Beiboot an Land bringen lassen, bevor wir aufbrechen.«

Einige Minuten später betrat Minotis als Erster den Sandstreifen und ging zu den uniformierten Beamten, die die Schaulustigen zurückhielten. Michalis und Koronaios folgten ihm und sahen sich um. Obwohl der Hauptstrand noch voller Menschen war, war es gespenstisch ruhig. Keine Musik war zu hören, und nur gelegentlich leise Stimmen und aus der Ferne zirpende Grillen. Da es windstill und die Lagune durch den Felsrücken geschützt war, machten auch die Wellen keine Geräusche. Statt lautem Wehklagen von Angehörigen schien stummes Entsetzen über der Bucht zu liegen.

»Mit wem reden wir als Erstes?«, fragte Koronaios.

»Mit dem Bootsbesitzer und seinem Sohn, würde ich vorschlagen. Vor allem, da der Sohn behauptet, es könnte etwas anderes als ein Unfall gewesen sein«, erwiderte Michalis. »Außerdem würde mich interessieren, warum keiner der beiden bei dem Unglück an Bord war.«

Vater und Sohn Samarakis hockten schweigend am Strand. Der Vater saß in einem Campingstuhl, den ihm jemand besorgt haben musste. Der Sohn kauerte im Sand. Im Halbdunkel des Mondlichts und der Suchscheinwerfer fiel Michalis auf, dass Sokratis Samarakis, der Vater, einen Anzug trug. Für einen Ausflug in die Lagune war das ungewöhnlich, und aus der Nähe war zu erkennen, dass der Anzug durchnässt und zum Teil zerrissen war. Das hellblaue Hemd zeigte dunkle Flecken, die Blut sein konnten. Der Mann hatte offensichtlich seine Kleidung anbehalten, als er zu seinem ausgebrannten Boot gelangen wollte. Um seinen Hals hing an einer Schnur eine getönte Brille.

Der Sohn, Stefanos Samarakis, trug ein elegantes Hemd und eine Stoffhose, die eindeutig teuer war. Michalis schätzte ihn auf Anfang dreißig. Beide Männer waren schlank, groß und glatt rasiert.

»Wir sind von der Kriminalpolizei aus Chania«, begann Koronaios. »Mein Name ist Pavlos Koronaios, und das ist mein Kollege Michalis Charisteas. Wir werden die Ermittlungen zu diesem Unglück leiten. Und wir möchten Ihnen unser Mitgefühl aussprechen.«

»Finden Sie den Schuldigen. Finden Sie ihn. Mehr müssen Sie nicht tun«, sagte Stefanos leise.

»Sie gehen von einem gezielten Anschlag aus?«, hakte Koronaios nach.

»Jemand hat den Motor manipuliert, damit das Boot außer Kontrolle gerät«, erwiderte Stefanos fast drohend.

Sein Vater richtete sich in dem Stuhl auf.

»Wir waren drüben am Strand«, sagte Sokratis Samarakis leise. Seine Stimme hatte einen tiefen, harten Klang. »Stefanos wollte Getränke besorgen. Wir haben gehört, dass mit dem Motor etwas nicht stimmte. Er drehte ungewöhnlich hoch, als würde Gavrilis permanent Vollgas geben. Dabei wollte er mit den beiden Frauen ja nur eine Spazierfahrt machen.«

»Haben Sie eine Erklärung dafür?«, fragte Koronaios.

»Ich hab Ihnen doch gesagt, dass jemand den Motor manipuliert haben muss«, fauchte Stefanos.

»Wir konnten das Boot nicht sehen. Die drei waren hinter den Felsen. Draußen auf dem Meer.« Sokratis Samarakis schüttelte fassungslos den Kopf. »Plötzlich hörten wir, dass sich das Boot wieder näherte. Immer noch unter Vollgas. Und dann ein Aufprall, und dann ...« Dem Vater versagte die Stimme. »Ein Feuerball, der auch noch über den Felsen zu sehen war«, fügte er tonlos hinzu.

»Wir sind losgerannt, aber das war sinnlos. Mein Vater wollte sogar über die Felsen steigen. Sie sehen ja, wie er aussieht.« Stefanos schüttelte den Kopf. »Als das Feuer runtergebrannt war, haben sich andere Boote mit Feuerlöschern genähert. Aber es gab nichts mehr zu retten.«

»Gavrilis war ein erfahrener Mann. Er war mit diesem Boot, und auch mit anderen Booten, schon oft unterwegs gewesen.« Sokratis Samarakis starrte in den dunklen Nachthimmel. »Es ist mir ein absolutes Rätsel, wie das passieren konnte.«

»Könnte Ihr Boot einen technischen Defekt gehabt haben?«, erkundigte sich Michalis.

»Ein technischer Defekt ...«, murmelte Sokratis.

»Das Boot war in Ordnung. Auf dem Weg hierher gab es überhaupt keine Probleme«, sagte Stefanos.

»Könnte Gavrilis jemand anderem das Steuer überlassen haben und unter Deck gewesen sein?«

»Einer der beiden Frauen? Völlig ausgeschlossen. Das hätte Gavrilis niemals gemacht. Niemals. Er hatte die Verantwortung für das Boot, und das wusste er. Jemand muss den Motor manipuliert haben. Das ist die einzige Möglichkeit«, wiederholte Stefanos.

Michalis und Koronaios überließen Vater und Sohn Samarakis ihrer Verzweiflung und gingen in Richtung der jungen Männer, die auf den Felsen hockten. Die beiden bemerkten die Kommissare und kamen ihnen entgegen. Gleichzeitig näherte sich auf dem Sandstreifen eine der kleinen Gruppen. Es waren die Eltern, der Bruder und die Schwester von Stefanos' Verlobten.

Michalis und Koronaios stellten sich vor, und dann ergriff nicht der Vater der ums Leben gekommenen Artemis Apostolidis sondern deren Bruder Danilos das Wort. Er war ein großgewachsener Mann Mitte dreißig, dessen Haare sich bereits lichteten und der ein wenig Übergewicht sowie ein Doppelkinn hatte.

»Was auch immer die beiden Samarakis Ihnen gesagt haben«, begann Danilos Apostolidis unvermittelt, »dieses Unglück wäre nie passiert, wenn einer der beiden an Bord gewesen wäre. Es ist unverantwortlich, einem Fremden das Boot zu überlassen. Meine Schwester …« Ihm brach die Stimme. Seine Mutter eilte zu ihm und wollte ihn in den Arm nehmen, doch er wehrte sie ab. Vielleicht, überlegte Michalis, wollte sie ihn davon abhalten, sich in Rage zu reden.

»Wir möchten Ihnen unser tiefes Mitgefühl ausdrücken«, wiederholte Koronaios, was er schon Vater und Sohn Samarakis gesagt hatte.

»Wir danken Ihnen«, sagte Markos Apostolidis, der Vater der toten jungen Frau. Er trug Polohemd, eine Stoffhose und leichte Segelschuhe und hatte dieselbe Statur und ein ähnliches Doppelkinn wie sein Sohn Danilos. »Niemand kann uns Artemis zurückgeben. Niemand. Aber wir müssen die Ursache erfahren. Wir müssen wissen, warum sie sterben musste.«

Der Vater klang erstaunlich abgeklärt. Vielleicht weiß die Familie etwas, was sie uns nicht sagen will, dachte Michalis. Ohnehin wunderte er sich, wie gespenstisch ruhig sie alle waren. Standen sie noch unter Schock, oder hatte sich ihr Wehklagen schon erschöpft?

Michalis und Koronaios machten sich auf den Weg zu der Familie von Gavrilis Tavernarakis, die in der Nähe der Absperrung stand.

Das Handy von Koronaios klingelte. »Jorgos.«

Koronaios ging ran, kam allerdings kaum zu Wort. Michalis glaubte, mehrfach den Namen *Karagounis* sowie *Internet* und *verhindern* zu verstehen.

»Unser Kriminaldirektor Karagounis ist wohl außer sich«, sagte Koronaios, nachdem er aufgelegt hatte. »Es gibt im Internet zwei Videos, die den Aufprall des Bootes und danach einen Feuerball zeigen. Von dort drüben müssen Leute Aufnahmen gemacht haben.« Koronaios deutete auf den Hauptstrand der Lagune. »Karagounis weiß, was für eine Wirkung solche Bilder haben. Und es gibt wohl Gerüchte, dass es kein Unfall, sondern ein Anschlag war. Karagounis verlangt, dass wir diese Gerüchte umgehend zum Verstummen bringen. Seiner Meinung nach hätte Minotis verhindern müssen, dass Leute ihre Videos über das Unglück verbreiten.« Koronaios schüttelte den Kopf. »Hätte Minotis hier etwa Hunderte Handys konfiszieren sollen? Jorgos ist jetzt auf dem Weg hierher. Ich schick Myrta die Angaben zu den Eltern von Melitta Papastasatos auf Rhodos. Sie kümmert sich darum, dass sie informiert werden.« Koronaios sah Michalis missmutig an. »Jorgos hat angedeutet, dass

Karagounis schon mal etwas mit dem Revierleiter Minotis zu tun hatte und ihn in schlechter Erinnerung hat. Das gefällt mir nicht.«

»Wir möchten Ihnen unser tiefes Mitgefühl aussprechen«, sagte Koronaios auch zur Familie des ums Leben gekommenen Gavrilis Tavernarakis. Diese Gruppe von trauernden Angehörigen war die größte in der Lagune. Die Eltern, zwei Schwestern, Onkel und Tanten, Cousins, Cousinen – es waren mehr als zehn Menschen, die hier fassungslos beieinanderstanden.

Ein Mann löste sich aus der Gruppe. Sein glattrasiertes, schmales Gesicht war von Falten durchzogen, und er wirkte kraftlos und deprimiert.

»Kostas Tavernarakis«, stellte er sich vor. »Gavrilis ist ... er war mein Sohn.«

Michalis ahnte, was diesen Mann mehr als die anderen quälte. Er hatte nicht nur seinen Sohn verloren, sondern der war auch für das Boot verantwortlich gewesen, als es gegen die Felsen raste. Und falls keine andere Ursache für das Unglück gefunden wurde, dann wusste er: Sein Sohn würde für immer derjenige sein, der das Boot gesteuert und vermutlich einen schlimmen Fehler begangen hatte. Noch in zehn Jahren würden die Leute sagen: Gavrilis Tavernarakis, das war doch der, der damals in der Lagune das Unglück mit den drei Toten verursacht hat. Er wäre nicht nur Opfer, sondern in den Augen vieler anderer auch der Täter.

»Wir werden alles dafür tun, um die Hintergründe dieses unfassbaren Unglücks aufzuklären«, sagte Michalis zu Kostas Tavernarakis.

»Melitta Papastasatos, mit der Ihr Sohn an Bord war – waren die beiden ein Paar?«, fragte Koronaios.

»Die zwei kannten sich erst einige Wochen«, erwiderte Kostas. »Wie ernst es mit ihnen war, das kann ich nicht beurteilen. Aber sie haben viel Zeit miteinander verbracht.«

»Wir werden die Familie dieser Frau informieren. Oder haben Sie bereits zu ihnen Kontakt aufgenommen?«, fragte Michalis.

»Nein, ich ... Vielleicht hätten wir die Eltern irgendwann kennengelernt. Aber bisher ...«

Der Mann war am Ende seiner Kräfte. Michalis reichte ihm eine Visitenkarte, und dann ließen sie ihn in Ruhe.

»Wir sollten mit diesem schwedischen Pärchen sprechen, das angeblich jemanden beobachtet hat«, sagte Michalis, als sie außer Hörweite der Familie Tavernarakis waren. In dem Moment tauchte das Schiff der Küstenwache hinter den Felsen auf.

»Zagorakis hat vermutlich alles einladen lassen, was seine Abteilung hergibt«, meinte Koronaios. »Würde mich nicht wundern, wenn er in einer Stunde hier ein provisorisches Ponton aufgebaut hat, um vom Wasser aus das Wrack untersuchen zu können.«

Michalis und Koronaios ließen sich mit einem Beiboot zum Schiff der Küstenwache bringen und entdeckten auch Lambros Stournaras, den Gerichtsmediziner, der mit einem Assistenten sein Equipment auslud.

Michalis nutzte die Zeit, um sich auf dem Smartphone die Aufnahmen von dem Unglück anzusehen, die jemand ins Internet gestellt hatte. Zwanzig Sekunden lang war nur dunkle Nacht zu sehen und ein lauter Motor zu hören, und dann gab es plötzlich einen Feuerball. Michalis erschien es absurd, wie sich aufgrund solcher Aufnahmen das Gerücht verbreiten konnte, es handele sich um einen Mordanschlag.

Zagorakis ließ auf dem Schiff der Küstenwache Scheinwerfer installieren und in deren Licht dann tatsächlich Stützpfosten im Boden verankern. Auf ihnen sollte eine Plattform befestigt werden, über die Zagorakis auf das Wrack gelangen konnte. Er selbst überwachte von der Reling aus die Arbeiten.

»Ich gehe davon aus, dass in diesem Fall nicht mal ihr zwei auf die Idee kommt, mir jetzt schon Fragen zu stellen«, sagte Zagorakis zur Begrüßung.

»Natürlich nicht«, erwiderte Koronaios.

»Sobald ich mir aus unmittelbarer Nähe einen Eindruck verschafft habe, lass ich euch wissen, wie lange ich brauchen werde«, teilte Zagorakis ihnen mit und wandte sich ab.

Michalis und Koronaios näherten sich Stournaras. Während Zagorakis die Arbeiten vom Heck aus organisierte und Material über Bord reichen ließ, betrachtete der Gerichtsmediziner die Lagune.

»Ein so unglaublich schöner Ort. Und dann passiert hier ein solches Unglück«, sagte er nachdenklich.

»Da ich bisher nicht an die Leichen herankomme, verlasse mich erst einmal auf das, was diejenigen behaupten, die als Erste an diesem Unglücksort waren«, sagte er. »Nämlich, dass die Opfer sofort tot waren. Ich hoffe sehr, dass sie damit recht haben. Und ich hoffe auch, dass ich bald Genaueres sagen kann.«

Ein kleineres Boot der Küstenwache näherte sich und brachte Material, das die Barriere auf der Wasseroberfläche stabiler und undurchlässiger machen sollte. Der Kapitän besprach über Funk, wie das Benzin- und Löschmittelgemisch am besten an der Ausbreitung gehindert werden konnte.

Zagorakis trat zu Michalis und Koronaios.

»Ich hoffe, dass das Spezialschiff aus Heraklion, das diese giftige Brühe absaugen kann, bald eintrifft. Früher oder später müssen meine Leute und ich ins Wasser, um den Rumpf von außen zu untersuchen. Und ich würde ungern mit diesem Zeug in Berührung kommen«, sagte er.

Von den Felsen her wurde es heller. Zagorakis' Leute hatten dort Stative verankert und schalteten Scheinwerfer ein. Michalis hörte das Geräusch eines Generators, den Zagorakis hierher hatte transportieren lassen, um ausreichend Licht für seine Untersuchungen zu haben. Zagorakis ging zum Heck und zog einen weißen Schutzanzug an. Stournaras folgte ihm, und wenig später standen beide Männer weiß verpackt in dem kalten Licht der Scheinwerfer. Zagorakis betrat die Plattform und näherte sich dem Wrack.

Da die beiden in Ruhe arbeiten wollten, ließen Michalis und Koronaios sich dorthin bringen, wo der Revierleiter Minotis den Übergang von der schmalen Landzunge zum Hauptstrand hatte sperren lassen.

»Wo finden wir das schwedische Pärchen, das bei den vor Anker liegenden Booten jemanden gesehen haben will?«, fragten sie Minotis.

»Die beiden haben darum gebeten, drüben bei einer der Strandbars warten zu dürfen«, sagte Minotis. »Ich habe ihre Handynummern. Sobald ich anrufe, sind sie in wenigen Minuten hier.«

»Dann tun Sie das jetzt bitte«, sagte Koronaios.

Es war fast vier Uhr in der Nacht, und noch immer schienen weitere Schaulustige zum Strand zu kommen. Da das Wasser in der Lagune nur bis zu den Oberschenkeln reichte, versuchten einige besonders Neugierige, die Polizeisperre zu umgehen und sich dem Unglücksort durch das Wasser zu nähern.

»Es gibt Leute, die wollen das Unglück und die Trauernden unbedingt aus nächster Nähe sehen. Wir mussten ein kleines

Motorboot abstellen, von dem aus zwei meiner Leute diese Unverschämten zurückschicken«, sagte Minotis empört.

»Sie haben mitgekommen, dass Videos von der Explosion bereits im Netz kursieren?«, fragte Koronaios.

»Ja. Leider. Das hätte ich gern verhindert. Aber was soll ich machen. Da drüben sind hundert Schaulustige, und ich habe nicht einmal zehn Leute, um diese Unglücksstelle zu sichern. Da kann ich nicht auch noch Handys kontrollieren.«

Michalis blickte zu Vater und Sohn Samarakis, die noch immer auf dem Sandstreifen ausharrten. Warum waren sie nur zu zweit? Normalerweise wären längst Verwandte hier aufgetaucht. Gab es keine? Oder gab es Gründe, warum die nicht kamen?

Das schwedische Pärchen näherte sich mit Isomatten und kleinen Rucksäcken. Die beiden hatten offenbar geplant, hier am Strand zu übernachten, obwohl das verboten war. Sie waren Mitte zwanzig, sprachen sehr gutes Englisch, und das Lächeln auf ihren Gesichtern ließ Michalis vermuten, dass sie die letzten Stunden genutzt hatten, um in Ruhe zu kiffen.

»Was ist Ihnen vorhin aufgefallen?«, fragte Michalis.

»Na ja, wir waren da drüben am Strand«, begann die Frau und deutete zu dem Bereich kurz vor den Felsen.

»Und dann war da einer, der sich hinter den Booten versteckt hat. Wir dachten schon, der hat uns gesehen und wir kriegen Stress. Finden ja nicht alle cool, wenn man hier nachts am Strand liegt«, fuhr der Mann fort.

»Der ist dann so von Boot zu Boot. Und er hat auch in einige Boote reingeguckt. Als wenn er was sucht«, sagte die Frau. »Und er hatte was in der Hand. Einen Beutel oder so was.«

»Und hat er eines der Boote betreten?«, erkundigte sich Michalis.

»Ganz genau wissen wir das nicht. Aber dann kamen von

einem der Boote Geräusche. Als ob da jemand was macht, arbeitet oder so. Kann aber auch was anderes gewesen sein, gab ja auch Musik. Von drüben von den Strandbars«, sagte die Frau.

»Und irgendwann ist der Kerl dann wieder aufgetaucht. Hinter einem Boot. Aber diesmal ziemlich schnell. Direkt zum Strand, und dann war er weg«, erklärte der Mann.

Michalis und Koronaios warfen sich einen Blick zu. Es war recht vage, was diese Hippies beobachtet hatten.

»Ist Ihnen noch etwas aufgefallen?«, fragte Michalis.

»Nee, wir müssen dann wohl eingeschlafen sein. Und sind wach geworden, weil ein Boot unheimlich laut war, also der Motor, und dann haben Leute geschrien, und dann ...«, antwortete die Frau.

»Also die Explosion, die war unglaublich. Wahnsinn ...«

»Wenn wir weitere Fragen haben, wo würden wir Sie erreichen?«, wollte Michalis wissen.

»Erreichen ... Wir suchen uns jeden Abend was anderes. Lassen uns treiben. Aber Sie haben ja unsere Nummern. Auf jeden Fall wollen wir noch rüber nach Gavdos. Sie wissen. Die Insel«, erwiderte der Mann.

Michalis lächelte. Gavdos, die Insel südlich von Kreta, war in ganz Griechenland wohl das letzte Paradies für Hippies und andere, die einen Sommer unbehelligt am Strand verbringen wollten. Dort wurden sie in Ruhe gelassen, und niemand stellte Fragen. Und es wollte auch niemand so genau wissen, wo das Cannabis, das am Strand geraucht wurde, herkam.

»Vielen Dank. Das wäre es erst einmal. Wenn noch etwas ist, dann rufen wir Sie an«, sagte Michalis.

Das Pärchen ging Richtung Hauptstrand. Bisher war der Himmel dunkel gewesen, doch jetzt war über den Felshügeln der Halbinsel *Gramvousa* das erste Licht der Dämmerung zu erahnen.

Michalis bemerkte, dass seine Gedanken langsamer wurden. Etwas Schlaf würde helfen, aber daran war frühestens wieder in Chania zu denken. Am liebsten hätte er sich kurz in den Sand gelegt, um sich auszuruhen.

»Es könnte also jemanden gegeben haben, der von Boot zu Boot geschlichen ist«, sagte Koronaios, als das Pärchen außer Hörweite war. »Wenn es denn stimmt, was die beiden sagen.«

»Immerhin haben sie jemanden bei den Booten gesehen. Ausdenken werden sie sich das nicht, auch wenn sie sicherlich den einen oder anderen Joint geraucht haben.«

»Vielleicht war es jemand, der die Boote ausrauben wollte und nach Wertgegenständen gesucht hat. Er hatte einen Beutel dabei, haben die Schweden gesagt. Er könnte also auf Handys oder Uhren gehofft haben.«

»Ja ... er könnte aber auch Werkzeug dabeigehabt haben«, entgegnete Michalis.

»Wir müssen Zagorakis fragen, ob ihm schon etwas aufgefallen ist. Auch, wenn ihn das ärgern wird«, sagte Koronaios nach einiger Zeit und gähnte.

Sie riefen den Kapitän an und ließen sich von einem der Beiboote abholen.

4

»Frappé?«, fragte der Kapitän, als sie an Deck kamen. Natürlich nahmen sie sehr gern einen.

Stournaras war mit der Spurensicherung auf dem Wrack gewesen und ließ sich jetzt zurück zum Schiff der Küstenwache bringen. So blass und verstört hatte Michalis den sonst meist gutgelaunten Gerichtsmediziner noch nie erlebt.

»Ich habe in diesem Beruf wirklich schon viel gesehen«, sagte Stournaras, nachdem er den mittlerweile rußverschmierten Schutzanzug ausgezogen und tief durchgeatmet hatte. »Aber das ...« Er blickte Michalis und Koronaios ernst an. »Wenn es für eure Arbeit nicht unbedingt notwendig ist, würde ich euch davon abraten, da drüben an Bord zu gehen. Den Kollegen Zagorakis beneide ich diesmal wirklich nicht.«

»Danke für den Hinweis ...«, sagte Koronaios. »Ich denke, wir werden ihn befolgen.«

Stournaras schüttelte sich. »So viel kann ich immerhin mit Sicherheit sagen: Dort drüben waren alle sofort tot. Das ist absolut eindeutig. Und es war ein gnädiges Schicksal, auch wenn ich das nicht gern sage. Ob Alkohol oder Drogen im Spiel waren, kann ich euch erst sagen, wenn ich die drei untersucht habe.«

»War zu erkennen, wer am Steuer gestanden hat?«

»Nein. Alle drei sind durch den Aufprall herumgeschleudert worden«, erwiderte Stournaras. »Allerdings ist keiner von ihnen über Bord gegangen. Sie müssen alle unter der Abdeckung gewesen sein. Vielleicht haben sie den Felsen deshalb auch zu spät gesehen und konnten nicht mehr reagieren. Anders kann ich mir nicht erklären, dass die drei Leichen noch an Bord sind.«

»Vielleicht gab es ein Problem, und sie haben nach einer Lösung gesucht«, überlegte Koronaios.

»Oder sie hatten etwas zu trinken in der Hand und haben gerade angestoßen und waren abgelenkt«, sagte Stournaras.

»Dann müsste Zagorakis an Deck Glasscherben finden«, sagte Michalis.

Ein kleines Motorboot näherte sich von der Nordspitze der Halbinsel *Gramvousa*.

»Kommen die Schaulustigen jetzt schon über das Meer?«, fragte Koronaios.

»Ich denke eher, es ist Jorgos«, sagte Michalis, während sich das Motorboot näherte, und er hatte recht.

Jorgos stieg auf das Schiff der Küstenwache, begrüßte den Kapitän und wollte dann von Michalis und Koronaios wissen, was sie bisher in Erfahrung gebracht hatten.

»Vieles spricht also für einen Unfall«, fasste Jorgos zusammen, nachdem die beiden berichtet hatten.

»Ja, bisher redet nur Stefanos Samarakis, der Sohn des Bootsbesitzers, von einem Sabotageakt. Ob er allerdings Gründe dafür hat, wissen wir noch nicht«, entgegnete Michalis. »Und es gibt die Schweden, die jemanden bei den Booten gesehen haben wollen.«

»Ein bekifftes Hippie-Pärchen, dessen Angaben sehr vage sind«, warf Koronaios ein.

»Wenn jemand etwas an dem Boot manipuliert hat, wird Zagorakis Hinweise finden«, sagte Jorgos und blickte zu dem Wrack, auf dem die Spurensicherung die Arbeit aufgenommen hatte. »Ich will ihn nicht stören, aber per Handy kann er mich informieren.«

Es dauerte etwas, bis Zagorakis ranging.

»Ob hier etwas manipuliert wurde, kann ich unmöglich jetzt schon sagen. Ist ja alles zerstört und voller Ruß«, erklärte er. »Aber wenn du unbedingt etwas hören willst. Ich nehme an, dass jemand im letzten Moment versucht hat, das Boot herumzureißen. An Backbord ist die Bordwand von den Felsen regelrecht aufgeschlitzt worden. Das würde auch die starke Explosion erklären. Die Videos werdet ihr ja gesehen haben. Wenn die Tanks durch den Aufprall aufgerissen wurden, haben sich Benzindämpfe gebildet und entzündet. Bei einem Aufprall mit dem Bug wären die Tanks kaum zerstört worden. Vermutlich hätte es dann auch keine derartige Explosion gegeben.«

»Das ist doch schon mal ein erster Eindruck«, sagte Jorgos. »Hast du noch etwas?«

»Nein«, erwiderte Zagorakis und legte auf.

»Immerhin«, sagte Jorgos. »Das spricht dafür, dass die Steuerung intakt war.« Er blickte Michalis und Koronaios an. »Wie sehen eure nächsten Schritte aus?«

»Hier vor Ort können wir erst einmal nichts tun«, antwortete Koronaios. »Wenn uns ein Boot nach Kissamos bringt, sollten wir uns in dem Hotel umhören, in dem die dritte Tote gearbeitet hat. Über sie wissen wir noch überhaupt nichts.«

»Außerdem sollten wir uns über die Familie Samarakis erkundigen. Vielleicht gibt es ja Gründe, warum der Sohn behauptet, an dem Boot könnte etwas manipuliert worden sein. Falls die Samarakis Feinde haben, weiß darüber in Kissamos sicherlich jemand etwas«, sagte Michalis.

»Habt ihr Christos Minotis danach gefragt?«, wollte Jorgos wissen.

»Bisher nicht«, sagte Koronaios. »Aber noch bin ich auch nicht sicher, was ich von dem Kollegen halten soll.«

Jorgos deutete auf das kleine Motorboot, mit dem er gekommen war.

»Wir könnten damit zurückfahren. Bei Wellengang schwappt zwar immer wieder Wasser über die Bordkante. Aber das macht euch vermutlich nicht viel aus«, sagte Jorgos.

Das kleine Boot schwankte, als die drei an Bord gingen, doch sobald es Fahrt aufnahm, lag es ruhiger im Wasser. Der Felsenhügel, an dem die Motoryacht der Samarakis zerschellt war, wurde kleiner. Von hier aus betrachtet verstand Michalis noch mehr, wie tragisch dieses Unglück war. Die Motoryacht war gegen den äußersten Ausläufer der Felsen geprallt, und hätte sein Kurs nur dreißig Meter weiter rechts gelegen, wäre wohl nichts passiert.

An der Nordspitze der Halbinsel *Gramvousa* stießen die Strömungen, die links und rechts der Halbinsel verliefen, aufeinander. Das Meer wurde unruhiger, und salziges Wasser spritzte über die Bordwand. Michalis, Koronaios und auch Jorgos wurden nass, aber die Sonne stand mittlerweile so hoch am Horizont, dass sie schnell wieder trockneten.

Jetzt bei Tageslicht war noch deutlicher, welchen Kontrast die türkisfarbene Idylle der Lagune zu dem Rest der Halbinsel bot. Kaum ein Strauch war zu sehen, dafür kilometerlang Felsen und Geröll. Im Licht der Morgensonne waren die ersten Autos auf dem Weg voller Schlaglöcher Richtung Lagune unterwegs. An der nördlichen Spitze, wo der Fußweg über den Bergrücken hinunter zur Lagune führte, parkten die Wagen der neugierigen Schaulustigen, die bereits in der Lagune eingetroffen waren oder sie die ganze Nacht nicht verlassen hatten.

Die drei stiegen im kleinen Yachthafen aus. Jorgos hatte dort geparkt und brachte Michalis und Koronaios zu ihrem Wagen am Fährhafen, in dem die Küstenwache ihren Liegeplatz hatte.

Hier lagen auch die großen Ausflugsboote, die die Touristen zu Hunderten nach Balos brachten.

»Weißt du, was zwischen Karagounis und Minotis vorgefallen ist?«, wollte Koronaios während der kurzen Autofahrt von Jorgos wissen.

»Nein …«, erwiderte Jorgos gedehnt, aber Michalis war sicher, dass sein Onkel durchaus etwas wusste. »Das gehört zu den Dingen, aus denen ich mich raushalte.«

»Für unsere Arbeit könnte es aber wichtig sein, zu wissen, worum es zwischen den beiden geht«, hakte Koronaios nach. »Denn falls es Hinweise auf einen Anschlag geben sollte, werden wir Minotis brauchen. Unser Kriminaldirektor ist ja oft schwierig genug, aber wenn wir dann auch noch einem Revierleiter nicht vertrauen können …«

»Ihr werdet schon mit der Situation zurechtkommen. Und ich rate euch, vertraut Christos Minotis. Er kann für euch sehr hilfreich sein«, sagte Jorgos in einem Ton, der das Thema beendete. »Wohin wollt ihr jetzt genau?«

Michalis und Koronaios zögerten. Nicht zu wissen, wo die Probleme zwischen dem Kriminaldirektor und dem Revierleiter lagen, war für beide beunruhigend.

»Melitta Papastasatos, die dritte Tote, soll als Managerin in einem Hotel an der Promenade in Kissamos gearbeitet haben«, sagte Michalis. »Vielleicht erfahren wir dort etwas, das uns helfen könnte.«

»Myrta hat übrigens die Eltern dieser Frau auf Rhodos erreicht. Sie werden sich in einigen Stunden auf den Weg hierher machen«, sagte Jorgos und ließ den Blick über die großen Ausflugsboote gleiten. »Noch ist es ruhig …«, sagte er. »Ich bin sicher, dass an der Promenade das eine oder andere Café bald öffnet. Wenn ihr nichts dagegen habt, lade ich euch dort ein.«

Zwei Tavernen hatten direkt an der Promenade oberhalb des Strands bereits geöffnet. Die drei bestellten, und Michalis wollte von Jorgos wissen, warum er sich mitten in der Nacht von Chania auf den Weg nach Balos gemacht hatte, obwohl vieles für einen Unfall sprach.

»Zum einen«, sagte Jorgos, »wollte ich euch bei einem so ungewöhnlichen Fall nicht im Stich lassen. Und zum anderen« – er blickte über das Meer zum Horizont, wo sich die Halbinsel *Gramvousa* im warmen Morgenlicht erhob – »ist es noch nie vorgekommen, dass mich unser Kriminaldirektor nachts um zwei Uhr anruft, weil Schaulustige Videos ins Netz gestellt haben. Videos, auf denen außer einem Feuerball nicht viel zu erkennen ist.«

Der Frappé wurde gebracht. Jorgos nahm einen Schluck.

»Seit einige Influencer behaupten, wir würden von einem Mordanschlag ausgehen, ahne ich, was Karagounis so ärgert. Im Grunde ist er ein Polizist alter Schule. Er will, dass wir unsere Arbeit machen und der Öffentlichkeit am Ende belastbare Ermittlungsergebnisse präsentieren. Jetzt aber müssen wir ermitteln, während die öffentliche Meinung bereits feststeht. Und sollte es sich wirklich um einen Anschlag handeln, wird unsere Arbeit dadurch nicht leichter.«

5

Jorgos verabschiedete sich nach Chania, und Michalis und Koronaios machten sich auf den Weg zu dem Hotel, in dem Melitta Papastasatos gearbeitet hatte. Das *Orizontas* lag nicht unmittelbar am Strand und bot keinen direkten Blick auf das Meer. Warum das Hotel dennoch *Orizontas* – Horizont – hieß, sollten Michalis und Koronaios bald erfahren.

Kaum hatten sie an der Rezeption nach dem Eigentümer gefragt, da brach die Angestellte in Tränen aus.

»Melitta, es ist so furchtbar …«, stammelte sie immer wieder.

Bis der herbeigerufene Eigentümer auftauchte, sah Michalis sich ein wenig um. Durch die Videotelefonate mit Hannah hatte er in den letzten Wochen viele Hotels kennengelernt, und dieses war eines, das eine Renovierung dringend nötig hätte. Es wirkte altmodisch und etwas heruntergekommen. An dem Schlüsselbrett hinter der Rezeption hing etwa die Hälfte der Zimmerschlüssel – ein Hinweis darauf, dass das Hotel *Orizontas* sogar jetzt in der Hochsaison nicht ausgebucht war.

Antonis Katzourakis, der Hotelbesitzer, trat aus dem Fahrstuhl in die Lobby. Er wirkte mitgenommen und übermüdet. Vermutlich hatte er schon früh in der Nacht von dem Unglück in Balos erfahren und kaum geschlafen.

»Melitta war eine phantastische Mitarbeiterin«, sagte er und setzte sich mit Michalis und Koronaios in die abgewetzten Sessel der Hotellobby. »Ihr Tod ist ein grausamer Verlust. Unsere Gäste haben Melitta geliebt, sie war der Sonnenschein unseres

Hotels. Ich habe heute früh mit den Eltern auf Rhodos telefoniert. Ungewöhnliche, aber sehr sympathische Leute. Sie waren letzten Sommer hier. Es hat einen Moment gedauert, aber dann haben wir uns sehr gut verstanden. Selbstverständlich werden sie kostenlos bei uns wohnen, sobald sie auf Kreta angekommen sind.«

Katzourakis bestätigte, dass Melitta Papastasatos seit einigen Wochen mit Gavrilis Tavernarakis liiert war. Michalis sah seinem Gesicht an, dass dem Hotelier diese Verbindung nicht gefiel, und dann rutschte ihm die Bemerkung *Und das ausgerechnet auf einem Boot der Samarakis* heraus.

»Was meinen Sie damit?«, wollte Koronaios wissen.

»Mein Vater hat dieses Hotel gebaut, und er hätte es gern näher am Strand errichtet«, begann Katzourakis. »Damals gab es die Promenade mit den Tavernen noch nicht, und er bekam keine Genehmigung. Der Untergrund sei dafür nicht geeignet, hieß es.« Der Blick von Katzourakis wurde finster. »Aber dann kamen immer mehr Touristen, die Gemeinde legte die Promenade an, und auf einmal hatte Sokratis Samarakis die Genehmigung für ein riesiges Hotel direkt am Strand. Und zwar unmittelbar vor unserer Nase.« Katzourakis sah sich um, ob ihn jemand hörte. »Ich bin sicher, Sokratis hat damals Geld fließen lassen. Sonst hätte er diese Genehmigung nicht bekommen. Niemals. Und natürlich ist sein Hotel immer voll. Urlauber wollen Zimmer mit Blick aufs Meer und nicht auf Beton.«

»Und es hat Ihnen nicht gefallen, dass Ihre Managerin etwas mit den Samarakis zu tun hatte«, sagte Michalis.

»Ach, mit denen hatte sie ja nichts zu tun«, fuhr Katzourakis Michalis regelrecht an. »Und dafür, dass Gavrilis mit diesem Stefanos Samarakis befreundet war, konnte sie ja auch nichts. Obwohl Gavrilis natürlich wusste, was das für einer ist, sein Freund Stefanos. Das wissen hier ja alle.«

Katzourakis redete sich langsam in Rage.

»Was wissen hier alle?«, hakte Koronaios nach.

»Na ja. Stefanos ... Sein Vater hat das Hotel gebaut. Eine Goldgrube. Und was macht der Sohn? Angeblich ist er Hotelmanager, aber er arbeitet nicht. Stattdessen belegt er seit zwei Jahren die Suite im obersten Stockwerk. Dann muss er sich keine Wohnung nehmen, und es ist immer jemand da, um zu putzen und ihn zu bedienen.«

Michalis und Koronaios ließen den Hotelier reden.

»Stefanos hat sich schon immer einfach genommen, was er wollte. Alles. Auch bei den Frauen. Niemand versteht, was Artemis an ihm fand. Artemis ist ... war eine tolle junge Frau. Sie hätte wirklich einen besseren Mann verdient. Aber man hört auch ...« Katzourakis beugte sich fast komplizenhaft vor.

»Was hört man?« Michalis sah den Hotelier auffordernd an.

»Angeblich wollte Artemis sich trennen. Stefanos hatte wohl mal wieder etwas mit einer anderen Frau gehabt. Das sind natürlich nur Gerüchte. Aber hier in Kissamos wissen alle, dass ihm in der Hinsicht so einiges zuzutrauen ist.« Katzourakis richtete sich wieder auf. »Der war schon als Kind arrogant. Hat sich auch gern geprügelt. Und wenn es Probleme gab, kam der Papa und hat ihm geholfen. Wenigstens der alte Sokratis ist in den letzten Jahren ruhiger geworden. Seit seine Frau tot ist.«

»Hat Sokratis Samarakis denn mit mehr Leuten Probleme gehabt?«, fragte Michalis.

»Wie gesagt, Sokratis ist ruhiger geworden«, erwiderte Katzourakis vage.

»Aber früher war das anders?«, hakte Koronaios nach.

»Es gibt Gerüchte«, sagte Katzourakis und ignorierte die Frage von Koronaios, »dass es sich um einen Anschlag handeln könnte? Dass an dem Boot der Samarakis etwas manipuliert wurde?«

»Warum fragen Sie das?«, entgegnete Koronaios.

»Sie werden auf etliche Leute treffen, die nicht gerade gut über die Samarakis reden«, antwortete der Hotelier. »Aber niemand hier in Kissamos würde deshalb auf die Idee kommen, den Tod unschuldiger Menschen in Kauf zu nehmen. Niemand.«

Katzourakis erhob sich. »Benötigen Sie mich noch? Ich muss mich um das Hotel kümmern. Normalerweise ... wäre Melitta jetzt schon hier.«

Michalis fragte sich, um was Katzourakis sich kümmern musste. Es war vollkommen ruhig, kein Gast war bisher aufgetaucht.

»Wenn es stimmt, was Katzourakis behauptet«, sagte Koronaios, nachdem sie das Hotel *Orizontas* verlassen hatten, »dann dürften die Samarakis hier im Ort einige Feinde haben. Das würde erklären, warum der Sohn sofort von einem Anschlag ausgegangen ist.«

Die beiden waren vom Hotel aus zur Promenade gegangen, die oberhalb eines schmalen Strands lag. Einige niedrige Mauern würden bei Sturm das Meer kaum zurückhalten können. Und auch die Tavernen, die direkt an der Promenade standen, waren vermutlich darauf eingestellt, ihr Mobiliar schnell wegzuräumen – oder einzubüßen.

»Jorgos hat uns ja geraten, dem Revierleiter zu vertrauen. Ich schlage vor, dass wir uns mit Minotis zusammensetzen. Wenn er schon lange in Kissamos ist, dann kennt er diese alten Rivalitäten sicherlich«, erwiderte Michalis.

»Er weiß wahrscheinlich auch, ob Stefanos Samarakis wirklich so untreu ist. Und ob es tatsächlich Gerüchte gibt, seine Verlobte wollte sich von ihm trennen«, sagte Koronaios.

»Wenn Artemis Apostolidis sich wirklich trennen wollte, wäre das für Stefanos eine große Schmach«, überlegte Michalis laut.

»Eine Schmach, die ihm jetzt erspart bleibt«, ergänzte Koronaios.

»Falls es sich um einen Anschlag handeln sollte ... Stefanos kannte das Boot. Für ihn wäre es einfach gewesen, etwas vorzubereiten und den Motor zu manipulieren«, fuhr Michalis fort. Es war eine irritierende Möglichkeit, die sie aber nicht außer Acht lassen durften.

Sie erreichten ihren Dienstwagen. Koronaios wählte die Nummer des Revierleiters, doch der meldete sich nicht.

»Vielleicht geht er nicht ran, wenn wir anrufen«, sagte Koronaios.

Michalis wählte die Nummer des Kapitäns der Küstenwache. Der teilte ihm mit, dass der Revierleiter auf dem Weg nach Kissamos war. Vor einer halben Stunde war er mit einem der kleinen Motorboote losgefahren. Vater und Sohn Samarakis, erfuhr Michalis, waren vor einer guten Stunde von einem Angestellten mit einem Boot abgeholt worden.

»Dann könnten die Samarakis inzwischen zurück sein, und wir sollten noch mal mit ihnen reden«, schlug Koronaios vor.

Wenig später betraten Michalis und Koronaios durch einen auf blauen Säulen ruhenden Torbogen das Hotel der Samarakis, das *Pelagos* – das Meer. Es war nicht zu übersehen, warum sich der Hotelier Katzourakis über seinen Konkurrenten Samarakis ärgerte. Samarakis hatte seinen Hotelbau unmittelbar vor das Hotel von Katzourakis gesetzt, und da es höher war und eine längere Front hatte, war den Gästen des *Orizontas* der Blick auf das Meer komplett verbaut.

Das *Pelagos* lief eindeutig besser als das Hotel von Katzourakis. Während das *Orizontas* menschenleer gewesen war, brachen hier viele Urlauber gerade an den Strand oder zu Tagesausflügen auf, und neue Gäste kamen an. Außerdem war dieses Hotel hell, modern und hatte eine edle Ausstattung, ganz anders als das renovierungsbedürftige *Orizontas*.

»Nein, weder der Chef noch Stefanos sind bisher aufgetaucht«, sagte die Frau an der Rezeption. »Darf ich eine Nachricht hinterlassen?«

Koronaios zeigte ihr seine Polizeimarke.

»Rufen Sie den Sohn doch bitte an. Und wenn er rangeht, dann geben Sie ihn uns«, forderte er die Frau auf.

»Ich habe die Anweisung, Stefanos Samarakis nur im äußersten Notfall anzurufen«, sagte sie unsicher.

»Wenn die Kriminalpolizei vor Ihnen steht und Sie zu diesem Anruf auffordert, dann sollten Sie das als Notfall betrachten«, entgegnete Koronaios.

»Und wenn ich Ihnen seine Nummer gebe …?«, schlug die Frau vor. Michalis begriff, dass sie um ihren Job bangte, falls sie die Anweisung ihrer Chefs missachtete.

»Wir machen es so«, sagte Michalis. »Sie rufen ihn von Ihrem Telefon aus an, und wenn Stefanos Samarakis rangeht, teile ich ihm mit, dass wir Sie zu diesem Anruf gezwungen haben. Und wenn er nicht rangeht und später fragt, was Sie wollten, wird Ihnen sicherlich etwas einfallen.«

Das Handy von Stefanos Samarakis klingelte lange, bevor die Mailbox ansprang. Bei Sokratis Samarakis kam hingegen sofort die Ansage, dass diese Nummer vorübergehend nicht erreichbar sei.

Michalis und Koronaios notierten sich die Nummern der beiden, verabschiedeten sich und machten sich auf den Weg zum Polizeirevier.

»Eine eigenartige Gegend für ein Revier«, meinte Koronaios, als das schmucklose, kastenförmige Gebäude mit einer griechischen Flagge und einem kleinen Schild in Sicht kam. Es lag abgelegen am Ende einer Seitenstraße mit Lagerhallen und Werkstätten. Wäre der umfangreiche Fuhrpark mit mehreren Einsatzwagen, Geländewagen und auch Polizeimotorrädern nicht gewesen, hätte kaum etwas darauf hingedeutet, dass es sich hier nach Chania um den größten Sitz der Polizei im Nordwesten Kretas handelte.

So unscheinbar das Gebäude von außen war, so großzügig geschnitten und gut ausgestattet war es innen. Die meisten Polizeireviere, die Michalis in den kleineren Städten und Dörfern Kretas bisher kennengelernt hatte, hatten winzige Räume und eine veraltete Ausstattung. Dieses Revier schien jedoch vor nicht allzu langer Zeit modernisiert worden zu sein und verfügte über moderne Computer und Funkgeräte sowie neue Büromöbel. Und es hatte sogar einen Ruheraum, denn der Revierleiter Minotis trat verschlafen aus einem kleinen Zimmer, das hinter dem Mannschaftsraum lag. Als sich die Tür öffnete, bemerkte Michalis eine Liege mit einer Decke.

»Ich wollte mich gerade kurz hinlegen«, sagte Christos Minotis und gähnte. »Es war eine lange Nacht.«

Er blickte einen seiner Polizisten an.

»Frappé?«, fragte der sofort.

»Für die Herren ebenfalls?«, erkundigte sich der Revierleiter.

»Sehr gern«, erwiderten Michalis und Koronaios.

»Was kann ich für Sie tun?«, fragte Minotis, nachdem sie in seinem Büro Platz genommen hatten. Auch dieses Büro war sehr geräumig, und eine Klimaanlage surrte leise. Kein Vergleich zu den scheppernden und unzuverlässigen Geräten, die es in der Polizeidirektion von Chania gab.

»Sie sind ein erfahrener Polizist, der sich in Kissamos gut auskennt«, begann Koronaios.

Minotis zeigte daraufhin ein kurzes, fast spöttisches Lächeln.

»Vieles spricht dafür, dass es sich bei dem Unglück von Balos um einen tragischen Unfall handelt«, fuhr Koronaios fort.

Michalis hätte erwartet, dass Minotis diese Ansicht sofort bestätigt. Doch er schwieg und wartete ab.

»Wir haben die Aussage des schwedischen Hippiepärchens, das einen Mann gesehen haben will, der sich möglicherweise an dem Motorboot zu schaffen gemacht hatte. Und es gibt Stefanos Samarakis, der von einem Anschlag ausgeht. Können Sie sich erklären, warum er da so sicher ist?«

»Nein«, erwiderte Minotis. »Und ich halte es auch für zu früh für derartige Spekulationen.« Er machte eine kurze Pause. »Außerdem gehe ich davon aus, dass es noch einen weiteren Aspekt gibt.«

»Welchen?«, fragte Michalis.

Der Revierleiter ließ sich mit der Antwort Zeit.

»Ihren Kriminaldirektor Ioannis Karagounis. Es würde mich nicht wundern, wenn Sie oder Ihr direkter Vorgesetzter Jorgos Charisteas von ihm unter Druck gesetzt werden, um schnelle Ergebnisse zu liefern, mit denen Karagounis dann glänzen kann.«

Michalis und Koronaios sahen einander verwundert an. Jorgos hatte ihnen gesagt, dass Karagounis mit dem Revierleiter schlechte Erfahrungen gemacht hatte. Und jetzt deutete Minotis an, sie könnten in Karagounis' Auftrag übereilte Schlussfolgerungen ziehen.

»Selbstverständlich ist unser Kriminaldirektor ebenso wie wir daran interessiert, dieses Unglück gründlich aufzuklären«, erwiderte Koronaios.

»Ja, es ist für uns alle unangenehm, dass Teile der Öffentlichkeit von einem Mordanschlag ausgehen. Ich habe gehört, dass Sie bereits im Hotel *Orizontas* waren und mit Katzourakis gesprochen haben«, fuhr Minotis fort. »Dann wissen Sie ja, dass

Katzourakis und Sokratis Samarakis eine tiefe Abneigung verbindet.«

»Daran hat er keinen Zweifel gelassen«, bestätigte Michalis und fragte sich, woher Minotis wusste, dass sie bei Katzourakis gewesen waren.

»Für Katzourakis würde ich meine Hand ins Feuer legen. Selbst wenn das Unglück von Balos ein Anschlag gewesen sein sollte: Katzourakis hat damit nichts zu tun. Da bin ich vollkommen sicher«, erwiderte Minotis.

»Bei den Samarakis nicht?«, hakte Michalis nach. »Katzourakis hat sehr deutlich gemacht, dass vor allem der Sohn unbeliebt ist.«

»Ja, der junge Samarakis hat viel dafür getan, um in Kissamos einen schlechten Ruf zu bekommen«, erwiderte Minotis.

»Stimmt es, dass Stefanos Samarakis untreu war und Artemis Apostolidis überlegt haben soll, die Verlobung zu lösen?«

»Dass Stefanos untreu war, ist ein offenes Geheimnis. Dass Artemis sich trennen wollte ... Ich kenne die Gerüchte. Aber bevor ich etwas dazu sage, würde ich mich erst einmal umhören. Die Leute reden gern. Und nicht alles stimmt.«

Michalis fiel auf, dass Minotis die Vornamen benutzte, als würde er Artemis und Stefanos schon lange kennen.

»Kissamos hat etwa zehntausend Einwohner. Gehen Sie davon aus, dass ich den meisten von ihnen im Lauf der Jahre begegnet bin.« Christos Minotis schien zu wissen, was Michalis dachte. »Ich habe ein sehr gutes Gedächtnis. Für Gesichter und für Namen. Vor allem bei den Familien, die im Ort einigen Einfluss haben, ist das hilfreich. Es erleichtert den Umgang, wenn ich auch die Namen der Kinder parat habe.«

»Die Familie Samarakis ...«, sagte Michalis. »Es hat uns überrascht, dass letzte Nacht nur der Vater und der Sohn in Balos waren. Gibt es keine anderen Familienmitglieder?«

»Sokratis Samarakis hat sehr viele Leute in Kissamos gegen sich aufgebracht. Auch einen Teil seiner Familie«, erklärte Minotis. »Eine der Töchter lebt in den USA und war seit Jahren nicht mehr hier. Die andere Tochter wohnt in Topolia, etwa zehn Kilometer von hier. Aber der Kontakt ist nicht sehr eng.« Der Blick des Revierleiters wurde streng. »Vor einigen Jahren ist die Frau von Sokratis Samarakis gestorben. Ihre Geschwister, Cousins und Cousinen gehen Sokratis Samarakis seitdem ebenfalls aus dem Weg.«

»Wie können wir die Tochter in Topolia erreichen?«, fragte Michalis.

Christos Minotis schrieb eine Telefonnummer auf einen Zettel und reichte ihn Michalis.

»Teresa hat drei kleine Kinder. Wenn sie nicht ans Telefon geht, hat das nichts zu bedeuten.«

Michalis und Koronaios verabschiedeten sich. Kurz bevor sie in ihren Dienstwagen stiegen, rief Jorgos an.

»Unser Kriminaldirektor will von euch informiert werden. Könnt ihr sofort herkommen?«

»Ja. Wir machen uns auf den Weg«, erwiderte Koronaios. »Aber Karagounis ist hoffentlich klar, dass wir noch nicht einmal wissen, ob es sich um ein Verbrechen handelt.«

Gähnend setzten sie sich in den Wagen.

»Keine Sekunde Schlaf …«, meinte Koronaios. »Es wäre gut, wenn dieser Arbeitstag bald endet.«

Michalis fuhr los. Er würde sich zusammenreißen müssen, um am Steuer nicht einzuschlafen.

»Einen Revierleiter wie Minotis habe ich noch nie erlebt«, sagte Koronaios. »Letzte Nacht hatte ich den Eindruck, dass ihn sein Job überfordert oder langweilt. Aber er scheint die Leute in Kissamos genau im Blick zu haben.«

»Und ein Polizeirevier wie dieses in Kissamos habe ich auch noch nie gesehen«, ergänzte Michalis.

»O ja. Die haben eine Ausstattung, davon können wir nur träumen. Da muss viel Geld geflossen sein«, antwortete Koronaios. »Warum und von wem auch immer«, fügte er hinzu.

Am frühen Nachmittag hielten sie in Chania auf dem Parkplatz vor der Polizeidirektion. Während der Fahrt hatte Koronaios mit der Spurensicherung telefoniert.

»Zagorakis kann und will noch nichts sagen. Weder in Richtung Unfall noch in Richtung Anschlag und Manipulation am Boot.«

»Hat er angedeutet, wann er mit ersten Ergebnissen rechnet?«, fragte Michalis.

»Das kann dauern, sagt er. Er will sich mit seinen Leuten sogar in Kissamos im Hotel einmieten, um vor Ort zu sein. Und ich frag auch nicht nach, sonst wird er nur noch verschlossener«, erwiderte Koronaios.

Die sommerliche Hitze war in der Polizeidirektion sogar bis in den Fahrstuhl gedrungen. Als Michalis und Koronaios ihr Büro erreichten und die Klimaanlage trotz erheblichen Lärms nur für wenig Kühlung sorgte, dachte Michalis an das gut ausgestattete Polizeirevier in Kissamos. Koronaios schien ähnliche Gedanken zu haben.

»Ich frage mich, warum die in Kissamos technisch auf dem neuesten Stand sind, während wir hier fast wie im Museum arbeiten«, spottete er.

Sekunden später stand Jorgos in der Tür.

»In einer Viertelstunde sollen wir unserem Kriminaldirektor Bericht erstatten. Sagt mir vorher bitte schnell, was ihr noch erfahren habt«, sagte er und setzte sich.

Michalis und Koronaios berichteten von ihren Gesprächen mit dem Hotelier Katzourakis sowie dem vergeblichen Versuch, von Vater und Sohn Samarakis mehr zu erfahren.

»Der Revierleiter, Christos Minotis, scheint einiges zu wissen, aber er ist schwierig einzuschätzen«, sagte Koronaios schließlich und sah Jorgos auffordernd an. »Sollte sich der Verdacht eines Anschlags erhärten, müssten wir mehr über ihn erfahren.«

»Da gibt es nicht viel«, entgegnete Jorgos knapp. »Wenn man mit ihm umzugehen weiß, ist Christos Minotis ein Polizist, der einen guten Job machen will.«

Michalis war nicht entgangen, dass Jorgos nach dem Vornamen *Christos* eine kurze Pause gemacht hatte, als würde er den Revierleiter normalerweise beim Vornamen nennen. Und er erinnerte sich, dass Minotis die Handynummer von Jorgos hatte.

»Minotis ist nicht einfach nur ein Revierleiter, das kannst du uns nicht erzählen«, entgegnete Koronaios energisch. »Der Mann denkt wie ein Kriminalkommissar. So einen Revierleiter habe ich auf Kreta in all den Jahrzehnten noch nicht erlebt.«

»Dann hast du jetzt eben etwas Neues kennengelernt«, erwiderte Jorgos und stand auf. »Wir müssen zu Karagounis. Und ich möchte euch raten, sehr zurückhaltend zu sein, falls unser Kriminaldirektor Minotis erwähnen sollte. Da ist mal etwas gewesen, über das niemand reden will. Da könnt ihr euch nur die Finger verbrennen.«

Michalis und Koronaios warteten, bis Jorgos auf dem Flur außer Sichtweite war.

»Es gefällt mir überhaupt nicht, wenn um einen Revierleiter, der für uns wichtig werden könnte, so ein Geheimnis gemacht wird«, sagte Koronaios leise.

Niemand in der Polizeidirektion hatte je von einer Besprechung mit dem Kriminaldirektor Karagounis gehört, die angenehm war. Die heutige, da war Michalis sicher, würde keine Ausnahme darstellen.

In den letzten Jahren war in den meisten Stockwerken der Kriminaldirektion die Klimaanlage erneuert worden, dennoch wurde es im Hochsommer nachmittags in den Büros sehr heiß – außer im Büro des Kriminaldirektors. Es war ein riesiger Raum mit großen Fensterflächen nach Süden und Blick auf die *Lefka Ori*, die Weißen Berge, der stets auf achtzehn Grad heruntergekühlt war. Auf der Terrasse standen drei große, rot blühende Oleander, im Büro selbst plätscherte ein Tischbrunnen mit einer faustgroßen schwarzen Marmorkugel, die sich im Wasser drehte.

»Mich interessiert nur eines«, sagte Karagounis schroff, noch bevor Michalis, Koronaios und Jorgos sich gesetzt haben. »Was haben Sie in der Hand, um das Gerede, in Balos könnte es sich um einen Mordanschlag gehandelt haben, zu beenden?«

Karagounis sah die drei Kommissare herausfordernd an. Koronaios ergriff das Wort.

»Wir ermitteln, wie Sie wissen, unter sehr komplizierten Bedingungen. Die Spurensicherung konnte sich nur mit großem Aufwand dem Wrack nähern. Deren Arbeit benötigt noch Zeit.«

»Ich habe Sie nicht gefragt, ob jemand Zeit braucht. Ich habe Sie nach Erkenntnissen gefragt«, erwiderte Karagounis kühl.

Michalis und Koronaios warfen sich kurz einen Blick zu. Der Kriminaldirektor schien noch herrischer zu sein als sonst.

»Es gibt ein Pärchen, das vor dem Unfall jemanden beobachtet hat, der sich an verschiedenen Booten umgesehen hat und nicht gesehen werden wollte. Das beiden glauben, später von einem der Boote Geräusche gehört zu haben, als würde Werkzeug benutzt werden«, erklärte Michalis.

Karagounis sah ihn verärgert an. Hinweise auf ein Verbrechen schienen ihm nicht zu gefallen.

»Ist das Pärchen glaubwürdig?«, fragte er ungehalten.

»Dieses Pärchen hatte wohl geplant, am Strand zu übernachten. Da das verboten ist, finde ich es bemerkenswert, dass sie überhaupt mit uns geredet haben. Ich denke nicht, dass sie die Unwahrheit sagen«, antwortete Michalis. Dass die beiden bekifft gewesen waren, behielt er lieber für sich.

Der Kriminaldirektor blickte Michalis grimmig an.

»Noch etwas?«

»Der Sohn des Bootsbesitzers, Stefanos Samarakis, hat bei dem Unglück seine Verlobte und seinen besten Freund verloren«, sagte Michalis. »Deshalb betrachten wir seine Aussagen mit Vorsicht. Er ist überzeugt, dass jemand den Motor manipuliert hat. Und wir wissen auch bereits, dass Stefanos Samarakis sich in Kissamos Feinde gemacht hat. Dem werden wir nachgehen.«

Karagounis verzog verärgert den Mund.

»Tun Sie das. Und ein sehr ernstgemeinter Hinweis: Seien Sie vorsichtig mit Christos Minotis und weihen Sie ihn vor allem nicht in Ermittlungsergebnisse ein. Die könnten sehr schnell nach außen dringen. Alle Informationen landen als Erstes bei mir. Das war's.« Karagounis hob die rechte Hand und deutete mit dem Zeigefinger zur Tür.

»Nicht die angenehmste, aber immerhin die kürzeste Besprechung, die ich bei Karagounis je erlebt habe«, sagte Koronaios, als sie wieder in ihrem Büro waren. Er blickte Jorgos an. »Du hast gehört, was Karagounis über Minotis gesagt hat. Wenn es etwas gibt, das wir über ihn wissen sollten, dann sag es uns. Und zwar rechtzeitig.«

Jorgos schüttelte den Kopf.

»Karagounis hat euch gewarnt, und das muss genügen. Wenn er wollte, dass ihr mehr erfahrt, hätte er etwas gesagt«, entgegnete Jorgos kühl.

»Aber …«

»Kein Aber. Ihr seid seit fast sechzehn Stunden im Dienst. Ihr macht für heute Feierabend.«

Michalis blickte auf seine Uhr.

»Es ist noch nicht einmal drei«, sagte er.

»Ihr habt letzte Nacht um elf angefangen. Deshalb geht ihr jetzt nach Hause.« Jorgos bemühte sich um ein Lächeln. »Das ist eine Dienstanweisung«, fügte er hinzu und verließ das Büro.

»Um drei Uhr Feierabend …«, sagte Koronaios. »Wahrscheinlich erschrickt meine Frau, wenn ich an einem Montag so früh in der Tür stehe.«

»Ruf sie lieber vorher an.« Michalis gähnte.

»Ja, das sollte ich tun. Und du? Gehst du nach Hause und legst dich ins Bett?«

Michalis überlegte und gähnte erneut. »Das wäre vernünftig. Aber vorher frag ich Myrta, ob sie etwas für uns hat oder noch etwas wissen will.«

»Ja, lass uns zu ihr gehen. Und dann fahr ich dich zu eurer Wohnung.«

Sie klopften an der Tür von Myrtas Büro, der Assistentin der Mordkommission.

»Ich hab schon gehört, dass Jorgos euch in den Feierabend geschickt hat«, sagte Myrta.

Michalis gähnte schon wieder.

»Aber bevor Michalis im Stehen einschläft, wollten wir wissen, ob es noch etwas zu klären gibt«, sagte Koronaios.

»Ich hab eben die Mutter von Melitta Papastasatos erreicht«, berichtete Myrta. »Sie und ihr Mann sind in Heraklion gelandet und nehmen sich einen Wagen. Ich hatte den Eindruck, die

Eltern würden gern auf dem schnellsten Weg nach Kissamos fahren und nicht vorher von euch befragt werden.«

»Das ist in Ordnung. Wenn du für morgen Vormittag einen Termin mit ihnen ausmachst, genügt das«, sagte Koronaios. »Ich gehe davon aus, dass wir morgen ohnehin nach Kissamos fahren werden.«

6

Koronaios ließ Michalis in der Nähe seiner Wohnung in der *Odos Georgiou Pezanou* aussteigen. An anderen Tagen wäre Michalis jetzt zum *Athena* am venezianischen Hafen gegangen, heute jedoch wollte er seine Ruhe haben.

Hannah war vermutlich in einer Besprechung, denn sie ging nicht ans Telefon und antwortete auch nicht auf seine Nachricht. Michalis ließ sich auf das Bett fallen, und noch bevor er überlegt hatte, den Wecker zu stellen oder Hannah eine Nachricht zu schicken, war er bereits eingeschlafen.

Draußen hatte die Abenddämmerung eingesetzt, als Michalis vom Klingeln seines Smartphones geweckt wurde. Er brauchte einen Moment, um zu begreifen, wo er war und warum er am frühen Abend aus dem Schlaf gerissen wurde. Es war seine Schwester Elena.

»Alles in Ordnung bei dir?«, fragte Elena aufgebracht. »Unsere Mutter weiß von Jorgos, dass du schon vor einigen Stunden die Polizeidirektion verlassen hast. Sie macht sich Sorgen.«

»Ich hab geschlafen. Das werd ich wohl dürfen. Hat Jorgos nicht erzählt, dass wir die ganze Nacht im Einsatz waren?«

»Du hättest dich ja mal melden können.«

»Ich weiß nicht, ob du so was kannst. Gleichzeitig schlafen und telefonieren.«

»Jetzt werd mal nicht komisch«, sagte Elena streng. »Sieh zu, dass du herkommst. Du hast ja auch noch nichts gegessen.«

»Ich versuch jetzt erst einmal, Hannah zu erreichen. Vielleicht leg ich mich danach aber auch wieder hin. Ich bin nicht sehr hungrig.«

Michalis spürte, dass Elena nach Luft schnappte. Vermutlich stand seine Mutter direkt neben ihr und hörte mit.

»Hast du etwa den ganzen Tag noch nichts von Hannah gehört?«, fragte Elena und klang alarmiert.

Michalis ignorierte die Frage.

»Falls ich lieber schlafen will, schick ich euch eine Nachricht«, sagte Michalis und legte auf. Hannah hatte ihm, während er schlief, mehrfach geschrieben und ihm Uhrzeiten vorgeschlagen, an denen sie Zeit zum Telefonieren hätte. Michalis schrieb ihr zurück, dass er eingeschlafen war, jetzt aber wieder wach sei. *Gut, ich meld mich in zehn Minuten, okay?*, schrieb Hannah sofort zurück.

Michalis' Magen knurrte. Er klappte den Laptop auf, und während er auf Hannahs Videoanruf wartete, blickte er in den Kühlschrank. Es gab noch einen Rest der *Moussaka* von gestern, aber der würde seinen Hunger nicht stillen.

»Wie war dein Tag?« Michalis und Hannah hatten gleichzeitig gefragt. Da sie nur *langweilige Besprechungen* gehabt hatte, bestand Hannah darauf, dass Michalis als Erster erzählte. Er berichtete von dem, was in Balos passiert war, und dass es bisher keine konkreten Hinweise auf einen Anschlag gab und sie von einem tragischen Unfall ausgingen. Während er redete, machte sich in ihm jedoch immer mehr die Gewissheit breit, dass Stefanos Samarakis Gründe haben musste, von einer Manipulation des Motors auszugehen.

»Und wie war dein Tag?«, wollte er dann wissen.

Hannah berichtete von ihren Besprechungen, deren Inhalte sich tatsächlich wiederholten. Im Hintergrund sah Michalis das Londoner Hotelzimmer, in dem Hannah bereits den dritten Tag übernachtete. Auf einer Kommode hatten schon gestern Unterlagen gelegen, und heute waren daraus zwei größere Stapel geworden.

»Das sind die Entwürfe einer möglichen Vereinbarung.« Hannah hatte Michalis' Blick bemerkt und musste lachen. »Und es ist mir wirklich peinlich, aber diese Stapel wachsen deshalb so schnell, weil die Kollegen in Berlin die Dinge unglaublich kompliziert machen. Sobald ein Detail geklärt zu sein scheint, muss das schriftlich festgehalten, in vier Sprachen übersetzt und verschickt werden. Am besten per Fax, das sei sicherer als per E-Mail. Bis gestern haben die italienischen und die spanischen Kollegen deshalb behauptet, ihr Fax sei gerade kaputt. Seit heute beteuern sie zusätzlich, ihre Drucker seien zur Reparatur und kämen erst in einigen Wochen zurück.«

»Dann bist du die Einzige, bei der sich diese Stapel türmen?«

»Jein ... Wir schieben sie bei den Videokonferenzen immer ins Bild, das beruhigt die deutschen Kollegen, und sie sind eher zu Zugeständnissen bereit.« Hannah schüttelte den Kopf. »Diese letzten Tage waren echt mühsam. Aber morgen Vormittag bin ich dann endlich wieder in Heraklion und abends bei dir.« Hannah beugte sich vor und flüsterte. »Ich kann es kaum erwarten, dich zu berühren ...«

»Ich auch ...«, sagte Michalis ebenfalls leise.

»Es kann morgen in Heraklion allerdings spät werden, wir haben bis zum Abend Termine. Aber das ist egal. Hauptsache, ich bin nachts bei dir«, fügte sie hinzu. »Und sag mal ...«

»Ja?«

»Deine Familie? Finden die es sehr irritierend, dass ich so viel unterwegs bin?«

Michalis stöhnte. »Die müssen damit klarkommen, dass wir beide nicht so zusammenleben, wie sie es gewohnt sind. Heute war ich noch nicht im *Athena*, weil ich eingeschlafen bin.«

»Gehst du noch hin?«

»Ich hab Hunger …«

»Du bist und bleibst ein Charisteas …!« Hannah lachte schallend. »Bei euch geht es ständig ums Essen!«

Anders als gestern wurde Michalis im *Athena* nicht erfreut, sondern eher kühl begrüßt. Dass er sich heute nicht gemeldet hatte, schienen seine Mutter und seine Schwester ihm zu verübeln.

Michalis setzte sich zu Takis an den Tisch, bekam von Sotiris *Arni me Aginares*, Lamm mit Artischockenherzen, serviert und konnte in Ruhe essen. Als er andeutete, dass er mit Hannah gesprochen hatte und sie morgen Abend wieder in Chania sein werde, waren seine Mutter Loukia und seine Schwester Elena etwas besänftigt. Doch da hatte sein Vater bereits begonnen, sich nach den Ereignissen in Balos zu erkundigen.

»Es gab vorhin eine Sondersendung im Fernsehen«, sagte Takis. »Ihr vermutet also einen Mordanschlag?«

»Wir stehen noch ganz am Anfang. Alles andere sind Gerüchte. Wir machen unsere Arbeit und gehen damit an die Öffentlichkeit, wenn es Beweise gibt. Das ganz normale Vorgehen«, erwiderte Michalis.

»Ich hatte mich auch schon gewundert«, sagte Takis. »Im Fernsehen waren dunkle Felsen an der Küste zu sehen und dann eine Explosion. Mehr nicht.«

»Wer auch immer seine Handyaufnahmen an einen Fernsehsender verkauft hat, hat dafür sicher gutes Geld bekommen. In Zukunft werden noch mehr Leute hoffen, mit ihren Handyaufnahmen Geld zu machen. Unsere Arbeit wird dadurch nicht einfacher«, erwiderte Michalis.

Er war kaum mit dem Essen fertig, da setzte sich seine Mutter zu ihm und Takis an den Tisch.

»Hat es dir geschmeckt?«, wollte Loukia wissen.

»Ganz hervorragend. Vielen Dank«, antwortete Michalis höflich.

»Hannah ist morgen Abend also endlich wieder in Chania?«, fragte sie weiter.

»Ja, aber erst spät. Sie hat vorher noch Besprechungen in Heraklion.«

»Hannah arbeitet inzwischen fast jeden Tag. Sie muss doch auch mal frei haben!«, sagte Loukia.

»Das wird auch wieder anders werden«, entgegnete Michalis. »Aber jetzt arbeitet sie an einem großen Projekt, das ihr sehr wichtig ist.«

»Bist du sicher, dass das mal anders wird und nicht immer so weitergeht? Wie wollt ihr denn so zusammenleben?« Loukia ließ nicht locker.

Zu Michalis' Überraschung kam ihm sein Vater zu Hilfe.

»Jetzt lass den Jungen doch in Ruhe. Die beiden wissen schon, was für sie gut ist«, sagte er. »Hannah ist eine kluge Frau, und die beiden sind glücklich. Das ist das Wichtigste.«

»Aber ...«, wollte Loukia einwerfen, wurde jedoch von Takis gestoppt.

»Morgen ist Hannah wieder hier, und ihr solltet nicht so neugierig sein. Wenn Michalis und Hannah uns etwas sagen wollen, werden sie es schon tun.«

Loukia sah Takis verärgert an und stand wortlos auf.

»Ist doch wahr ...«, sagte Takis leise. Er würde sich später, wenn er mit Loukia allein war, einiges anhören müssen. Aber Michalis wusste, dass Takis in Hannah regelrecht vernarrt war und es nie zulassen würde, dass jemand sie in Frage stellte. Vom ersten Moment an hatte Hannah ihn mit ihrer Herzlichkeit so verzaubert, dass Michalis manchmal fast eifersüchtig war.

»Du solltest gehen, bevor Elena und deine Mutter es noch einmal versuchen ...«, fügte Takis noch hinzu. »Allerdings ...

wenn es Neuigkeiten gibt, könntest du irgendwann mal damit rausrücken. Geheimnisse bleiben in Chania sowieso nicht lange geheim.«

Spätestens jetzt war Michalis sicher, dass seine Familie von den Verlobungsringen wusste. Aber während die Frauen ihre Neugierde kaum aushalten konnten, schien Takis sicher zu sein, dass sich die Dinge zwischen Michalis und Hannah in aller Ruhe gut entwickeln würden.

7

Um zwölf Uhr treffen wir die Eltern von Melitta Papastasatos. Lass uns vorher in Kissamos zum Hotel der Samarakis fahren. Und falls die beiden sich wieder verleugnen lassen, laden wir sie vor«, sagte Koronaios und gähnte. Er saß mit Michalis im Büro vor gleich zwei Frappés, denn sie hatten beide auf dem Weg in die Polizeidirektion welche füreinander besorgt. Die vorige Nacht, in der sie kaum geschlafen hatten, steckte ihnen noch in den Knochen.

Die Angestellte im Hotel *Pelagos* erkannte Michalis und Koronaios sofort, als sie das Foyer betraten. Es war dieselbe Frau, die gestern an der Rezeption gearbeitet und behauptet hatte, Vater und Sohn Samarakis seien nicht erreichbar.

»Ich muss nachsehen, ob Herr Samarakis schon im Haus ist«, sagte die Frau. Sie war eine schlechte Lügnerin, dachte Michalis. Natürlich wusste sie, dass der alte Samarakis in seinem Büro saß. Die Frage nach Stefanos, dem Sohn, hatte sie hingegen ignoriert.

Nachdem die Rezeptionistin ihn angerufen hatte, tauchte Sokratis Samarakis sofort auf. Bisher hatte Michalis ihn nur nachts in zerrissener Kleidung und einem grauenhaften Zustand gesehen. Jetzt trug der Hotelier einen dunkelblauen, maßgeschneiderten Anzug, dazu ein weißes Hemd mit dunkelblauer Krawatte. Sein volles graues Haar war nach hinten gebürstet, und eine eckige Brille mit goldfarbenen Gestell ergänzte das Bild eines wohlhabenden, erfolgreichen Mannes. Sein Gesicht war jedoch blass, und seine Augen waren vor Müdigkeit gerötet.

»Was kann ich für Sie tun?«, erkundigte sich Sokratis Samarakis.

»Wir haben noch einige Fragen«, erwiderte Koronaios. »Gestern konnten wir Sie nicht mehr erreichen.«

»Ich weiß, das hat mir meine Angestellte ausgerichtet«, sagte Sokratis Samarakis mit Blick auf die Rezeptionistin. »Aber Sie werden verstehen, dass nach einem derartigen Unglück …«

»Das verstehen wir selbstverständlich«, sagte Michalis. »Als Erstes müssen wir jetzt allerdings mit Ihrem Sohn sprechen.«

»Mit Stefanos? Warum?«

»Weil wir die Kriminalpolizei sind und Fragen haben«, entgegnete Koronaios.

»Stefanos …« Samarakis sah sich irritiert um.

»Er ist doch im Haus, oder?«, fragte Koronaios.

»Ja, schon … aber … es geht ihm nicht gut. Er hat eine sehr schwere Nacht hinter sich.«

»Was wollen Sie damit sagen?«

»Stefanos macht sich Vorwürfe. Wenn er an Bord gewesen wäre, wäre das Unglück sicherlich nicht passiert. Dann würde Gavrilis noch leben … und vor allem Artemis.« Samarakis schloss die Augen. Sein Gesicht war schmerzverzerrt.

»Ist Ihr Sohn noch immer überzeugt, dass der Motor manipuliert wurde?«, wollte Koronaios wissen.

»Das ist eine Möglichkeit … Aber selbst dann hätten Stefanos oder ich die drei möglicherweise retten können. Wir kannten das Boot ja besser als Gavrilis.«

»Rufen Sie Ihren Sohn doch bitte her.«

»Könnten Sie vielleicht später wiederkommen? Stefanos schläft noch.«

»Dann wecken Sie ihn«, entgegnete Koronaios ungerührt.

»Er ist … Stefanos ist letzte Nacht gestürzt«, erwiderte Sokratis Samarakis. In seiner Stimme lag Verzweiflung.

»Ist er schwer verletzt? War er im Krankenhaus?«, fragte Koronaios.

»Nein, nein … Aber es wäre gut, wenn er sich noch ein wenig ausruhen könnte.«

Vermutlich, dachte Michalis, hatte Stefanos sich gestern Nacht betrunken. Aber auch das wollte er von ihm selbst hören und ihn vor allem sehen.

»Darauf können wir leider keine Rücksicht nehmen. Es ist unsere Pflicht, die Aussagen von Zeugen unverzüglich aufzunehmen.« Koronaios ließ nicht locker.

»Rufen Sie ihn an. Und entweder ist er dann in zehn Minuten hier, oder wir gehen zu ihm.« Koronaios blickte Sokratis Samarakis streng an. »Und sollte Ihr Sohn sich einer Befragung entziehen wollen, droht ihm eine Vorladung in die Polizeidirektion von Chania.«

»Nein, nein, schon gut«, sagte Sokratis Samarakis schnell, nahm sein Handy und wählte. Michalis und Koronaios hörten das Klingeln und wenig später die Ansage der Mailbox.

»Stefanos schläft wohl tief. Oder er hat den Klingelton ausgeschaltet.«

»Gut, dann fahren wir drei jetzt nach oben in die Suite. Oder schläft Ihr Sohn heute woanders?«, fragte Michalis.

»Woher wissen Sie, dass Stefanos in der Suite lebt?«

»Wir sind die Polizei. Es ist unser Job, so etwas zu wissen«, erwiderte Koronaios.

Sokratis Samarakis nickte, ließ sich von der Rezeptionistin eine Schlüsselkarte reichen und ging voraus zum Fahrstuhl.

Schon die Eingangshalle und das Foyer des Hotels waren elegant ausgestattet, doch hier oben im fünften Stock sprang der

Luxus sofort ins Auge. Die Wände waren zur Hälfte mit Mahagoniholz verkleidet und bis zur Decke mit Stoff bespannt. Die Teppiche waren aus weicher Wolle, und die Türgriffe waren ebenso wie die Zimmernummern vergoldet. Hier war an nichts gespart worden.

Da niemand auf das Klopfen reagierte, entriegelte Sokratis Samarakis die Tür mit einer Karte. Michalis und Koronaios ließen ihn vorgehen.

»Stefanos?«, rief Sokratis Samarakis leise.

»Was ist?«, erwiderte Stefanos verschlafen.

»Du müsstest jetzt bitte aufstehen«, sagte Sokratis.

»Warum?«

»Die Polizei besteht darauf, mit dir zu reden.«

»Polizei? Die können mich mal. Die sollen mich in Ruhe lassen«, stöhnte Stefanos. Michalis und Koronaios standen noch im Eingangsbereich, und der Hoteliersohn hatte sie bisher nicht bemerkt.

»Wen wir in Ruhe lassen und wen nicht, das entscheiden wir«, sagte Koronaios energisch und betrat die Suite. »Und Sie, Herr Samarakis, stehen jetzt auf. Und zwar sofort.«

Stefanos richtete sich widerwillig im Bett auf und griff sich an den Kopf. Dass es ihm schlecht ging, war nicht zu übersehen, vor allem aber waren in seinem Gesicht Blutreste zu erkennen. Über der linken Augenbraue trug er einen Verband, der nicht sehr fachmännisch befestigt worden war.

»Sie sind letzte Nacht gestürzt?«, fragte Michalis.

»Ja …«, erwiderte Stefanos zögernd und sah seinen Vater fragend an. Vermutlich hätte er gern gewusst, was der Vater der Polizei bereits gesagt hatte.

»Wir hätten ein paar Fragen an Sie«, sagte Koronaios.

»Ja … Dürfte ich vorher duschen? Und vielleicht einen Frappé bekommen?«

»Das dürfen Sie«, erwiderte Michalis.

Stefanos Samarakis stand mühsam auf, sackte jedoch zurück auf das Bett. Sein Vater reichte ihm die Hand und stützte ihn auch noch auf dem Weg zum Badezimmer.

»Wir warten unten in der Lobby. Spätestens in zwanzig Minuten sind Sie dort«, ordnete Koronaios an.

Stefanos nickte. Kurz bevor er das Badezimmer erreichte, klingelte unter einem Berg von achtlos hingeworfener Kleidung ein Handy. Stefanos wollte sich vorbeugen, musste sich jedoch an einem Regal festhalten, um nicht umzukippen. Sein Vater hob eine Hose und ein Hemd hoch, an dem Blutreste zu kleben schienen, bis er das Telefon gefunden hatte. Michalis konnte sehen, dass er irritiert auf das Display blickte, bevor er das Handy an seinen Sohn weiterreichte. Der starrte ebenfalls auf das Display und wartete, bis das Klingeln aufhörte. Dann verschwand er im Badezimmer.

»Wie gesagt. Zwanzig Minuten!«, rief Koronaios ihm nach.

Michalis und Koronaios nahmen in der Lobby auf den modernen, bequemen Sesseln aus dunklem Leder Platz. Sokratis Samarakis ließ ihnen Frappé bringen. Michalis und Koronaios hätten auch ihm gern einige Fragen gestellt, doch der Hotelier deutete auf eine Gruppe neu angekommener Urlauber.

»Dürfte ich mich eben um meine Gäste kümmern und Ihnen danach zur Verfügung stehen?«, bat er.

Michalis und Koronaios ließen ihn gehen.

»Der Vater geht seinen Geschäften offenbar so nach wie immer«, sagte Koronaios leise. »Und der Sohn betrinkt sich nachts. Ich bin neugierig, wie er sich verletzt hat.«

»Wenn er sich überhaupt daran erinnert. Und ich hoffe, dass seine Geschichte halbwegs glaubwürdig ist. Eine verletzte linke Augenbraue …«

»… entsteht meistens bei einer Prügelei«, ergänzte Koronaios.

Beide nippten an ihrem Frappé. Michalis sah, dass Koronaios kurz die Augen zufielen.

»Eigentlich habe ich letzte Nacht wirklich viel geschlafen …«, sagte Koronaios.

Michalis wollte sich gerade erkundigen, ob die Stimmung in der Familie von Koronaios auch gestern Abend gut gewesen war, als ihm vor dem Hotel eine Person auffiel, die von Wagen zu Wagen schlich, sich für einige Sekunden hinter jedem versteckte und sich umsah.

»Moment mal. Das ist doch …«, sagte er.

»Das ist der Sohn. Der will abhauen!«, rief Koronaios und sprang auf. Auch Michalis war sicher, dass es Stefanos Samarakis war, der jetzt auf ein Motorrad stieg, den Motor startete und losraste.

Michalis und Koronaios rannten nach draußen zu ihrem Wagen.

»Schlüssel!«, rief Koronaios.

Michalis warf Koronaios noch im Laufen den Schlüssel zu. Der fing ihn, ließ die Wagentüren aufschnappen und gab schon Gas, als Michalis kaum die Beifahrertür zugezogen hatte.

»Der hat es eilig«, sagte Koronaios, denn das Motorrad von Stefanos Samarakis war auf einer kleinen Straße, die parallel zur Promenade verlief, bereits hundert Meter entfernt. Am Ende dieser Straße, wo ein Fluss ins Meer mündete, fuhr das Motorrad nach links. Koronaios jagte hinterher und sah, wie das Motorrad nach rechts auf die Hauptstraße einbog.

Koronaios schaltete das Martinshorn ein und stellte das Blaulicht auf das Autodach, ohne vom Gas zu gehen. An der Hauptstraße zwang er einige Autofahrer zu Ausweichmanövern, bahnte sich hupend seinen Weg an Lieferwagen vorbei und entdeckte weit vor ihnen das Motorrad, das einige PKW gefährlich überholte.

»Der hat doch garantiert Restalkohol, das ist völliger Irrsinn, was der da macht«, rief Koronaios.

Kurz vor dem Ortsausgang gab Koronaios Vollgas, doch der Abstand zu Stefanos Samarakis wurde trotzdem immer größer. Sie passierten den kleinen Yachthafen und kamen an einer winzigen Kapelle vorbei, die links in die Felsen gebaut worden war. Dort, wo es rechts zu dem Fährhafen ging, bog die Straße links Richtung Elafonisi ab, einem der beliebtesten Strände Kretas. Vor einer Kurve in dem Ort Platanos sahen Michalis und Koronaios das Motorrad ein letztes Mal, denn als sie diese Kurve erreichten, war es verschwunden. Koronaios folgte der gut ausgebauten Straße noch einige Kilometer in rasantem Tempo, doch dann mussten sie sich eingestehen, dass Stefanos Samarakis ihnen entkommen war.

»Der muss irgendwo abgebogen sein«, sagte Koronaios und fuhr langsamer. »Sonst hätten wir ihn auf den letzten Kilometern sehen müssen.«

»Ich ruf den Revierleiter an. Vielleicht hat er eine Idee, wohin er fährt«, erwiderte Michalis.

»Stefanos Samarakis ist vor Ihnen geflüchtet?«, fragte Christos Minotis ungläubig. »Er hat keinen guten Ruf, aber für so dumm hätte ich ihn nicht gehalten.«

»Können Sie sich vorstellen, wohin er fährt?«, wollte Michalis wissen.

»Haben Sie schon Platanos passiert?«, fragte Minotis.

»Wir fahren gerade durch Sfinari«, erwiderte Michalis.

»Dann sind Sie schon deutlich weiter. Es könnte sein, dass Stefanos in Platanos nach Falassarna abgebogen ist. Falassarna hat einen riesigen Strand und viele Hotels und Tavernen. Am nördlichen Ende wollen die Samarakis ein Hotel bauen. Vielleicht ist Stefanos dorthin gefahren.«

Christos Minotis zögerte.

»Ist irgendetwas mit dieser Baustelle?«, fragte Michalis deshalb.

»Ja … Vor zwei Wochen haben die Samarakis begonnen, das Fundament auszuheben.«

»Und?«

»Es gab heute Morgen einen Anruf. Anonym. So was kommt vor. Aber wir müssen dem trotzdem nachgehen«, sagte Minotis.

»Was für einen Anruf?«, fragte Michalis.

»Jemand hat die Archäologen angerufen. Weil auf dem Gelände angeblich alte Scherben gefunden worden sind. Solche anonymen Anrufe gibt es immer wieder. Häufig steckt nichts dahinter.«

»Es hat also jemand behauptet, bei den Bauarbeiten sei etwas archäologisch Bedeutsames gefunden worden«, sagte Michalis. »Dann muss der Bau doch erst einmal gestoppt werden?«

»Ja … ich habe deshalb vorhin zwei Leute dorthin geschickt«, sagte Minotis.

»Wir machen uns auf den Weg nach Falassarna«, sagte Michalis. Koronaios wendete.

»Ich komme ebenfalls dorthin. Falls es Probleme geben sollte«, erwiderte Minotis und beschrieb ihnen noch, wie sie die Baustelle der Samarakis finden würden.

Während Koronaios in normalem Tempo Richtung Platanos fuhr, dachte Michalis nach.

»Ich ruf Sokratis Samarakis an. Der soll seinen Sohn zur Vernunft bringen. Vielleicht hatten sie Kontakt, seit Stefanos vor uns abgehauen ist«, sagte er dann.

Michalis wählte die Nummer des Vaters, doch bei dem sprang

sofort die Mailbox an. Im Hotel beteuerte die Rezeptionistin, keiner der Samarakis sei im Haus. Diesmal glaubte Michalis ihr sogar.

8

In Platanos folgte Koronaios der schmalen, langsam ansteigenden Straße Richtung Falassarna. Hinter Kavousi erreichten sie den höchsten Punkt der Hügelkette – und plötzlich öffnete sich ein atemberaubender Blick über die Küste. Unterbrochen von Felsvorsprüngen, erstreckte sich entlang des türkisfarbenen Wassers ein kilometerlanger Sandstrand.

Michalis und Koronaios schwiegen beeindruckt, während die Straße als langgezogene Serpentinen zum Meer führte.

»Wir waren früher öfter hier, als die Mädchen noch klein waren. Die beiden haben den Strand geliebt, und natürlich haben wir sie den ganzen Tag nicht aus dem Wasser herausbekommen. Es waren wirklich tolle Tage mit den Mädchen«, fügte Koronaios versonnen hinzu.

Das war vermutlich lange bevor seine Töchter in die Pubertät gekommen waren und Koronaios' Nerven strapaziert hatten.

»Meiner Frau ist es übrigens vor mir aufgefallen«, sagte Koronaios. »Es gibt hier keine Kirche und vor allem kein Kafenion. Im Grunde ist es also gar kein richtiger Ort.«

Michalis wusste, was Koronaios meinte. Jedes Dorf auf Kreta hatte ein Kafenion und eine Kirche, auch wenn es nur eine winzige Kapelle war. Ein Ort wie Falassarna war eine Ausnahme. Vor einigen tausend Jahren hatte es nördlich der heutigen Siedlung einen bedeutenden Hafen gegeben, der später aufgegeben wurde und in Vergessenheit geriet. Mit den Hippies kamen vor einigen Jahrzehnten die ersten Rucksacktouristen, und es entstanden Tavernen und Hotels. Heute war Falassarna ein bei Familien beliebter Urlaubsort, der wegen seiner abgeschiedenen Lage im äußersten Nordwesten Kretas trotz des traumhaften Strandes nicht überlaufen war.

Wie der Revierleiter es beschrieben hatte, mündete die asphaltierte Straße am nördlichen Ende von Falassarna in einen Platz mit einem Hotel, einem Lebensmittelgeschäft und einer Taverne. Ab da führte eine staubige Sandpiste an Olivenhainen entlang zu den Ruinen des antiken Hafens. Dieser Piste folgten sie wenige hundert Meter und stellten dann schon von weitem fest, dass der Revierleiter recht gehabt hatte. Das Motorrad von Stefanos Samarakis stand quer über dem Weg. Dahinter parkte ein Polizeiwagen, der von einem kleinen Pritschenwagen halb verdeckt wurde.

Trotz der geschlossenen Autoscheiben und des laufenden Motors hörten Michalis und Koronaios, wie sich zwei Menschen anbrüllten. Sie stiegen aus und näherten sich einem großen Baugrundstück, an dessen Zugang rot-weißes Absperrband angebracht worden war. Zwei uniformierte Polizisten betrachteten das Spektakel, das sich ihnen bot: Stefanos Samarakis und eine Frau Mitte fünfzig standen sich hinter dem Absperrband gegenüber und schrien einander an. Die Frau wollte verhindern, dass Stefanos an ihr vorbei das Gelände betrat. Zwei Männer in sandfarbenen Hosen und staubigen T-Shirts schienen sie zu unterstützen. Michalis hatte jedoch den Eindruck, dass diese Frau sich allein sehr gut durchsetzen konnte. Sie trug eine braune Cargohose, ein olivfarbenes Hemd und einen großen braunen Hut. Stefanos Samarakis wirkte hingegen noch immer angeschlagen. Zwar hatte er jetzt ein gebügeltes rosafarbenes Hemd und eine graue Stoffhose an, doch der Verband über der Augenbraue war verrutscht und blutig.

»Das werden wir uns mal näher ansehen«, sagte Koronaios, ging auf die Streitenden zu, hob das Absperrband an und betrat das Baugrundstück. In dem Moment ließ die Frau von Stefanos ab und schoss auf Koronaios zu.

»Hinter die Absperrung! Aber sofort! Haben Sie keine Augen im Kopf!«, schnauzte sie Koronaios an.

Koronaios war so überrascht, dass er nicht sofort reagierte. Dieses Zögern nutzte die Frau, packte Koronaios am Arm und wollte ihn von dem Grundstück zerren. Koronaios riss sich los und baute sich vor der Frau auf.

»Dieses Gelände ist gesperrt! Verschwinden Sie!«, brüllte die Frau.

Koronaios atmete so tief ein, dass sein Hals anschwoll. Michalis wusste, was jetzt passieren würde.

»Sie reden mit einem Kriminalkommissar im Einsatz! Und Sie werden es nicht wagen, uns bei der Arbeit zu behindern! Sonst werden wir Sie wegen Behinderung von Polizei …«

»Und Sie reden hier mit dem archäologischen Institut von Chania! Auf diesem Grundstück haben ich und meine Mitarbeiter das Sagen und niemand sonst! Gehen Sie zurück hinter die Absperrung!«

Michalis musste beeindruckt feststellen, dass diese Frau sich von Koronaios keineswegs einschüchtern ließ. Weil dessen Gesicht immer röter wurde, streckte Michalis der Frau seinen Ausweis entgegen, ohne die Absperrung zu übertreten.

»Kriminalpolizei Chania!«, rief er. »Und jetzt beruhigen Sie sich, damit wir die Angelegenheit …«

»Ich beruhige mich, wenn der Herr dieses Grundstück verlassen hat!«

Während dieser lautstarken Auseinandersetzung hatte Stefanos Samarakis sich einige Meter weggeschlichen und rannte plötzlich los zum hinteren Teil des Baugrundstücks, wo vier

Bauarbeiter an einem kleinen Raupenbagger lehnten und rauchten. Zweihundert Meter hinter ihnen lag das Meer.

»Herr Samarakis! Bleiben Sie stehen!«, rief Michalis, doch der rannte weiter. Michalis hob das Absperrband, und als die Archäologin ihn aufhalten wollte, hinderte Koronaios sie kurzentschlossen daran. Michalis lief hinter dem Hoteliersohn her, doch der verschwand durch einen Olivenhain im Gestrüpp von Macchia und Phrygana Richtung Küste. Als er ihn aus den Augen verloren hatte, blieb Michalis stehen.

Ein Polizeiwagen näherte sich und hielt vor der Absperrung. Christos Minotis stieg aus, setzte in aller Ruhe seine Polizeimütze auf und trat an die Absperrung.

»Herr Minotis!«, rief die Frau ihm zu. Die beiden schienen sich zu kennen. »Diese Herren ignorieren die Anweisungen der archäologischen Autoritäten!«

»Frau Kaliotsis«, erwiderte Minotis, »die beiden Kriminalkommissare ermitteln wegen des schrecklichen Unglücks von Balos. Ich bin sicher, wir können die Probleme in aller Ruhe besprechen.«

»Wir können erst sprechen, wenn diese beiden ...«, begann die Archäologin.

»Ich habe es in fast dreißig Dienstjahren noch nie erlebt ...«, regte Koronaios sich auf, wurde aber sofort unterbrochen.

»Dann wird es Zeit, dass Sie sich über die Zuständigkeiten der Archäologie informieren! Sie haben hier nichts zu suchen! Sie zerstören eine mögliche Ausgrabungsstätte!«

Michalis lenkte ein und trat hinter die Absperrung zurück zu Minotis. Die Archäologin sah Koronaios auffordernd an.

»Wenn wir Ihretwegen Straftaten nicht aufklären können, werden Sie mich kennenlernen«, sagte Koronaios, gab nach und verließ das abgesperrte Gelände.

Die Frau genoss den Triumph, die beiden Kriminalkommissare von dem Grundstück vertrieben zu haben, wandte sich ab und erteilte ihren beiden Mitarbeitern in den sandfarbenen Hosen Befehle.

»Sie kennen die Frau?«, fragte Michalis.

»Ja ... Lemonia Kaliotsis. Eine Archäologin aus Chania. Wir sind uns schon mehrfach auf Baustellen begegnet. Es gibt immer wieder Hinweise auf antike Fundstücke, und ich muss mit meinen Leuten dann die Bauarbeiten einstellen und die Baustellen sperren lassen. Lemonia Kaliotsis ist berüchtigt, ehrlich gesagt. Bauherren drehen durch, wenn sie ihren Namen hören, denn sie ist von allen Archäologinnen die strengste. Wenn sie die Sperrung einer Baustelle anordnet, dann kann es Jahre dauern, bis die Bauherren wissen, ob sie jemals weiterbauen können. Andere Archäologen sind da etwas ... weniger streng«, antwortete der Revierleiter.

»Und wegen dieser Baustelle hat heute jemand bei Ihnen angerufen?«, fragte Koronaios.

»Jein«, erwiderte Minotis. »Jemand hat in Heraklion angerufen, im Archäologischen Museum. Das ist ungewöhnlich, weil für Falassarna Chania zuständig ist. Die Sache ist dann aber schnell bei mir gelandet.«

»Stefanos Samarakis ist übrigens geflüchtet«, sagte Michalis. »Dort hinten, hinter den Olivenbäumen, Richtung Küste. Aber da sein Motorrad hier steht, wird er wohl früher oder später zurückkommen.«

»Vermutlich ist dann sein Alkoholpegel gesunken, und wir können ihm nicht mehr nachweisen, dass er angetrunken vor uns abgehauen ist«, schimpfte Koronaios.

»Sobald er wieder hier ist, wird ihm Blut abgenommen. Und dann sehen wir weiter«, sagte Minotis beschwichtigend. Michalis hatte den Eindruck, dass der Revierleiter keinen unnötigen Ärger mit den Samarakis provozieren würde.

Die Archäologin hatte sich beruhigt und trat an die Absperrung. Für einen Moment nahm sie ihren großen Hut ab und wischte sich den Schweiß von der Stirn. Ihre dunkelbraun gefärbten, langen Haare hatte sie zu einem Knoten gebunden.

»Herr Minotis«, sagte sie ruhig. »Würden Sie den beiden Herren bitte erklären, was es bedeutet, wenn der griechische Staat ein Gelände wegen des Verdachts auf archäologische Fundstücke gesperrt hat?«

»Das ist nicht nötig«, erwiderte Michalis. »Mein Partner und ich sind mit den Gesetzen unseres Staates vertraut.«

»Dann sollten Sie wissen, dass Sie ohne meine Genehmigung auf dieser Baustelle nichts zu suchen haben«, entgegnete die Archäologin vorwurfsvoll.

»Vielleicht sollten wir uns erst einmal vorstellen«, sagte Michalis und reichte der Frau die Hand. »Mein Name ist Michalis Charisteas, und das ist mein Kollege Pavlos Koronaios. Kriminaldirektion Chania.«

Die Archäologin warf einen Blick auf ihre verschwitzte, staubige Hand, wischte sie an ihrer Arbeitshose ab und schüttelte Michalis' Hand energisch.

»Lemonia Kaliotsis«, sagte sie. »Archäologisches Institut Chania.«

Dann streckte sie Koronaios die Hand entgegen, der sie nur zögernd ergriff.

»Im Heraklion ist heute früh ein Anruf eingegangen, dass auf dieser Baustelle archäologische Fundstücke entdeckt, aber nicht gemeldet worden sind. Wir sind verpflichtet, diesem Verdacht unverzüglich nachzugehen. Deshalb haben wir Herrn Minotis aufgefordert, die Baustelle zu sichern, bis der Sachverhalt geklärt ist«, erklärte Lemonia Kaliotsis. »Und da ich und meine Mitarbeiter ohnehin in der Nähe beschäftigt waren, haben wir uns sofort hier umgesehen.«

Lemonia Kaliotsis warf einen Blick in die Richtung, in der Stefanos Samarakis verschwunden war.

»Es ist ein großes Glück für Bauherren, wenn wir sofort aktiv werden. Je früher wir vor Ort sind, desto eher können die Bauarbeiten fortgesetzt werden, sofern wir bei unseren Untersuchungen nichts entdecken«, ergänzte die Archäologin.

Michalis wusste, dass die archäologischen Institute gern behaupteten, alles dafür zu tun, dass Bauarbeiten schnell fortgesetzt werden konnten. Für Bauherren bedeutete das jedoch oft mindestens ein Jahr Verzögerung, manchmal auch mehr. Auch deshalb gab es auf Kreta viele brachliegende Baustellen.

»Das Grundstück ist doch sicherlich schon vor Baubeginn untersucht worden?«, fragte Koronaios.

»Selbstverständlich«, erwiderte die Archäologin. »Ohne unsere Untersuchung und Genehmigung darf auf Kreta niemand auch nur daran denken, zu bauen.«

»Und was genau soll hier gefunden und nicht gemeldet worden sein?«, wollte Michalis wissen.

»Ich bin nicht verpflichtet, Ihnen solche Auskünfte zu geben. Und da es sich um einen anonymen Anrufer handelt, würde ich ungern Gerüchte in die Welt setzen.« Lemonia Kaliotsis blickte in die Richtung, in die Stefanos Samarakis verschwunden war. »Aber da der antike Hafen von Falassarna nur zwei Kilometer entfernt liegt, könnte es sich hier um mehr als ein paar unbedeutende Tonscherben handeln.«

Diese Nähe zu einer antiken Stätte erklärte vermutlich, warum Lemonia Kaliotsis überhaupt so schnell hier gewesen war. Michalis wusste von gesperrten Baustellen, bei denen es Wochen oder gar Monate dauerte, bis sich ein Archäologe blicken ließ.

»Sie hoffen hier also auf wichtige Fundstücke?«, fragte Koronaios.

Lemonia Kaliotsis sah ihn verärgert an.

»Nein. Das habe ich weder gesagt, noch gemeint«, erwiderte sie, drehte sich um und verschwand in den hinteren Bereich der Baustelle, wo ihre beiden Mitarbeiter damit begonnen hatten, ein Arbeitszelt aufzubauen.

»Archäologen werden es Ihnen nie sagen, wenn sie etwas Wichtiges gefunden haben«, sagte Minotis. »Sie haben die Erfahrung gemacht, dass dann schnell Plünderer auftauchen.«

Michalis betrachtete das Baugrundstück. Das nächste Gebäude war einige hundert Meter entfernt und der Blick zum Meer grandios.

»Wissen Sie, was für ein Hotel die Samarakis hier bauen wollen?«, fragte er Minotis.

»Eine ziemlich luxuriöse Anlage«, erwiderte er. »Fünf Sterne, sechzig Zimmer, ein riesiger Wellnessbereich. Für Menschen mit Geld wäre das eine hervorragende Adresse. Stefanos sollte das Hotel mit seiner zukünftigen Frau Artemis als Geschäftsführer leiten. Hier lag die Zukunft der beiden.«

Michalis nickte nachdenklich. Gestern der Tod der Verlobten und des besten Freundes, heute der Baustopp des Hotels. Dass Stefanos Samarakis verstört wirkte, war verständlich. Vielleicht hatte er vorhin, als Michalis und Koronaios bei ihm im Hotel waren, einen Anruf erhalten, der ihn über den Baustopp informierte, und war sofort hierhergefahren.

Vor allem aber war die zeitliche Nähe zwischen dem Unglück mit den Toten von Balos und dem anonymen Anruf auffällig. Wusste Stefanos Samarakis tatsächlich mehr über den Vorfall mit der Motoryacht? Wollte sich jemand rächen?

»Ich habe mich gestern Abend übrigens noch ein wenig umgehört«, fuhr Minotis fort. »Davon, dass Artemis Apostolidis ihre Verlobung mit Stefanos lösen wollte, wissen Leute, die kaum etwas miteinander zu tun haben. Das könnte ein Hinweis darauf sein, dass es sich um mehr als nur ein bösartiges Gerücht handelt.«

»Umso wichtiger wäre es, mit einem der Samarakis zu reden. Der Sohn wird irgendwann wieder bei seinem Motorrad auftauchen, aber vielleicht schläft er auch erst einmal seinen Rausch aus«, sagte Koronaios.

»Ich könnte versuchen, den Vater zu erreichen«, bot Minotis an.

»Sehr gern. Versuchen Sie es«, erwiderte Koronaios. »Bei uns ist er vorhin nicht ans Telefon gegangen.«

Minotis wählte, doch niemand hob ab.

»Haben Sie es schon bei der Tochter versucht? Ich hatte Ihnen gestern die Nummer gegeben.«

»Bisher nicht. Wollen Sie es bei ihr versuchen?«, fragte Michalis.

Minotis zögerte. »Es ist besser, wenn Sie bei Teresa anrufen. Auf mich ist sie nicht gut zu sprechen.«

Michalis erreichte Teresa Stavridis sofort, doch sie war misstrauisch.

»Sind Sie wirklich von der Polizei?«, fragte sie. »Gestern Abend hat hier einer vor unserem Haus gefilmt. Mein Mann ist dann zu dem hin. Filmt der einfach mich und unsere Kinder!«

»Das ist natürlich unverzeihlich«, sagte Michalis. »Aber hier spricht tatsächlich die Kriminalpolizei aus Chania. Michalis Charisteas. Wir versuchen, Ihren Vater zu erreichen.«

»Und warum sollte ich wissen, wo mein Vater steckt?«

»Sie sind seine Tochter. Da könnte es doch sein …«

»Ich habe seit Tagen nichts von ihm gehört. Aber das ist nicht ungewöhnlich. Gibt es sonst noch was? Ich muss mich um meine Kinder kümmern«, erwiderte sie.

»Würden Sie sich bitte melden, wenn Sie etwas von Ihrem Vater hören sollten?«, bat Michalis.

»Machen Sie sich keine große Hoffnung. Wir sprechen uns nicht oft. So. Meine Jüngste ruft.« Teresa Stavridis legte auf.

»Das klingt nicht nach einer engen Beziehung«, sagte Koronaios, der mitgehört hatte. Er blickte auf seine Uhr. »Wir haben noch etwas Zeit, bis wir die Eltern von Melitta Papastasatos treffen.«

»Falls Stefanos Samarakis irgendwo seinen Rausch ausschläft, kann es dauern, bis er wieder auftaucht«, sagte Michalis.

»Zumal es an der Küste kleine Höhlen gibt, in denen er sich verstecken könnte«, warf Christos Minotis ein. »Einige von ihnen sind als Liebesnester bekannt. Vielleicht gibt es sogar eine Matratze für ihn.« Er sah Michalis und Koronaios an. »Ich oder meine Leute können hier warten, bis Stefanos zurückkommt. Wir machen dann einen Alkoholtest und bringen ihn zu Ihnen.«

»Gut«, sagte Koronaios. »Und wir werden herausfinden, wie weit unsere Spurensicherung in Balos mittlerweile ist.«

Zagorakis teilte Koronaios jedoch nur kurz angebunden mit, dass es nichts Neues gäbe und sie ihn in Ruhe lassen sollten. Wenn er etwas herausfinden würde, werde er sich melden.

»Der Kollege Zagorakis hat bemerkenswert schlechte Laune«, sagte Koronaios. »Vermutlich ist es nicht sehr erfreulich, ein ausgebranntes Wrack auf dem Wasser zu untersuchen.« Koronaios blickte auf seine Uhr. »Was hältst du davon, einen Frappé zu trinken und eine Kleinigkeit zu essen?«

9

Sie fuhren die staubige Sandpiste zurück, bis an dem kleinen Platz die asphaltierte Straße wieder begann. Dort hielten sie an und gingen an dem Hotel und dem winzigen Supermarkt vorbei zu einer Taverne. Durch den Innenraum gelangten sie auf die Terrasse, von wo sich ihnen ein großartiger Blick über die Küste und die Strände bot.

»Vorgestern Abend rast die Motoryacht der Samarakis gegen Felsen und geht in Flammen auf, und heute werden deren Bauarbeiten nach einem anonymen Hinweis gestoppt. Ich frage mich, ob es einen Zusammenhang geben könnte«, sagte Koronaios leise, nachdem sie bestellt hatten.

»Die Samarakis haben sich in der Gegend nicht gerade beliebt gemacht. Und der Prachtbau, den sie hier hinstellen wollen … Ich kann mir vorstellen, dass das den anderen Hoteliers nicht sonderlich gefällt«, überlegte Michalis laut.

Der Frappé wurde serviert, und Michalis genoss für einen Moment die Sonne und das Glitzern des Meeres. Von dieser Terrasse aus war die gesamte Bucht von Falassarna zu überblicken. Im Hintergrund erhob sich der Bergrücken, von dem aus sie bei der Anfahrt das türkisfarbene Meer gesehen hatten. Nicht weit von der Taverne entfernt ragten am Strand zwei etwa zwanzig Meter hohe Felsen mit fast senkrecht abfallenden Wänden auf. Am Horizont zog langsam eine Segelyacht vorbei, und vom Hauptstrand war das fröhliche Kreischen spielender Kinder zu hören.

Die Bestellungen hatte die fast erwachsene Tochter des Hauses aufgenommen, doch dann war es die Wirtin selbst, die für Koronaios *Lachanodolmades*, Krautwickel, und für Michalis *Kolokithokeftedes* servierte. Sie ließ die beiden in Ruhe essen, doch kaum waren sie fertig, setzte sich die Wirtin zu ihnen.

»Ich hoffe, es hat Ihnen geschmeckt?«, fragte sie. Sie trug Jeans und ein schwarzes T-Shirt und machte einen energischen Eindruck. Michalis schätzte sie auf Mitte vierzig.

»Ja, die Krautwickel waren sehr gut«, erwiderte Koronaios.

»Auch meine Zucchinikroketten waren köstlich. Da war auch etwas Rosmarin drin, kann das sein?«, fragte Michalis, obwohl ihm klar war, dass die Wirtin sich nicht zu ihnen gesetzt hatte, um über das Essen zu reden.

»Ja, das ist ein Rezept meiner Großmutter. Sie hat schon immer Rosmarin an die *Kolokithokeftedes* getan. Ungewöhnlich, aber den Gästen schmeckt es sehr gut.«

Die Wirtin blieb sitzen.

»Es passiert nicht sehr oft, dass die Kriminalpolizei nach Falassarna kommt«, sagte sie plötzlich. »Zum Glück.«

»Woher wissen Sie, dass wir von der Kriminalpolizei sind?«, wollte Koronaios wissen.

»So etwas spricht sich herum«, antwortete die Frau. »Aber Sie sind wohl kaum wegen dem Hotel der Samarakis hier.«

»Sie scheinen ja zu wissen, warum wir hier sind«, erwiderte Koronaios.

Die Wirtin lehnte sich zurück und musterte Koronaios.

»Na ja«, sagte sie, »vorgestern das Unglück in Balos, heute die Probleme mit den Archäologen …«

»Sie denken, es gibt einen Zusammenhang?«, fragte Michalis.

»Sie sind die Polizei, Sie werden das schon herausfinden. Auffällig ist es jedenfalls.«

»Wissen Sie denn, warum der Bau des Hotels vorübergehend gestoppt wurde?«, fragte Michalis.

»Wenn die Archäologen hier sind, dann wird das schon seinen Grund haben. Angeblich ist das Grundstück ja vorher untersucht worden. Aber bei den Samarakis weiß man nie.«

»Sie mögen die Samarakis nicht besonders?«, hakte Koronaios nach.

»Niemand wünscht jemandem das, was in Balos passiert ist«, antwortete die Wirtin ausweichend.

Die Tochter der Wirtin servierte zwei kleine Teller mit Kuchen und einer Eiskugel. Ein Nachtisch des Hauses, der Gästen umsonst gereicht wurde.

»Könnte es sein, dass die Samarakis nicht sonderlich beliebt sind?«, fragte Michalis, nachdem die Tochter gegangen war.

»Beliebt ... Wir hatten die Finanzkrise, und als es wieder halbwegs lief, kam Corona, und die Touristen blieben weg. Und jetzt baut Sokratis Samarakis hier ein riesiges Hotel.«

»Und das gefällt den anderen Hotelbesitzern nicht«, warf Koronaios ein.

»Fragen Sie mal die Hoteliers in Kissamos. Sie werden niemanden finden, der eine gute Meinung von Sokratis Samarakis hat. Der Mann ist skrupellos«, erwiderte die Frau.

»Sie glauben also, einer der Hoteliers hat den Archäologen den Tipp gegeben, sich auf dem Grundstück von Sokratis Samarakis mal genauer umzusehen?«, fragte Koronaios.

»Das haben Sie gesagt.«

»Weil Sie es angedeutet haben«, entgegnete Koronaios.

Die Wirtin zuckte mit den Schultern.

»Ich habe nichts angedeutet. Aber ich frage mich, was die Kriminalpolizei hier will.«

»Offenbar gibt es etwas, das Sie beunruhigt«, sagte Michalis. »Seien Sie sicher, auch uns beunruhigt die Situation. Helfen Sie uns. Was glauben Sie, werden wir in Falassarna finden, wenn wir lange genug suchen?«

Die Wirtin beugte sich vor und senkte die Stimme, damit nur Michalis und Koronaios sie hören konnten.

»Ich weiß nicht, ob jemand den Samarakis schaden will. Wirklich nicht. Und selbst wenn jemand das wollte, dann würde niemand aus Falassarna dafür sorgen, dass das Boot der Samarakis einen so furchtbaren Unfall hat. Niemand.« Sie machte eine Pause. »Davon war ich zumindest bisher überzeugt.«

»Aber jetzt sind Sie nicht mehr ganz so sicher?«, erkundigte sich Michalis.

Die Frau zögerte. »Es kommt jedes Jahr vor, dass hier jemand ertrinkt. Immer wieder gibt es Urlauber, die auf Luftmatratzen rausgetrieben werden oder zu weit rausschwimmen und sich überschätzen. Oder die Strömung unterschätzen«, sagte sie dann.

»Aber?«, fragte Michalis leise, denn ein *Aber* lag in der Luft.

»Letzte Woche ist auch jemand ertrunken. Ein Einheimischer, der sich auskannte und schwimmen konnte. Angeblich hatte er Alkohol getrunken, hört man.«

»Und was irritiert Sie daran?«, fragte Koronaios.

»Die Polizei war hier und hat das untersucht. Also, die aus Kissamos. Und als ich jetzt gehört hab, dass die Kriminalpolizei aus Chania hier ist …«

»Da dachten Sie, wir würden den Tod dieses Mannes noch mal untersuchen?«

»Das wäre doch naheliegend, oder?«, meinte die Wirtin.

»Naheliegend? Warum?«, fragte Koronaios.

»Na ja. Dieser Ertrunkene … das war doch einer der Arbeiter von der Baustelle. Von den Samarakis«, sagte die Wirtin.

Für einen Moment waren Michalis und Koronaios sprachlos.

»Das wissen Sie nicht?«, fragte die Wirtin überrascht.

»Wir sind Ihnen auf jeden Fall sehr dankbar«, sagte Michalis. Er hasste es, dermaßen überrumpelt zu werden. Dass der Revierleiter ihnen bisher nichts von diesem toten Bauarbeiter gesagt hatte, ärgerte ihn.

Die Wirtin stand auf.

»Nichts für ungut«, sagte sie. Dann deutete sie auf das Essen und den Frappé. »Das geht aufs Haus.«

»Sie wissen, dass wir das nicht annehmen dürfen«, sagte Koronaios.

»Selbstverständlich. Aber Sie wissen, wie unhöflich es wäre, es abzulehnen.«

Die Wirtin verschwand in der Küche der Taverne.

»Wir könnten einfach Geld auf den Tisch legen«, meinte Michalis.

»Das können wir aber auch sein lassen und hoffen, dass die Frau uns bei einem nächsten Mal noch mehr erzählt. Und das tut sie garantiert nicht, wenn wir sie beleidigen und gegen ihren Willen bezahlen«, erwiderte Koronaios.

»Dann sollten wir uns jetzt den Revierleiter vorknöpfen«, sagte Michalis.

»O ja. Und ich hoffe, er hat eine überzeugende Erklärung, warum er uns einen weiteren Toten im Umfeld der Samarakis verschwiegen hat«, ergänzte Koronaios verärgert.

Sie fuhren über die staubige Sandpiste zurück zu der gesperrten Baustelle. Der Revierleiter saß bei offenen Türen in seinem Dienstwagen und schlief. Seine beiden Polizeibeamten lehnten an ihrem Wagen. Die Archäologin kniete mit einem ihrer Mitarbeiter auf dem Boden und trug vorsichtig Erdschichten ab. Inmitten der Baustelle stand jetzt ein Zelt.

Michalis und Koronaios gingen auf den Polizeiwagen von

Minotis zu. Als Koronaios mit der flachen Hand auf das Autodach schlug, wachte der Revierleiter auf.

»Oh, ich muss eingeschlafen sein ... Die letzte Nacht war kurz, und in der davor hatte ich überhaupt nicht geschlafen«, sagte er und stieg aus dem Wagen. Es war ihm unangenehm, von den Kriminalkommissaren während der Dienstzeit beim Schlafen erwischt worden zu sein.

»Wir haben erfahren, dass es hier letzte Woche einen Toten gegeben hat. Einen Bauarbeiter der Samarakis«, sagte Koronaios kühl.

»Ja, der Arbeiter. Eine tragische Sache. Der ist betrunken von den Felsen ins Meer gestürzt.«

»Und glauben Sie nicht, dass Sie uns das hätten sagen müssen?«, fragte Koronaios energisch. »Es handelt sich immerhin um einen weiteren Toten im Umfeld der Familie Samarakis.«

Minotis sah Koronaios verunsichert an. Vermutlich begriff er, dass er einen Fehler gemacht hatte.

»Ehrlich gesagt bin ich nicht auf den Gedanken gekommen«, gab der Revierleiter zu. »Jedes Jahr ertrinken hier Menschen. Manche überschätzen sich und schwimmen zu weit raus, es sind auch schon Leute betrunken von einer Yacht über Bord gefallen und erst nach Wochen gefunden worden. Natürlich untersuchen wir jeden Fall. Aber sobald festgestellt wird, dass es ein Unfall war, schließen wir unsere Ermittlungen ab. Und so war es auch bei Jannis.«

»Jannis?«, fragte Michalis und bemühte sich, etwas freundlicher als Koronaios zu klingen.

»Ja, Jannis, Jannis Katrougalos. Sein Vater ist Malermeister in Kissamos. Jannis kenne ich, seit er Kind war. Auch deshalb hat sein Tod mich ... erschüttert.« Er sah Michalis und Koronaios entschuldigend an. »Karolos, der Vater, hat zunächst behauptet, Jannis sei umgebracht worden. Wir haben Jannis nach Chania in die Gerichtsmedizin bringen lassen. Und dann war klar, dass er viel Alkohol im Blut hatte. 1,6 Promille, wenn ich mich richtig erinnere. Daraufhin hat der Vater seine Anschuldigungen zurückgenommen, und damit war die Sache für uns erledigt«, erklärte Minotis. »Deshalb bin ich auch nicht auf die Idee gekommen, Ihnen das zu sagen. Weil die Sache abgeschlossen war. Ein Unfall.«

»Dieser Tote lag bei uns in Chania in der Gerichtsmedizin?«, fragte Koronaios. »Bei unserem Kollegen Stournaras?«

»Ich weiß nicht, ob es Ihr Kollege war, der den Toten untersucht hat. Aber die Untersuchungsergebnisse müsste es bei Ihnen geben. Bei uns stehen sie bereits in den Akten«, erwiderte Minotis.

»Und die Ergebnisse waren so eindeutig, dass auch der Vater von einem Unfall überzeugt war?«, fragte Michalis.

»Karolos Katrougalos hat seine Anzeige zurückgezogen und Jannis im Kreis der Familie beerdigt.«

»Wo können wir diesen Karolos Katrougalos finden?«, wollte Michalis wissen.

»Wie gesagt, er ist Malermeister. Sein Geschäft und seine Werkstatt liegen im Zentrum, in der Nähe des Museums, und er wohnt mit seiner Familie auch in diesem Haus. Einfach zu finden«, sagte Minotis, nahm ein Notizbuch, schrieb eine Adresse auf und suchte in seinem Handy eine Telefonnummer heraus.

Michalis warf einen Blick auf seine Uhr.

»Wir sollten die Eltern von Melitta Papastasatos nicht warten lassen. In einer Viertelstunde sind wir mit ihnen verabredet.«

»Fünfzehn Minuten bis Kissamos? Das wird knapp«, sagte Minotis.

»Nicht, wenn ich fahre«, entgegnete Koronaios.

»Sobald Stefanos Samarakis auftauchen sollte, informiere ich

Sie selbstverständlich«, erklärte Minotis. »Ich gehe davon aus, dass er tatsächlich irgendwo seinen Rausch ausschläft.«

Während der Fahrt rief Michalis Jorgos an.

»Vor einer Woche ist ein Bauarbeiter der Samarakis in Falassarna ertrunken«, informierte er Jorgos. »Der Vater hat zunächst behauptet, sein Sohn sei getötet worden. Minotis hat den Sohn deshalb zu uns in die Gerichtsmedizin nach Chania bringen lassen. Wir sollten Stournaras fragen, wer den Leichnam untersucht hat. Der Tote stand wohl unter Alkohol, deshalb hat der Vater die Anschuldigung zurückgenommen und den Sohn beerdigt. Wir sind jetzt auf dem Weg nach Kissamos und treffen die Eltern der toten Melitta Papastasatos. Danach werden wir versuchen, mit dem Vater dieses toten Bauarbeiters zu sprechen.«

»Informiert mich, wenn wir ihr mehr wisst«, sagte Jorgos. »Ich rufe Stournaras an. Vielleicht erinnert er sich an diesen ertrunkenen Bauarbeiter.«

10

Die Eltern von Melitta warten bereits auf Sie«, sagte der Hotelier Katzourakis in Kissamos, nachdem Michalis und Koronaios fast pünktlich die Lobby des Hotels *Orizontas* betreten hatten. Katzourakis deutete auf eine Sitzgruppe, wo ein orthodoxer Priester im schwarzen Talar mit einer Frau saß. Vor ihnen standen zwei Becher mit Frappé.

»Das sind die Eltern von Melitta Papastasatos? Der Vater ist ein Priester?«, fragte Koronaios überrascht.

»Ich hatte Ihnen gesagt, dass die Eltern von Melitta ungewöhnlich sind und es etwas gedauert hat, bis wir uns gut verstanden haben«, erwiderte der Hotelier und begleitete Michalis und Koronaios zu dem Tisch, stellte die Kriminalkommissare vor und zog sich zurück.

»Unser aufrichtiges Beileid«, begann Koronaios. »Seien Sie versichert, dass wir alles tun werden, um den tragischen Tod Ihrer Tochter aufzuklären.«

Die Eltern nickten. Die Frau sah ihren Mann an, und Michalis war sicher, dass sie ihm das Reden überlassen würde. Sie war Mitte fünfzig, hatte graue, halblange Haare, trug schwarze Trauerkleidung und wirkte übermüdet und verzweifelt. Ihr Mann machte einen gefassten Eindruck. Er hatte eine Halbglatze und einen mächtigen grauen Vollbart. Das Gesicht war gebräunt, als würde er viel Zeit im Freien verbringen.

»Wir danken Ihnen«, sagte der Vater. »Allerdings sind wir überrascht, dass die Polizei das Gespräch mit uns sucht. Eigentlich sagte man uns, es handele sich um einen Unfall.«

»Vermutlich war es auch ein Unfall. Aber es ist unsere Pflicht, ein Fremdverschulden auszuschließen. Und solange wir keine endgültige Klarheit haben, gehen wir jedem Hinweis nach. Auch wenn er noch so geringfügig ist«, erwiderte Koronaios.

»Und warum ist dann ein Gespräch mit uns für Sie von Interesse?«, fragte der Vater.

»Falls es Hinweise auf einen Anschlag geben sollte, müsste jemand ein Motiv haben«, erwiderte Koronaios.

Der Priester sah Koronaios an. »Aber was wollen Sie dann von uns?«

»Wann haben Sie zuletzt mit Ihrer Tochter gesprochen?«, wollte Michalis wissen.

Der Vater von Melitta Papastasatos blickte zu seiner Frau.

»Vor etwa zwei Wochen«, sagte sie leise.

»Hat Ihre Tochter in dem Gespräch ihren Freund erwähnt?«, fragte Michalis.

»Einen Freund?«, fragte der Priester sofort.

»Ja, oder jemanden, mit dem es Probleme gab?«

Der Priester lehnte sich zurück und nahm einen Schluck von seinem Frappé.

»Unsere Tochter ist jetzt bei Gott«, erklärte er entschlossen. »Wir haben uns gewünscht, dass sie im Kreis unserer Familie bleibt. Aber wir konnten sie nicht davon abhalten, diesen Weg zu gehen.«

Überrascht hörte Michalis, was dieser Mann im Talar andeutete. Wenn Melitta nicht nach Kreta gegangen, sondern auf Rhodos bei der Familie geblieben wäre, dann könnte sie noch leben.

»Mein Mann und ich, wir haben fünf Kinder«, sagte die Frau. Es schien ihr nicht zu gefallen, was ihr Mann angedeutet hatte. »Die anderen leben bei uns auf Rhodos. Melitta hatte schon immer ihren eigenen Kopf. Wir haben versucht, ihr einen anderen Weg aufzuzeigen. Aber von ihrem Wunsch, auf Kreta zu arbeiten, war sie nicht abzubringen. Es war nicht einfach für uns, das zu akzeptieren.«

»Hat Ihre Tochter Probleme auf Kreta erwähnt? Oder über ihre private Situation gesprochen?«, fragte Michalis erneut.

»Nein. Sie hat von ihrer Arbeit berichtet und dass sie uns vermisst und gern wieder in unserer Mitte wäre«, antwortete der Priester. »Wir sind hier, um die sterblichen Überreste unserer Tochter in Empfang zu nehmen. Ich gehe davon aus, dass das so schnell wie möglich geschehen kann.«

»Wir sind leider verpflichtet, die Untersuchungen abzuwarten. Das ist den Umständen geschuldet«, entgegnete Koronaios.

Diese Antwort gefiel dem Priester nicht.

»Ich hoffe, Sie kennen die Regeln unserer orthodoxen Kirche. Regeln, die für alle und unter allen Umständen gelten«, sagte er streng.

Natürlich wusste Michalis, dass in Griechenland die Toten sofort aufgebahrt und dann bis zum Sonnenuntergang des nächsten Tages beerdigt werden mussten. Bei Gewaltverbrechen war das jedoch fast nie möglich.

»Selbstverständlich kennen wir die Regeln«, sagte Koronaios ernst. »Und es ist für uns eine große Belastung, wenn wegen unserer Ermittlungen diese Regeln nicht eingehalten werden können.«

»Ein Priester mit fünf Kindern«, sagte Koronaios, als sie sich verabschiedet hatten und sich ihrem Wagen näherten, »das ist selbst in Griechenland unüblich. Vermutlich tue ich dem Mann unrecht, aber die Regeln der Kirche scheinen ihm mehr zu bedeuten als seine Tochter.«

»Ja, vielleicht«, erwiderte Michalis nachdenklich. »Vielleicht ist es aber auch seine Art, mit dem Verlust umzugehen.«

»Kann sein«, sagte Koronaios und blickte auf sein Handy. »Eigentlich sollte es selbstverständlich sein, dass unser Kollege Minotis sich meldet, falls Stefanos oder Sokratis Samarakis auftauchen sollten«, sagte Koronaios. »Aber ich frage lieber nach.«

Er wählte die Nummer des Revierleiters. Minotis ging sofort ran.

»Nein, keiner von ihnen ist aufgetaucht. Ich melde mich, sobald ich etwas höre«, sagte Minotis. Koronaios wollte schon auflegen, als Minotis noch etwas einfiel.

»Hatte ich Ihnen eigentlich gesagt, dass nur Stefanos im Hotel lebt? Sein Vater hat ein Haus ein Stück oberhalb der Hauptstraße. Dort, wo es hügeliger wird.«

Minotis beschrieb, wo sie das Haus finden würden und wie es aussah. Zwar war Kissamos groß genug, um – anders als in den Dörfern – Straßennamen zu haben, doch kaum jemand auf Kreta orientierte sich an ihnen. Wenn man nicht wusste, wo ein Haus lag, dann wurde einem nicht etwa die Adresse genannt, sondern der Weg dorthin beschrieben.

»Auch das hatte uns unser Kollege also bisher verschwiegen«, sagte Koronaios, nachdem er aufgelegt hat.

»Entweder ist Sokratis Samarakis wirklich so selten in seinem Haus, dass er es vergessen hatte«, mutmaßte Michalis. »Oder …«

»… oder der Revierleiter entscheidet gern selbst, was er uns wann mitteilt. Das macht die Zusammenarbeit nicht einfacher«, sagte Koronaios.

Sie fanden das Haus schräg gegenüber einer beeindruckenden Kirche mit filigranen Fenstern, zahlreichen Türmchen und roten Dächern. Die Jalousien waren heruntergelassen, und der Garten war voller vertrockneter Pflanzen und wuchernder Gräser. Eine

Nachbarin bestätigte, dass dies das Haus von Sokratis Samarakis war.

»Er ist aber sehr selten hier«, sagte die Nachbarin. »Früher, als seine Frau noch lebte, da waren die beiden oft hier.«

Michalis und Koronaios klingelten, doch wie erwartet öffnete niemand, und es gab auch keine Geräusche im Haus.

»Dann lass uns zu dem Malermeister fahren«, schlug Michalis vor. »Er ist bei dem Tod seines Sohns zunächst von einem Verbrechen ausgegangen. Mich würde interessieren, ob es wirklich nur der Alkoholspiegel war, weshalb er seine Meinung geändert hat.«

11

Das Geschäft von Karolos Katrougalos befand sich in einem schmucklosen, graubraunen Haus, das im Erdgeschoss nur ein winziges, fast blindes Fenster sowie eine große Schiebetür hatte. Es lag im Zentrum von Kissamos in einer der Parallelgassen zur Hauptstraße.

Die Schiebetür war weit geöffnet, als Michalis und Koronaios ankamen. Fünf Menschen standen dort und blickten in den Raum hinein. Zwei Feuerlöscher lagen am Boden.

Michalis und Koronaios wurden zunächst ignoriert, und nur einer der Männer warf ihnen einen kurzen Blick zu. Er hatte lange, ungepflegte graue Haare und war unrasiert. Sein Gesicht war von tiefen Falten durchzogen, die Augen lagen in dunklen Höhlen.

Michalis und Koronaios traten zu der kleinen Gruppe. Der Mann mit den langen Haaren sah die beiden misstrauisch an.

»Was wollen Sie?«, fragte ein jüngerer Mann unfreundlich. Er hatte ein ebenso schmales Gesicht wie der ältere. Seine Haare waren kürzer und dunkel, aber ähnlich ungepflegt.

Koronaios hielt seinen Polizeiausweis hoch.

»Mein Name ist Pavlos Koronaios, und das ist mein Kollege Charisteas. Kriminalpolizei Chania. Wir würden gern mit Karolos Katrougalos sprechen«, sagte er.

»Und warum?«, erwiderte der Jüngere abweisend.

»Ich geh wieder. Ihr wisst, wo ich bin, wenn ihr mich braucht«, sagte ein anderer Mann, der mit einer alten Armeehose und einem olivfarbenen T-Shirt bekleidet war. Seine Haare waren kurz und gescheitelt. Er lief über die Straße und verschwand dort in einem Hauseingang. Eine kräftige Frau, die ebenfalls eine Armeehose sowie ein schwarzes T-Shirt trug, folgte ihm.

»Wer von Ihnen ist Karolos Katrougalos?«, fragte Koronaios, an die verbliebenen Männer gewandt.

»Ich«, sagte der ältere Mann mit den langen Haaren. »Was wollen Sie von mir?«

»Können wir irgendwo in Ruhe reden?«, erwiderte Michalis.

»Geht es um unseren Jannis?«, mischte sich eine dürre Frau ein, die eine graue Jeans und ein kariertes Hemd trug. »Mein Mann hat Ihren Kollegen schon alles gesagt. Was wollen Sie denn noch?«

»Wir haben ein paar Fragen. Sie sind Frau Katrougalos?«, sagte Koronaios.

»Ja, das ist meine Frau Danai«, entgegnete Karolos Katrougalos. Dann deutete er in die Richtung des jüngeren Mannes, der die Polizisten noch immer misstrauisch musterte. »Und das ist mein Sohn Vassilis. Also. Worum geht es? Wie Sie sehen, haben wir zu tun.«

»Was ist passiert? Hat es gebrannt?«, fragte Michalis.

»Das ist gelöscht, und es ist kaum Schaden entstanden. Das geht Sie nichts an«, antwortete Karolos Katrougalos.

Michalis und Koronaios betraten den dunklen, schmucklosen Raum, in dem es unangenehm nach verbranntem Plastik roch. Farbeimer, Tapetenrollen, Pinsel, Werkzeug und andere Malerutensilien lagen in Regalen. An einer Wand waren Klapptische gestapelt, und im hinteren Bereich stand ein überladener Schreibtisch mit einem sehr alten Computer. An einem Regal lehnte ein älteres Motorrad. An der Außenwand waren verkohlte Kabel sowie verschmorte Farbrollen zu erkennen. Darüber war die Decke schwarz, und der Boden war vom Löschschaum feucht.

»Offenbar haben Sie das Feuer rechtzeitig entdeckt«, sagte Michalis.

»Unser Nachbar hat es bemerkt und ist mit seinen Feuerlöschern sofort rübergerannt. Sonst würde das Haus vielleicht nicht mehr stehen«, erwiderte Karolos Katrougalos.

»Ein Kabelbrand?«, erkundigte sich Koronaios.

»Ja.«

»Sie sind Malermeister?«

»Ja.«

»Wir möchten Ihnen unser aufrichtiges Beileid zum Tod Ihres Sohns Jannis aussprechen«, sagte Michalis.

»Das macht ihn nicht wieder lebendig. Können Sie uns nicht einfach in Ruhe lassen?«, antwortete Vassilis, der zweite Sohn, sofort.

Michalis wandte sich an Karolos Katrougalos, den Malermeister.

»Sie haben nach dem Tod Ihres Sohns zunächst geglaubt, er sei getötet worden. Warum waren Sie da so sicher?«, fragte Michalis.

»Haben Sie Kinder?«, fragte statt des Malermeisters seine Frau Danai.

»Ich habe zwei Töchter«, sagte Koronaios schnell. »Aber unser Privatleben spielt bei Ermittlungen keine Rolle.«

»Doch, das tut es. Christos Minotis lässt uns in Ruhe. Weil der weiß, wie es uns geht«, sagte der Malermeister.

Die Familie Katrougalos schien den Revierleiter also näher zu kennen, dachte Michalis.

»Wenn das Ihre Tochter wäre und sie ertrinkt, obwohl Sie ihr das Schwimmen beigebracht haben.« Danai Katrougalos starrte Koronaios wütend an. »Würde es Ihnen gefallen, wenn jemand auftaucht und Fragen stellt? Fragen, die Sie längst beantwortet haben?«

Michalis und Koronaios mussten einsehen, dass es sinnlos war, der Familie weitere Fragen zu stellen. Sie verabschiedeten sich, und sobald sie auf dem Gehweg standen, wurde die Schiebetür geschlossen.

Schweigend gingen sie zu ihrem Wagen. Michalis bemerkte, dass der Nachbar ihnen nachsah, drehte um und ging auf den Mann in der Armeehose zu.

»Sie haben das Feuer als Erster entdeckt?«, fragte Michalis.

»Ja«, antwortete der Mann.

»Wann war das?«

»Wann das war? Heute früh. Sehr früh. Mein Hund wollte raus. Das wird um halb sechs gewesen sein. Das ist seine Zeit«, erwiderte der Mann.

Michalis' Smartphone klingelte. Es war Teresa Stavridis, die Tochter von Sokratis Samarakis.

»Ich sollte Ihnen doch Bescheid geben, wenn sich mein Vater meldet«, sagte sie, während sie offenbar ein Kleinkind auf dem Arm hatte, das schrie. »Er war vorhin kurz hier. Sie kennen die *Aghia Sofia*, die Höhlenkirche hinter Topolia? Da müsste er jetzt sein. Er klingelt manchmal bei uns, wenn er dorthin fährt. So. Ich muss.« Das Kind schrie immer lauter, und sie legte auf.

»Die Höhlenkirche *Aghia Sofia*«, sagte Koronaios. »Ich hab davon gehört, aber ich war noch nie dort. Du?«

»Ich weiß, dass es diese Höhle gibt. Hannah würde gern mal dorthin fahren«, sagte Michalis. »Jetzt werde ich sie wohl vor ihr sehen.«

12

Sie folgten der Straße nach Süden und erreichten nach zwanzig Kilometern Topolia, den Ort, in dem die Tochter von Sokratis Samarakis lebte.

Das Handy von Koronaios klingelte.

»Christos Minotis«, sagte er und ging ran.

»Stefanos Samarakis ist aufgetaucht«, teilte der Revierleiter ihm mit. »Er wollte zu seinem Motorrad schleichen und flüchten, aber wir haben ihn aufgehalten und werden jetzt einen Alkoholtest machen. Auch wenn er sich dagegen noch sträubt.«

»Sobald Sie ein Ergebnis haben, melden Sie sich bitte. Und lassen Sie ihn auf keinen Fall wieder fahren, wir müssen mit ihm reden«, forderte Koronaios ihn auf.

»Das wird nicht einfach«, erwiderte Minotis.

»Ihnen wird schon etwas einfallen«, sagte Koronaios, legte auf und sah Michalis an. »Drehen wir um, oder reden wir erst mit dem Vater?«

Michalis überlegte. »Wir sind gleich bei der Höhlenkirche. Und da der Vater bisher zugänglicher war, erfahren wir von ihm vielleicht etwas, was uns bei seinem Sohn helfen wird«, antwortete er.

»Da könntest du recht haben«, erwiderte Koronaios.

Hinter Topolia führte der Weg durch eine Schlucht mit links und rechts steil aufragenden Felswänden. Die Straße wurde immer schmaler, bis Michalis und Koronaios vor einem einspurigen Tunnel an einer roten Ampel warten mussten. Am Ende des

Tunnels schlängelte sich die Straße unter überhängenden Felsen hindurch.

Einige hundert Metern hinter diesem Tunnel verbreiterte sich das Tal wieder, und ein Fußweg führte hinauf zu der Felsenkirche, der *Aghia Sofia*.

Michalis parkte, und bevor sie die Treppe erreicht hatten, klingelte Koronaios' Handy.

»Christos Minotis«, sagte Koronaios und ging ran.

»Was hat der Alkoholtest ergeben?«, fragte er.

»0,4 Promille. Damit haben wir nichts gegen ihn in der Hand«, hörte Michalis den Revierleiter sagen. »Stefanos Samarakis weigert sich, hier auf Sie zu warten. Ich müsste ihn vorläufig festnehmen lassen, aber dafür fehlt mir der Grund.«

Koronaios wusste, dass Minotis den Hoteliersohn laufen lassen musste.

»Gut, dass wir nicht umgedreht sind«, sagte er, nachdem er aufgelegt hatte. »Stefanos Samarakis wäre weg gewesen, und vielleicht würden wir dann auch den Vater verpassen.«

Der Eingang zu der Höhle war schon von weitem gut zu erkennen. In ihrem mächtigen, etwa dreißig Meter breitem Eingang thronte auf einer Mauer ein kleiner Glockenturm. Michalis schätzte, dass dieser Eingang etwa zweihundert Meter oberhalb der Straße lag.

Über Steinstufen führte der Weg zu einem geöffneten eisernen Tor, und wenig später zu einem mächtigen Feigenbaum, der über den Weg gewachsen war und unter dem hindurch die Gläubigen wie durch ein naturgewachsenes Tor die Tropfsteinhöhle erreichten. Am höchsten Punkt stand der Glockenturm, und es wehte die gelb-schwarze Flagge der orthodoxen Kirche.

Unter der Höhlendecke, in etwa fünfundzwanzig Metern Höhe, flatterten Tauben, ansonsten wurden Michalis und Koronaios von Stille empfangen. Im Zentrum der Höhle ragte ein großer, schroffer Felsen auf, an dem seit Jahrtausenden durch das von der Decke tropfende Wasser Stalagmiten nach oben wuchsen. Am Fuß dieses Felsens war eine erhöhte Fläche mit unendlich vielen kleinen Steinen verziert worden. Hier fanden an hohen Festtagen Gottesdienste statt, und es konnten zum Andenken an die Seelen der Verstorbenen neben einer Ikone Kerzen entzündet werden. Um den Felsen herum führte ein nasser, rutschiger Weg in die Tiefe der Höhle, deren Ausmaß Michalis nur erahnen konnte. Menschen waren nicht zu sehen oder zu hören.

Auf der linken Seite des Eingangs lag unter einer steil aufragenden Felswand ein winziges Gebäude, das wie eine Schutzhütte wirkte. Seine Steinmauern waren grob verputzt, das Dach bestand aus rauen Schieferplatten, und die niedrige Holztür stand offen. Nicht einmal ein kleines Kreuz verriet, dass dies eine Kapelle war.

Aus dieser steinernen Hütte drang leises Wispern. Michalis und Koronaios näherten sich, blickten hinein und entdeckten, nachdem ihre Augen sich an die Dunkelheit gewöhnt hatten, zahlreiche Ikonen. Wie in einer normalen Kirche war der Altarraum durch eine hölzerne Ikonostase abgetrennt. Ansonsten war diese Kapelle Teil der Höhle. Der nackte Felsen bildete die Rückwand, und zur Seite hin war die Kapelle offen und führte in die Höhle hinein. In diesem Bereich gab es einen Tisch voller Erinnerungstücke, mit denen wohl Verzweifelte und Hoffnungslose um den Segen Gottes gebeten hatten. Vor der nackten Felswand war eine halbhohe Mauer aus groben Steinen errichtet worden – und vor dieser Mauer kniete Sokratis Samarakis, ins Gebet versunken, und schien nichts um sich herum wahrzunehmen.

Michalis und Koronaios ließen Samarakis Zeit. Außer seinen gemurmelten Worten war nur das Flattern und Gurren der

Tauben sowie das Tropfen von Wasser zu hören. Gelegentlich kreischten in der Schlucht Krähen. Ansonsten war es vollkommen still.

Nach einigen Minuten stand Sokratis Samarakis langsam auf, klopfte den Staub von seinem Anzug, drehte sich um und erschrak, als er Michalis und Koronaios erkannte.

»Sie? Das ist sicher kein Zufall?«, fragte er leise.

»Nein«, erwiderte Koronaios.

»Und woher wissen Sie …?«

»Wir sind auf der Suche nach Ihnen und Ihrem Sohn. Jemand hatte draußen Ihren Wagen bemerkt«, sagte Michalis. Er hielt es für klüger, nicht zu verraten, dass die Tochter ihnen den Hinweis gegeben hatte.

»Und was wollen Sie von mir?« Sokratis Samarakis setzte sich auf einen kleinen Felsvorsprung in der Kapelle.

»Das Verhalten Ihres Sohns bereitet uns Sorgen«, begann Koronaios. »Er scheint überzeugt zu sein, dass das Unglück in Balos ein Verbrechen war, aber er will nicht mit uns reden, sondern flüchtet vor uns. Sie werden verstehen, dass uns das zu denken gibt.«

»Stefanos hat vorletzte Nacht seine Verlobte und seinen besten Freund verloren«, erwiderte Samarakis leise. »Er wollte heiraten, er wollte mit seiner Frau in Falassarna das Hotel leiten und ihre gemeinsamen Kinder dort aufwachsen sehen … Und jetzt haben die Archäologen auch noch unseren Bau gestoppt.« Sokratis Samarakis blickte Michalis und Koronaios an. »Sie wissen, was das bedeutet. So ein Baustopp kann sich jahrelang hinziehen. Gerade wenn jemand wie Lemonia Kaliotsis auftaucht. Diese Frau muss jeden, der ein Gebäude errichten will, abgrundtief hassen.«

»Trotzdem sollte Ihr Sohn mit uns reden«, sagte Koronaios.

Sokratis Samarakis räusperte sich. »Stefanos ist ein guter Junge. Ein sehr guter. Aber …«

Er ging zu dem Tisch, auf dem die Verzweifelten und Hoffnungslosen ihre Erinnerungsstücke zurückgelassen hatten, und griff nach einem kleinen Plastikflugzeug. An das Flugzeug war eine Locke geklebt worden.

»Das haben Stefanos und ich gemeinsam hierhergebracht. Da war er Anfang zwanzig. Meine Frau war damals schwer krank.« Sokratis Samarakis betrachtete das Flugzeug voller Wehmut, und seine Augen wurden feucht.

»Stefanos hat sehr an seiner Mutter gehangen. Sehr. Aber meine Frau …« Er wischte die Tränen weg und sah Michalis und Koronaios an.

»Meine Frau hat sich gewünscht, noch ein Mal ihre Schwester in Chicago zu sehen. Wir hatten den Flug schon gebucht, wir wollten alle zusammen in die USA fliegen. Für Stefanos stand dieses Flugzeug für die Hoffnung, dass seine Mutter wieder gesund wird. Aber …« Tränen liefen über das Gesicht des Mannes, der jetzt alt und verzweifelt wirkte. »Pelagia hat es nicht geschafft. Nach der Chemotherapie hatten wir Hoffnung, aber dann, drei Jahre später … Danach war Stefanos ein anderer Mensch. *Was ist das für ein Gott, der so etwas zulässst?*, hat er immer wieder gefragt. Ich war froh, dass er an eine Zukunft mit Artemis glaubte. Aber jetzt …«

Sokratis Samarakis atmete tief durch. »Ich habe in der letzten Stunde unseren Gott um Beistand gebeten. Und ich fahre jetzt nach Falassarna und werde versuchen, mit der Archäologin zu reden. Vielleicht hat sie ein Einsehen und begreift, dass ein niederträchtiger anonymer Anrufer mein Leben zerstören will. Es gibt dort nichts, was sie finden wird. Archäologen haben mein Grundstück bereits untersucht, sonst hätte ich ja keine Genehmigung für den Bau bekommen.«

Der Hotelier verließ die Kapelle durch die niedrige hölzerne Tür und verschwand Richtung Ausgang. Michalis und Koronaios folgten ihm.

Neben dem schmalen Glockenturm blieb der Hotelier stehen.

»Hat meine Tochter Teresa Ihnen gesagt, dass ich hier bin?«, fragte er, als die beiden zu ihm aufgeschlossen hatten.

»Wie gesagt. Jemand hat Ihren Wagen gesehen«, erwiderte Koronaios vage.

»Meine Töchter ... Ich weiß, dass ich Fehler gemacht habe. Wir alle machen Fehler. Aber meine Töchter verzeihen mir nicht. Niemals.«

»Was heißt das?«, wollte Michalis wissen.

»Ich habe einiges erreicht in meinem Leben und gute Geschäfte gemacht, aber viele gönnen mir meinen Erfolg nicht.« Er schloss kurz die Augen. »Meine Frau hat darunter gelitten, dass ich Konkurrenten hatte. Sie hat mich beschworen, rücksichtsvoller zu sein. Ein besserer Mensch.«

Sokratis Samarakis ließ den Blick über die Schlucht gleiten.

»Meine Töchter glauben, meine Frau könnte noch leben, wenn ich anders gewesen wäre. Sie hätte das Leben mit mir nicht mehr ertragen, sagen sie. Und vielleicht ... vielleicht haben sie recht. Aber die beiden nehmen keine Entschuldigung von mir an.«

Sokratis Samarakis ging weiter. Michalis fragte sich, warum er ihnen das erzählte.

»Wir lassen ihn in Ruhe, bis er unten ist. Aber bevor er in seinen Wagen steigt, soll er seinen Sohn anrufen und ihm klarmachen, dass wir ihn sprechen wollen«, sagte Koronaios.

Michalis war einverstanden. Unten an der Straße würde wieder normale Realität herrschen. Diese abgeschiedene Höhlenkirche war hingegen eine eigene Welt.

In der Höhle hatte Michalis keinen Empfang gehabt und sah

jetzt, dass Hannah versucht hatte, ihn anzurufen. Sie ging nicht ans Handy, also schrieb Michalis ihr. Wenig später schrieb Hannah zurück.

Bin schon wieder in einer Konferenz. Heute Abend Videokonferenz mit Berlin. Kann spät werden. Meine deutschen Landsleute machen es wieder kompliziert …

Koronaios war vorgegangen und ließ Sokratis Samarakis nicht aus den Augen. Für einen kurzen Moment genoss Michalis den Blick über die lichtdurchflutete Schlucht. Das Panorama war grandios.

Als sie die letzten Stufen erreicht hatten, klingelte Michalis' Smartphone.

»Jorgos«, sagte er und blieb zurück, während Koronaios Samarakis bis zu dessen silbergrauen Pick-up begleitete.

»Unser Kriminaldirektor will sich ein eigenes Bild von der Situation in Balos machen«, sagte Jorgos am Telefon. »Und er will, dass nicht nur ich, sondern auch ihr zwei ihn dahin begleitet. In einer Dreiviertelstunde werden wir bei dem Boot der Küstenwache in Kissamos sein, und dann seid ihr bitte auch dort.«

Michalis glaubte, nicht richtig zu hören.

»Karagounis will nach Balos?«, fragte er ungläubig. »Wir sind mitten in den Ermittlungen, und ein Ausflug mit unserem Kriminaldirektor ist so ziemlich das Letzte, was …«

»Michalis, das ist kein Ausflug, sondern eine Dienstanweisung. Unser Kriminaldirektor wird seine Gründe dafür haben, dass er diese Mühe auf sich nimmt.«

»Kennst du diese Gründe?«, fragte Michalis.

»Nein, aber das ist auch unerheblich. Ihr seid in einer Dreiviertelstunde in Kissamos am Fährhafen.«

Damit legte Jorgos auf. Michalis ging weiter und fragte sich, was dahinterstecken könnte. Während laufender Ermittlungen verließ Karagounis normalerweise nie sein Büro – schon allein damit er später nicht mit möglichen Fehlschlägen, Pannen oder erfolglosen Untersuchungen in Verbindung gebracht werden konnte. Was war diesmal anders als sonst?

Als Michalis den silbergrauen Pick-up von Sokratis Samarakis erreichte, hatte der sein Handy am Ohr.

»Stefanos geht leider nicht ran«, sagte er. »Ich befürchte, er hat sich schlafen gelegt.«

»Dann fahren wir jetzt hinter Ihnen her, und Sie begleiten uns bis zu seiner Suite. Und kommen Sie nicht auf den Gedanken, ihn vor uns zu warnen. Es wäre ein Leichtes für uns, das herauszufinden«, entgegnete Koronaios.

»Kein Problem«, antwortete Sokratis Samarakis und stieg in seinen Wagen.

»Das ist nicht dein Ernst«, sagte Koronaios empört, als Michalis ihm von der Anweisung, zum Fährhafen zu fahren, berichtet hatte. »Unser Kriminaldirektor will sich ausgerechnet einen der unzugänglichsten Orte, den ich mir für ein Unglück vorstellen kann, persönlich ansehen. Ist dem langweilig? Was glaubt er denn, was wir hier machen? Urlaub am Meer mit Katastrophen-Sightseeing? Das gibt's ja wohl nicht.«

»Jorgos besteht darauf, dass wir dabei sind.«

»Dem würde ich was erzählen, wenn das mein Onkel wäre«, sagte Koronaios.

Michalis hätte Koronaios gern recht geben. Aber er kannte seinen Onkel Jorgos als zutiefst korrekten Polizisten, der sich sogar den Anweisungen seines obersten Vorgesetzten widersetzen würde, wenn es dafür Gründe gäbe. Doch Michalis wusste auch, dass der Kriminaldirektor niemals nur aus Neugierde einen Unfallort aufsuchte. Vielleicht hatte Karagounis etwas erfahren, das er überprüfen wollte, bevor er die Information weitergab.

»Hat Jorgos wegen des toten Bauarbeiters schon mit Stournaras gesprochen?«, fragte Koronaios.

»Dazu bin ich nicht mehr gekommen. Er hat vorher aufgelegt.«

»Das dürfte ja ein sehr fröhlicher Ausflug nach Balos werden«, sagte Koronaios verärgert.

13

»Nein, Ihr Sohn ist noch nicht wieder aufgetaucht«, sagte die Rezeptionistin zu Sokratis Samarakis, ihrem Chef. Michalis und Koronaios hatten ihn auf dem Weg durch die Lobby begleitet.

»Da sind Sie ganz sicher?«, fragte Sokratis Samarakis streng.

»Ja …«, antwortete die Rezeptionistin eingeschüchtert.

Michalis ahnte, dass die Frau die Polizei, nicht aber ihren Chef belügen würde. Außerdem hing die Schlüsselkarte für die Suite am Schlüsselbrett, und Michalis hatte auch das Motorrad von Stefanos Samarakis vor dem Hotel nicht gesehen.

»Davon würden wir uns gern selbst überzeugen«, sagte Koronaios.

Michalis blickte auf seine Uhr.

»In neun Minuten sollen wir am Fährhafen sein«, sagte er.

»Ich bin sicher, das werden wir schaffen«, entgegnete Koronaios, als würde er es geradezu darauf anlegen, unpünktlich zu sein.

Sie fuhren mit Sokratis Samarakis in das oberste Stockwerk. Die Suite war leer.

»Wo könnte Ihr Sohn sein?«, fragte Koronaios.

»Ich weiß es nicht«, erwiderte Samarakis beunruhigt.

»Kann er bei Ihnen im Haus sein?«

»Nein! Da ist er nie«, antwortete Samarakis.

»Ich rate Ihnen dringend, uns nicht zu belügen. Sobald Sie von Ihrem Sohn etwas hören, geben Sie uns umgehend Bescheid. Ist das klar?«, sagte Koronaios energisch.

»Ja, das werde ich tun«, erwiderte Samarakis kühl. Er war es nicht gewohnt, dass jemand in dem Ton mit ihm sprach. Und es gefiel ihm nicht, das war deutlich.

14

Koronaios jagte, wie Michalis es befürchtet hatte, mit Blaulicht durch Kissamos. Vier Minuten zu spät erreichten sie den Fährhafen und hielten vor dem Schiff der Küstenwache. Es war wenig Betrieb, und sie entdeckten Jorgos, der an seinem Dienstwagen lehnte und telefonierte. Bevor sie zu ihm gingen, begrüßten Michalis und Koronaios den Kapitän, der an Deck Anweisungen gab und das Ablegen vorbereitete.

»Der Kriminaldirektor ist auf dem Weg«, erwiderte der Kapitän auf die Frage, ob Karagounis bereits unter Deck sei. Sie sahen, dass dort ein Tisch gedeckt wurde.

Jorgos hatte sein Telefonat beendet und kam auf sie zu.

»Karagounis wird gleich eintreffen«, sagte er. »Bringt mich bitte auf den aktuellen Stand.«

»Willst du uns nicht lieber erst mal erklären, warum wir zu einem Ausflug mit dem Kriminaldirektor hierherzitiert werden, obwohl wir mitten in den Ermittlungen stecken«, forderte Koronaios ihn auf, statt zu antworten.

Jorgos musterte Koronaios und schien zu überlegen, ob er ruhig bleiben oder seinen Untergebenen zurechtweisen sollte.

»Nein, das will ich nicht«, erwiderte er dann kühl. »Wir fahren jetzt zu einem Tatort und lassen uns von der Spurensicherung die bisherigen Erkenntnisse erläutern. Dass unser Kriminaldirektor dafür die Zeit aufbringt, zeigt, wie ernst er diesen Fall nimmt.« Jorgos sah Koronaios streng an. »Oder steht ihr unmittelbar davor, diesen Fall zu lösen, und wir können uns die Fahrt sparen? Dann müsste ich als euer Vorgesetzter das wissen.«

Koronaios blickte Jorgos verärgert an und schien ebenfalls zu überlegen, ob er sich zurückhalten oder sich aufregen sollte.

»Berichte du doch unserem Vorgesetzten«, forderte er Michalis auf.

»Wir hatten dir am Telefon gesagt, dass vor einer Woche ein Bauarbeiter der Samarakis ertrunken ist«, begann Michalis.

»Ja, ich hab mit Stournaras geredet«, erwiderte Jorgos. »Er hatte mit der Untersuchung dieses Toten nichts zu tun, erkundigt sich aber und gibt uns Bescheid.«

»Gut. Wir haben mit der Familie gesprochen, der Vater ist Malermeister in Kissamos. Der Frage, warum er zunächst überzeugt war, sein Sohn sei getötet worden, ist er ausgewichen. Es sei ein Unfall gewesen, und sie wollen angeblich in Ruhe trauern.«

»Habt ihr Gründe, anzunehmen, dass es anders sein könnte?«, erkundigte sich Jorgos.

»Bisher nicht. Aber es ist auffällig, dass es in so kurzer Zeit einen weiteren Todesfall gab. Wir wollen deshalb mit Stefanos Samarakis sprechen, aber angeblich weiß niemand, wo er ist. Christos Minotis musste ihn in Falassarna gehen lassen, nachdem sein Alkoholwert im gesetzlichen Rahmen war. Wir können allerdings noch nicht einschätzen, ob Minotis vertrauenswürdig ist.« Michalis blickte Jorgos an, doch der reagierte nicht. »Minotis scheint die Samarakis gut zu kennen. Vielleicht verheimlicht er uns etwas.« Auch darauf reagierte Jorgos nicht.

Michalis blickte zur Straße, wo sich die schwarze Limousine des Kriminaldirektors näherte.

»Wir haben deshalb mit dem Vater geredet. Er hat um Verständnis für seinen Sohn gebeten und uns seine Lebensgeschichte erzählt. Seine Frau ist früh gestorben, seine Töchter reden wohl nicht mehr mit ihm.«

»Schwierige Familienverhältnisse. Gut. Und hat er etwas zu dem toten Bauarbeiter gesagt?«, fragte Jorgos.

»Dazu sind wir nicht gekommen. Dafür war in der Höhlenkirche nicht der richtige Moment«, erwiderte Michalis.

»Höhlenkirche?«, fragte Jorgos überrascht.

»Ja. Die hinter Topolia. Seine Tochter hatte uns den Tipp gegeben.«

»Die *Aghia Sofia* … ein sehr besonderer Ort. Dahin geht Sokratis Samarakis zum Beten?«

»Er ist wohl auch mit seinem Sohn Stefanos oft dort gewesen, als die Mutter schwer krank war«, erklärte Michalis.

Die Limousine von Karagounis hielt direkt vor dem Schiff der Küstenwache. Und während er normalerweise wartete, bis sein Fahrer ihm die Tür öffnete, stieg der Kriminaldirektor schwungvoll aus und ging auf seine Untergebenen zu.

»Die Herren sind schon da. Das ist gut! Kommen Sie schnell an Bord!« Karagounis klang regelrecht fröhlich und nahm sogar kurz seine Sonnenbrille ab. Der Fahrer öffnete den Kofferraum der Limousine.

»Vielleicht könnte einer der Herren uns helfen!«, rief Karagounis.

Michalis blickte Jorgos angesichts der guten Laune ihres obersten Chefs ungläubig an, dann gingen sie zum Kofferraum und entdeckten fünf Boxen, in denen eindeutig etwas zu essen war. Koronaios blieb zurück. Er hatte bisher geschwiegen, und Michalis fragte sich, wie lange er noch die Ruhe bewahren würde.

»Die Fischtaverne in dem kleinen Yachthafen ist sensationell«, schwärmte Karagounis. »Ich habe deshalb einige Kleinigkeiten besorgt. Ich hoffe, das ist Ihnen recht.«

»Aber natürlich«, hörte Michalis sich sagen und griff nach zwei der Boxen. Jorgos hob zwei weitere hoch, und der Kriminaldirektor ließ es sich nicht nehmen, die letzte Box selbst zu tragen. Dann schritt er entschlossen auf das Schiff zu.

Michalis folgte ihm und beobachtete dabei Koronaios, der den Kopf schüttelte.

Karagounis betrat das Schiff über die schmale Gangway, als würde er nie etwas anderes tun.

»Alles ist vorbereitet«, sagte der Kapitän zur Begrüßung, und Karagounis lächelte. Die beiden schienen sich gut zu kennen.

Unter Deck war ein Tisch für fünf Personen gedeckt.

»Nehmen Sie Platz, meine Herren«, sagte Karagounis.

Der Kapitän ging an Deck, gab Anweisungen und setzte sich dann ebenfalls. Während die Leinen eingeholt wurden und das Schiff ablegte, trugen zwei Männer der Crew das Essen herein, das auf mehreren Platten angerichtet war. Es gab auf dem Schiff keinen Salon, deshalb war ein Tisch, an dem sonst Besprechungen stattfanden und Seekarten ausgebreitet wurden, freigeräumt worden.

»Greifen Sie zu, greifen Sie zu!«, rief Karagounis und genoss die ungläubigen Gesichter seiner Untergebenen.

Auf den Platten lagen *Kolií sto fourno,* Meeräschen aus dem Ofen, gegrillte Kalamari und verschiedene gegrillte Gemüse. Dazu gab es *Chorta*, Wildgemüse der Saison.

»Bedienen Sie sich!«, sagte Karagounis, aber niemand wagte es, sich vor ihm etwas zu nehmen. Also legte er sich Kalamari, eine Meeräsche sowie gegrillte rote Paprika auf seinen Teller. Dann lächelte er Jorgos und dem Kapitän aufmunternd zu.

Das Essen war hervorragend, das musste Michalis zugeben. Die Meeräsche hatte noch ihr kräftiges, festes Fleisch, ohne trocken zu sein, und die Kalamari hatten einen ebenso intensiven Geschmack wie die gegrillten Paprika und Zucchini. Es schien Karagounis Freude zu bereiten, als Gastgeber aufzutreten, allerdings hatte Michalis noch nie davon gehört, dass Karagounis Untergebene zum Essen eingeladen hatte. Vielleicht war das Teil einer Strategie, unberechenbar und schwer einzuschätzen zu sein.

Karagounis benahm sich, als wäre er Teil einer geselligen Bootspartie und nicht auf dem Weg zu einem Unglücksort mit drei Toten. Der Kapitän ging auf die Themen, die der Kriminaldirektor ansprach, bereitwillig ein. Eine Zeitlang sprachen sie über das Schiffswrack, das in der Bucht vor Kissamos lag. Beide hielten es für wahrscheinlich, dass das Schiff noch viele Jahre vor sich hin verrotten würde, denn die Reederei, der das Schiff gehörte, machte keinerlei Anstalten, es zu bergen, sondern setzte auf einen jahrelangen juristischen Streit. Und bis dahin würde das Wrack allmählich tiefer in den Untergrund einsinken und schließlich für immer dort liegen bleiben.

Karagounis hatte auch Kuchen als Nachtisch besorgt, doch weil die Insel *Imera Gramvousa* in Sicht kam, winkte der Kapitän ab: Er wurde jetzt an Deck gebraucht. Einer seiner Männer servierte jedoch vier Frappés.

»Dieses Unglück«, sagte Karagounis ernst, »kann für uns alle sehr unangenehm werden, sofern es sich um ein Verbrechen handelt.«

Karagounis sah Michalis und Koronaios an.

»Ich kenne Ihre Fähigkeiten«, sagte er. »Aber seien Sie wachsam. Ich kann Ihnen nur empfehlen, nicht allen, mit denen Sie es hier zu tun haben, zu vertrauen.«

Dann nahm er seinen Frappé, ging an Deck und ließ die drei Männer verdutzt zurück.

»Kann mir jemand erklären, was das hier soll?«, fragte Koronaios leise. »Ich gehe ja wirklich gern gut essen, aber eine Einladung unseres Kriminaldirektors auf dem Weg zu einem Tatort mit drei Toten?«

»Ich kann es dir nicht sagen«, antwortete Jorgos noch leiser. »Aber weil es so ungewöhnlich ist, solltet ihr sehr vorsichtig sein. So etwas« – er deutete auf die leeren Teller – »habe ich noch nie erlebt. Und da Karagounis nicht über Nacht ein freundlicher Pensionär geworden ist, steckt etwas dahinter.« Er verzog kurz den Mund. »Ich habe schon überlegt, ob er etwas weiß, was er uns bisher verschwiegen hat.«

Michalis nickte. Den Gedanken hatte er ebenfalls gehabt.

Das Schiff der Küstenwache umrundete den Felsenhügel und erreichte die Stelle, an der das Boot der Samarakis aufgeprallt und in Flammen aufgegangen war. Zagorakis hatte eine Art Brücke um das Wrack herum errichten lassen, damit die ausgebrannte Motoryacht besser zu erreichen war. Das Spezialschiff, das Benzin und Löschmittel absaugen sollte, hatte an der tiefsten Stelle zwischen dem Felsenhügel und der Lagune geankert. Flexible Plastikrohre führten vom Deck ins Wasser. Im Hintergrund lagen die Absperrbarrieren auf dem Wasser, doch das Strandleben schien ganz normal weiterzugehen.

Der Kriminaldirektor ließ sich zur Unglücksstelle bringen. Es war klar, dass weder Jorgos noch Michalis oder Koronaios ihn auf dem Beiboot begleiten würden. Vom Deck aus beobachteten sie, wie Karagounis sich kerzengerade vor dem Wrack aufrichtete. Verschmiert und rußbedeckt, wie er war, musste Zagorakis dem Kriminaldirektor erklären, was die Spurensicherung bisher herausgefunden hatte.

Nach einigen Minuten wandte sich der Kriminaldirektor abrupt ab, ließ sich zurück zum Schiff der Küstenwache bringen und verschwand unter Deck. Der Kapitän folgte ihm und kam schnell zurück.

»Wir werden ihn jetzt wieder nach Kissamos bringen«, sagte

der Kapitän leise. »Ich schlage vor, dass Sie sich mit dem Beiboot zum Wrack fahren lassen. In etwa einer Stunde werden wir zurück sein.«

Michalis und Koronaios blickten sich ungläubig an. Der Kriminaldirektor ließ sich allein zum Fährhafen bringen, ohne mit ihnen über das, was die Spurensicherung bisher herausgefunden hatte, zu reden? Da alle wussten, dass eine Entscheidung von Karagounis unumstößlich war, ließen sie sich mit Jorgos zu dem Wrack fahren. Kaum hatten sie es erreicht, lichtete die Küstenwache den Anker.

»Wir alle haben mit unserem Kriminaldirektor ja schon irritierende Begegnungen gehabt«, sagte Zagorakis leise. »Aber das gerade …«

»Konntest du Karagounis denn etwas sagen, was für ihn neu war?«, wollte Jorgos wissen.

»Na ja … Er wollte detailliert wissen, wie weit wir sind und ob wir schon in die eine oder die andere Richtung etwas sagen können. So weit, so gut. Das ist für mich zwar lästig, mitten in der Untersuchung, aber damit komme ich klar.«

»Hast du denn schon etwas gefunden, das auf einen Anschlag hinweisen könnte?«, fragte Jorgos sachlich.

»Ich hab euch gesagt, ich melde mich, sobald ich etwas weiß. Aber kommt doch an Bord. Dann begreift ihr vielleicht besser, was mein Problem ist.«

Michalis hätte es gern vermieden, das verrußte, nach verschmorten Kabeln und Resten von Ölen und Schmiermittel riechende Wrack zu betreten. Und ihm war auch nicht klar, was er dort sehen sollte, das Zagorakis ihnen nicht genauso gut erklären konnte. Doch der reichte ihnen bereits Plastiküberzieher für die Schuhe sowie Einweghandschuhe und ging voraus.

Sie mussten sich bei jedem Schritt festhalten, als Zagorakis sie über das glitschige Deck zu den Überresten des Motors führte. Der zentrale Metallblock war noch gut zu erkennen, doch viele metallene Züge und Kupplungselemente waren zerstört oder, ebenso wie die Zuleitungen, mit anderen Teilen verschmolzen.

»Wir konzentrieren uns hauptsächlich auf den Motor. Wenn jemand etwas manipuliert hat, dann hier.« Zagorakis wischte sich mit seinem rußigen Plastikhandschuh über das ohnehin schmutzige Gesicht. »Aber ihr seht ja selbst, es ist nicht einfach festzustellen, was vor dem Aufprall wohin gehörte. Außerdem war der Motorblock bis gestern Nacht noch so heiß, dass wir kaum etwas machen konnten. Und bisher haben wir auch nichts herausgefunden, was uns weiterbringt.« Er machte eine bedeutungsvolle Pause. »Unser Herr Kriminaldirektor ... Mir ist nicht bekannt, dass er ein Fachmann für Bootsmotoren wäre. Aber er hat mich mehrfach darauf hingewiesen, dass wir an dem Motor auf jedes Detail achten sollen. So weit, so gut, darauf komme ich auch selbst. Aber Karagounis hat auch mehrfach wiederholt, wir sollen an dem Motor auf Teile achten, die dort nicht hingehören. Und so überzeugt, wie er das sagte, bin ich den Eindruck nicht losgeworden ...«

»Dass er einen Verdacht hat?«, ergänzte Koronaios.

»Ja. Es wirkte so, als ob er wüsste, wonach wir suchen müssen. Als hätte er einen Tipp bekommen von jemandem, der dieses Boot gut kannte. So, und jetzt würde ich gern wieder meiner Arbeit nachgehen.«

Diese Aufforderung war deutlich. Da es fast windstill war und die See ruhig, schlug Jorgos vor, nicht auf das Schiff der Küstenwache zu warten, sondern sich mit dem kleinen Motorboot nach Kissamos bringen zu lassen. Zwar spritzte es während der Fahrt gelegentlich, aber bei den sommerlichen Temperaturen war das sogar angenehm.

Seit sie bei dem Malermeister gewesen waren, ging Michalis wegen des Revierleiters etwas durch den Kopf, und bevor sie sich am Fährhafen von Kissamos verabschiedeten, wandte er sich an Jorgos.

»Wir haben Karolos Katrougalos in seiner Werkstatt gefragt, warum er zunächst behauptet hat, sein Sohn Jannis wäre ermordet worden«, sagte er. »Daraufhin hat er geantwortet, der Revierleiter Minotis hätte ihn in Ruhe gelassen, weil der wisse, wie es einer Familie geht, die ein Kind verloren hat.«

»Ja und?«, fragte Jorgos.

»Es klang für mich, als hätte Minotis so etwas selbst erlebt.«

»Das Privatleben von Christos Minotis wird bei euren Ermittlungen keine Rolle spielen, nehme ich an«, erwiderte Jorgos fast schroff. »Wir sehen uns später im Büro. Falls ihr vorher etwas Wichtiges erfahrt, lasst es mich wissen.«

Ohne auf weitere Fragen zu warten, ging Jorgos zu seinem Wagen und fuhr los.

»Sowohl Jorgos als auch Karagounis geben mir heute Rätsel auf«, sagte Koronaios. »Und das gefällt mir nicht.«

»Mir auch nicht.« Michalis warf einen Blick über den Hafen. »Aber es würde mir gefallen, wenn der junge Samarakis jetzt einfach ans Telefon gehen und mit uns reden würde.«

Zu Michalis' Überraschung hob Stefanos Samarakis tatsächlich ab und versprach, in einer Viertelstunde im Hotel seines Vaters zur Verfügung zu stehen.

»Ich garantiere dir, dem hat sein Vater den Kopf gewaschen, sonst wäre der nicht plötzlich so zuvorkommend«, sagte Koronaios.

15

Auch heute war die großzügige Lobby des Hotels *Pelagos* voller Gäste. Sokratis Samarakis kam sofort auf Michalis und Koronaios zu.

»Mein Sohn erwartet Sie in meinem Büro«, sagte der Hotelier und ging voraus. Auf Höhe der Rezeption gab er seiner Angestellten ein Zeichen. Michalis vermutete, dass sie ihm und Koronaios gleich etwas servieren würde.

Alles, was Michalis und Koronaios bisher von dem Hotel zu Gesicht bekommen hatten, war großzügig und edel eingerichtet. Das Büro hingegen war ein vollgestelltes, dunkles Hinterzimmer. In der Mitte stand ein riesiger dunkler Schreibtisch, dessen Furnier an vielen Stellen abgeplatzt war und auf dem zahlreiche Stapel mit Unterlagen lagen.

Hinter dem Schreibtisch thronte Stefanos Samarakis in einem großen, abgewetzten Bürosessel aus dunklem Kunstleder. Seine Augenbraue war fachmännisch verpflastert. Seine Hände spielten nervös mit einer Sonnenbrille.

»Nehmen Sie Platz, nehmen Sie Platz«, sagte der Vater und rückte zwei einfache, ebenfalls abgenutzte Bürostühle an den Tisch. Er selbst trat neben seinen Sohn und gab ihm zu verstehen, dass er den Bürosessel frei zu machen hatte. Etwas widerwillig stand dieser auf und lehnte sich an die Fensterbank.

Wie Michalis es erwartet hatte, betrat die Rezeptionistin das Büro und trug ein Tablett mit gefüllten *Kalitsounia*, Teigtaschen, herein.

»Frappé, nehme ich an?«, fragte Sokratis Samarakis.

»Gern«, erwiderte Koronaios. »*Metrio*. Mittelsüß.«

Während die Frau einige Unterlagen zur Seite räumen musste, um das Tablett absetzen zu können, beobachtete Michalis die beiden Samarakis. Nachts in Balos war es nicht so deutlich gewesen, aber hier im Büro strahlte der Sohn die Arroganz eines Dandys aus. Er war hochgewachsen und hatte ein ovales Gesicht, während der Vater etwas kleiner war und ein eckiges Gesicht hatte, dessen Form von der kantigen, goldfarbenen Brille ebenso wie von dem nach hinten gebürsteten Haar unterstrichen wurde.

Wenn er es nicht gewusst hätte, wäre Michalis nicht auf die Idee gekommen, dass die beiden Vater und Sohn waren. An der Wand hing ein großes Foto, das sie mit einer Frau zeigte, die eindeutig die verstorbene Mutter war und mit der Stefanos sehr viel mehr Ähnlichkeit hatte.

Stefanos trug ein rosafarbenes Polohemd, eine graue, gebügelte Stoffhose, und seine Schuhe waren, wenn Michalis sich nicht sehr täuschte, handgenäht. Sein desolater Zustand stand in deutlichem Kontrast zu dieser Kleidung. Er war übernächtigt und grau im Gesicht, und er schien sich von einer Nacht mit viel Alkohol noch nicht erholt zu haben.

»Sie wollten meinen Sohn sprechen«, begann Sokratis Samarakis, nachdem die Rezeptionistin gegangen war.

»Wir versuchen seit gestern Nachmittag, ihm einige Fragen zu stellen«, erwiderte Koronaios. »Und wir müssen mit ihm allein reden.«

»Ah?«, entgegnete Sokratis Samarakis überrascht. »Mein Sohn hat keine Geheimnisse vor mir.«

»Das kann schon sein«, sagte Koronaios, »aber das ändert nichts daran, dass wir dieses Gespräch nur mit ihm führen werden.«

Sokratis Samarakis sah seinen Sohn irritiert an, der plötzlich nicht mehr überheblich, sondern verunsichert wirkte.

»Sollte das nicht möglich sein«, fügte Koronaios hinzu, »dann müssten wir diese Befragung in der Kriminaldirektion von Chania durchführen.«

Vater und Sohn Samarakis erstarrten.

»Selbstverständlich könnte bei diesem Gespräch ein Anwalt dabei sein«, sagte Koronaios.

»Sie behandeln uns, als hätten wir etwas verbrochen«, meinte Sokratis, »dabei ist es unser Boot, das explodiert ist. Und wir sind genauso ratlos und erschüttert wie alle anderen!«

»Unsere Aufgabe ist es, die Ursachen dieses Unglücks zu ermitteln. Dafür müssen wir Fragen stellen und brauchen Antworten. Ihr Sohn hat es aber heute früh vorgezogen, vor uns zu flüchten. Und das, und einiges andere, soll er uns erklären. Und zwar ohne dass sein Vater anwesend ist.«

Koronaios hat mit Nachdruck gesprochen und keinen Zweifel daran gelassen, wie ernst er es meinte.

»Also gut, wenn es unbedingt notwendig ist …«, sagte Sokratis Samarakis und erhob sich.

Stefanos wartete, bis sein Vater das Büro verlassen hatte. Dann ließ er sich wieder in den Bürosessel sinken und bemühte sich, selbstsicher zu wirken.

»Also? Was wollen Sie wissen?«, fragte er.

Michalis musste sich eingestehen, dass ihm dieser junge Mann unsympathisch war, auch wenn das keine Rolle spielen durfte. Doch bei einem Mann, der mit Anfang dreißig vermutlich noch nicht viel anderes getan hatte, als das Geld seines Vaters auszugeben, konnte er sich gegen diese Abneigung nur schwer wehren.

»Die Verletzung an Ihrer Augenbraue«, sagte Michalis schließlich, »wie ist das passiert?«

Stefanos Samarakis wirkte überrascht.

»Wie ist das passiert? Wie soll es denn passiert sein? Ich bin gestürzt.«

»Wie und wo genau?«, hakte Koronaios nach.

»Wie? Wo? Keine Ahnung. Ich war ... Nach dem, was in Balos passiert war, da hab ich etwas zu viel getrunken«, erwiderte Stefanos zögernd.

»So viel, dass Ihnen die Erinnerung an einen Sturz fehlt und auch daran, wie Sie danach verbunden worden sind?«, fragte Koronaios.

»Ja, muss wohl so sein. Auf jeden Fall weiß ich nichts mehr«, sagte Stefanos.

»Filmriss durch Alkohol. Das bedeutet mindestens zwei Promille. Oft deutlich mehr«, meinte Koronaios.

»Wenn Sie das sagen.«

»Dann können Sie vorhin, als unsere Kollegen mit Ihnen einen Alkoholtest gemacht haben, unmöglich 0,4 Promille gehabt haben. So schnell baut niemand über zwei Promille ab. Da wären Sie ein medizinisches Wunder.«

Stefanos zuckte gelangweilt mit den Schultern.

»Da wir dem Alkoholtest unserer Kollegen selbstverständlich vertrauen, haben wir also ein Problem«, fuhr Koronaios fort.

»Das ist nicht schön für Sie.«

»Und noch weniger schön für Sie. Denn wir sind sicher, dass Sie sehr genau wissen, wie es zu Ihrer Verletzung gekommen ist.« Koronaios deutete auf die Augenbraue.

»Ich hab oben das eine oder andere Glas Whiskey getrunken. Auf dem Weg ins Bad bin ich gestürzt. Hab mich selbst verbunden und dann geschlafen. Reicht das?«, fragte Stefanos gereizt.

»Und das ist Ihnen jetzt gerade wieder eingefallen«, sagte Koronaios.

»Ja.«

»Sind Sie denn nach wie vor überzeugt, dass der Tod Ihrer Freunde ein Anschlag war und jemand das Boot Ihres Vaters manipuliert hat?«, fragte Michalis.

»Ja, natürlich. Gavrilis kannte das Boot, er wäre niemals mit Vollgas gegen die Felsen gerast. Niemals«, erwiderte Stefanos.

»Aber was, wenn er in dem Moment gar nicht am Steuer war? Wenn eine der beiden Frauen das Boot fuhr und Ihr Freund abgelenkt war?«, bohrte Michalis weiter.

»Das habe ich auch schon überlegt«, sagte Stefanos und wirkte für einen Moment nachdenklich. »Vielleicht war Gavrilis kurz mit Melitta unter Deck, und dann …«

Michalis wusste, was der Hoteliersohn dachte. Falls die beiden abgelenkt gewesen waren, wäre Artemis, seine Verlobte, am Steuer gewesen und hätte die Katastrophe verursacht.

»Kann ich sonst noch etwas für Sie tun?«, fragte Stefanos.

Michalis und Koronaios warfen sich einen Blick zu.

»Ja, es gibt noch einige Fragen«, antwortete Koronaios.

»Dann fragen Sie.«

»Vor kurzem ist einer Ihrer Bauarbeiter in Falassarna ertrunken«, sagte Michalis. »Kannten Sie ihn?«

»Den Bauarbeiter?« Stefanos wirkte überrascht. »Ich hab natürlich davon gehört, aber kennen … nein. Er ist mir auf unserer Baustelle begegnet. Mehr nicht.«

»Gut. Dann zeigen Sie uns bitte, wo genau Sie sich in Ihrer Suite verletzt haben«, sagte Koronaios ungerührt.

Die Gesichtszüge von Stefanos gefroren.

»In meiner Suite?«, sagte er ungläubig. »Die ist sicherlich in der Zwischenzeit gereinigt und aufgeräumt worden. Und außerdem … Dürfen Sie das? Einfach so meine Privaträume untersuchen?«

»Wir können gern warten, bis wir einen richterlichen Durchsuchungsbeschluss haben. Bis dahin würden wir Ihre Suite versiegeln. Ich kann mir kaum vorstellen, dass das für Sie angenehmer wäre. Wir wollen ja nur kurz sehen, wo genau Sie sich verletzt haben«, erwiderte Koronaios.

Stefanos schluckte. Er schien sprachlos zu sein.

»Sagen Sie … halten Sie mich etwa für einen Verdächtigen?« Stefanos lachte verkrampft.

»Nein«, erwiderte Koronaios beruhigend. »Das hier ist Polizeiarbeit. Reine Routine. Unser Vorgesetzter würde uns schwere Vorwürfe machen, wenn wir diese Dinge nicht klären.«

»Okay …«, sagte Stefanos.

»Ihr Vater kann gern dabei sein, falls Sie das wünschen«, schlug Koronaios vor.

»Ich denke nicht, dass das nötig sein wird«, erwiderte Stefanos und stand auf.

Michalis und Koronaios folgten ihm. Bevor sie das Büro verließen, fiel Michalis auf, dass die Frappés und die *Kalitsounia* unberührt waren, und das kam wirklich selten vor. Koronaios hatte es ebenso wie Michalis für besser gehalten, keine Gefälligkeiten anzunehmen.

»Ich hatte heute Nacht das Blut selbst notdürftig weggewischt. Und ich nehme an, das Personal hat den Rest entfernt«, sagte Stefanos, als sie vor der Tür zu seiner Suite standen.

Tatsächlich hatte der Zimmerservice das Zimmer aufgeräumt und das Bad geputzt.

»Sehen Sie«, sagte Stefanos und deutete auf das Waschbecken. »Hier war ich gestolpert und auf die Kante geknallt. Heute Nacht war alles voller Blut.«

»Sie haben hier allein Whiskey getrunken?«, fragte Michalis.

»Ja. Mindestens eine Flasche. Genau weiß ich es nicht mehr.«

Michalis verließ das Badezimmer und sah sich um. Die Papierkörbe waren nicht geleert worden, doch es waren keine leeren Whiskeyflaschen darin. Auch in der kleinen Küche war der Müll nicht weggebracht worden, und auch hier gab es keine leeren Whiskeyflaschen.

»Ich hoffe, ich konnte Ihre Fragen klären«, sagte Stefanos zum Abschied.

»Falls wir noch etwas wissen müssen, melden wir uns«, entgegnete Koronaios. »Aber Sie sollten dann nicht wieder vor uns flüchten. Sie tun sich damit keinen Gefallen.«

Sie verließen das Hotel und gingen zu ihrem Dienstwagen. Koronaios blickte auf seine Uhr.

»Kurz nach drei. Dafür, dass wir noch nicht einmal sicher wissen, ob wir es überhaupt mit einem Verbrechen zu tun haben, haben wir heute schon sehr viel Zeit mit diesem Fall zugebracht.« Er blickte skeptisch Richtung Meer. »Allerdings benehmen sich so viele Leute auffällig, dass ich inzwischen von einem Verbrechen ausgehe«, fuhr er fort. »Und auch unser Kriminaldirektor wird seine Gründe haben, sich derart merkwürdig zu verhalten.«

Etwas außerhalb von Kissamos kamen sie an dem Schiffswrack vorbei, das in der Bucht auf Grund lag und vor sich hin rostete.

»Ein irritierender Tag ...«, sagte Koronaios, und Michalis konnte ihm nur recht geben. Ein angetrunkener Stefanos Samarakis mit einer Platzwunde an der Augenbraue, der vor ihnen geflüchtet war; eine von einer Archäologin nach einem anonymen Hinweis gesperrte Baustelle der Samarakis; und ein toter Bauarbeiter, dessen Vater zunächst von einem Mord ausgegangen war. Dazu ein Kriminaldirektor, der womöglich einen Hinweis auf die Ursache des Unglücks von Balos bekommen hatte; und ein Sokratis Samarakis, der sie in einer Höhlenkirche in seine tragische Familiengeschichte eingeweiht hatte.

»Mich würde interessieren, ob Stournaras etwas an dem Leichnam des ertrunkenen Bauarbeiters aufgefallen war«, sagte Michalis. »Jorgos wollte doch mit ihm deshalb sprechen.«

Jorgos ging nicht ans Telefon, aber Koronaios erreichte den Gerichtsmediziner.

»Den Bauarbeiter ist von meinem Assistenten untersucht worden. Ich hab hier den Bericht.« Stournaras schien am Computer zu scrollen. »Der Tote hatte, als er bei uns war, noch 1,1 Promille. Hier steht, dass der Tod vermutlich gegen Mitternacht eingetreten ist. Für uns war der Fall damit erledigt, und der Tote ist der Familie übergeben worden.«

»Okay. Danke«, sagte Koronaios.

16

In der Kriminaldirektion war es ungewöhnlich ruhig. Viele Kollegen hatten bereits Feierabend gemacht. Myrta war hingegen noch da.

»Jorgos ist außer Haus«, sagte sie. »Und es klang nicht so, als ob er heute noch mal reinkommt.«

»Und Karagounis?«

»Von dem hab ich nichts gehört. Vorhin war er ja mit euch unterwegs, aber …« Myrta blickte Michalis und Koronaios an. »Karagounis scheint sich für das Unglück von Balos mehr zu interessieren als für andere Ermittlungen. Ich habe den Eindruck, das irritiert viele Kollegen.«

»Ja, das überrascht uns auch«, erwiderte Koronaios. »Und noch können wir uns nicht erklären, warum das so ist. Unsere Fahrt mit ihm in die Lagune war auf jeden Fall … ungewöhnlich.«

Auch Michalis und Koronaios beendeten den Arbeitstag. Michalis versuchte, Hannah zu erreichen, und weil sie nicht ranging, schrieb er ihr eine Nachricht. *Wir machen Feierabend. Weißt du schon genauer, wann du loskommst?*

Bevor Michalis auf seinen Motorroller steigen konnte, hatte Hannah bereits geantwortet. *Es wird bei mir leider sehr spät werden. Sicherlich erst nach Mitternacht. Geh ruhig schon schlafen. Ich freu mich auf dich.*

Michalis würde also wieder in die leere Wohnung kommen, in der Ringe auf Hannah warteten. Die einzigen Stimmen würden die der Nachbarn oder aus dem Fernseher sein. So ging das seit Wochen, und Michalis musste sich eingestehen, dass es ihm nicht gefiel. Hannah hatte ihn immer gewarnt: Ich will und ich werde arbeiten, auch wenn das schwierig ist. Wenn wir zusammenleben, dann wirst du keine Frau haben, die wegen der Kinder ihren Beruf aufgibt und dir den Haushalt macht.

Michalis hatte das gewusst, und er war damit einverstanden gewesen. Aber heute machte es ihn unglücklich. Er hätte Hannah gern von diesem irritierenden Tag erzählt, wollte mit ihr lachen und sie berühren. Aber all das war nicht möglich.

Michalis war gerade in der *Odos Georgiou Pezanou* vom Roller gestiegen, als sein Smartphone klingelte. Er hoffte, es wäre Hannah, doch es war Sotiris, sein Bruder.

»Hannah hat mir geschrieben, dass du schon Feierabend hast, könntest du uns vielleicht helfen?«, rief Sotiris. Im Hintergrund waren Kinder zu hören.

»Ja, klar, gern. Ist im *Athena* jemand ausgefallen?«

»Nein, Nicola und ich sind mit den Mädchen und einer Handvoll von deren Freundinnen und Freunden am Strand von Neo Chora. Ich muss jetzt ins *Athena*, und es sind zu viele Kinder, als dass Nicola sie alle im Blick haben kann. Wenn du kommst, könnten sie noch hierbleiben, sonst müssen wir sie jetzt leider alle nach Hause bringen.«

Michalis musste nicht lange überlegen. Mit seinen Nichten Sofia und Loukia, elf und neun Jahre alt, und mit Sotiris und seiner Frau Nicola, aber auch allein mit Hannah war er schon oft am Strand gewesen, und es hatte immer viel Spaß gemacht.

»Ja, gern! Ich zieh mich kurz um und pack Badesachen ein, und dann bin ich in zwanzig Minuten da, reicht das?«

»Ja, das ist großartig. Danke!«

Michalis hatte kaum aufgelegt, da bekam er die nächste Nachricht von Hannah. *Sotiris hat mich gefragt, wann ich heute nach Chania komme, und ob er dich um einen Gefallen bitten darf … Ich hoffe, das war in Ordnung,* schrieb sie.

Michalis wusste, dass Hannah und Sotiris sich sehr mochten. Aber auch Sotiris ging offenbar davon aus, dass Hannah abends ohnehin erst spät zurückkommen würde, und das gefiel Michalis nicht. Trotzdem schrieb er *Alles gut. Freue mich auf den Abend mit den Kindern am Strand.*

Als Michalis wenig später an dem Strand von *Neo Chora* ankam, dem Stadtteil westlich des Zentrums, wurde er bereits erwartet. Kaum war er im Wasser, da kletterten Sofia und Loukia auf seine Schultern und sprangen mit lautem Kreischen ins Wasser. Die anderen Kinder trauten sich nicht, Michalis als Sprungturm zu benutzen, aber er spielte mit ihnen Wasserball und half mit, wenn sie versuchten, die Luftmatratzen unter großem Gejohle umzukippen.

Michalis genoss es, mit den Kindern durch das Wasser zu tollen. Irgendwann ließen die Kinder von ihm ab, und er sah, dass Nicola auf ihn zuschwamm.

»Du machst ihnen eine riesige Freude«, sagte seine Schwägerin. »Es wäre schade gewesen, wenn sie alle nach Hause gemusst hätten.«

»Wir haben gerade einen komplizierten Fall. Da ist das hier für mich ist eine gute Ablenkung«, antwortete Michalis.

»Verstehe … das freut mich. Übrigens, Maria ist eben gekommen. Ich hatte sie angerufen, weil ihr Theo auch hier ist, und sie konnte sich freinehmen.« Nicola deutete zum Strand, wo eine Frau ein Badetuch ausbreitete. »Ich hoffe, das stört dich nicht.«

»Nein, das ist doch gut. Zu dritt können wir die Kinder besser im Blick behalten.«

Es störte Michalis zwar nicht, dass Maria hier war, aber er hoffte, dass der Abend entspannt blieb. Maria hatte einen zehnjährigen Sohn, Theo, ihr Mann war bei einem Unfall gestorben, als Theo gerade drei geworden war. Lange hatte sie getrauert, doch vor einigen Jahren, bevor Michalis Hannah kennengelernt hatte, waren er und Maria sich nähergekommen. Seine Mutter und seine Schwester hatten gehofft, er könnte mit Maria endlich die richtige Frau gefunden haben, doch als er dann in Berlin Hannah kennenlernte, hatte er die Affäre beendet.

Die kurze Phase, in der die Kinder Michalis in Ruhe ließen, war vorbei, und erst nach einer guten Stunde konnte er das Wasser endlich wieder verlassen. Die ersten Mädchen hatten blaue Lippen und zitterten trotz des warmen Sommerabends, und nur die Jungs taten so, als könnten sie noch ewig im Wasser spielen.

Nicola und auch Maria hatten für die Kinder etwas zu essen dabei. Michalis warf einen Blick auf sein Handy und sah, dass Hannah zweimal angerufen hatte. *Ich hoffe, dass ich doch schon gegen elf bei dir sein werde. Aber ich muss um fünf wieder aufstehen, um acht ist ein Termin in Heraklion* hatte sie geschrieben. Michalis rief sie zurück, doch sie ging nicht ans Telefon. *Ich bin mit den Mädchen von Sotiris am Strand. Freu mich auf dich* schrieb er zurück. Dann aß er etwas von dem *Glistrida salata*, Portulaksalat, den Nicola mitgebracht hatte. Maria setzte sich zu ihm und bot ihm von der *Spanakopitta,* Spinatpastete, an, die sie gemacht hatte. Während er auch davon probierte, versuchte Maria, ein Gespräch zu beginnen. Michalis bemühte sich, die Erinnerung daran, dass er mal in Maria verliebt gewesen war, beiseitezuwischen. Doch er stellte fest, dass es ihm gefiel, wie Maria lachte, während sie mit ihm sprach.

Etwas später wurden die Kinder auf die Autos von Nicola und Maria verteilt. Beim Abschied blieb Maria einen Moment vor Michalis stehen. Der Satz *Sehen wir uns mal wieder?* lag in der Luft, doch keiner von ihnen sagte ihn.

»Es war schön, mal wieder mit dir zu reden«, sagte Maria nur.

»Ja, das war es«, entgegnete Michalis, bevor Maria in ihren Wagen stieg und die Kinder nach Hause brachte.

»Hannah muss doch bestimmt noch etwas essen, wenn sie gleich kommt«, sagte Loukia, als Michalis sie in der Küche des *Athena* begrüßte.

»Ich nehme an, dass sie in Heraklion gegessen hat«, erwiderte er. »Aber ich kann ja etwas mit nach Hause nehmen.«

»Will Hannah nicht noch herkommen?«, fragte Loukia fast empört.

»Mama! Es ist elf, wenn Hannah ankommt, und sie muss um fünf schon wieder aufstehen. Um acht Uhr hat sie den nächsten Termin in Heraklion«, antwortete Michalis.

»Verstehe«, sagte Loukia und schüttelte den Kopf.

Michalis hatte nicht viel Hunger, aber seine Mutter drängte ihn, wenigstens ein wenig vom *Kouneli stifado*, Kaninchen mit Zwiebeln, zu essen. Er setzte sich zu seinem Vater an den Tisch, und wenig später brachte Sotiris ihm das Essen.

»Danke, dass du Loukia am Strand geholfen hast«, sagte Sotiris. »Die Mädchen waren total begeistert von dir.«

»Ja, es hat viel Spaß gemacht«, erwiderte Michalis. »Und es hat mich auf andere Gedanken gebracht.«

Sotiris lächelte, jedoch anders als sonst. Vermutlich wusste er von Nicola, dass Maria auch am Strand gewesen war, und dachte sich seinen Teil. Niemand kannte und durchschaute Michalis so gut wie Sotiris, nicht einmal Hannah. Sotiris war etliche Jahre älter als Michalis, und schon als Kind, wenn ihre Eltern mit der Arbeit im *Athena* ausgelastet waren, war er der wichtigste Mensch für Michalis gewesen. Deshalb wusste Sotiris, ohne dass sie darüber reden mussten, dass die Situation mit Hannah für Michalis im Moment nicht einfach war.

Es war halb elf, als Michalis aufbrach. Seine Mutter hatte ihm für Hannah einige *Melitsanes me Feta*, Auberginen mit Feta, eingepackt. Kaum war er in der *Odos Georgiou Pezanou* vor seiner Wohnung vom Roller gestiegen, da klingelte sein Handy.

»Ich komm jetzt erst los, es hat ewig gedauert. Tut mir leid«, sagte Hannah hektisch. »Geh ruhig schon schlafen, ich leg mich leise dazu. Um fünf muss ich ja schon wieder raus.«

»Nein, ich bleib wach, keine Sorge«, erwiderte Michalis und überlegte. »Aber wenn du jetzt erst loskommst … Ich könnte dir entgegenfahren, und wir nehmen uns irgendwo bei Rethimnon ein Zimmer. Dann musst du nicht so lange fahren und hast es morgen früh nicht so weit.«

»Nein, das ist viel zu aufwendig. Außerdem brauche ich auch ein paar frische Klamotten. So, ich fahr los!«

Michalis hörte, wie sie ihre Wagentür zuwarf, und er hörte auch noch den Kuss, den sie auf das Handy drückte. Dann legte Hannah auf.

Es war eine sternenklare Julinacht. Vor einigen Tagen war Vollmond gewesen, der langsam abnehmende Mond stand aber noch zu tief, um über den Dächern aufzutauchen. Michalis machte sich einen Frappé, setzte sich auf den Balkon und wollte die Idylle genießen, doch ihm kam Stefanos Samarakis in den Sinn, dessen Verhalten auffällig und auch verdächtig war. Er hatte bei einem tragischen Unglück seine Verlobte und seinen besten Freund verloren. Michalis wusste, dass Trauer sehr unterschiedlich aussehen konnte und dass manche Menschen sie nicht einmal zuließen. Bei Stefanos Samarakis fragte er sich jedoch, ob es wirklich der Verlust der zwei Menschen war, der ihn erschütterte, oder ob etwas anderes dahintersteckte. In Kissamos kursierten Gerüchte, Artemis Apostolidis hätte die Verlobung auflösen wollen. Gab es womöglich einen anderen Mann? Einen, der umgänglicher und treuer als Stefanos Samarakis war?

Was, wenn dieser andere Mann Gavrilis Tavernarakis gewesen war? Auch wenn es unwahrscheinlich klang, so kam es doch häufig vor, dass ein Mann etwas mit der Frau seines besten Freundes anfing oder dass eine Frau den besten Freund sehr attraktiv fand. Könnte es hier so gewesen sein?

»Michalis?«

Michalis schreckte hoch, als er Hannahs Stimme hörte. Der Becher mit Frappé fiel ihm aus der Hand, und der kalte Kaffee ergoss sich über seine Hose.

»Ich hab doch gesagt, dass du schon schlafen kannst!«, rief Hannah und lachte. »Aber ich hab ans Bett gedacht, und nicht an den Balkon!«

Hannah strahlte und kam auf Michalis zu. Er schüttelte sich kurz, um wach zu werden, und dann umarmten und küssten sie sich. Hannah löste sich von ihm und warf einen Blick auf den Kaffeefleck auf seiner Hose.

»Ich würde wahnsinnig gern duschen. Wollen wir zusammen?« Sie lächelte und begann, Michalis das Hemd auszuziehen. Er öffnete ihre Bluse. Wenig später standen sie fast nackt voreinander.

»Oder wollen wir erst …« Hannah deutete auf das Schlafzimmer, nahm Michalis an der Hand und zog ihn mit sich.

Einige Zeit später duschten sie schließlich, und es war fast zwei Uhr, als sie im Bett lagen, um zu schlafen.

»Auf die Dauer geht das so nicht«, sagte Hannah leise. »Und um fünf muss ich schon wieder aufstehen.«

»Wir hätten uns wirklich auf halber Strecke treffen können«, sagte Michalis.

»Ja, ich weiß. Aber ich wollte bei dir sein. In unserem Zuhause. In Hotelzimmern bin ich im Moment oft genug, das hab ich langsam satt.« Sie strich Michalis über den Bart und lächelte. »Eine Kollegin hatte mir auch angeboten, in ihrem Gästezimmer zu übernachten. Aber dann könnte ich dich jetzt nicht berühren.«

Obwohl das Bett nur vom Mondlicht erhellt wurde, konnte Michalis sehen, dass Hannahs Augen bereits geschlossen waren. Die Wecker waren gestellt, und gleich würden sie einschlafen, dachte Michalis.

»Ich hab gehört, dass Lemonia Kaliotsis in Falassarna einen Hotelbau gestoppt hat. Hast du mit ihr deshalb schon zu tun gehabt?«, fragte Hannah leise.

»O ja. Koronaios sogar noch mehr als ich. Da ist es laut geworden. Die Frau ist ziemlich energisch, gelinde gesagt«, erwiderte Michalis.

»Das ist sie. Ich habe sie ein paarmal erlebt und war vorher vor ihr gewarnt worden.«

»Von wem? Von Bauherren?«, fragte Michalis.

»Nein. Von ihren Kollegen und Kolleginnen. Lauter Archäologen. Die Frau ist berüchtigt. Manche loben sie höflich, weil sie sich so vehement für die Archäologie einsetzt. Aber die meisten können sie nicht ausstehen, weil sie den ganzen Berufstand in Verruf bringt. Sie geht absolut unbarmherzig vor und reizt ihre Macht bis zum Äußersten aus. Die Bauherren drehen durch, wenn sie hören, dass Lemonia Kaliotsis auf ihren Baustellen aufgetaucht ist. Denn ein Baustopp kann sich Jahre hinziehen«, sagte Hannah.

»Der Bauherr in Falassarna war auch entsetzt. Und seinen Sohn hat sie angebrüllt.«

»Lemonia Kaliotsis hat Bauherren schon so wüst beschimpft, dass sie Morddrohungen bekommen hat. Angeblich trägt sie seitdem eine Pistole bei sich, wenn sie auf die Baustellen geht.« Hannah schmiegte sich an Michalis. »Komm, lass uns schlafen«, sagte sie und legte einen Arm um ihn.

»Sehr gern«, erwiderte Michalis und schloss die Augen. Kurz dachte er noch an Lemonia Kaliotsis und die Pistole, die sie möglicherweise auch heute mit in Falassarna gehabt hatte.

Aber dann war er auch schon eingeschlafen.

17

Das Smartphone klingelte. Michalis brauchte einen Moment, bis er den Kopf heben konnte. Es gelang ihm kaum, die Augen zu öffnen, und zunächst dachte er, es sei der Wecker. Der zeigte jedoch nur an, dass es halb vier war. Vor wenig mehr als einer Stunde waren Michalis und Hannah erst eingeschlafen.

Auf dem Display seines Smartphones leuchtete der Name *Jorgos* auf. Mühsam streckte er die Hand aus und nahm das Mobiltelefon. Er spürte, dass Hannah sich im Bett umdrehte und seufzte.

»Ja?«, war das Einzige, was Michalis sagen konnte.

»In Kissamos sind Stefanos Samarakis und Danilos Apostolidis, der Bruder der toten Verlobten, mit Pistolen aufeinander losgegangen. Die Situation ist unter Kontrolle, aber ihr müsst sofort dorthin. Koronaios hab ich schon informiert. Der macht sich gleich auf den Weg zu dir.«

Jorgos legte auf.

»Was ist los?«, fragte Hannah im Halbschlaf.

»Zwei der Männer, die mit dem Unglück in Balos zu tun haben, haben aufeinander geschossen«, antwortete Michalis und stand langsam auf. »Ich muss nach Kissamos. Jorgos holt mich gleich ab.«

Er drehte sich zu Hannah und küsste sie. Sie fuhr ihm durch das Haar und zog ihn zu sich, ohne die Augen zu öffnen.

»Schlaf weiter«, flüsterte Michalis.

»Es war eine schöne Nacht mit dir«, sagte Hannah leise und schlief sofort wieder ein.

Um wach zu werden, sprang Michalis unter die Dusche, setzte einen doppelten *Elliniko* auf, den griechischen Mokka, zog sich an und verließ die Wohnung. Den *Elliniko* hatte er nicht in eine kleine Mokkatasse, sondern in einen Becher gefüllt, um ihn mitzunehmen. Er hatte kaum davon genippt, als die Lichter des Dienstwagens auftauchten. Kurz darauf hielt Koronaios.

»Ich weiß nicht, wer von uns beiden weniger geschlafen hat«, knurrte Koronaios, als Michalis eingestiegen war. »Galatia lernt für ihre Aufnahmeprüfung, und meine Frau hat verlangt, dass wir sie abhören.«

»Und das ging die ganze Nacht?«, fragte Michalis.

»So ungefähr.« Koronaios sah Michalis an. »Aber du siehst auch nicht gerade ausgeschlafen aus.«

»Hannah ist erst um halb eins aus Heraklion gekommen.«

»Hast du denn überhaupt geschlafen?«, fragte Koronaios.

»Kaum.« Michalis blickte nach draußen. Noch waren die Ampeln ausgeschaltet und keine Autos unterwegs. »Aber ich könnte dich trotzdem ablösen.«

»So weit kommt es noch«, erwiderte Koronaios.

Michalis merkte jedoch, dass sein Partner so langsam und unaufmerksam fuhr wie selten. Alle wussten, dass Koronaios einen rasanten Fahrstil pflegte, und alle wussten auch, dass er noch nie einen Unfall gehabt hatte. Er war ein sehr guter Fahrer, doch heute Nacht schaffte er es nur bis nach Tavronitis, wo die Straße Richtung Süden nach Paleochora abzweigte. Dort hielt er auf dem Seitenstreifen an.

»Mir fallen die Augen zu«, sagte er. »Kannst du übernehmen?«

»Ja, klar«, gab Michalis zur Antwort, obwohl er alles andere als wach war. Doch bis Kissamos würde er sich zusammenreißen können. Und das war allemal besser, als wenn Koronaios am Steuer einschlafen würde.

»Hat Jorgos dir gesagt, wo die beiden sind? Stefanos Samarakis und Danilos Apostolidis?«, fragte Michalis nach einigen Kilometern.

»Wir sollen Minotis anrufen«, antwortete Koronaios gähnend. »Eigentlich wäre es nach einer Schießerei normal, beide mit aufs Revier zu nehmen und getrennt zu verhören. Aber Minotis hat beide nach Hause gehen lassen. Dort stehen sie uns angeblich zur Verfügung. Ich ruf ihn an.«

Minotis war im Polizeirevier und schlug vor, dass Michalis und Koronaios dorthin kommen sollten. Koronaios bestand jedoch darauf, ihn an der Promenade zu treffen, wo die Schießerei stattgefunden hat.

»Das wäre ja wohl noch schöner«, schimpfte Koronaios, nachdem er aufgelegt hatte. »Gemütlich im Büro sitzen und uns dort antreten lassen. Wahrscheinlich hatte er sich dort schon wieder hingelegt. Nein, der soll uns gefälligst vor Ort zeigen, was genau passiert ist.«

Sie erreichten am Ende der Schnellstraße die langgezogene Bucht von Kissamos mit dem Wrack des Frachters. Der Mond stand über den Bergen. Kaum jemand war so spät in der Nacht unterwegs.

Michalis öffnete sein Fenster, und der intensive Geruch von Oregano wehte in den Wagen. Ein Geruch, den so nur der Hochsommer hervorbrachte, wenn tagsüber die Sonne dem Oregano seine Kraft gab und nachts die feuchtere Luft ihm seine kräftige Würze verlieh.

Auf der Hauptstraße bog Michalis hinter dem Rathaus rechts zur Uferpromenade ab. Vor einer der Tavernen stand der Polizeiwagen von Christos Minotis.

»Wir sind von Hotelgästen und dem Wirt des *Poseidon* angerufen worden.« Der Revierleiter zeigte auf eine Fischtaverne direkt am Wasser. »Meine Leute sind sofort losgerast und waren in drei Minuten hier. Zum Glück hatten beide nur in die Luft geschossen. Als wir kamen, wollten sie flüchten, aber wir haben sie geschnappt und ihnen die Waffen abgenommen.«

»Und sie ins Revier gebracht und vernommen«, warf Koronaios ein.

»Nein«, sagte Minotis, als wäre der Gedanke völlig abwegig. »Wir haben gewartet, bis sie sich halbwegs beruhigt hatten, und dann hier vor Ort befragt. Beide haben behauptet, sie hätten niemanden verletzen wollen, und das haben sie ja auch nicht getan. Wir haben sie gedrängt, sich die Hand zu reichen, und ihnen gesagt, dass sie sich zur Verfügung halten sollen.«

»Das ist alles? Zwei junge Männer, die in Balos unter noch ungeklärten Umständen Angehörige verloren haben, schießen aufeinander, und Sie lassen sie laufen, als wäre das normal?«, fuhr Koronaios den Revierleiter an. Die Müdigkeit schien ihn gereizt zu machen, und das konnte Michalis gut nachvollziehen. Auch er würde sich heute zusammenreißen müssen.

»Nein ... natürlich nicht. Aber Stefanos, der war völlig weggetreten. Alkohol, Drogen, was weiß ich. Mit dem hätten wir wenig anfangen können. Und Danilos ... Ich kenne Danilos, seit er fünf war. Der ist vernünftig. Aber der Tod seiner Schwester hat ihn aus der Bahn geworfen. Und das wird nicht besser, wenn ich ihn wie einen Verbrecher mit aufs Revier nehme.«

»Auf einen Menschen zu schießen ist ein Verbrechen«, entgegnete Michalis.

»Ja, normalerweise schon. Aber hier wurde nur in die Luft geschossen. Die beiden wollten sich nicht verletzen. Die haben sich die Hand gegeben, und ich hoffe, dass die Angelegenheit damit erledigt ist. Ihre Waffen haben wir ihnen ja abgenommen.«

Michalis konnte nur hoffen, dass Minotis recht hatte. Aber er wusste auch, dass kretische Männer ihre Feindschaften ohne die Polizei austrugen. Sich vor den Vertretern des Staates zum Schein versöhnen, aber in den nächsten Tagen oder Wochen die Angelegenheit selbst regeln – es wäre nicht das erste Mal, dass so etwas tödlich endete.

»Diese Waffen bleiben unter Verschluss, bis das Unglück in Balos aufgeklärt ist«, sagte Koronaios. »Nicht, dass die beiden noch mal damit aufeinander losgehen.«

»Das werden sie nicht, da bin ich sicher«, erwiderte Minotis. »Allerdings habe ich zugesichert, dass sie die Pistolen schnell wieder ausgehändigt bekommen.«

»Dann werden wir den beiden mitteilen, dass die Mordkommission aus Chania andere Pläne hat. Diese Pistolen werden vorläufig nicht zurückgegeben. Das kommt überhaupt nicht in Frage«, sagte Koronaios.

Christos Minotis versprach, die Pistolen sicher zu verwahren.

»Wie oft ist geschossen worden?«, fragte Michalis.

»Wie oft? Das wissen wir nicht. Wir sind ja erst gerufen worden, nachdem geschossen worden war«, erwiderte Minotis.

»Sie sind also sicher, dass nur in die Luft geschossen wurde, aber Sie wissen nicht, wie oft? Haben Ihre Leute sich denn nach Projektilen umgesehen?«, erkundigte sich Koronaios verärgert.

»Wir haben mit Taschenlampen gesucht, aber nichts entdeckt. Ist im Dunkeln ja auch schwierig.«

»Dann gehe ich davon aus, dass Ihre Leute die gesamte Gegend absuchen werden, sobald es hell ist, und auch auf Einschüsse an Häusern achten werden«, sagte Koronaios. »Und wir werden uns jetzt als Erstes mit Danilos Apostolidis unterhalten.«

»Er ist zu Hause und wartet auf Sie«, erwiderte Minotis.

»Bisher hatte ich ja den Eindruck, dass der Revierleiter seinen Job beherrscht. Aber langsam zweifle ich doch daran«, sagte Koronaios, als sie sich dem Haus der Apostolidis näherten.

»Zwei Männer, die er seit ihren Kindertagen kennt, schießen aufeinander, und er lässt sie einfach nach Hause gehen«, erwiderte Michalis. »Auf mich wirkt das, als wolle er sie vor Ermittlungen schützen.«

Das Haus der Familie Apostolidis lag in der Nähe des Rathauses in einer Seitenstraße. Nur wenige hundert Meter entfernt war einer der Supermärkte, die die Familie betrieb. Das villenartige Gebäude stand auf einem weitläufigen, von einer Mauer umgebenen Grundstück und ließ darauf schließen, dass diese Supermärkte ein Leben in erheblichem Wohlstand ermöglichten.

Nur wenige Sekunden nachdem Michalis und Koronaios geklingelt hatten, öffnete sich das Tor zu dem Grundstück. In der Haustür wartete Markos Apostolidis, der Vater von Danilos und der toten Artemis. In der Nacht von Balos hatte er Polohemd, Stoffhose und Segelschuhe getragen. Jetzt trug er einen edlen, dunkelgrauen Anzug.

»Sie wollen sicher meinen Sohn sprechen«, sagte Markos Apostolidis. Ohne eine Antwort abzuwarten, ging er durch einen langen Flur voraus und führte Michalis und Koronaios in ein großzügiges Wohnzimmer, das von einer dunklen, zu einem Kamin ausgerichteten Sitzgruppe mit drei Sesseln und einem Sofa dominiert wurde. An den Wänden hingen Ölbilder, die mythologische Szenen zeigten. Tische, Stühle und Schränke wirkten antik, alles war edel und teuer.

»Danilos. Die Polizei«, sagte Markos Apostolidis.

Danilos Apostolidis saß auf dem Sofa, schien Michalis und Koronaios zu erwarten und machte einen nervösen Eindruck. Wie schon in der Nacht von Balos fiel Michalis auf, wie ähnlich Vater und Sohn einander waren. Das schüttere Haar des Sohns war allerdings noch dunkel, während es bei dem Vater seine Farbe bereits verloren hatte.

»Mein Sohn hat mir berichtet, was passiert ist«, sagte Markos Apostolidis. »Und er ist untröstlich. Selbstverständlich wird so etwas nicht wieder vorkommen.«

Er sah Danilos an, und der nickte. Der Vater deutete auf zwei der Sessel.

»Nehmen Sie Platz. Darf ich etwas bringen lassen? Frappé, Orangensaft? Und vielleicht auch etwas zu essen? Ich gehe davon aus, dass Sie noch keine Zeit zum Frühstücken hatten.«

Michalis und Koronaios setzten sich. Markos Apostolidis nahm auf dem Sofa neben seinem Sohn Platz.

»Einen Frappé nehmen wir sehr gern«, sagte Michalis, »aber ansonsten ist dies hier eine polizeiliche Befragung. Ihr Sohn hat mit einer Pistole auf einen Menschen geschossen. Und deshalb werden …«

»Nein, nein«, unterbrach der Vater, »Danilos hat auf niemanden geschossen. Um sich zu verteidigen, hat er in die Luft geschossen. Das ist alles.«

»Nein, das ist sicherlich nicht alles«, widersprach Koronaios. »Ihr Sohn wird uns erklären müssen, warum er mit einer geladenen Pistole nachts vor dem Hotel der Samarakis aufgetaucht ist.«

»Ja, das ist doch ganz einfach …«, sagte Markos Apostolidis und wurde von Koronaios unterbrochen.

»Ich bin schon sehr lange Kriminalkommissar und weiß aus Erfahrung, dass so etwas nie ganz einfach ist. Nie. Vor allem aber weiß ich, dass wir dieses Gespräch mit Ihrem Sohn allein führen werden. Ohne Sie.«

»Sie wollen mich aus meinem eigenen Wohnzimmer werfen?«, fragte Markos Apostolidis empört.

»Wir können gern mit Ihrem Sohn nach Chania in die Kriminaldirektion fahren und dieses Gespräch dort führen. Falls Ihnen das lieber ist.«

Markos Apostolidis kniff wütend die Augen zusammen. Ihm

schien klar zu sein, dass Michalis und Koronaios sich durchsetzen würden.

»Hören Sie, meine Tochter ist in der Lagune umgekommen. Dass mein Sohn überreagiert hat, ist in der Situation doch wohl nachvollziehbar«, versuchte er einzulenken.

»Selbstverständlich«, entgegnete Michalis. »Dennoch haben wir Vorgaben, und an die halten wir uns.«

Markos Apostolidis machte keine Anstalten, aufzustehen.

»Ein Anwalt dürfte selbstverständlich anwesend sein. Aber wir gehen davon aus, dass es dafür keinerlei Gründe gibt. Zum Glück ist heute Nacht ja niemand verletzt worden.«

»Vater, bitte«, sagte Danilos. »Jemand soll den Frappé bringen. Für mich bitte auch. Ich rede mit den beiden Kommissaren, und dann haben wir es schnell hinter uns.«

Markos Apostolidis starrte seinen Sohn verärgert an.

»Also gut«, sagte er, stand auf und verließ den Raum.

Danilos wartete, bis sein Vater ihn nicht mehr hören konnte.

»Ich will Ihnen keine Probleme machen«, sagte Danilos. »Ja, ich habe heute Nacht vor dem Hotel seines Vaters auf Stefanos gewartet. Ein Freund von mir war als Zeuge dabei. Aber der spielt jetzt keine Rolle.«

»Das würden im Zweifelsfall wir entscheiden«, sagte Koronaios.

»Ja, in Ordnung. Ich hatte eine Pistole dabei, weil ich befürchtet habe, dass Stefanos bewaffnet sein könnte.«

»Wie kamen Sie darauf?«, fragte Michalis.

»Das sage ich Ihnen gleich. Ich möchte vorher klarstellen, dass Stefanos es war, der mich bedroht hat. Ich habe ihn lediglich aufgefordert, mit mir zu reden. Daraufhin hat er in meine Richtung gezielt. Und dann seine Waffe auf eine Laterne gerichtet und abgedrückt.«

»Hat er die Laterne getroffen?«, wollte Koronaios wissen.

»Nein. Stefanos ist ein schlechter Schütze, das wusste ich. Trotzdem hab ich, als er dann erneut auf mich angelegt hat, ebenfalls meine Pistole genommen. Da hat er zu brüllen begonnen und mit seiner Waffe herumgefuchtelt. Ich habe ihn aufgefordert, sich zu beruhigen, und als es immer schlimmer wurde, habe ich in die Luft geschossen. Zweimal. Daraufhin hat er dann mehrfach ebenfalls in die Luft geschossen. Wenig später hörten wir, dass die Polizei sich näherte, und wollten beide verschwinden. Aber Christos Minotis ist schlau, seine Polizisten kamen aus allen Richtungen.«

Michalis beobachtete Danilos Apostolidis, während er sprach. Es war irritierend, dass er diese bedrohliche Situation derart sachlich schilderte.

»Ich kenne Stefanos seit der Schulzeit«, fuhr Danilos fort. »Und ich habe noch nie viel von ihm gehalten. Schon als Kind war er bösartig und hinterhältig, wenn er nicht bekam, was er wollte. Als Artemis mir erzählt hat, dass sie mit ihm zusammen war, war ich entsetzt. Und ich konnte es kaum fassen, dass sie diesen Kerl auch noch heiraten wollte.«

Michalis sah, dass Koronaios den Kopf abwandte, weil er ein Gähnen nicht unterdrücken konnte.

»Ein Frappé würde Ihnen sicherlich guttun«, sagte Danilos Apostolidis. »Aber ich kenne meinen Vater. In diesem Haus werden Sie heute nicht einmal ein Glas Wasser bekommen. Das haben Sie leider mir zu verdanken. Aber er wäre nie gegangen, wenn ich ihn nicht aufgefordert hätte.«

»Wir schaffen das auch ohne Frappé«, sagte Koronaios.

»Es hat mich nicht überrascht, dass Artemis schon bald an Stefanos gezweifelt hat. Er hat sie in den letzten Monaten mehrfach betrogen. Artemis wollte das nicht wahrhaben, aber Stefanos wurde immer unverfrorener. Als Artemis sich trennen wollte, ist Stefanos durchgedreht.«

»Was heißt das?«, fragte Michalis.

Bevor Danilos Apostolidis antworten konnte, öffnete sich am anderen Ende des Raums, neben einem großen Bücherregal, eine Tür, und eine junge Frau blickte sich vorsichtig um.

»Meine Schwester Emilia«, stellte Danilos vor. »Komm ruhig rein. Wir reden gerade über Stefanos.«

Die junge Frau näherte sich langsam. Michalis überlegte, ob sie darauf drängen sollten, weiterhin mit Danilos allein zu reden. Doch er hoffte, von ihr etwas zu erfahren, was weder ihr Bruder noch ihr Vater verraten würden.

»Michalis Charisteas. Und das ist mein Kollege Pavlos Koronaios«, sagte Michalis deshalb zu der jungen Frau. »Wir haben Sie nachts in der Lagune gesehen.«

»Ja«, erwiderte Emilia nur.

Emilia Apostolidis war sich ihrer attraktiven Wirkung eindeutig bewusst. Sie trug einen modischen Kurzhaarschnitt mit Seitenscheitel und ein vorteilhaft geschnittenes dunkelgrünes Kleid. Ihre großen braunen Augen blickten ernst. Sie setzte sich zu ihrem Bruder auf das Sofa und musterte Michalis und Koronaios.

Danilos wartete einen Moment, dann fuhr er fort.

»Ich traue Stefanos nicht. Deshalb bin ich gestern Abend nach Balos gefahren und habe mich bei den Wirten umgehört. Angeblich war Stefanos ja in einer der Strandbars, als das Boot gegen die Felsen gerast ist. Aber keiner der Wirte oder Kellner kann sich daran erinnern, dass Stefanos bei ihm war, dabei kennen ihn in Balos alle. Irgendjemand hätte ihn gesehen und erkannt, da bin ich sicher.«

»Was wollen Sie uns damit sagen?«, fragte Koronaios.

»Das ist doch wohl klar, oder?«, erwiderte Danilos.

»Wir würden es gern von Ihnen hören.«

»Meine Schwester stirbt, und damit die Frau, die gedroht hat,

Stefanos zu verlassen. Sie wissen, was das für einen Mann wie ihn bedeutet. Gerade auf Kreta.«

»Sagen Sie es uns«, sagte Michalis.

»Er wäre in seiner Ehre tief gekränkt gewesen. Und in den Augen der anderen ein Versager. Das hätte er nicht auf sich sitzen lassen können.«

»Es wäre für Stefanos Samarakis also besser gewesen, Ihre Schwester wäre tot, als dass sie ihn verlassen hätte? Meinen Sie das?«, bohrte Koronaios nach.

Danilos sah seine jüngere Schwester Emilia an. Sie zuckte mit den Schultern.

»Es gab nach der Explosion nur einen Menschen, der von einem Anschlag geredet hat. Das war Stefanos«, sagte Danilos.

»Und darüber wollten Sie mit ihm reden. Mitten in der Nacht und mit einer geladenen Pistole«, entgegnete Koronaios.

»Ich habe Ihnen alles gesagt, was ich sagen wollte.« Danilos Apostolidis stand auf. »Oder haben Sie noch Fragen?«

Michalis wandte sich an Emilia, die bisher geschwiegen hatte.

»Gibt es etwas, das Sie uns sagen könnten?«

»Nein.« Emilia lächelte ungerührt.

»Falls einem von Ihnen noch etwas einfallen sollte, melden Sie sich bitte«, sagte Michalis und legte eine Visitenkarte auf das Sofa. Dann folgten er und Koronaios Danilos in Richtung Ausgang.

»Sie wollten uns noch erklären, warum Sie letzte Nacht davon ausgegangen waren, dass Stefanos Samarakis bewaffnet sein würde«, sagte Koronaios, kurz bevor sie die Haustür erreicht hatten.

»Jeder Mann auf Kreta hat eine Waffe«, erwiderte Danilos Apostolidis überrascht.

»Aber nicht jeder trägt sie nachts geladen mit sich herum«, entgegnete Koronaios.

»Stefanos hat sich in Kissamos viele Feinde gemacht. Und das weiß er sehr genau.«

»Sind Sie in der Nacht davor auch schon Stefanos Samarakis begegnet?«, wollte Michalis wissen. Er fragte sich, ob die beiden Männer bereits da aneinandergeraten waren. Das würde die verletzte Augenbraue von Stefanos Samarakis erklären.

»Nein«, erwiderte Danilos sofort.

»Da sind Sie sicher?«, hakte Koronaios nach.

»Ja. In der Nacht war unsere ganze Familie zusammen. Eine Trauerfeier für Artemis.«

»Gut. Danke.«

Michalis und Koronaios verabschiedeten sich.

»Als Nächstes zu Stefanos Samarakis?«, fragte Koronaios, als sie im Dienstwagen saßen. Er gähnte. Michalis gähnte ebenfalls.

»Ja …«, erwiderte Michalis. »Aber ich weiß nicht, ob ich noch eine Befragung durchhalte, ohne einzuschlafen.«

»Geht mir ähnlich.« Wieder gähnte Koronaios. Er sah auf seine Uhr. »Kurz nach halb sechs. Irgendwo muss es schon Frappé geben.«

»Oder wir stellen uns mit dem Wagen an eine ruhige Stelle und schlafen eine halbe Stunde.«

»Im Wagen?«, fragte Koronaios.

»Das haben wir schon mal gemacht. Danach war ich halbwegs fit«, antwortete Michalis. Er erinnerte sich an einen Fall, bei dem sie in Heraklion auf dem Parkplatz vor einem Hotel einige Stunden im Wagen geschlafen hatten.

»Gut … und wo?«

»An der Promenade. In der Nähe des Hotels der Samarakis.

Um die Zeit ist da nichts los«, sagte Michalis. »Das hoffe ich zumindest.«

Wenig später hielten sie an der Promenade. Nicht weit von ihnen entfernt mündete ein kleiner Fluss ins Meer. Der Mond stand noch knapp über dem Horizont, und im Osten war am Himmel das erste Licht der Dämmerung zu erahnen. Noch aber war es dunkel.

Michalis hatte kaum den Motor ausgeschaltet, da sah er schon, wie der Kopf von Koronaios an die Scheibe sank.

Sekunden später war auch Michalis eingeschlafen. Für einen kurzen Moment hatte er noch an Hannah gedacht und dass sie jetzt bereits wieder auf dem Weg nach Heraklion war.

18

Michalis und Koronaios schreckten hoch, weil neben ihnen gehupt wurde. Ihr Wagen versperrte einer Kehrmaschine der Straßenreinigung den Weg. Michalis schüttelte sich und fuhr das Seitenfenster runter.

»Hier ist Halteverbot!«, rief der Mann in der Kehrmaschine.

Koronaios fuhr ebenfalls sein Seitenfenster nach unten und streckte seinen Polizeiausweis in die Luft, ohne seine Augen ganz zu öffnen.

»Polizei? Und ihr schlaft hier mit Meeresblick? Ihr dürft euch wohl alles erlauben. Ich muss hier arbeiten und komm nicht durch«, schimpfte der Mann. Weil Michalis und Koronaios zu müde waren, um zu reagieren, hupte er erneut.

»Der spinnt ja wohl«, grummelte Koronaios, doch Michalis zog es vor, den Motor zu starten und den Weg frei zu machen.

Als Michalis und Koronaios vor dem Hotel *Pelagos* hielten, klingelte Koronaios' Handy.

»Zagorakis«, sagte Koronaios verwundert. »Und das um diese Uhrzeit.«

Er stellte sein Handy auf laut, und so hörte auch Michalis, was Zagorakis mitzuteilen hatte: Die Spurensicherung hatte Hinweise auf eine Manipulation an dem Boot gefunden.

»Mein Assistent hat die ganze Nacht gearbeitet. Allein hat er mehr Ruhe, meinte er. Und es scheint sich gelohnt zu haben«, sagte Zagorakis. »In der Nähe des Motorblocks ist ihm eine kleine Metallschiene mit einem Winkel aufgefallen, die da nicht hingehört. Wir untersuchen das weiter. Aber ich würde euch raten, euch das anzusehen.«

»Sehr gut«, erwiderte Koronaios. »Wir haben jetzt in Kissamos noch einen Termin. Ich gehe davon aus, dass wir in zwei Stunden bei dir sein werden.«

»Falls es kein Boot für euch geben sollte«, sagte Zagorakis, »ein Mitarbeiter ist mit dem Motorrad gefahren. Ihr müsstet dann eine halbe Stunde über den Bergrücken wandern, aber das geht. Zumindest frühmorgens, bevor die Hitze kommt.«

Zagorakis legte auf.

»Eine Metallschiene ...«, sagte Koronaios. Er wählte die Nummer des Revierleiters, doch der ging nicht ran. »Ich versuch es im Revier.« Einer der Beamten hob ab.

»Ich kann nicht genau sagen, wo unser Revierleiter gerade ist ...«, sagte der Beamte zögernd.

»Schläft der etwa?«, schimpfte Koronaios.

Tatsächlich klang Christos Minotis verschlafen, als er kurz danach zurückrief.

»Wir brauchen ein Schiff nach Balos«, sagte Koronaios. »Ungefähr in einer Stunde. Organisieren Sie das bitte?«

»Oh, das ist schlecht. Meines Wissens sind alle Schiffe unterwegs. Vor allem um diese Uhrzeit«, erwiderte Minotis.

»Dann sehen Sie zu, dass Sie einen Kollegen wecken! Es wird ja wohl ein Boot geben, und wenn es ein kleines Motorboot ist«, sagte Koronaios verärgert und legte auf.

Die Wanduhr in der Lobby des Hotels *Pelagos* zeigte Viertel vor sieben. Bereits um diese Uhrzeit standen Urlauber mit ihrem Gepäck vor der Rezeption, um auszuchecken. Sokratis Samarakis kümmerte sich um seine Gäste. Als er Michalis und Koronaios entdeckte, presste er die Lippen aufeinander.

»Ich habe mit Ihnen gerechnet«, sagte der Hotelier leise.

»Ich bin entsetzt, was heute Nacht geschehen ist. Stefanos ist in einem furchtbaren Zustand. Er und Danilos waren als Kinder zusammen in der Schule, sie waren befreundet! Danilos wäre demnächst Stefanos' Schwager geworden, und dann schießt er auf meinen Sohn. Das ist unfassbar.«

»Wir müssen mit ihm sprechen. Er ist vermutlich in seiner Suite«, sagte Koronaios.

»Der Arzt hat ihm ein Beruhigungsmittel gespritzt. Sie können ihn jetzt nicht sprechen, das müssen Sie verstehen«, erwiderte Sokratis Samarakis.

»Es hat heute Nacht eine Schießerei gegeben. Wir werden Ihren Sohn jetzt ganz sicher nicht einfach schlafen lassen«, entgegnete Koronaios energisch.

»Der Arzt hat gesagt ...«

»Es ist uns egal, was der Arzt gesagt hat. Wir werden jetzt mit Ihrem Sohn sprechen. Das ist eine polizeiliche Maßnahme.«

»Ich glaube nicht, dass Sie ihn wach bekommen werden. Der Arzt hat ihm ein sehr starkes Mittel gegeben, weil Stefanos außer sich war.« Sokratis Samarakis sah Koronaios bedrückt an. »Darf ich Sie vielleicht mit dem Arzt verbinden? Er wird Ihnen das erklären.«

»Geben Sie mir den Arzt«, sagte Koronaios.

Sokratis Samarakis wählte. »Manolis? Die Polizei ist jetzt da. Ich geb sie dir«, sagte er.

Der Arzt erklärte Koronaios, dass Stefanos Samarakis heute Nacht einen Zusammenbruch hatte und er ihn in eine psychiatrische Klinik einweisen wollte. »Sein Vater hat mich eindringlich gebeten, damit zu warten. Deshalb habe ich ihm ein sehr starkes Medikament gespritzt. Er dürfte erst in zwei oder drei Stunden ansprechbar sein. Dann werde ich wieder nach ihm sehen.«

»Wir müssten ihn aber jetzt befragen. Sie wissen vermutlich, dass es eine Schießerei gab«, entgegnete Koronaios.

»Ja, selbstverständlich weiß ich das. Aber aus ärztlicher Sicht kann ich eine solche Befragung jetzt nicht erlauben.«

Koronaios überlegte. »Zwei, drei Stunden, sagen Sie? Und danach könnten wir mit ihm reden?«

Der Arzt zögerte. »Sofern sein Zustand dann stabil genug ist. Ansonsten müsste ich Sie auf einen späteren Zeitpunkt vertrösten.«

»Ich danke Ihnen«, sagte Sokratis Samarakis, nachdem Koronaios aufgelegt hatte. »Ich mache mir große Sorgen um Stefanos. Ich will nicht auch noch meinen Sohn verlieren.«

Michalis hatte kein gutes Gefühl, als sie das Hotel verließen. Sokratis Samarakis hatte ihnen versprochen, sein Sohn werde das Hotel nicht verlassen, bevor Michalis und Koronaios mit ihm geredet hatten. Aber er war nicht sicher, ob sie ihm trauen konnten.

19

Der Revierleiter hatte ein winziges Motorboot aufgetrieben, das Michalis und Koronaios nach Balos bringen würde.

»Ich bin wirklich froh, dass ich überhaupt ein Boot gefunden habe«, sagte er und erwartete dafür offenbar Lob.

»Vielen Dank«, war jedoch Koronaios' einzige Reaktion.

Während sie an der Halbinsel *Gramvousa* entlangfuhren, ging die Sonne im Osten über den Bergen auf und verlieh der Landschaft mit ihrem weichen Licht einen fast unwirklichen Zauber. An der Nordspitze der Halbinsel kam Wind auf, und die See wurde rauer. Das Boot schaukelte, und Michalis und Koronaios mussten sich festhalten.

Als sie sich den Überresten der Motoryacht näherten und längsseits gingen, begriff Michalis, wie sehr die Windstille der letzten Tage die Arbeit der Spurensicherung erleichtert hatte. Die provisorische Brücke, die als Arbeitsplattform diente, schwankte und erschwerte jetzt die Arbeit.

»Kommt schnell an Bord«, sagte Zagorakis. »Der Wind soll zunehmen, es wird nicht angenehmer werden.«

Wieder reichte er ihnen Plastikhandschuhe und Überzieher für die Schuhe und führte sie zu dem, was einmal der Motorraum gewesen war.

»Da drüben«, sagte Zagorakis und deutete auf ein unscheinbares, längliches Stück Metall mit mehreren Löchern. »Es ist uns zunächst nicht aufgefallen, weil alles voller Ruß war. Aber mein Assistent hat bemerkt, dass es leichter ist als andere Teile – und damit zumindest kein Originalteil.«

Zagorakis nahm einen Kugelschreiber und deutete auf eine Stelle, an der diese Metallschiene zusammengepresst war.

»Durch den Aufprall hat sich alles verschoben. Aber wir glauben, dass diese Schiene an einem Ende einen Winkel hatte. Und sie könnte dort« – er zeigte auf eine Stelle, an der ein Längsschlitz zu erahnen war – »am Motorblock befestigt worden sein. Nachträglich. Für jemanden, der etwas davon versteht, wäre das in wenigen Minuten machbar. Und wenn es hier tatsächlich einen Winkel gab, dann könnte der sich bei Vollgas hinter den Gashebel geschoben haben und eingerastet sein. Damit wäre der Gashebel blockiert, und der Fahrer hätte die Geschwindigkeit nicht mehr verringern können.«

»Gibt es keine Notabschaltung, wenn so etwas passiert?«, fragte Michalis.

»Normalerweise würde man den Motor einfach ausschalten. Zündschlüssel drehen, und es fließt kein Strom mehr zur Zündspule«, antwortete Zagorakis. »Aber ... Da drüben sind die Überreste der Batterie. Am Pluspol befindet sich etwas, das wir uns zunächst nicht erklären konnten. Mittlerweile sind wir sicher, dass es eine Krokodilklemme ist. Mit so einer Klemme könnte jemand mit einem Handgriff ein Kabel an der Batterie befestigen. Und hier ist die Zündspule.« Zagorakis deutete auf ein zylinderförmiges Teil, das zwischen Metallteilen eingequetscht worden war. »An der Zündspule haben wir ebenfalls eine solche Klemme gefunden. Ihr könnt mir folgen?«

»Noch nicht«, sagte Koronaios.

»Wenn jemand zwischen der Zündspule und dem Pluspol der Batterie ein Kabel gelegt hat, würde die Zündspule unter Dauerstrom stehen. Dann könnte der Motor nicht mehr mit dem Schlüssel ausgeschaltet werden, wenn er einmal läuft.«

Zagorakis blickte Michalis und Koronaios an.

»Möglicherweise haben die Samarakis das selbst gemacht,

wenn sie etwas von Motoren verstehen. Vielleicht hatten sie Probleme, weil ihr Motor gelegentlich ausgegangen war, und wollten das durch den Dauerstrom verhindern. Das Ausschalten war dann zwar komplizierter, weil jemand diese Klemme abnehmen müsste, um den Motor auszuschalten. Aber dafür hätten sie dann auf See keinen Ärger gehabt.«

»Aber es könnte auch ein anderer gewesen sein, der ein Kabel mit den Klemmen angebracht hat?«, fragte Michalis.

Zagorakis fuhr sich mit den Einweghandschuhen durch die Haare.

»Ja. Natürlich. Aber dann wollte er sichergehen, dass der Motor nicht einfach ausgeschaltet werden kann, wenn die Metallschiene eingerastet und der Gashebel bei Vollgas blockiert ist. Das setzt allerdings technisches Wissen voraus.«

»Wenn ich das richtig verstehe«, sagte Koronaios, »dann wäre die einzige Rettung gewesen, so lange mit Vollgas über das Meer zu fahren, bis der Tank leer ist.«

»Ja. Und wenn man Pech hat, rast man vorher irgendwo dagegen. So wie hier«, ergänzte Zagorakis. »Das war es, was ich euch zeigen wollte. Und jetzt müssen wir weiterarbeiten. Vielleicht finden wir ja noch mehr Hinweise. Und übrigens« – Zagorakis hob eine Augenbraue – »wenn es euch möglich ist, dann erspart mir in Zukunft bitte unangemeldete Besuche von diesem Revierleiter aus Kissamos. Wir haben genug zu tun, ich kann ihn hier wirklich nicht brauchen.«

»Christos Minotis war hier?«, fragte Koronaios verwundert.

»Ja. Gestern. Wollte wissen, wie weit wir sind.«

»Und hast du ihm etwas gesagt?«

»Einen Teufel werd ich tun und einem Revierleiter aus der Provinz Informationen geben. Was weiß denn ich, mit wem der hier unter einer Decke steckt«, erwiderte Zagorakis.

Michalis und Koronaios stiegen wieder in das kleine Boot.

»Minotis war hier und sagt uns kein Wort davon. Langsam hab ich den Verdacht, dass der seine eigenen Ermittlungen durchführt«, sagte Koronaios verärgert.

»Vielleicht hat unser Kriminaldirektor recht, und wir sollten Minotis nicht trauen«, entgegnete Michalis. »Aber das, was Zagorakis herausgefunden hat, ist beeindruckend. Wir können jetzt davon ausgehen, dass dieses Unglück ein Verbrechen und kein Unfall war.«

»Wenn wir schon hier sind, dann sollten wir überprüfen, ob Stefanos Samarakis in der Nacht wirklich nicht in einer der Strandbars war«, sagte Koronaios.

»Das habe ich auch schon überlegt«, erwiderte Michalis. Er war sicher, dass Koronaios auf etwas zu essen hoffte, und auch er war hungrig.

Sie ließen sich zum Strand bringen. So früh am Morgen wirkte die Lagune mit ihrem flachen türkisfarbenen Wasser wie ein Paradies. Das Spezialschiff, das das Benzin und die Löschmittel abgesaugt hatte, war ebenso verschwunden wie die schwimmenden Barrieren. Lediglich das graue Schiff der Küstenwache lag noch vor Anker.

»Man könnte meinen, es habe hier nie ein Unglück gegeben«, sagte Koronaios. Dann machten sie sich auf den Weg zu den Strandbars, die oberhalb des Strands in den Dünen lagen und kleine Terrassen hatten. Die eine Bar schien noch geschlossen zu sein, bei der anderen rückte ein Mann Tische zurecht.

»Ich hab Stefanos an dem Abend nicht gesehen«, sagte der Mann, der sich als der Betreiber der Strandbar vorgestellt hatte. »Und wir kennen uns recht gut und sehr lange. Wir hatten an dem Abend ziemliche Warteschlangen, alle wollten was zu trinken. Stefanos wäre direkt zu mir gekommen. Der hätte nicht am Ende der Schlange gewartet. Musste er bei mir noch nie.«

Michalis musterte den Mann. Er trug ein weißes Hemd und eine schwarze Hose, wirkte smart und machte den Eindruck, mit dieser Strandbar gutes Geld zu verdienen.

Koronaios deutete auf die andere Strandbar.

»Wissen Sie, wann die öffnet?«, fragte er.

Der Betreiber zuckte mit den Schultern.

»Alexis wird schon irgendwann kommen. Aber das ist mir egal. Wir haben nicht das beste Verhältnis«, sagte er.

»Probleme?«, hakte Michalis nach.

»Wir lassen uns in Ruhe. Dann geht es«, erwiderte der Mann.

»Könnte Stefanos Samarakis bei Ihrem Kollegen in der Warteschlange gestanden haben?«, fragte Koronaios.

»Stammgäste kommen entweder zu mir oder zu ihm. Die müssen sich entscheiden. Bei Touristen, die nur einen Tag hier sind, gilt das nicht, aber für alle anderen schon. Auch für die aus Kissamos«, antwortete der Wirt. Er hatte die Tische und Stühle hingestellt und ging hinter den Tresen der Bar.

»Gibt es bei Ihnen schon Frühstück?«, fragte Koronaios.

»Wir sind eine Bar, wir haben keine Küche. Ab Mittag verkaufen wir Kleinigkeiten, die wir aus Kissamos holen. Haben Sie mal auf die Uhr gesehen? Seien Sie froh, dass ich überhaupt schon hier bin. Wenn Sie mir etwas Zeit lassen, könnte ich Ihnen einen Frappé machen. Dauert aber einen Moment«, erwiderte der Mann.

»Wenn Stefanos Samarakis nur zu Ihnen kommt. Wer geht dann zu Ihrem Nachbarn? Jemand wie Danilos Apostolidis?«, wollte Michalis wissen.

»Nein. Danilos ist einer meiner Gäste. Die beiden wären ja auch fast Schwager geworden«, sagte der Barbetreiber.

»Und wer kommt nicht in Ihre Strandbar, sondern geht zu

Ihrem Konkurrenten? Also, wer aus dem Umfeld von Stefanos Samarakis?«, fragte Koronaios.

Der Mann sah ihn irritiert an.

»Sie hören sich an, als würden Sie von einem Verbrechen ausgehen. Am Anfang hieß es doch, dass es sich um einen Unfall handelt«, sagte er.

»Wir ermitteln in alle Richtungen«, erwiderte Koronaios vage.

»Das klang bei Christos Minotis aber anders.«

»Wie meinen Sie das? War er hier?«, fragte Koronaios irritiert.

»Sie reden wohl nicht so viel miteinander. Na ja. Kann ich verstehen. Bei Minotis.«

»Was meinen Sie damit?«, fragte Michalis.

»Wir alle hier kennen Minotis schon länger. Kein einfacher Mensch«, antwortete der Barbetreiber.

»Und wann war Minotis hier?«, wollte Koronaios wissen.

»Gestern. Am Nachmittag irgendwann. Nachdem Sie mit dem Kriminaldirektor hier gewesen waren. Ich hab Sie gesehen.«

Christos Minotis ermittelte also tatsächlich hinter ihrem Rücken, dachte Michalis.

»Noch etwas? Die ersten Leute werden bald kommen. Ich muss hier noch einiges vorbereiten.«

»Ja …«, sagte Koronaios. »Sie haben die Frage noch nicht beantwortet. Wer aus dem Umfeld von Stefanos Samarakis geht zu Ihrem Konkurrenten?«

Der Barbesitzer zögerte. »Sie haben sicher mitbekommen, dass Stefanos nicht nur Freunde hat. Aber er und ich, wir kennen uns schon ewig, und es ist mir egal, was andere über ihn sagen. Ich kann mich auf ihn verlassen, und das zählt. Dass sein Vater als Hotelier erfolgreicher ist als andere, dafür kann Stefanos nichts. Sein Vater ist ein cleverer Geschäftsmann. Die anderen vielleicht eher nicht. Und die gehen dann zu meinem Nachbarn.«

Der Wirt stellte Gläser auf den Tresen und begann, für Michalis und Koronaios Frappé zuzubereiten. In der Lagune näherte sich vom Meer her ein offenes kleines Motorboot mit zwei Männern an Bord.

»Das ist übrigens mein Nachbar. Vermutlich wollen sie mit ihm auch noch reden«, sagte der Wirt.

»Wahrscheinlich schon«, erwiderte Koronaios.

»Dann sollte er nicht sehen, dass Sie bei mir sind. Gehen Sie lieber hinten raus. Er kann sehr stur sein. Ich würde mit Ihnen auch reden, wenn Sie vorher bei ihm waren. Er nicht.«

»Wir sind die Polizei. Er muss mit uns reden«, sagte Koronaios.

»Kann sein. Aber er würde keine Ihrer Fragen beantworten.«

Michalis sah Koronaios an. Bis zu einem Frappé hätte es wohl nur noch wenige Minuten gedauert.

»Gut, dann gehen wir. Vielleicht kommen wir später auf Sie zurück«, entschied Koronaios.

»Es wird aber nicht mehr lange so ruhig bleiben. Demnächst kommen die ersten Leute über den Hügel, und gegen elf legt das erste Boot an. Dann erkennen Sie den Strand nicht wieder«, entgegnete der Wirt.

Michalis und Koronaios standen auf.

»Übrigens, falls Sie das interessiert. Danilos hat gestern auch gefragt, ob Stefanos hier war«, sagte der Barbetreiber.

»Ja, das wissen wir. Aber danke, dass Sie uns informieren«, entgegnete Koronaios.

Michalis und Koronaios nahmen den Hinterausgang und achteten darauf, dass der zweite Barbetreiber sie nicht sehen konnte.

»Ich kann nicht fassen, dass Christos Minotis hinter unserem Rücken ermittelt. Zumal ihm klar sein muss, dass wir davon erfahren werden«, sagte Koronaios.

»Unser Kriminaldirektor hatte uns vor ihm gewarnt«, entgegnete Michalis.

»Ja. Und allmählich befürchte ich, dass er damit recht hat. Allerdings frage ich mich, warum Jorgos von Minotis eine gute Meinung hat. Irgendwas stimmt da nicht, und wenn diese Ermittlungen noch länger dauern, sollten wir endlich erfahren, was es ist«, sagte Koronaios.

Das Motorboot des Nachbarn hatte den Strand fast erreicht.

»Aber gut«, sagte Koronaios. »Machen wir unseren Job und hoffen, dass Minotis uns nicht in die Quere kommt.«

»Zagorakis hatte doch den Eindruck, unser Kriminaldirektor könnte wegen des Motors einen Tipp bekommen haben«, sagte Michalis. »Und heute findet die Spurensicherung genau dort Hinweise. Wenn wir hier fertig sind, sollten wir in Kissamos bei dem kleinen Yachthafen vorbeifahren. Vermutlich lag die Motoryacht der Samarakis dort. Vielleicht weiß jemand, ob es mit dem Motor Probleme gab.«

»Ja, da sollten wir uns umhören«, erwiderte Koronaios.

Die beiden Männer der anderen Bar schoben das offene Motorboot auf den Strand, luden Säcke und Kartons auf eine Karre und zogen sie durch die Düne zur Strandbar.

»Ich schwöre dir, in den Kartons ist etwas zu essen«, sagte Koronaios. »Und wenn nicht, dann wird es in der Bar irgendetwas geben, und wenn es Erdnüsse oder Sardellen in der Dose sind. Und zur Not werde ich das konfiszieren.«

»Mir würde ein Frappé erst einmal genügen«, meinte Michalis und grinste.

»Hat Jorgos dir eigentlich gesagt, wo er gestern Nachmittag war?«, fragte Koronaios, während sie zu der Strandbar gingen. »Es ist ungewöhnlich, dass er uns während eines Falls nicht informiert, wenn er einen Termin hat.«

»Mir hat er nichts gesagt«, erwiderte Michalis. »Irgendetwas Wichtiges wird es schon gewesen sein.«

Der Wirt dieser zweiten Strandbar wirkte wie jemand, der früher selbst gern am Strand gefeiert hatte. Vermutlich war er irgendwann auf die Idee gekommen, eine Bar aufzumachen, weil er aus eigener Erfahrung wusste, wie groß im Sommer der Bedarf an Bier und Snacks war.

»Alexis«, stellte er sich vor, nachdem Michalis und Koronaios ihn begrüßt und ihm erklärt hatten, dass sie von der Kriminalpolizei sind und ein paar Fragen haben. Er war Mitte vierzig, trug eine ältere kurze Hose, ein ausgeblichenes dunkelblaues T-Shirt und schien übernächtigt zu sein.

»Gern, fragen Sie«, sagte Alexis. »Ich mach mir erst einmal einen Frappé. Möchten Sie auch?«

»Sehr gern«, sagten Michalis und Koronaios wie aus einem Mund. Der Wirt bemerkte den Blick von Koronaios, der auf einige in Folie verpackten Sandwiches gerichtet war, die der Gehilfe in einen Kühlschrank legte.

»Ich seh schon, Sie hatten noch kein Frühstück«, meinte Alexis und lachte. »Was möchten Sie? Schinken? Käse? Thunfisch?«

Koronaios wählte Schinken und Michalis Thunfisch. Der Wirt stellte drei Gläser auf den Tresen, füllte löslichen Kaffee, Zucker und etwas Wasser hinein und schäumte alles auf.

»Waren Sie auch schon bei meinem Nachbarn?«, fragte er. »Dann hat er Ihnen vermutlich erzählt, was für ein furchtbarer Mensch ich bin. Aber das erzählt er allen, daran hab ich mich gewöhnt. Wir mögen einander nicht, aber solange er mich in Ruhe lässt, kann ich damit leben.«

»Gibt es denn Probleme zwischen Ihnen?«, erkundigte sich Michalis.

»Probleme ... Ich hab vor zwanzig Jahren hier angefangen. In einer winzigen Bude haben wir damals das verkauft, was in ein kleines Boot passte und haltbar war. Getränke, Snacks, so was. Im zweiten Jahr haben wir Kühlboxen und Eis für die Kinder hierhergebracht. Die Sachen wurden uns von den Leuten aus den Händen gerissen. Und so sind wir jedes Jahr etwas größer geworden. Irgendwann haben wir einen Dieselgenerator besorgt, um Strom zu haben. Heute gibt es ein Stromkabel, für das ich jahrelang mit der Gemeinde kämpfen musste. Und dann kommt mein Herr Nachbar.« Der Wirt schnaubte verächtlich. »Immer im feinen Hemd. Und mit ihm sind lauter Leute wie er hier aufgetaucht. Früher, da war es hier abends entspannt. Jemand machte Musik, es wurde getanzt und gefeiert. Aber dann tauchten diese Leute mit Geld und ihren Motoryachten auf. Seitdem ist es hier anders. Diese Leute glauben, ihnen gehört die Lagune.«

»Leute wie die Samarakis? Sind die später hier aufgetaucht?«, fragte Koronaios.

Der Wirt gab weiteres Wasser, Eiswürfel und etwas Milch in die Gläser und reichte Michalis und Koronaios die fertigen Frappés.

»Es ist schrecklich, was den Samarakis passiert ist. Grausam. Wir alle hier stehen noch unter Schock. Deshalb werde ich auch kein böses Wort über die Samarakis sagen«, entgegnete Alexis.

»Aber es sind Leute wie die Samarakis, die mit ihrem Geld das Strandleben hier verändert haben?«, hakte Michalis nach.

»Wie gesagt, ich werde nichts Schlechtes über sie sagen. Was denen passiert ist, das wünsche ich niemandem. Wirklich nicht«, erwiderte der Wirt.

»Waren die Samarakis gelegentlich Gäste bei Ihnen?«, fragte Koronaios.

»O nein!« Alexis lachte. »Mein Nachbar redet seinen Kunden ein, dass bei mir alles furchtbar ist. Klar, ich hab keine Cocktails, und seine Drinks sind vermutlich besser. Aber bei mir ist das Bier billiger, und die Leute haben Spaß. Da brauch ich diese Neureichen aus Kissamos nicht. Manche kommen ja sogar mit Booten aus Chania.«

»Danilos Apostolidis, der Bruder von Artemis, kommt der zu Ihnen?«, fragte Michalis.

»Ich kenn Danilos schon lange. Früher war er oft bei mir. Jetzt geht er nur noch zu meinem Nachbarn«, erwiderte Alexis.

»War Danilos Apostolidis in den letzten Tagen mal bei Ihnen?«, erkundigte sich Michalis.

Zum ersten Mal wurde der Wirt misstrauisch.

»Ich hab das Gerede nicht geglaubt. Dass es ein Anschlag gewesen sein könnte.« Er zögerte. »Aber jetzt ist die Kriminalpolizei hier und stellt Fragen. Und gestern war Danilos hier und hat auch Fragen gestellt.«

»Was wollte er wissen?«, fragte Koronaios.

»Dasselbe wie Sie, nehme ich an«, entgegnete Alexis.

»Uns interessiert, ob Stefanos Samarakis an dem Abend, als das Unglück passiert ist, hier bei Ihnen war«, sagte Michalis.

»Stefanos war seit Jahren nicht bei mir. Auch an dem Abend nicht«, antwortete der Wirt.

»Aber Sie kennen ihn«, hakte Koronaios nach.

»Natürlich«, antwortete Alexis knapp.

»Und er kann an dem Abend auch nicht irgendwo hinten in der Schlange gestanden haben?«, fragte Michalis.

»Nein. Stefanos stellt sich nicht hinten an. Noch nie«, erwiderte Alexis und warf einen Blick auf den Rest des Sandwiches, das vor Michalis lag. Koronaios hatte längst aufgegessen, und Alexis wäre es wohl recht gewesen, wenn sie jetzt gehen würden. Allerdings hatte Michalis den Eindruck, dass er etwas wusste, das ihnen helfen könnte.

»War Jannis Katrougalos manchmal hier?«, fragte Michalis.

Der Name des toten Bauarbeiters war plötzlich in seinem Kopf aufgetaucht.

»Jannis? Wollen Sie mich jetzt nach all meinen Gästen fragen?«, erwiderte Alexis ungehalten.

»Nein. Aber nach einigen, auf die wir bei unseren Ermittlungen gestoßen sind«, sagte Michalis.

»Und warum Jannis? Wie kommen Sie auf den?«

»Er ist vor kurzem gestorben. Unter Umständen, die zunächst nicht eindeutig waren«, erwiderte Michalis.

»Jannis. Ja. Furchtbare Sache. Ich mochte ihn. Vor ein paar Jahren, da war er oft hier. Er ist nachts hier schwimmen gegangen, und jetzt ist er ertrunken. Angeblich zu viel Alkohol, hab ich gehört«, antwortete Alexis.

»Kannten Sie ihn gut?«, fragte Koronaios.

»Nein. Er tauchte kaum noch hier auf. Er hatte wohl andere Sorgen.«

»Andere Sorgen? Was heißt das?«, wollte Michalis wissen.

»Jannis hatte immer große Pläne. Viel zu groß. Deshalb war er auch ständig pleite. Und dann hatte er Stress mit seinem Vater«, erwiderte der Wirt.

»Was für Stress?«

»Es wird ja viel geredet … und ich glaub nicht alles. Ganz bestimmt nicht.« Alexis zögerte. »Jannis hat eine Zeitlang bei seinem Vater gearbeitet. Sie wissen. Malermeister.«

»Ja, das wissen wir«, bestätigte Michalis.

»Irgendwann fehlte Geld in der Kasse. Angeblich hatte Jannis es genommen. Keine Ahnung, ob das stimmt. Sein Vater, Karolos, der war früher ein ziemlich wilder Kerl. Hat ganze Nächte hier am Strand gefeiert. Auch noch in den ersten Jahren, als ich hier anfing.«

»Karolos Katrougalos kennen Sie also auch«, sagte Koronaios.

»Wie gesagt. Von früher. Als er dann den Betrieb von seinem Vater übernommen hat, da war es vorbei mit den Nächten am Strand.« Alexis lächelte. Vermutlich dachte er an die wilden alten Zeiten. »Jannis und sein Vater hatten sich aber wieder versöhnt, wird erzählt«, fügte Alexis hinzu.

»Und in den letzten Jahren waren die beiden nicht mehr hier?«, fragte Koronaios.

»Sehr selten. In diesem Sommer ... Jannis war ein einziges Mal hier. Petros hatte ihn mitgeschleppt«, erwiderte Alexis.

»Wer ist Petros?«, fragte Michalis.

»Petros? Das ist der Sohn vom alten Katzourakis. Hotel *Orizontas*, in Kissamos. Karolos soll im Herbst bei ihnen renovieren«, sagte der Wirt.

»Warum kommt der Sohn von Katzourakis zu Ihnen und geht nicht zu Ihrem Nachbarn?«, hakte Koronaios nach.

Alexis beugte sich vor und sagte leise: »Petros war eine Zeitlang mit Melitta zusammen. Die zwei waren öfter hier. Sie wissen. Melitta. Die auch bei dem Unglück gestorben ist.«

»Die Freundin von Gavrilis Tavernarakis?« Michalis war überrascht.

»Ja, Melitta hat Petros wegen Gavrilis verlassen. Fand Petros nicht gut. Überhaupt nicht gut.«

»War dieser Petros an dem Abend des Unglücks hier?«, fragte Michalis.

Alexis überlegte.

»Petros? Nein, der war schon länger nicht mehr da. Kann ich Ihnen sonst noch helfen? Wir müssten jetzt noch etwas vorbereiten.«

Er blickte zu dem Bergrücken oberhalb der Düne, wo die ersten Urlauber auftauchten.

»Nein, das war erst einmal alles«, erwiderte Koronaios.

Alexis deutete auf die Frappés und die Sandwichreste.

»Das geht aufs Haus«, sagte er.

»Das dürfen wir nicht annehmen«, erwiderte Koronaios, »wir sind im Dienst.«

»Geht trotzdem aufs Haus. Ich sag es auch niemandem.« Der Wirt wandte sich ab und holte aus einem hinteren Raum einen Kasten mit Bier.

»Und wenn wir noch zwei Sandwiches mitnehmen, dürfen wir die bezahlen?«, fragte Koronaios.

»Dürfen Sie«, entgegnete Alexis und stellte die Bierflaschen in den Kühlschrank.

»Eine Frage noch«, sagte Koronaios. »Sie kennen sicher Christos Minotis, den Revierleiter.«

»Ja. Natürlich.«

»War er in den letzten Tagen mal hier? Bei Ihnen?«

Alexis stutzte.

»Minotis? Bei mir? Nein.« Er lachte, als sei die Vorstellung, Christos Minotis würde in seine Strandbar kommen, absurd.

Michalis und Koronaios gingen zum Strand, wo das Motorboot auf sie wartete.

»Der Sohn von Katzourakis …«, sagte Michalis nachdenklich. »Wenn Melitta Papastasatos diesen Petros wegen Gavrilis Tavernarakis verlassen hat. Und gleichzeitig das Hotel der Katzourakis nicht gut läuft, weil das Hotel der Samarakis attraktiver ist.« Michalis zögerte. »Dann könnte Petros Katzourakis ein Motiv haben, sich an seiner Ex und an ihrem neuen Freund zu rächen. Und an den Samarakis ebenfalls.«

20

Michalis und Koronaios ließen sich zurück nach Kissamos bringen. An der Nordspitze der Halbinsel bemerkten sie, wie sehr der Wind zugenommen hatte. Das kleine Boot wurde immer wieder von den Wellen hin und her geworfen, und trotz des Verdecks waren Michalis und Koronaios nass, als sie den Fährhafen von Kissamos erreichten. Hier wehte weniger Wind, und die Sonne brannte inzwischen so sehr vom Himmel, dass ihre Kleidung schnell trocknen würde.

Bevor sie zu dem kleinen Yachthafen weiterfuhren, wollte Koronaios Jorgos auf den neuesten Stand bringen, doch der ging nicht ans Telefon.

»Gestern war Jorgos am Spätnachmittag auch schon nicht erreichbar. Weißt du, was da los ist?«, fragte Koronaios.

»Nein. Er ruft sicher gleich zurück«, antwortete Michalis.

In dem Yachthafen informierte ein Schild darüber, dass der Hafenmeister erst mittags da sein würde. Auch die Fischtaverne, bei der der Kriminaldirektor gestern das Essen besorgt hatte, hatte noch nicht geöffnet.

»Dann fragen wir Sokratis Samarakis, ob sein Sohn inzwischen ansprechbar ist«, sagte Michalis und rief im Hotel *Pelagos* an. Die Frau an der Rezeption teilte ihm mit, dass Sokratis Samarakis nicht im Haus sei. Stefanos hatte sie heute angeblich noch nicht gesehen.

»Der Frau glaube ich kein Wort«, sagte Michalis und wählte die Nummer von Sokratis Samarakis. Bei ihm sprang die Mailbox an. Michalis hinterließ die Nachricht, dass der Hotelier sofort zurückrufen sollte.

»Wir sollten noch einmal mit dieser Archäologin reden«, schlug Koronaios vor. »Vielleicht ergibt sich ein Hinweis auf den anonymen Anrufer, der den Hotelbau gestoppt hat.«

»Beide Wirte in Balos behaupten, dass Stefanos Samarakis nicht bei ihnen war, als das Boot gegen die Felsen gerast ist«, sagte Koronaios auf der Fahrt nach Falassarna. »Vielleicht sagen sie aber auch nicht die Wahrheit und sie haben ihn übersehen.«

»Aber falls sie recht haben – wo war Stefanos Samarakis dann? War er mit jemandem verabredet und wollte nicht gesehen werden? Hat er eine andere Frau getroffen?«, überlegte Michalis laut.

»Das könnte sein ... und es würde zu dem passen, was wir bisher über ihn erfahren haben«, erwiderte Koronaios nachdenklich. »Aber es gibt leider auch die Möglichkeit, dass er es war, der den Motor manipuliert hat. Vielleicht hatte er etwas vorbereitet und brauchte dann nur noch wenige Handgriffe. Und hat sich irgendwo versteckt, als sein Freund und die beiden Frauen an Bord gegangen sind.«

»Wer auch immer den Motor manipuliert hat, konnte nicht sicher sein, was passieren würde«, ergänzte Michalis. »Vielleicht wollte jemand die drei auch nur in Panik versetzen oder ihnen einen Denkzettel verpassen. Das Boot hätte ja auch so lange mit Vollgas auf dem offenem Meer herumfahren können, bis der Tank leer war. Danach hätten sie Hilfe holen und sich abschleppen lassen können.«

»Ja, dass der Täter nicht genau wissen konnte, was er anrichtet, macht es noch undurchschaubarer. Ganz gleich, wer es war. Und einige Stunden mit Vollgas, und das nachts, das musst du auch erst mal aushalten«, erwiderte Koronaios.

Sie erreichten Platanos und bogen rechts Richtung Falassarna ab.

»Wir sollten nachher mit Petros Katzourakis, dem Sohn des anderen Hoteliers, reden«, sagte Michalis.

»Ja, das werden wir tun.«

Nach einigen Kilometern passierten sie den Scheitelpunkt der Hügelkette, und der lange Strand mit dem türkisfarbenen Meer breitete sich vor ihnen aus. Auch dieses Mal waren Michalis und Koronaios beeindruckt.

Nach der letzten engen Kurve blickte Koronaios auf sein Handy.

»Jorgos hat noch nicht zurückgerufen«, sagte er. »Ungewöhnlich.« Dann gähnte er. »Hoffentlich wird es kein sehr langer Tag. Die halbe Stunde heute früh im Auto hat nicht viel gebracht. Außerdem hast du geschnarcht.«

»Ich soll geschnarcht haben?«, fragte Michalis mit gespielter Empörung. »Ich schnarche nie. Wahrscheinlich bist du von deinem eigenen Schnarchen aufgewacht.«

Auch Michalis gähnte. Beide grinsten.

Vor der gesperrten Baustelle stand ein silbergrauer Pick-up quer über der Sandpiste und versperrte den Weg.

»Das ist doch der Wagen von Sokratis Samarakis«, sagte Koronaios überrascht. »Wenn der jetzt mit seinem Sohn hier ist, dann werden die mich kennenlernen.«

Tatsächlich standen Stefanos und Sokratis Samarakis vor der Absperrung, hinter der die Archäologin Lemonia Kaliotsis sich aufgebaut hatte. Sie schien den beiden aber kaum Gehör zu schenken, denn neben ihr stand ein Mann von Anfang sechzig, der sehr energisch auf die Archäologin einredete.

»Hannah hat mir übrigens gesagt, dass Lemonia Kaliotsis angeblich eine Pistole bei sich trägt, weil sie schon von Bauherren bedroht worden ist«, erklärte Michalis, bevor sie ausstiegen.

»Eine Archäologin, die bewaffnet zur Arbeit kommt. Das kann nicht dein Ernst sein«, entgegnete Koronaios.

In dem Moment drehte sich Stefanos Samarakis um, entdeckte Michalis und Koronaios – und rannte los.

»Den lass ich nicht noch mal abhauen«, sagte Michalis und rannte hinter Stefanos her. Der hatte bereits den Olivenhain erreicht und näherte sich der Küste und einigen halbhohen Sträuchern. Michalis verlor den Hoteliersohn aus den Augen und folgte, als er die Sträucher ebenfalls erreicht hatte, einem kaum erkennbaren Pfad, bis vor ihm die Felsen einige Meter abfielen. Er sah sich um und entdeckte Stefanos, der unterhalb dieser Felsen auftauchte.

»Bleiben Sie stehen!«, rief Michalis, doch Stefanos blickte sich nur kurz um und kletterte dann in zwanzig Metern Entfernung nach oben. Wütend sah Michalis, dass Stefanos ein Plateau erreichte, und suchte nach einer Möglichkeit, ebenfalls dorthin zu gelangen. Mit einem entschlossenen Sprung überwand er eine schmale Felsspalte, hangelte sich an einigen Felsen entlang, stand wenig später am Rand dieses Plateaus und sah sich um.

Plötzlich hörte er, wie unter ihm Steine aufprallten. Er blickte an den steil abfallenden Felsen in die Tiefe, wo Stefanos hinter einem Felsen verschwand. Michalis fand eine Spalte, in die er hinabsteigen und dann über einen mit stacheligem Thymian zugewachsenen Pfad die Wasserkante erreichen konnte. Dort stieß er auf eine winzige Höhle, vor deren Eingang ein halbvertrockneter Johannisbrotbaum stand und in dessen Schatten jemand aus einem angeschwemmten Brett eine Bank gebaut hatte. An einer Höhlenwand glaubte Michalis eine Matratze zu sehen, doch in dem Moment rannte Stefanos aus der Höhle und sprang auf einen Felsvorsprung.

»Bleiben Sie stehen!«, rief Michalis erneut, doch Stefanos nahm Anlauf, landete auf einem erhöhten Felsen, machte zwei weitere Sätze und verschwand aus Michalis' Blickfeld.

Michalis folgte ihm, aber vor dem erhöhten Felsen klaffte ein schmaler, etwa fünf Meter tiefer Abgrund. Michalis nahm seinen Mut zusammen und sprang mit kurzem Anlauf über den Abgrund, überwand zwei weitere Felsen und stand auf einem nächsten Plateau. Von dort aus überblickte er die drei Felsen, die er gerade passiert hatte, und entdeckte Stefanos, der eine senkrecht abfallende Felswand nach unten kletterte. Der Hoteliersohn schien die Stellen, an denen er sich festhalten konnte, genau zu kennen, erreichte den Boden und verschwand zwischen einigen Büschen hinter einem Felsvorsprung.

Michalis wollte ihm an dieser senkrechten Felswand folgen, doch die Gefahr, hier abzustürzen, erschien ihm zu groß. Verärgert ging er zu der Stelle zurück, an der er das Plateau über die drei Felsen erreicht hatte. Dort wollte er nach unten klettern, rutschte jedoch ab. Seine Hose blieb an einem scharfkantigen Felsen hängen und zerriss. Er zog sich wieder hoch und sah, dass sein weißes Hemd völlig verdreckt war und er sich an der rechten Hand die Haut aufgeschürft hatte.

Michalis war wütend. Unter ihm plätscherte friedlich das Meer, das Baugrundstück der Samarakis war nur wenige hundert Meter entfernt, und er hatte Mühe, von dieser Anhöhe herunterzukommen. Schließlich fand er eine geeignete Stelle, stand wenig später unterhalb des Plateaus und suchte einen Weg zurück zur Sandpiste. Dort, wo es einen Pfad zu geben schien, kam er allerdings nur einige Meter weit, dann wurden die stacheligen Büsche undurchdringlich. Fluchend fand Michalis einen anderen Pfad entlang eines Felsens, zwängte sich durch das Gebüsch, zerriss dabei sein Hemd und hoffte, bald auf die Sandpiste zu stoßen. Doch als sich die Büsche lichteten, stand Michalis erneut vor Felsen – und zwar genau dort, wo er eben von dem Plateau abgestiegen war.

»Das kann nicht wahr sein«, sagte Michalis ungläubig und unternahm einen neuen Versuch, diesmal entlang einer Felsengruppe in der entgegengesetzten Richtung. Doch nach einigen Minuten landete er erneut vor den Felsen, die zu dem Plateau führten. Er schien in einem Labyrinth gefangen zu sein.

Michalis kletterte zurück auf das Plateau und überlegte, Koronaios anzurufen, doch seine Lage war ihm peinlich. Stefanos war entkommen, und er fand keinen Weg zurück und wusste nicht einmal genau, wo er war. Als er gerade einen weiteren Versuch unternehmen wollte, diesem Labyrinth zu entkommen, klingelte sein Smartphone.

»Alles in Ordnung bei dir?«, fragte Koronaios und unterdrückte ein Lachen, als Michalis ihm erklärte, was sein Problem war.

»Das darf aber niemand in der Kriminaldirektion erfahren!«, rief Michalis. Koronaios versprach, sich eine Lösung zu überlegen, und rief wenige Minuten später erneut an.

»Einer der Arbeiter kennt die Wege durch die Felsen sehr genau. Ich geb ihn dir, und du beschreibst ihm, wo du bist«, sagte Koronaios.

Der Bauarbeiter stellte sich als Stavros Tsivilikas vor, und Michalis beschrieb ihm das Plateau sowie die drei Felsen, über die er hierhergelangt war.

»Gibt es in der Nähe eine kleine Höhle? Direkt am Wasser?«, fragte Tsivilikas, und Michalis bejahte.

»Wir werden in etwa fünfzehn Minuten bei Ihnen sein«, versicherte Tsivilikas.

Dankbar, aber auch beschämt, legte Michalis auf. Wenn jemand, der sich hier gut auskannte, in fünfzehn Minuten bei ihm sein konnte, dann musste es einen unkomplizierten Weg geben, den er nur nicht gefunden hatte.

Hannah hatte Michalis geschrieben, dass sie gut in Heraklion angekommen sei und ihn vermisste. Er überlegte, sie anzurufen, doch ihr dann erklären zu müssen, dass er sich zwischen einigen Felsen verlaufen hatte, war ihm peinlich. Also schrieb er nur zurück, dass er sich freue, sie am Abend zu sehen, und wünschte ihr einen angenehmen Tag.

Michalis konnte nichts anderes tun als warten. Das Plateau lag hoch genug, um sowohl den Strand von Falassarna als auch die Küste bis weit nach Norden zur Halbinsel *Gramvousa* überblicken zu können. Unter anderen Umständen hätte Michalis diesen Anblick genossen, doch jetzt wäre er einfach nur froh, schnell hier wegzukommen.

»Michalis?«

Michalis hörte die Stimme von Koronaios, stand auf und entdeckte seinen Partner mit dem Bauarbeiter genau dort, wo Stefanos vorhin nach unten geklettert und es Michalis zu gefährlich erschienen war, selbst dort abzusteigen.

»Ich komme Ihnen entgegen!«, rief Stavros Tsivilikas, der Bauarbeiter, und kletterte die steile Wand in wenigen Minuten nach oben. Er schien diesen Felsen gut zu kennen und genau zu wissen, wo er Halt fand.

»Von oben nach unten war es am Anfang für mich auch schwierig«, sagte Tsivilikas, als er das Plateau erreicht hatte. »Wir könnten auch versuchen, hinter den drei Felsen nach unten zu steigen. Wenn Sie dort wegrutschen, fallen Sie wenigstens nicht so tief. Aber die Gefahr, abzurutschen, ist dort größer als hier.«

Michalis war von Tsivilikas' Souveränität beeindruckt. Der

Bauarbeiter wirkte nicht gerade sportlich, aber er schien genau zu wissen, was zu tun war.

»Ich schlage vor, dass ich vorausgehe. Es gibt genug Stellen, um Halt zu finden, aber man kann sie von oben nicht sehen. Für die Hände ist es einfacher, da erkennen Sie leichter, wo Sie sich festhalten müssen«, sagte Tsivilikas und warf einen Blick auf Michalis' zerrissene Hose und Hemd. »Sie sind wohl schon abgerutscht? Keine Sorge, mit mir zusammen schaffen Sie das.«

Tsivilikas stieg voraus und erklärte vor jedem Schritt nach unten genau, wo Michalis' Füße Halt finden würden.

Nach einer Viertelstunde kam Michalis unten an, atmete tief durch und stellte fest, dass auch Koronaios erleichtert war.

»Alles okay bei dir?«, fragte Koronaios und blickte besorgt auf Michalis' zerrissenes Hemd und die Hose sowie die aufgeschürften Stellen an der Hand.

»Ja. Alles okay. Kein gutes Gefühl, hier nicht mehr rauszufinden.«

»Es ist mir ein Rätsel, wie du es überhaupt nach da oben geschafft hast.«

»Stefanos Samarakis scheint sich sehr gut auszukennen. Ich bin ihm gefolgt. Aber hier ...« Michalis wandte sich an Tsivilikas.

»Woher wussten Sie so genau, wo ich bin?«

»Die Höhle, die Sie gesehen haben«, sagte Tsivilikas. »Die wird hier in der Gegend *folia tou erota* genannt, Liebesnest. Es gibt im Sommer immer wieder Liebespaare, die darin eine Nacht verbringen. Ich kann mir vorstellen, dass der Samarakis-Sohn auch schon hier war.«

Michalis glaubte, aus dem letzten Satz ein wenig Verachtung herauszuhören. Dass Stefanos Samarakis untreu war, war vermutlich ein offenes Geheimnis. Aber vielleicht mochte der Bauarbeiter auch einfach die Arroganz des reichen Sohnes nicht.

Michalis dankte dem Bauarbeiter und wollte wissen, wie er sich erkenntlich zeigen könnte.

»Es ist mir eine Ehre, Ihnen geholfen zu haben«, sagte Tsivilikas. »Wenn Sie etwas tun könnten, damit der Bau weitergeht, das wäre gut für uns alle. Der alte Samarakis hat schon gedroht, dass er uns nicht bezahlt, solange die Baustelle ruht.« Er zuckte mit den Schultern. »Ich weiß, gegen die Leute von der Archäologie sind sogar Sie machtlos. Ich werde noch ein paar Tage warten, vielleicht passiert ja ein Wunder. Sonst muss ich mir eine andere Baustelle suchen.«

Sie machten sich auf den Weg zu der Sandpiste und stiegen dort in den Dienstwagen.

»Wie kommt es, dass Sie sich hier so gut auskennen?«, fragte Michalis und hoffte, Tsivilikas damit nicht in die Verlegenheit zu bringen, eigene Nächte in der Höhle, dem Liebesnest, andeuten zu müssen.

»Ich komme aus Kissamos, aber die Familie eines Cousins hat eine Taverne am anderen Ende von Falassarna. Dort, wo der kleine Yachthafen ist«, erwiderte Tsivilikas. »Deshalb war ich als Kind oft hier. Irgendwann hat mir der Vater meines Cousins erzählt, dass es hier früher einen antiken Hafen gab. Aus der Zeit der Römer«, erklärte Tsivilikas und deutete Richtung Norden. »Die Überreste haben mich schon als Kind fasziniert, und ich hab mir gedacht, dass es einen Weg an der Küste entlang geben muss. Es war nicht leicht, ihn zu finden. Aber dadurch kenne ich hier fast jeden Felsen.«

Michalis wusste aus seiner Schulzeit, dass es hier die Ruinen eines Hafens gab, der vor Tausenden von Jahren aufgegeben worden war, aber er hatte sich nie sonderlich dafür interessiert. Hannah hatte diesen Hafen mal erwähnt und gesagt, dass sie das Gelände gern besuchen würde.

»Es gibt so einen Weg also?«, fragte er.

»Ja, aber er ist vollkommen zugewuchert. Ich hab schon überlegt, ihn frei zu schneiden. Doch dann würden wahrscheinlich viele Leute da wandern, und es wäre mir zu viel los.«

21

Als sie sich der Baustelle näherten, schüttelte Koronaios ungläubig den Kopf.

»Sokratis Samarakis ist abgehauen. Dabei hatte ich ihn eindringlich ermahnt, auf uns zu warten«, sagte er.

Auch Michalis sah, dass der silbergraue Pick-up verschwunden war.

»Vermutlich ist er mit seinem Sohn getürmt. Langsam gehen mir die beiden wirklich auf die Nerven.«

Koronaios hielt vor der Baustelle, und sie stiegen aus. Tsivilikas verabschiedete sich und ging zu seinen Kollegen, die in der Nähe rauchend neben einem Raupenbagger standen.

Koronaios betrachtete Michalis' zerrissene Hose und das kaputte Hemd.

»Ich besorg mir in Kissamos neue Sachen«, erklärte Michalis. »Kein Wort zu jemandem. Verstanden? Auch zu Jorgos nicht.«

»Auch zu Jorgos nicht. Alles klar«, erwiderte Koronaios. »Er hat mich zurückgerufen, nachdem du weg warst. Zagorakis hat ihm berichtet, was sie in der Motoryacht entdeckt haben.«

»Gut. Dann weiß er also Bescheid.«

Michalis wischte über den Dreck an seinem Hemd.

»Im Ernst. Ich möchte in der Kriminaldirektion von niemandem auf die letzte Stunde angesprochen werden«, sagte er.

»Von mir wird das keiner erfahren.« Koronaios musterte Michalis. »Aber was ist in den Felsen passiert? Der Samarakis-Sohn ist doch auch rausgekommen?«

»Er muss sich sehr gut auskennen. Für mich war das ... wie ein Labyrinth«, antwortete Michalis.

»Ein Labyrinth? Hier?«

»Ich hab wirklich einiges probiert, aber immer stand ich vor Felsen oder undurchdringlichen Büschen. Und wenn ich dachte, ich hab einen Weg gefunden, war ich kurz danach wieder da, wo ich losgegangen war. Es war verrückt.« Michalis blickte zu der gesperrten Baustelle. Auf dem Gelände waren seit gestern mehrere Arbeitszelte errichtet worden.

»Wer ist der Mann, mit dem die Archäologin vorhin gestritten hat?«, wollte er wissen.

»Evangelis Embirikos. Der Vorgesetzte von Lemonia Kaliotsis. Direktor des Archäologischen Instituts der Präfektur Chania. Er scheint mit den Methoden seiner Mitarbeiterin alles andere als einverstanden zu sein und ist sehr viel aufgeschlossener als sie. Aber er wollte mir vorhin nichts sagen, solange Sokratis Samarakis in der Nähe war.« Koronaios winkte dem Direktor, der auf Michalis und Koronaios zukam.

»Evangelis Embirikos«, stellte er sich vor und musterte Michalis' Kleidung.

»Nicht so schlimm«, sagte Michalis schnell. »Ich bin abgerutscht. Nichts passiert.«

Der Direktor nickte. Er war nicht sehr groß und fast hager, trug einen großen beigen Hut mit einer breiten Krempe gegen die Sonne sowie ein braunes Hemd und eine braune Hose. Mit schweren Wanderstiefeln, einer Weste mit vielen Taschen sowie einem schütteren Vollbart sah er eher wie jemand auf einer Trekkingtour aus und nicht wie der Direktor eines wissenschaftlichen Instituts. Um die Augen herum hatte er Lachfalten.

»Sie wissen ja, dass wir verpflichtet sind, auch anonymen Meldungen zu archäologischen Funden nachzugehen«, begann Evangelis Embirikos.

»Ja, das ist uns bewusst«, erwiderte Michalis. »Da wir im Umfeld der Familie Samarakis ermitteln, interessiert uns jedes Detail dieses anonymen Anrufers. Geschlecht, Alter, eine Besonderheit in der Stimme.«

»Verstehe«, sagte Evangelis Embirikos und deutete auf die hintere Zeltabdeckung. »Vielleicht kann Frau Kaliotsis etwas zu diesen Fragen sagen.«

»Ihre Mitarbeiterin scheint nicht sehr gern mit uns zu reden«, sagte Koronaios.

»Ich bin ihr Vorgesetzter«, erwiderte Evangelis Embirikos und lächelte kurz. »Wenn ich möchte, dass sie mit Ihnen spricht, dann wird sie es tun.«

Evangelis Embirikos hob das Absperrband an, damit Michalis und Koronaios darunter hindurchgehen konnten. Es dauerte nur Sekunden, bis Lemonia Kaliotsis vor dem Zelt auftauchte und ihnen den Weg versperrte.

»Was soll das? Jeder Fremde kann hier Hinweise zerstören! Das wissen Sie genau! Warum lassen Sie diese Herren auf die Ausgrabungsstätte?«, schimpfte sie.

Michalis nahm zur Kenntnis, dass die Archäologin nicht von *Baustelle*, sondern von einer *Ausgrabungsstätte* sprach.

»Diese beiden Kommissare möchten mit Ihnen sprechen«, sagte Evangelis Embirikos gelassen.

»Ich aber nicht mit ihnen! Und schon gar nicht auf diesem Gelände. Ich habe zu tun.«

»Wie und wo Sie, Frau Kaliotsis, mit diesen Herren reden, das entscheide ich«, antwortete Evangelis Embirikos streng. »Sie werden sich hier bitte nicht so aufführen, sondern Fragen beantworten.«

»Ich werde gar nichts! Ich werde meine Arbeit tun!«, fauchte die Archäologin.

»Wenn Sie sich weigern, der Polizei Auskünfte zu geben,

könnte ich mich gezwungen sehen, Sie von dieser Ausgrabung abzuziehen«, entgegnete Evangelis Embirikos.

»Das werden Sie nicht wagen! Das wagen Sie nicht!«, brüllte Lemonia Kaliotsis.

»Dann hören Sie auf, mir Gründe dafür zu liefern«, sagte der Direktor kühl.

Lemonia Kaliotsis atmete tief durch.

»Also?«, presste sie dann hervor.

Der Direktor sah Michalis und Koronaios an und nickte.

»Uns interessiert der anonyme Anrufer«, erklärte Michalis. »War es ein Mann oder eine Frau, jung oder alt, gab es …«

»Das weiß doch ich nicht! Ich hab nicht mit dem gesprochen!«, unterbrach Lemonia Kaliotsis.

»Gut. Wer hat den Anruf entgegengenommen?«, hakte Michalis nach.

Lemonia Kaliotsis starrte ihn wütend an.

»Wenn Sie es wissen, dann sagen Sie es doch bitte«, forderte Evangelis Embirikos die Archäologin auf. Die verzog kurz den Mund, dann nannte sie den Namen Anastasia Stamatakis und beschrieb, wo sie zu erreichen war.

»War es das? Ich habe zu tun«, sagte Lemonia Kaliotsis, drehte sich um und ging los, ohne eine Antwort abzuwarten.

»Diese Frau ist schwer zu ertragen, aber in ihrem Bereich ungeheuer gut«, sagte der Direktor leise. Er sah Michalis und Koronaios nachdenklich an. »Ich kann mir vorstellen, dass es für Sie wichtig wäre, zu wissen, worum es hier geht.«

»Ja, das würde unsere Arbeit erleichtern«, erwiderte Koronaios.

»Ich muss Sie allerdings zu absoluter Verschwiegenheit verpflichten. Nichts, was ich Ihnen zeige und sage, darf ohne mein Einverständnis nach außen dringen. Können Sie mir das zusichern?«, bat der Archäologe.

Der Direktor schien zwischen wissenschaftlicher Forschung und dem Drang, archäologische Funde vorzuführen, hin und her gerissen zu sein.

»Falls etwas für die Aufklärung eines Verbrechens von Bedeutung sein sollte«, entgegnete Koronaios, »würden wir uns mit Ihnen abstimmen.«

»Ich nehme Sie beim Wort«, erwiderte Evangelis Embirikos und wollte Michalis und Koronaios in den hinteren Teil des Geländes führen. Wieder dauerte es nur Sekunden, bis Lemonia Kaliotsis auftauchte.

»Einen Moment bitte«, sagte der Archäologe und ging zu seiner Mitarbeiterin.

Michalis und Koronaios wurden Zeugen, wie Evangelis Embirikos und Lemonia Kaliotsis einander anbrüllten.

»Ich hab ja gewusst, dass Archäologen keine normalen Wissenschaftler sind, aber dass sie sich aufführen wie kretische Ziegenhirten, die sich am liebsten an die Gurgel gehen würden …« Koronaios schüttelte den Kopf.

Das Geschrei endete ebenso abrupt, wie es begonnen hatte. Schimpfend ging Lemonia Kaliotsis in das große Zelt, kam mit einer Handtasche zurück, machte einen Bogen um Michalis und Koronaios und stapfte zu der sandigen Piste, wo sie in einen Wagen stieg und abfuhr.

»Ich habe meine Mitarbeiterin an ihre gesetzlich vorgeschriebenen Ruhezeiten erinnert«, sagte Evangelis Embirikos süffisant. »Es kann zu großen Problemen führen, wenn Frau Kaliotsis sich nicht daran hält.«

Der Archäologe ging zu dem Arbeitszelt im hinteren Bereich des Baugrundstücks. Drei archäologische Mitarbeiter wichen ehrfürchtig zurück, verschwanden in dem Zelt in der Mitte, kamen mit Taschen zurück und verließen das Gelände.

»So habe ich die Archäologie schon in meinen Anfängen geliebt«, sagte Evangelis Embirikos versonnen. »Ganz allein mit den noch zu bergenden Zeugnissen der Vergangenheit. Dafür wird man Archäologe.«

Unter der Zeltabdeckung war es viel angenehmer als unter der mittlerweile hochstehenden Sonne. Michalis begriff schnell, dass diese Abdeckung nicht nur ein Schutz gegen die Sonne war, sondern auch ein Sichtschutz zur Sandpiste hin. Nicht jeder sollte sehen, dass hier eine Ausgrabungsstätte entstand. Pinsel, Pinzetten, Messer und winzige Schaufeln waren um große weiße Eimer verstreut, in die mögliche Funde gelegt werden konnten.

»Wie jedes Baugrundstück wurde auch dieses von meiner Abteilung vor Baubeginn geprüft. Sonst wäre hier niemals ein Bagger angerollt. Aber die Bauherren haben dieses Grundstück nach unserer Abnahme erweitert.« Evangelis Embirikos deutete auf ein dünnes Seil, das zwischen zwei Pflöcken gespannt worden war. »Der Bereich hinter dem Seil ist nicht von uns untersucht worden. Sokratis Samarakis behauptet, das sei ein Versehen, an der Stelle habe der Bauleiter nur Schutt und Baumaterial abladen wollen. Aber das ist nicht sehr überzeugend, denn dort hat einer seiner Bagger bereits Erdreich abgetragen. Und nach dem anonymen Hinweis hat uns natürlich der Bereich besonders interessiert.« Der Direktor flüsterte, obwohl niemand in der Nähe war, der zuhören konnte.

»Und jetzt hat Sokratis Samarakis ein Problem. Denn genau dort hat Lemonia Kaliotsis heute früh Tonscherben gefunden.«

Für Evangelis Embirikos schien das eine Sensation zu sein, für Michalis waren es hingegen einfach alte Tonscherben, wie sie auf Kreta an unendlich vielen Stellen auftauchten, sobald gegraben wurde. Trotzdem bemühte sich Michalis, ein beeindrucktes Gesicht zu machen.

»Es ist noch viel zu früh, um Aussagen zu treffen«, fuhr der

Direktor fort. »Vielleicht sind die Funde archäologisch ohne Bedeutung. Aber aufgrund der Nähe zu dem antiken Hafen von Falassarna könnte es sein, dass wir hier auf die ersten Überreste von etwas sehr Großem gestoßen sind.«

»Und das würde bedeuten, dass das Hotel niemals an dieser Stelle gebaut werden kann«, sagte Koronaios. Michalis sah seinem Partner an, dass auch er sich bemühte, ernsthaftes Interesse an drei kleinen Tonscherben zu zeigen.

»O ja. Tonscherben, das klingt für Laien sicherlich nicht sehr aufregend. Aber« – er strich sich über den schütteren Bart – »genau so etwas ist es, wovon Archäologen träumen. Dafür leben wir. Für die Hoffnung, auf etwas wirklich Wichtiges zu stoßen. Und sollten wir hier weitere Funde machen und sollten diese Artefakte in Zusammenhang mit dem antiken Hafen von Falassarna stehen, dann …«

Der Direktor hielt inne, wohl um nicht mehr zu verraten.

»Deshalb habe ich auch ein gewisses Verständnis für Lemonia Kaliotsis. So einen Fund, wenn es denn einer ist, den gibt es nur ein Mal im Leben einer Archäologin«, fügte Evangelis Embirikos hinzu. Er hatte Michalis und Koronaios gezeigt, was er ihnen zeigen wollte, und brachte sie zurück zu ihrem Wagen.

»Ich darf Sie an die zugesicherte Verschwiegenheit erinnern«, sagte er, bevor die beiden einstiegen.

»Selbstverständlich«, erwiderten Michalis und Koronaios.

22

Michalis und Koronaios entschieden, als Nächstes den Hafenmeister des Yachthafens von Kissamos aufzusuchen und in Erfahrung zu bringen, ob er von Problemen am Motor der Samarakis wusste. Auf dem Weg entdeckte Koronaios in Platanos eine Apotheke und hielt an.

»So kannst du in kein Geschäft«, sagte er. »Außerdem ermittel ich nicht mit jemandem mit derart schmutzigen Händen.«

Michalis seufzte kurz, aber er wusste, dass Koronaios recht hatte. Die Schürfwunden waren nicht schlimm, aber sie brannten ein wenig.

Eine Angestellte lächelte, als sie Michalis sah. Sie zeigte ihm ein Waschbecken, an dem er sich Hände und Gesicht waschen konnte, desinfizierte dann die Schürfwunden und verband sie.

In Kissamos hielten sie vor einem Bekleidungsgeschäft. Michalis ging hinein, Koronaios rief im Büro bei Myrta an und bat sie, die Frau, bei der der anonyme Anruf eingegangen war, ausfindig zu machen.

»Und frag bitte nach, ob diese Anastasia Stamatakis sich an etwas erinnert. Geschlecht, ungefähres Alter und ob etwas an der Stimme auffällig war.«

»Ich gebe euch Bescheid, sobald ich die Frau erreicht hab«, antwortete Myrta.

Weil sich bisher weder Vater noch Sohn Samarakis gemeldet hatten, hinterließ Koronaios bei beiden die Nachricht, dass ihnen eine Vorladung nach Chania drohte, wenn sie nicht unverzüglich zurückriefen. Kaum hatte er aufgelegt, da kam Michalis mit einer neuen schwarzen Hose und einem frischen weißen Hemd aus dem Geschäft.

Die alte Hose hatte er gleich dort gelassen, sie hätte nicht mehr geflickt werden können. Sein altes Hemd würde möglicherweise noch zu retten sein.

»Gar nicht schlecht«, sagte Koronaios, als er Michalis in dem neuen weißen Hemd sah. »Passt fast besser als das alte.«

»Und die Hose?«

»Was soll ich sagen. Schwarz. Aber das Hemd, das ist gut.«

Am Büro des Hafenmeisters hing jetzt ein handgeschriebener Zettel. *Bin gegen* 15 *Uhr zurück* stand darauf.

»Aber die Fischtaverne hat geöffnet«, sagte Koronaios, »wir sollten die Zeit nutzen.«

»Ja, das sollten wir«, sagte Michalis. Die Sandwiches aus Balos waren das Letzte gewesen, das sie vor Stunden gegessen hatten. Sie setzten sich auf die Terrasse der Taverne direkt am Wasser und warfen einen Blick auf die Karte. Es gab fast ausschließlich Fischgerichte. Michalis bestellte eine *Barbounia me Bamies*, eine Barbe mit Okraschoten, und Koronaios wählte eine *Kakawia*, eine Fischsuppe mit Gemüse.

Dieser ruhige kleine Hafen war fast menschenleer. Etwa dreißig Sportboote lagen an den Kaimauern, und nur auf wenigen von ihnen war jemand zu sehen. Die Hafeneinfahrt bestand auf der einen Seite aus einer niedrigen Mole, auf der anderen Seite ragten Felsen knapp über die Wasseroberfläche. Es gab keine Leuchtfeuer, die diese Einfahrt markiert hätten. Wer sie kannte, fand sie, und wer sie nicht kannte, musste Glück haben, um sicher einzulaufen.

»Karagounis wird gestern von hier die Meeräschen und die Kalamari geholt haben«, sagte Koronaios.

Der Gedanke, der Kriminaldirektor könnte diese Taverne kennen, bestätigte sich, als Michalis im Gastraum an gerahmten Fotos vorbeikam. Eines zeigte lachende Männer mit Angelgerät und großen Fischen vor einem Boot. Einer von ihnen war eindeutig der Kriminaldirektor, wenn auch etliche Jahre jünger.

Während sie auf das Essen warteten und müde über den in der Sonne brütenden Hafen blickten, trat ein Mann zu ihnen.

»Darf ich?«, fragte er und zog, ohne die Antwort abzuwarten, einen Stuhl zurück, um sich setzen zu können.

Michalis brauchte einen Moment, um zu begreifen, wer mit ihnen reden wollte: Kostas Tavernarakis, der Vater des in Balos auf der Motoryacht umgekommenen Gavrilis. Jener junge Mann, der mutmaßlich am Steuer gewesen war, als das Boot gegen die Felsen prallte.

»Ich möchte Sie gar nicht lange stören«, sagte Tavernarakis entschuldigend. »Aber ich sah Sie in den Yachthafen einbiegen. Vielleicht ist es ja auch kein Zufall, dass Sie ausgerechnet hier sind.«

»Was meinen Sie damit?«, fragte Michalis.

»Sie werden sich denken können, dass mir das, was in Balos passiert ist, keine Ruhe lässt«, sagte Tavernarakis leise und presste die Lippen aufeinander.

Michalis wusste, was den Mann quälte. Sein Sohn galt als derjenige, der das Unglück in Balos verursacht hatte. Dass die Polizei inzwischen von einem Verbrechen ausging, konnte er nicht wissen.

»Ich habe mich gefragt, ob die Samarakis vielleicht von einem Problem an ihrem Boot wussten«, sagte der Mann.

»Sie hoffen, dass es etwas gibt, das niemand Ihrem Sohn vorwerfen kann. Das verstehe ich sehr gut«, sagte Michalis.

»Meine Frau und ich können kaum noch schlafen«, fuhr Tavernarakis fort. »Gestern Nacht kam mir der Gedanke, ich könnte den Hafenmeister fragen. Er kannte Gavrilis, und vielleicht weiß er etwas über das Boot der Samarakis, dachte ich.«

»Und, haben Sie ihn gesprochen?«, fragte Koronaios.

»Er ist nicht oft in seinem Büro, aber vorhin, da hatte ich Glück.«

»Und?«

»Erst wollte er mir nichts sagen, aber ich war hartnäckig. Dann hat er sich erinnert, dass beide Samarakis in den letzten Wochen mehrfach an ihrem Motor gearbeitet haben. Mehrfach«, betonte Tavernarakis.

»Wir werden das überprüfen. Wenn wir Fragen haben oder etwas Neues erfahren, melden wir uns bei Ihnen«, sagte Koronaios förmlich. Er hatte gesehen, dass das Essen gebracht wurde.

Kostas Tavernarakis stand auf, wartete jedoch, bis der Kellner serviert hatte und in der Taverne verschwunden war.

»Ich lass Sie sofort allein, keine Sorge«, versicherte Tavernarakis. »Aber am Anfang wollte der Hafenmeister mich abwimmeln und meinte, ich sei nicht der Erste, der sich danach erkundigt.«

Michalis sah ihn überrascht an.

»Hat er Ihnen auch gesagt, wer sich bereits erkundigt hatte?«

»Nein. Und er wurde immer wortkarger, je mehr ich wissen wollte, wer das war«, antwortete Kostas.

»Vielen Dank. Wir werden auch das überprüfen«, sagte Michalis.

Tavernarakis nickte und verabschiedete sich.

Michalis und Koronaios genossen ihr Essen. Schon gestern waren die Meeräsche und die Kalamari, die der Kriminaldirektor besorgt hatte, exzellent gewesen. Und auch heute schmeckte die Barbe mit Okraschoten hervorragend und so frisch, als sei sie erst letzte Nacht gefangen worden.

»Wirklich sehr gut«, sagte auch Koronaios und deutete auf seine Fischsuppe. »Von Fisch verstehen sie hier wirklich etwas.«

Koronaios ließ den Blick über den kleinen, idyllischen Hafen schweifen. »Tavernarakis hat gesagt, dass sich noch jemand nach dem Boot der Samarakis erkundigt hat. Und unser Kriminaldirektor fährt mit uns nach Balos, sagt kaum ein Wort zu den Ermittlungen, aber weist Zagorakis darauf hin, dass er sich den Motor ganz genau ansehen soll. Als hätte er einen Tipp bekommen.«

»Ja, ich hab auch schon den Gedanken gehabt, ob es Karagounis war, der sich bei dem Hafenmeister umgehört hat und vielleicht wusste, dass es am Motor vorher schon Probleme gab.«

»Oder es hat sich jemand umgehört, der Karagounis kennt«, fuhr Koronaios fort. »Und so oder so würde unser Kriminaldirektor uns Informationen vorenthalten.«

Ein kleines Motorboot bog an der niedrigen Mole in den Hafen ein und machte vor dem Büro des Hafenmeisters fest. Ein bärtiger, braun gebrannter Mann Mitte vierzig sprang auf die niedrige Kaimauer, schloss das Büro auf und nahm den handgeschriebenen Zettel ab. Michalis und Koronaios bezahlten und brachen auf.

»Ihr scheint in Chania bei der Polizei ja nicht so viel miteinander zu reden«, sagte der Hafenmeister, nachdem Michalis und Koronaios ihm erklärt hatte, was sie wollten.

»Warum? Wer hat sich denn vor uns nach dem Boot und dem Motor erkundigt?«, fragte Koronaios.

»Ihr großer Boss. Und wenn der etwas wissen will, muss ich ja antworten«, erwiderte der Hafenmeister.

»Karagounis?«, fragte Koronaios.

»Ja. Der gute Ioannis Karagounis. Der kommt ja ohnehin ein paarmal im Jahr hierher, um Fisch zu essen.«

»Und war noch jemand hier, um nach dem Boot der Samarakis zu fragen?«, hakte Michalis nach.

»Ja. Schon.«

»Danilos Apostolidis? War der hier?«

Der Hafenmeister nickte. »Ja, Danilos wollte gestern wissen, ob es an dem Boot der Samarakis Probleme gab. Ich bin aber nicht der Einzige, der davon weiß.«

»Und hat sich noch jemand nach dem Motor erkundigt?«

Der Hafenmeister biss sich auf die Lippen und schien nicht antworten zu wollen. Sein Funkgerät sprang an.

»Chef, die *Cassiopeia* hat wieder Probleme«, tönte es aus dem Gerät.

»Bin unterwegs«, sagte der Hafenmeister und ging zur Tür. »Tut mir leid. Notfall. Ein Segler, dessen Ruder vorhin schon nicht funktionierte. Wir dachten, wir konnten ihm helfen, aber jetzt muss ich ihn wohl in den Hafen schleppen.«

Michalis und Koronaios folgten ihm. Michalis blieb jedoch in der Tür stehen, so dass der Hafenmeister nicht abschließen konnte.

»Ich muss mich beeilen, sonst läuft der Segler womöglich gegen die Mole«, drängte der Hafenmeister.

»Sagen Sie, hat auch Christos Minotis sich nach dem Boot der Samarakis erkundigt?«

»Der Revierleiter?« Der Hafenmeister wich einer Antwort aus.

»War er deswegen hier?«, bohrte Michalis nach.

»Ja. Gestern Abend. So, jetzt muss ich wirklich los«, erwiderte der Hafenmeister.

Michalis gab die Tür frei. Er hatte erfahren, was er befürchtet hatte. Danilos Apostolidis, der Bruder der toten Artemis, und Christos Minotis wussten seit gestern, dass es an dem Motor der Samarakis schon vorher Probleme gab. Der Revierleiter hatte kein Wort darüber verloren. Und noch in der Nacht hatte Danilos Apostolidis Stefanos Samarakis aufgelauert.

Der Hafenmeister sprang auf sein Boot und legte ab.

»Es ist unglaublich«, sagte Koronaios. »Minotis werde ich mir zur Brust nehmen. Der wird mich kennenlernen.«

Auch Michalis schüttelte ungläubig den Kopf.

»Ich würde dir gern etwas zeigen«, sagte er, bevor sie zu ihrem Wagen gingen, und führte Koronaios zu dem Foto, auf dem er Karagounis entdeckt hatte. Neben ihm stand mit einem großen Fisch in der Hand der Hafenmeister.

»Es ist unglaublich, wo Karagounis überall Kontakte hat«, sagte Koronaios. »Und könnte das hier der Revierleiter sein?«, fragte er und deutete auf ein anderes Foto.

Michalis betrachtete das Bild. Der Mann, den Koronaios meinte, stand auf offener See an der Reling einer Yacht. Er trug einen großen Hut gegen die Sonne, sein Gesicht war schlecht zu erkennen.

»Ja, das kann sein«, meinte Michalis.

»Dann fahren wir jetzt ins Revier und werden ihn uns vorknöpfen. Er hat uns einiges zu erklären«, sagte Koronaios. »Wobei es mich nicht wundern würde, wenn er für uns nicht zu erreichen ist.«

Zehn Minuten später wussten sie, dass Koronaios recht hatte.

»Es tut mir leid, Herr Minotis hat gerade einen Termin. Aber er wird in einer Stunde wieder hier sein«, sagte einer der Polizisten im Revier.

»Rufen Sie ihn an. Es ist dringend«, forderte Koronaios den Mann auf.

»Herr Minotis hat darum gebeten, bei dem Termin nicht gestört zu werden.«

»Hören Sie. Dies ist eine Ermittlung der Kripo Chania. Sie

rufen jetzt Ihren Chef an. Oder hat er eine Audienz beim Präfekten? Oder beim Patriarchen von Konstantinopel?«

Koronaios war laut geworden. Eingeschüchtert griff der Beamte zum Telefon. Michalis und Koronaios hörten das Klingeln und das Anspringen der Mailbox.

»Wie gesagt, Herr Minotis ist nicht erreichbar«, sagte der Beamte.

Michalis hatte mitbekommen, dass einer der Polizisten sein Handy unter den Schreibtisch hielt, und vermutete, dass dieser Kollege dem Revierleiter geschrieben und ihn gewarnt hatte, Michalis und Koronaios seien hier.

»Wir sind in einer Stunde wieder hier«, sagte Koronaios drohend. »Und wenn Sie uns dann eine neue Ausrede präsentieren, warum Christos Minotis für uns nicht zu sprechen ist, wird es hier scheppern. Und zwar gewaltig.«

Koronaios stürmte nach draußen. Michalis folgte ihm.

»Das kann doch wohl nicht wahr sein«, schimpfte Koronaios. »Ein Revierleiter, der sich vor uns verleugnen lässt. Der wird mich demnächst mal so richtig kennenlernen.«

Er blickte auf sein Handy.

»Hat sich einer der Samarakis bei dir gemeldet?«, fragte er.

»Nein«, erwiderte Michalis.

»Dann sind das die Nächsten, die mit mir Ärger bekommen«, sagte Koronaios und wählte die Nummer von Jorgos. »Das Büro soll für die beiden eine offizielle Vorladung vorbereiten. Ich hab genug von dieser Familie.«

Koronaios erreichte Jorgos, und der versprach, sich um die die Vorladung der Samarakis zu kümmern.

»Lass uns zu Danilos Apostolidis fahren«, sagte Koronaios, nachdem er aufgelegt hatte. »Der darf uns erklären, wie er auf die Idee gekommen ist, sich nach dem Motor des Bootes zu erkundigen.«

23

Sie mussten mehrfach klingeln, bevor sich das schwere Tor zum Haus der Familie Apostolidis öffnete. In der Haustür stand diesmal die Mutter von Danilos. Sie hatten Michalis und Koronaios bisher nur nachts in der Lagune gesehen, als sie ihren Sohn Danilos in den Arm nehmen und er sich das aber nicht gefallen lassen wollte.

Die Mutter sah erschöpft und müde aus.

»Danilos ist leider nicht im Haus«, sagte die Frau mit tonloser, schleppender Stimme, als stünde sie unter Beruhigungsmitteln. »Aber Emilia ist im Garten und würde gern mit Ihnen sprechen.«

»Emilia? Ihre Tochter?«, fragte Michalis verwundert. Beim letzten Mal hatte Emilia Apostolidis kein Wort gesagt.

»Ja. Emilia. Sie kennen doch Emilia.«

Die Mutter drehte sich vorsichtig um. Ihr Gang war unsicher, und sie nutzte jede Gelegenheit, sich abzustützen. Der Tod ihrer ältesten Tochter Artemis hatte dieser Frau den Boden unter den Füßen weggerissen.

Michalis und Koronaios wurden im hinteren Bereich des Hauses zu einer großen gläsernen Schiebetür gebracht, die in den Garten führte. Emilia Apostolidis lag auf einem Liegestuhl unter einem Sonnenschirm. Neben ihr stand ein Tisch mit Getränken sowie mehrere Stühle.

»Verzeihen Sie, wenn ich Sie nicht nach draußen begleite. Ich habe zu tun«, sagte die Mutter entschuldigend.

»Selbstverständlich«, antwortete Michalis und warf einen

Blick in den Garten. Der Rasen war trotz des heißen Hochsommers tiefgrün, und überall blühten Pflanzen.

Emilia Apostolidis machte sich nicht die Mühe, Michalis und Koronaios zu begrüßen. Sie trug ein enges Sommerkleid, einen großen Strohhut und eine riesige Sonnenbrille. In den Händen hielt sie ein iPad und wischte darauf immer wieder nach links. Michalis vermutete, dass sie bei Tinder Männer begutachtete.

»Frau Apostolidis?«, sagte Koronaios höflich, als sie sich dem Liegestuhl genähert hatten.

»Nehmen Sie Platz«, sagte die junge Frau, ohne Michalis und Koronaios anzusehen oder ihr iPad aus der Hand zu legen.

»Ihre Mutter sagte uns, dass Sie gern mit uns reden würden«, sagte Koronaios, nachdem sie Platz genommen hatten.

Emilia Apostolidis setzte sich auf und nahm die große Sonnenbrille ab. Ihre Augen waren gerötet und geschwollen.

»Meine Mutter hat Ihnen leider keine Gläser mitgegeben«, sagte Emilia Apostolidis und deutete auf den Tisch mit zwei Karaffen. In einer war Orangensaft, in der anderen, kleineren vermutlich Wasser.

»Das ist im Moment nicht wichtig. Sie wollten uns etwas sagen?«, fragte Koronaios.

»Vor etwa einer Woche war Artemis mit Stefanos abends in Falassarna«, begann Emilia, als hätte sie sich vorher genau überlegt, was sie sagen würde. »Sie hatten in einer Taverne am Strand etwas gegessen und wollten gerade in den Wagen steigen und nach Hause fahren. Da wurde Stefanos von einem Mann angesprochen. Artemis hat sein Gesicht nicht gesehen, denn Stefanos hat ihn sofort weggezogen und Artemis zugerufen, sie soll warten, er sei gleich zurück. Dann ist er mit dem Mann zum Strand verschwunden.«

Emilia kniff die Augen zusammen und schüttelte sich kurz. »Eine Stunde lang hat Artemis im Dunkeln auf ihn gewartet.

Sie hat Stefanos immer wieder angerufen, aber er ist nicht rangegangen. Den Autoschlüssel hatte er mitgenommen, sonst wär sie ohne ihn gefahren. Und als Stefanos dann endlich kam, da war er … Wie hat Artemis das genannt?« Emilia überlegte. »Außer sich. Ja. Stefanos war außer sich und kaum ansprechbar. Artemis war sauer und hat ihm eine Szene gemacht, aber er hat sie angeschrien, dass sie den Mund halten soll. Bis nach Hause hat er kein Wort mehr mit ihr geredet, hat vor dem *Pelagos* gehalten und ist hoch in die Suite.«

Michalis und Koronaios hörten Emilia aufmerksam zu. Vor einer Woche war das gewesen, und vor einer Woche war Jannis Katrougalos, der Sohn des Malermeisters, in Falassarna ertrunken.

»Artemis hat sich ein Taxi gerufen, ist nach Hause gefahren und hat mir das alles erzählt. Und dass sie Stefanos endgültig satt hat und die Verlobung lösen wird.«

Emilia sah Michalis und Koronaios zum ersten Mal direkt an.

»Und einige Tage später ist meine Schwester tot. Gestorben auf einem Boot, dass den Samarakis gehörte und mit dem etwas nicht stimmte.« Sie wandte den Blick wieder ab. »Ich dachte, das sollten Sie wissen.«

Damit schien das Gespräch für Emilia beendet zu sein. Sie schob ihre Sonnenbrille wieder vor die Augen, nippte an ihrem Glas mit Orangensaft, goss aus der anderen Karaffe nach und schlug die Beine übereinander.

»Hat Ihre Schwester noch etwas über den anderen Mann gesagt? Kam er ihr bekannt vor, oder war etwas Markantes an ihm?«, hakte Koronaios nach.

»Nein. Das hab ich doch gesagt.«

»Und hat Ihre Schwester gesagt, in welcher Taverne sie mit Stefanos Samarakis gegessen hatte?«, fragte Michalis.

»Nein. Aber direkt am Strand gibt es in Falassarna nicht so viele.«

»Wie kommen Sie darauf, dass mit dem Boot der Samarakis etwas nicht stimmte?«, wollte Michalis wissen.

Emilia Apostolidis zuckte mit den Schultern, antwortete aber nicht.

»Hat Ihr Bruder Ihnen das erzählt? Weil er sich nach dem Boot erkundigt hat?«, bohrte Michalis nach.

»Dann wissen Sie doch, woher ich das weiß. Was fragen Sie dann noch?«, erwiderte Emilia. Trotz der riesigen Sonnenbrille konnte Michalis sehen, wie sie die Augenbrauen genervt nach oben zog.

Michalis und Koronaios standen auf. Michalis nahm die Karaffe und schnupperte daran.

»Wodka«, sagte Emilia Apostolidis, ohne Michalis anzusehen.

»Bedienen Sie sich. Drinnen gibt es Gläser.«

Michalis stellte die Karaffe ab und ging mit Koronaios ins Haus. Dort war es vollkommen still, nur eine große Wanduhr tickte. Die Mutter tauchte nicht auf.

»Glaubst du ihr die Geschichte?«, fragte Koronaios, als sie wieder im Wagen saßen. »Dieser unbekannte Mann könnte Jannis Katrougalos, der Bauarbeiter, gewesen sein. Und es könnte sich um den Abend handeln, an dem er angeblich ertrunken ist.«

»Ja, das kann sein. Aber die Schwester ist tot, und Stefanos Samarakis wird das abstreiten. Wir sollten die Tavernen in Falassarna abklappern, ob sich jemand an den Abend erinnert«, sagte Michalis.

»Lass uns als Erstes ins Hotel der Samarakis fahren. Und danach ins Revier zu Minotis«, schlug Koronaios vor.

»Ja, das machen wir. Und vielleicht sollten wir die Pistolen von Stefanos Samarakis und Danilos Apostolidis mit nach Chania nehmen. Falls es doch Hinweise gibt, dass die beiden nicht nur in die Luft geschossen haben«, sagte Michalis. »Nicht, dass Minotis auf die Idee kommt, die Waffen wieder auszuhändigen, weil die Sache für ihn erledigt ist.«

»Das trau ich zwar nicht mal Minotis zu, aber wir sollten es trotzdem tun«, entgegnete Koronaios. »Schon allein, damit Minotis klar ist, wer hier die Ermittlungen leitet.«

»Sokratis Samarakis ist in seinem Büro«, sagte die Frau an der Rezeption, »aber in so einem furchtbaren Zustand habe ich ihn noch nie erlebt.«

Michalis und Koronaios gingen in das dunkle Büro, in dem sie gestern mit Stefanos Samarakis gesprochen hatten. Der Vater saß mit geschlossenen Augen in seinem Bürosessel. Auf dem Schreibtisch stand ein halbvolles Whiskeyglas. Wie immer trug Samarakis einen Anzug, doch heute ohne Krawatte.

»Herr Samarakis?«, sagte Koronaios, weil der Hotelier nicht reagierte.

Sokratis Samarakis öffnete die Augen, rührte sich aber nicht.

»Ja?«, fragte er.

»Wir müssen Ihren Sohn sprechen. Und zwar sofort.«

»Ja …«, entgegnete der Hotelier und richtete sich mühsam auf. Dann schüttelte er den Kopf, schob das Whiskeyglas zur Seite und beugte sich vor. »Ich habe keine Ahnung, wo Stefanos sein könnte. Auch wenn Sie mir das nicht glauben. Ich weiß nicht, wo er ist. Ich habe jede Kontrolle über meinen Sohn verloren. Stefanos war noch nie einfach. Aber jetzt hab ich Angst um ihn.«

»Bisher ist Ihr Sohn nicht zur Fahndung ausgeschrieben. Aber das kann sich schnell ändern«, sagte Koronaios eindringlich.

»Ich weiß«, erwiderte der Hotelier matt. »Und es bringt mich um den Verstand, dass er sich sogar vor mir versteckt.«

»Sind Sie immer noch sicher, dass Ihr Sohn bei einer Strandbar war, als Ihre Motoryacht gegen die Felsen gerast ist?«, fragte Michalis.

»Verlangen Sie nicht, dass ich meinen einzigen Sohn belaste. Nicht in dieser schlimmen Geschichte«, erwiderte Samarakis.

»Sie sind also nicht sicher?«, hakte Michalis nach.

Samarakis zuckte mit den Schultern, was wie ein »Ja« wirkte.

»Ihr Sohn wusste, dass es mit dem Motor ihres Boots Probleme gibt. Und er wusste sicherlich auch, was er machen muss, um diese Probleme zu vergrößern«, sagte Koronaios.

»Nein!«, entfuhr es Sokratis Samarakis.

»Wir wissen, dass Sie und Ihr Sohn in den letzten Wochen immer wieder an dem Motor gearbeitet haben. Haben Sie die Zündspule unter Dauerstrom gesetzt, damit der Motor nicht während der Fahrt ausgehen kann?«, fragte Michalis.

Samarakis starrte Michalis entsetzt an.

»Woher ... woher wissen Sie das?«, fragte er. Er atmete schwer, zog eine Packung Tabletten aus der Innentasche seines Sakkos und spülte eine mit dem Whiskey runter. Dann schloss er die Augen und atmete tief durch.

»Sollen wir einen Arzt rufen?«, fragte Koronaios.

»Die Tabletten sind von meinem Arzt. Sie helfen.«

»Sie sollten sich hinlegen«, sagte Michalis.

Samarakis wollte aufstehen, sackte jedoch in den Bürosessel zurück. Michalis und Koronaios halfen ihm, hochzukommen.

»Es gibt einen Personalfahrstuhl. Die Gäste müssen mich so nicht sehen«, sagte Sokratis und ließ sich von Michalis und Koronaios bis in die Suite seines Sohnes begleiten.

»Stefanos ist nicht da. Und falls er auftaucht, kann er ruhig sehen, was er mir antut«, sagte Samarakis und ließ sich auf das

Bett fallen. »Danke.« Er lächelte, ohne die Augen zu öffnen. Kurz darauf schien er eingeschlafen zu sein.

»Was für ein Tag«, sagte Koronaios.

Sie waren nicht in ihren Dienstwagen gestiegen, sondern zur Uferpromenade gegangen.

»Die Mutter von Artemis Apostolidis dürfte unter Beruhigungsmitteln stehen, ihre jüngste Tochter trinkt nachmittags Wodka und präsentiert uns Hinweise darauf, dass Jannis Katrougalos vielleicht doch einem Verbrechen zum Opfer gefallen ist. Und Sokratis Samarakis ist verzweifelt, weil er auch das letzte seiner Kinder, das noch zu ihm hält, verlieren könnte.« Koronaios schüttelte den Kopf.

»Keiner der Angehörigen sagt uns alles, was er weiß. Zumindest glaube ich keinem von ihnen«, sagte Michalis.

Sie kamen an einer kleinen Taverne vorbei, deren Tische direkt an der Ufermauer standen.

»Lass uns einen Frappé trinken, bevor wir unser Glück bei dem Revierleiter versuchen«, schlug Koronaios vor, und sie setzten sich.

Hannah hatte Michalis geschrieben, dass sie heute zwar früh in Chania sein könnte, am Abend dann aber noch eine Videokonferenz haben würde. Michalis rief sie an.

»Du hast Glück, ich hab gerade zehn Minuten Pause!«, sagte Hannah. Um ihn nicht zu stören, stand Michalis auf und ließ Koronaios allein.

»Ich werde gegen sechs in Chania sein. Um acht hab ich dann die Konferenz. Wie lange wirst du arbeiten, hättest du um sechs schon Zeit?«, fragte Hannah.

Michalis sah auf die Uhr. Es war kurz nach drei.

»Wir sind noch in Kissamos. Wenn nicht noch etwas passiert, müsste ich um sechs zurück sein, aber bei diesem Fall ist das schwer einzuschätzen«, antwortete Michalis. »Sag mal, kennst du in Heraklion eine ...« Er suchte nach dem Namen, den Lemonia Kaliotsis ihnen gegeben hatte. »Eine Anastasia Stamatakis? Die Frau arbeitet irgendwo in der Zentrale der Archäologen.«

»Anastasia? Ja, die kenn ich ganz gut. Was ist mit ihr?«

Michalis erklärte Hannah, dass Anastasia Stamatakis den anonymen Anruf entgegengenommen hatte, der zu dem Baustopp in Falassarna geführt hatte.

»Vielleicht erinnert sie sich ja an etwas. Den Tonfall, ein Dialekt, etwas Ungewöhnliches an der Stimme. Oder ein Hintergrundgeräusch«, sagte Michalis.

»Ich ruf sie nachher an und frag sie«, versprach Hannah.

24

Es tut mir sehr leid, aber Herr Minotis ist noch immer nicht zurück. Wenn Sie angerufen hätten, hätten Sie sich den Weg sparen können«, sagte der Polizist, der schon vorhin bedauert hatte, dass der Revierleiter nicht im Haus war.

»Sie haben doch sicherlich nichts dagegen, dass ich mich davon selbst überzeuge?«, sagte Koronaios verärgert und stürmte, ohne eine Antwort abzuwarten, ins das Büro von Minotis.

»Halt, Sie können doch nicht einfach ...«, rief der Polizist.

»Tatsächlich nicht da. Entschuldigen Sie, nichts für ungut«, sagte Koronaios, als er nach wenigen Sekunden wieder auftauchte. »Aber eine Frage. Ist das hier die Jacke Ihres Chefs?«

Koronaios hielt einen braunen Blouson hoch, der Michalis bekannt vorkam. Keiner der Polizisten reagierte.

»Michalis, ich könnte schwören, das hier ist die Jacke deines Onkels.« Koronaios hielt den Blouson in die Höhe.

»Ja, der gehört Jorgos«, erwiderte Michalis sofort.

»Dann würde ich doch gerne wissen, wie dieser Blouson in das Büro ihres Revierleiters kommt«, sagte Koronaios in Richtung der Polizisten.

»Ihr Vorgesetzter war gestern Abend hier. Herr Minotis und Herr Charisteas haben sich ausgetauscht. Und da hat Herr Charisteas seine Jacke wohl vergessen. Vielleicht können Sie sie ja mitnehmen«, sagte einer der Kollegen.

»Ja, das werden wir tun«, entgegnete Koronaios. »Und wir nehmen auch die Pistolen der Herren Apostolidis und Samarakis mit. Die sind heute früh beschlagnahmt worden und werden hier verwahrt. Wir werden sie in Chania kriminaltechnisch untersuchen lassen.«

Unter den Kollegen entstand Unruhe. Alle blickten zu einem Polizisten, der am Fenster saß und tief ausatmete.

»Danilos Apostolidis war vorhin hier …«, sagte er zögernd. »Und wir haben mit unserem Revierleiter geklärt, dass wir ihm seine Pistole zurückgeben.«

»Sie haben was?« Koronaios wurde laut. Michalis war klar, dass es gleich noch sehr viel lauter werden würde.

»Ja, wir haben, in Absprache mit …«

»Es gab letzte Nacht eine Schießerei zwischen zwei Männern, die gerade Angehörige verloren haben, und Sie geben denen die Waffen zurück? Sind Sie eigentlich komplett irre?«, brüllte Koronaios den Mann an, der eingeschüchtert in seinem Stuhl versank. »Wenn mit der Waffe in den nächsten Tagen jemand getötet wird, dann tragen Sie die Schuld. Sie ganz persönlich! Und ich schwöre Ihnen, derjenige, der das zu verantworten hat, wird dafür zur Rechenschaft gezogen. Das können Sie Ihrem Herrn Revierleiter gern ausrichten!«

Einer der Beamten stand auf, öffnete einen Stahlschrank und entnahm eine kleine Plastikwanne mit einer Pistole. Er ging zu Koronaios und hielt ihm die Wanne entgegen.

»Die ist die Mauser 90 DA von Stefanos Samarakis. Die können Sie gern …«

»Mach du das!«, unterbrach Koronaios den Polizisten und sah Michalis an, »mach du das, bevor ich hier durchdrehe!«

Damit verließ Koronaios das Polizeirevier. Den Blouson von Jorgos nahm er mit.

Michalis unterschrieb ein Formular, ließ die Pistole von Stefanos Samarakis in einen verschließbaren Plastikbeutel stecken und verabschiedete sich.

Koronaios stand mit dem Rücken zum Revier hinter dem Dienstwagen und telefonierte. Auf dem Autodach lag eine aufgerissene Packung Kaugummi.

Er legte auf, drehte sich zu Michalis, ließ sich auf den Beifahrersitz fallen und knallte die Beifahrertür zu. Sekunden später öffnete er sie wieder, nahm die Kaugummipackung vom Dach und schlug die Tür erneut zu.

Michalis fuhr los und schwieg.

»Ich habe eben mit deinem Onkel gesprochen«, sagte Koronaios verärgert, »er hält es für vollkommen normal, dass er sich hinter unserem Rücken mit einem Revierleiter trifft, der uns Informationen vorenthält und Waffen an Leute zurückgeben lässt, die letzte Nacht damit aufeinander geschossen haben.«

Michalis wusste, dass Koronaios nur dann *dein Onkel* sagte, wenn er sich über Jorgos wirklich ärgerte.

»Jorgos war also gestern hier«, erwiderte Michalis so sachlich wie möglich. »Hat er dir gesagt, was er von Minotis wollte?«

»Nein!«

Michalis wartete, ob Koronaios noch mehr sagen würde, doch der starrte nur wütend aus dem Fenster und schwieg. Michalis machte deshalb etwas, was er selten tat: Er schaltete das Radio ein. Es lief ein langsames Lied von Sokratis Malamas, das Michalis gut kannte und mochte. Noch bevor das Lied zu Ende war, drehte Koronaios das Radio aus.

»Dieser Trottel von Revierleiter lässt sich verleugnen, gibt ungefragt Waffen raus, und unser Vorgesetzter deckt ihn auch noch. Kannst du mir das erklären?«, fragte Koronaios.

»Ich befürchte«, erwiderte Michalis, »dass Jorgos etwas über Minotis weiß, das wir nicht erfahren sollen. Und ich hoffe, dass es nichts mit unseren Ermittlungen zu tun hat.«

»Das glaubst du aber nicht im Ernst.«

»Vielleicht ... vielleicht wollte Jorgos Minotis drängen, besser mit uns zusammenzuarbeiten«, sagte Michalis.

»Auch das glaubst du doch nicht wirklich.«

Lange Zeit schwiegen sie. An anderen Tagen hätte Michalis erwartet, dass Koronaios die Augen schließen und schlafen würde, doch dafür war er im Moment viel zu aufgekratzt.

25

Wenn ich euch etwas helfen kann«, sagte Myrta behutsam, als Michalis und Koronaios in ihr Büro kamen, »also mehr als sonst, dann lasst es mich bitte wissen.«

»Hat Jorgos etwas gesagt?«, fragte Koronaios und bemühte sich, Myrta seine schlechte Laune nicht spüren zu lassen.

»Ich bekomm ja nur wenig mit«, erwiderte Myrta, »aber dieser Fall scheint aus verschiedenen Gründen kompliziert zu sein. Deshalb. Wenn ich etwas tun kann ...«

»Ja, vielleicht wird das diesmal noch wichtiger als sonst«, entgegnete Koronaios. »Ist Jorgos in seinem Büro?«

»Der ist oben bei Karagounis. Karagounis wollte wissen, ob es etwas Neues gibt.«

Michalis war froh, dass nicht er und Koronaios jetzt zum Kriminaldirektor mussten. Er war nicht sicher, ob sein Partner es dort nicht zum Eklat hätte kommen lassen.

Koronaios legte die Pistole von Stefanos Samarakis auf den Schreibtisch.

»Die soll in die Spurensicherung. Eilt aber nicht.«

»Gut. Kümmer ich mich drum. Übrigens, Stournaras will euch etwas sagen. Ihm war noch etwas aufgefallen«, sagte Myrta.

»Etwas an den Toten von Balos?«, fragte Michalis.

»Das weiß ich nicht. Ihr müsst ihn anrufen.«

»Okay.« Michalis bemerkte, dass Myrta ihn fragend musterte.

»Was ist?«, wollte er wissen.

»Hast du ein neues Hemd?«, fragte Myrta.

»Äh. Ja …«

»Ja, das wirkt so … neu eben. Außerdem …«

»Ja?«

»Da hängt noch was«, sagte Myrta und deutete auf den Hemdkragen. Das Preisschild war zwar abgenommen, aber eine kleine Kordel, an der es befestigt gewesen war, hing noch dort.

»Könntest du …?«, bat er Myrta.

»Klar.« Sie stand auf, nahm eine Schere und schnitt die Kordel ab. »Und was ist mit deinen Händen passiert?«

»Ach das … Ich bin hingefallen.«

»Aber ihr seid vorsichtig, oder?«

»Ja, auf jeden Fall«, sagte Michalis und verließ mit Koronaios das Büro.

Koronaios ließ sich auf seinen Bürostuhl sinken.

»Ein furchtbarer Tag«, sagte er. »Und das fast ohne Schlaf. Wenn Jorgos allein bei Karagounis ist, dann können wir im Grunde nach Hause gehen. Dein Onkel dürfte keinen großen Wert mehr darauf legen, mich heute zu sehen.«

»Ich ruf kurz Stournaras an«, sagte Michalis.

Der Gerichtsmediziner ging sofort ran.

»Myrta meinte, du hättest noch etwas für uns?«

»Ja … wegen dem Ertrunkenen. Dem …«

»Jannis Katrougalos.«

»Genau. Der. Ich hab im Kopf, dass meinem Assistenten noch etwas aufgefallen war, aber davon steht nichts im Bericht. Falls das für euch wichtig ist, könnte ich ihn morgen früh fragen, was es war«, sagte Stournaras.

»Ja, unbedingt.«

Er hatte gerade aufgelegt, als Jorgos anrief.

»Myrta sagt, ihr seid jetzt im Büro. Dann kommt doch bitte zu mir«, sagte Jorgos.

»Sind gleich da«, erwiderte Michalis.

»Unser Vorgesetzter will mich heute also doch noch sehen«, sagte Koronaios. »Hoffentlich bereut er das nicht.«

Reiß dich zusammen, hätte Michalis beinahe gesagt, doch er bremste sich, denn das hätte Koronaios nur provoziert. Er schnappte sich Jorgos' Blouson und ging los.

»Ah, mein Blouson. Vielen Dank«, sagte Jorgos und bemühte sich um ein gequältes Lächeln. »Setzt euch doch.«

Michalis wusste sofort, dass sein Onkel sich auf diese Begegnung mit Koronaios nicht freute.

»Ihr wisst, ich war gerade bei Karagounis. Eines vorweg: Er ärgert sich immer noch über das Video, das den Aufprall der Motoryacht und die Explosion zeigt. Das geistert wohl weiterhin durch die Medien. Karagounis würde den Leuten, die so etwas posten und an die Medien verkaufen, gern die Möglichkeiten des Rechtsstaats aufzeigen. Deshalb, falls ihr eine Spur davon entdecken solltet ...«

»Ehrlich gesagt haben wir gerade andere Sorgen als ein Video, dass irgendein Influencer ins Netz gestellt hat«, erwiderte Koronaios.

»Ich weiß. Ich habe unserem Kriminaldirektor über den Stand der Ermittlungen Bericht erstattet«, fuhr Jorgos sachlich fort. »Ich gehe davon aus, dass ihr mich immer zeitnah informiert, wenn ihr neue Erkenntnisse habt.«

»Selbstverständlich«, erwiderte Michalis, weil Koronaios schwieg.

Jorgos sah Koronaios an.

»Du hast mir vorhin ja sehr lautstark mitgeteilt, dass sowohl unser Kriminaldirektor als auch der Revierleiter Minotis sich am Yachthafen über den Motor der Samarakis informiert haben.«

Noch immer schwieg Koronaios.

»Ich will die Situation nicht noch schwieriger machen, als sie ohnehin ist«, fuhr Jorgos fort. »Deshalb hab ich Karagounis nichts davon gesagt, dass Minotis sich ebenfalls danach erkundigt hat.«

»Christos Minotis hatte wohl denselben Gedanken wie unser Herr Kriminaldirektor«, sagte Koronaios spöttisch. »Und ich kann mir gut vorstellen, dass Karagounis das nicht gefällt, nachdem er uns das verheimlicht hat. Aber dass auch du jetzt das Spiel von Minotis mitspielst, hätte ich nicht erwartet.«

Jorgos sah Koronaios verärgert an.

»Halt dich bitte zurück. Es könnte sein, dass ich dich sonst von diesem Fall abziehen muss.«

»Wie bitte?«, fragte Koronaios empört.

»Du rennst in das Büro von Minotis. Du brüllst seine Leute an. Glaubst du wirklich, dass die noch gern mit dir zusammenarbeiten?«

»Woher weißt du das? Woher weißt du, was vorhin in dem Revier in Kissamos passiert ist?« Koronaios wurde laut.

»Jetzt reiß dich mal zusammen!«, ermahnte Jorgos ihn.

»Hast du schon wieder mit Minotis gesprochen?«, rief Koronaios.

»Koronaios, ich rede, mit wem ich es für richtig halte.«

Koronaios lief rot an und schnappte nach Luft. »Hat er hier angerufen, um dir zu erzählen, wie sich ein Kriminalkommissar aus Chania aufgeführt hat?«

Jorgos blickte zur Zimmerdecke und vermied es, Koronaios anzusehen.

»Kann es sein, dass Christos Minotis diesen Fall selbst lösen will? Und dass wir ihn dabei stören? Und dass du auf seiner Seite stehst?«, warf Koronaios Jorgos vor.

»Koronaios! Es reicht!«, ermahnte Jorgos ihn erneut.

»Ja, es reicht!« Koronaios stand auf. »Ich bringe jetzt die Pistole von Stefanos Samarakis in die Spurensicherung. Vielleicht stellen wir ja fest, dass damit schon öfter auf jemanden geschossen wurde«, sagte er.

»Tu das, Koronaios. Und danach machst du Feierabend und schläfst dich aus. Und ich hoffe, dass morgen ...«

»Was?«

»Dass es morgen besser läuft zwischen uns«, sagte Jorgos.

Koronaios nickte kurz und ging raus. Jorgos sah ihm nach, schüttelte den Kopf und wandte sich an Michalis.

»Pass bitte auf ihn auf. Karagounis könnte explodieren, wenn er erfährt, dass Minotis parallel ermittelt. Und dass wir davon wissen.«

»Was ist das zwischen Karagounis und Minotis?«, fragte Michalis.

»Das kann ich dir nicht sagen.«

»Arbeiten die beiden gegeneinander? Will Minotis unserem Kriminaldirektor beweisen, dass er den Fall auch ohne uns lösen kann?«

Jorgos atmetet tief durch und wich Michalis' Blick aus. Eine wortlose Bestätigung.

»Jorgos, bitte. Wir bekommen diesen Fall nur gelöst, wenn wir zusammenarbeiten.«

»Ich weiß. Deshalb bin ich zu Minotis gefahren und habe mit ihm geredet. Um zu verhindern, dass er euch Informationen vorenthält.«

»Aber es hat nicht funktioniert, denn Minotis tut genau das«, entgegnete Michalis.

Jorgos schüttelte den Kopf.

»Vielleicht hab ich ihn unterschätzt. Oder ich habe das unterschätzt, was ihn antreibt«, sagte er leise.

Michalis hatte den Verdacht, dass Jorgos nicht wusste, wie er das Problem lösen könnte.

»Hat Minotis etwas gegen Karagounis in der Hand?«

»Nein«, erwiderte Jorgos schnell, zu schnell, fand Michalis.

»Aber du weißt, worum es geht?«, fragte Michalis, obwohl er sicher war, dass Jorgos nicht antworten würde.

»Michalis, sorg vor allem dafür, dass Koronaios nichts Unüberlegtes tut. Wenn er unseren Kriminaldirektor provoziert, könnte das schlimm enden. Da kann er nur verlieren. Und du auch.«

»Werde ich irgendwann erfahren, worum es geht?«, wollte Michalis wissen.

»Schwer zu sagen. Versprechen kann ich es dir nicht.«

Jorgos gab sich einen Ruck.

»So. Wenn ich das richtig verstanden habe, wartet die Familie auf dich und Hannah. Deine Mutter hat mich gebeten, vielleicht später auch noch vorbeizukommen.«

»Warum?«

Jorgos lächelte vielsagend. »Das wollte sie nicht verraten.«

Michalis wusste genau, was Jorgos meinte. Seine Mutter hoffte, wenn Hannah wieder in Chania sei, gäbe es etwas zu verkünden.

»Dann mach ich jetzt Feierabend«, sagte Michalis nur.

»Tu das. Was ist mit deiner Hand passiert?« Jorgos deutete auf die Pflaster.

»Nichts. Ich bin gestolpert.«

Jorgos versuchte, aufmunternd zu lächeln. Michalis sah jedoch, wie sehr ihn die Situation mit Koronaios, Minotis und Karagounis belastete.

Koronaios war nicht im Büro, aber die Waffe von Stefanos Samarakis lag noch auf dem Schreibtisch von Myrta.

»Weißt du, wo Koronaios ist? Er wollte die Pistole in die Spurensicherung bringen«, erkundigte sich Michalis.

»Nein …«, erwiderte Myrta unsicher. »Er hat sich verabschiedet und war weg. Aber … er war wütend. Gab es Ärger mit Jorgos?«

»Die Situation ist gerade schwierig. Ich ruf Koronaios an. Hoffentlich geht er ran«, sagte Michalis.

»Was ist?«, fragte Koronaios.

»Wo bist du?« Michalis hörte Fahrgeräusche.

Koronaios schwieg einen Moment.

»Auch wenn es dir wahrscheinlich nicht gefällt, und Jorgos erst recht nicht. Aber ich werde mir Minotis schnappen und rauskriegen, was hier los ist. Ich lasse nicht zu, dass ein Verbrechen nicht aufgeklärt werden kann, weil unsere Chefs uns etwas verschweigen.«

»Jorgos hat uns gewarnt …«

»Ja, das hat er. Aber ich will auch morgen noch beim Blick in den Spiegel sicher sein, dass da jemand steht, der Verbrechen aufklären will. Nichts anderes«, sagte Koronaios.

»Und wenn das ein Fehler ist?«

»Dann ist es mein Fehler. Deshalb mach ich es allein. Fahr du nach Hause, und wir sehen uns morgen früh.«

Koronaios legte auf.

Michalis überlegte, was er tun sollte. Jorgos hatte sie gewarnt, Koronaios solle sich nicht in die Angelegenheit von Karagounis und Minotis einmischen. Was Koronaios tat, war ein Fehler, und Michalis würde es sich nie verzeihen, wenn er nicht alles unternommen hatte, um diesen Fehler zu verhindern. Deshalb rief er Hannah an.

»Ich muss etwas Dringendes erledigen. Das kann noch zwei Stunden dauern«, sagte er. »Erklär ich dir später.«

Michalis hörte Stimmen im Hintergrund und ahnte, dass sie bereits im *Athena* war.

»Du klingst nicht gut«, sagte Hannah. »War der Tag schlimm?«

»Ja, er war hart. Und er fing sehr früh an. Weißt du ja.«

»Hast du denn mal geschlafen zwischendurch?«, wollte Hannah wissen.

»Ja. Kurz. Aber es war zu viel los, um wirklich müde werden zu können. Du bist schon im *Athena?*«

»Ja …« Hannah lachte. »Ich war noch nicht einmal ganz bei uns in der Wohnung, da rief deine Mutter schon an, ob ich nicht jetzt gleich kommen will. Aber sag mal …« Hannah flüsterte. »Deine Familie ist anders als sonst, die sind so … aufgekratzt. Ist irgendwas?«

»Keine Ahnung …«, sagte Michalis, dabei wusste er es genau.

»Ich bin jetzt nur noch eine gute Stunde hier, dann muss ich die Videokonferenz vorbereiten. Aber später sehen wir uns, ja?«, fragte Hannah.

»Auf jeden Fall!«, versicherte Michalis.

Sie verabschiedeten sich. Michalis überlegte, dann rief er seinen Bruder Sotiris an.

»Wart mal kurz …«, sagte Sotiris, und Michalis ahnte, dass er vom *Athena* weg und zur Hafenpromenade ging, um in Ruhe reden zu können.

»So. Jetzt. Ich wollte nicht, dass alle mithören«, erklärte Sotiris. »Unsere Familie ist aufgeregt, weil Hannah wieder hier ist. Langsam gehen die mir auf die Nerven. Die sollen dich und Hannah einfach in Ruhe lassen.«

Michalis musste lächeln. Sein Bruder Sotiris wusste genau, worum es ging.

»Ich wollte dir nur sagen … Ich muss jetzt etwas erledigen. Hannah weiß Bescheid. Es ist beruflich, aber Jorgos weiß nichts davon, und er soll es auch nicht erfahren. Ich muss was regeln. Es kann aber sein, dass Jorgos bei euch auftaucht.«

»Okay. Falls Jorgos kommen sollte, wird mir etwas einfallen, und falls er nicht kommt, sowieso. Noch was?«

»Nein. Danke!«

»Gern!«

Weil Michalis heute ohne seinen Roller in der Kriminaldirektion war, rief er den Pförtner an, um zu klären, ob es ein Auto gab, das er nehmen konnte.

»Einen Wagen hab ich nicht für dich«, meinte der Pförtner, »aber eines der Motorräder wird erst morgen wieder gebraucht.«

26

Erst als er Chania mit dem Motorrad verlassen und die Schnellstraße erreichte hatte, überlegte Michalis, wie er eigentlich vorgehen wollte. Als Erstes würde er sich beim Polizeirevier in Kissamos umsehen, doch er hielt es für unwahrscheinlich, dass Christos Minotis jetzt noch dort war. Und selbst, wenn: Wie würde Koronaios es schaffen, dass Minotis ihm Dinge verriet, die offenbar ein großes Geheimnis waren?

Michalis kam ein Gedanke, was Koronaios gemacht haben könnte. Wenn er auf Minotis gestoßen war, dann hatte er womöglich das getan, was ihm selbst am angenehmsten war: ihn zum Essen eingeladen. Vielleicht saßen die beiden jetzt irgendwo und aßen, und Koronaios gewann das Vertrauen des Revierleiters.

Trotzdem überprüfte Michalis zunächst beim Polizeirevier, dass der Dienstwagen von Koronaios dort nicht stand. Erst dann fuhr er weiter zur Uferpromenade mit den vielen Tavernen, konnte jedoch weder Koronaios noch Minotis entdecken und suchte danach die Tavernen in den kleinen Gassen zwischen der Promenade und der Hauptstraße ab. Doch dort waren die beiden ebenso wenig wie bei dem kleinen Yachthafen.

An dem zentralen Platz vor dem kleinen Archäologischen Museum fiel Michalis im Abendlicht das leuchtend weiße Haar eines Mannes auf. Michalis näherte und vergewisserte sich, dass es tatsächlich Christos Minotis war, der in einen Polizeiwagen stieg, zum Revier fuhr und hineinging.

Entweder, überlegte Michalis, hatte Koronaios Minotis nicht

gefunden und die Suche aufgegeben. Oder er hatte mit ihm geredet und war schon wieder auf dem Weg nach Chania. Michalis machte sich auf den Weg nach Hause. Er hatte getan, was er konnte, und würde sich später nicht vorwerfen müssen, nicht alles versucht zu haben, um Koronaios von einem Fehler abzuhalten.

Langsam fuhr Michalis durch Kissamos Richtung Schnellstraße, passierte die große Kreuzung, an der es rechts zur Höhlenkirche von Topolia ging, und wollte gerade beschleunigen, als ihm ein dunkler PKW auffiel, aus dem eine Polizeikelle geschwenkt wurde. Koronaios stieg aus dem Wagen und lächelte gequält.

»Ich hatte dich vorhin schon gesehen«, sagte Koronaios. »Vor einer der Tavernen an der Promenade. Minotis war gerade Händewaschen, und ich konnte mich verstecken. Ich hätte mir denken können, dass du mich suchst.«

»Hast du erfahren, was du erfahren wolltest?«, fragte Michalis.

»Es hat eine Zeitlang gedauert. Erst haben wir uns angebrüllt. Aber beim Essen hat er dann geredet.«

»Er hat dir erzählt, was los ist? Mit ihm und Karagounis?«, fragte Michalis.

»Auch. Aber das Problem ist, dass ich Minotis unterschätzt habe«, sagte Koronaios. »Er hat nicht etwa geredet, weil er mir vertraut. Sondern weil er weiß, dass ich das, was er mir verraten hat, niemandem sagen kann. Niemandem.«

»Wie bitte?«

»Es war ein Fehler, hierherzufahren. Aber ich hatte mich vorhin so über Karagounis und Jorgos geärgert, dass ich Minotis zur Rede stellen musste«, fuhr Koronaios fort. »Ich kann dich nur bitten, mir zu vertrauen. Du würdest es bereuen, wenn du mich dazu bringst, dir zu sagen, was ich weiß.«

Michalis war einen Moment sprachlos. Doch ihm war klar,

dass Koronaios gute Gründe für seine Verschwiegenheit haben musste.

»Sag mir wenigstens«, bat er Koronaios, »ist mein Eindruck richtig, dass Minotis beweisen will, dass er diesen Fall auch ohne uns lösen kann?«

»Ja, im Grunde ist es so. Aber er wird so tun, als würde er eng mit uns zusammenarbeiten. Erst recht nach dem Gespräch mit mir.« Koronaios schüttelte den Kopf. »Und auch ich werde mir nichts anmerken lassen.«

Beide schwiegen. Autos fuhren langsam an ihnen vorbei, sobald sie das Motorrad als Polizeifahrzeug erkannt hatten.

»Wissen Jorgos und unser Kriminaldirektor alles, was du jetzt weißt?«, fragte Michalis.

Koronaios seufzte, schloss kurz die Augen und blickte dann über die nahgelegene Bucht.

»Wenn dieser Fall gelöst ist, werde ich mit Jorgos reden. Vielleicht verliere ich dann meinen Job, aber vielleicht bekomme ich ihn auch dazu, dir zu verraten, worum es geht«, entgegnete er.

Michalis nickte. Koronaios war einer Antwort ausgewichen, und auch wenn Michalis es sich nicht gern eingestand: Er fühlte sich hintergangen, musste die Situation aber erst einmal akzeptieren.

Koronaios gähnte, und daraufhin gähnte auch Michalis.

»Es war ein sehr langer Tag«, sagte er.

»Ja, und wir sollten ihn jetzt beenden«, schlug Koronaios vor. »Hoffentlich wird der Tag morgen besser.«

»Falls es dich beruhigen sollte …«, sagte Michalis.

»Ja?«

»Von mir wird Jorgos nicht erfahren, dass du heute Abend mit Minotis geredet hast.«

»Danke«, sagte Koronaios.

Michalis wusste, dass das nicht nur dahin gesagt war.

27

Es war fast halb zehn, als Michalis Chania erreichte. Er fuhr mit dem Polizeimotorrad direkt nach Hause und würde es erst morgen früh wieder abgeben.

Während der Fahrt hatte Michalis Zeit zum Nachdenken gehabt. Er hätte gern gewusst, was es war, das Koronaios ihm nicht sagen konnte, doch noch mehr beschäftigte ihn die Frage, ob die Ermittlungen komplizierter wurden, weil Koronaios Informationen hatte, die ihm fehlten.

Michalis schlich in die Wohnung und hoffte, dass keiner von Hannahs Kollegen, die bei der Videokonferenz einen Teil der Wohnung sahen, ihn bemerken würde. Hannah warf Michalis einen belustigten Blick zu und deutete Richtung Kühlschrank. Wie Michalis geahnt hatte, gab es dort mehr als genug zu essen. Köstlichkeiten, die Hannah aus dem *Athena* hatte mitnehmen müssen und mit denen eine ganze Familie satt werden würde.

Michalis machte sich das Essen warm und setzte sich damit auf den Balkon. Die *Giouvarlakia avgolemono*, Fleischklöße mit Eier-Zitronen-Sauce, und der *Pantzari salata*, Rote-Beete-Salat, schmeckten großartig.

Nachdem er gegessen hatte, ging er ins Schlafzimmer. Leise öffnete er eine Schranktür und vergewisserte sich, dass die kleine Schatulle mit den Ringen noch in einem seiner gefütterten Winterschuhe steckte.

Vielleicht würde dieser Abend ja noch romantisch werden.

»Das hat jetzt doch länger gedauert«, sagte Hannah, als ihre Videokonferenz beendet war. Sie war zu Michalis auf den Balkon gekommen, wuschelte ihm durch Haar und Bart und küsste ihn.

»Du siehst erschöpft aus. Und was ist mit deiner Hand? Hast du dich verletzt?«, fragte Hannah.

»Nicht schlimm. Ich bin abgerutscht«, sagte Michalis.

Hannah nickte überrascht.

»Abgerutscht? Bist du geklettert?«

»Ja«, sagte Michalis und erzählte Hannah von den labyrinthartigen Felsen, aus denen er nicht mehr herausgefunden hatte.

»Musst du morgen sehr früh raus?«, fragte er und gähnte. »Denn entweder falle ich jetzt ins Bett, oder wir gehen noch schwimmen.«

»Schwimmen? Mit deiner verletzten Hand?«,

»Ach … das wird ein wenig brennen, aber das halt ich aus.« Michalis grinste.

»Aber du musst doch völlig übermüdet sein«, sagte Hannah.

»Heute früh haben wir uns für eine halbe Stunde hingelegt. Aber danach war an Schlaf nicht mehr zu denken. Schwimmen wird mir guttun«, erwiderte Michalis.

»Dann lass uns an den Strand fahren. Es muss ja nicht lange sein. Ich hab übrigens mit Anastasia gesprochen. Du weißt, sie arbeitet im Museum in der Zentrale.«

»Erinnert sie sich an den anonymen Anruf?«, fragte Michalis.

»Ja. Sie glaubt, dass es die Stimme eines jüngeren Mannes war. Vielleicht Mitte zwanzig oder um die dreißig. Und im Hintergrund war wohl kurz eine Frau zu hören. Deren Stimme klang älter. An mehr konnte sie sich nicht erinnern.«

Das Schwimmen half Michalis, den harten Tag abzuschütteln. Sie kraulten ein Stück auf das Meer hinaus, bis das Licht der Promenade und der Tavernen die Sterne nicht mehr überstrahlte. Dann ließen sie sich schweigend auf dem Rücken treiben, um die Sterne und den Mond, der silbern über den *Weißen Bergen* aufgetaucht war, betrachten zu können.

»Darf ich dir noch etwas zu der Baustelle in Falassarna sagen, oder willst du davon heute nichts mehr hören?«, fragte Hannah, während sie sich langsam Richtung Strand treiben ließen.

»Doch, gern«, erwiderte Michalis.

»Lemonia Kaliotsis muss in Falassarna etwas Wichtiges entdeckt haben. So wichtig, dass die archäologische Welt auf Kreta fast durchdreht.«

»Was heißt das?«, fragte Michalis. Evangelis Embirikos hatte gesagt, dass die Archäologin auf Tonscherben gestoßen war, und angedeutet, dass der Fund wegen der Nähe zu dem antiken Hafen von Falassarna bedeutsam sein könnte.

»Was dort genau gefunden wurde, ist noch ein Geheimnis«, sagte Hannah. »Archäologen haben jahrhundertelang schlechte Erfahrungen mit Plünderern gemacht. Deshalb dringt bis zur offiziellen Präsentation antiker Fundstücke kaum etwas nach außen. Je mehr Leute davon wissen, desto gefährlicher könnte es werden.«

»Und das gilt offenbar auch für die Polizei«, sagte Michalis.

»O ja. Aber morgen früh werden viele Archäologen nach Falassarna kommen. Evangelis Embirikos besteht zwar darauf, dass das eine Angelegenheit seines Instituts ist, aber unser Direktor lässt sich davon nicht abhalten. Deshalb werden auch aus Heraklion einige Archäologen die Ausgrabungsstätte besuchen.«

Sie waren mit dem Motorroller an den Strand gefahren. Auf dem Rückweg war Michalis froh, sich an Hannah schmiegen und die Augen schließen zu können.

Am Anfang war es ihm schwergefallen, hinter seiner Freundin

zu sitzen und sie fahren zu lassen. *Es ist besser, wenn du dich früh daran gewöhnst, dass mit mir nicht alles so läuft, wie du es kennst*, hatte Hannah schon vor Jahren gesagt und laut gelacht. Mittlerweile gefiel es Michalis, sich beim Fahren mit ihr in die Kurven zu legen, auch wenn es für einen kretischen Mann ungewöhnlich war. Er hoffte allerdings immer noch, dabei möglichst wenig Bekannten und vor allem keinem Kollegen zu begegnen.

Michalis hätte gern mit Hannah noch ein Glas Wein getrunken, doch bereits auf der Treppe zu ihrer Wohnung konnte er sich kaum noch auf den Beinen halten.

»Geh ruhig schon ins Bett, ich häng die Badesachen auf«, sagte Hannah, und Michalis schaffte es gerade noch, sich auszuziehen und auf das Bett zu legen.

Dass Hannah sich zu ihm legte, nahm er schon nicht mehr wahr.

28

Es war bereits hell, als Michalis aufwachte. Hannah lag nicht neben ihm, und im Halbschlaf überlegte er, in welcher europäischen Hauptstadt sie wohl gerade war. Doch dann hörte er das Geräusch von Porzellan und erinnerte sich, dass Hannah zu Hause war.

»Hey …«, sagte Michalis, als er gähnend auf den Balkon trat.

»Hey!«, sagte Hannah, kam auf ihn zu und küsste ihn.

»Frappé? Oder heute doch mal ein Elliniko?«, fragte sie.

»Frappé …«, erwiderte Michalis und schleppte sich unter die Dusche.

»Weil mein Chef nach Falassarna fährt, entfallen heute Vormittag alle meine Termine«, erklärte Hannah, als Michalis ihr etwas später auf dem Balkon gegenübersaß. »Falls ihr ohnehin nach Falassarna müsst, könnte ich euch begleiten. Vielleicht erfahre ich, ob etwas Wichtiges gefunden worden ist.«

»Ja, gute Idee.«

Hannah könnte uns in Falassarna erklären, was die Archäologin dort gefunden hat. Wollen wir uns um 8.30 *Uhr vor der Kriminaldirektion treffen?*, schrieb Michalis an Koronaios. *Sehr gern. Bis gleich*, schrieb der kurz darauf zurück.

»Ich hab vorhin mit Stournaras telefoniert«, sagte Koronaios, als sie eine Stunde später durch den stockenden morgendlichen Verkehr fuhren. Hannah hatte darauf bestanden, hinten zu sitzen. »Er hat mit seinem Assistenten gesprochen, der den Leichnam von Jannis Katrougalos untersucht hat.«

»Und?«, fragte Michalis.

»Der Leichnam wies zahlreiche Schürfwunden auf, die vom Sturz von den Felsen stammen dürften. Aber eine Wunde war anders. Am Unterarm. Da war ein Bluterguss, aber ohne die Schrammen. So als ob der Tote einen Schlag abgewehrt hätte. Deshalb hat der Assistent von der Stelle einen Abstrich gemacht und vergessen, ihn zu entsorgen, nachdem der Fall als abgeschlossen galt«, erklärte Koronaios.

»Dieser Abstrich muss sofort auf fremde DNA untersucht werden«, sagte Michalis.

»Ja, das läuft, das hab ich mit Stournaras besprochen«, erwiderte Koronaios.

Sie kamen auf der Schnellstraße gut voran. Anders als sonst hatten sie das Radio laufen, und Koronaios und Hannah tauschten sich über Ausflüge aus, die sie auf Kreta gemacht hatten oder machen wollten. Niemand erwähnte Jorgos oder Minotis, und Michalis war froh darüber.

»Wow, phantastisch«, entfuhr es Hannah, als sie oberhalb von Falassarna den Bergrücken erreicht hatten und über den Strand, die Felsenküste und das türkisgrüne Meer blicken konnten.

Diese Begeisterung schwand, als sie sich dem gesperrten Baugrundstück näherten. Die Sandpiste war vollgeparkt mit Limousinen und älteren Pick-ups. Vor dem abgesperrten Zugang zu der Ausgrabung standen drei Streifenwagen der Polizei von Kissamos. Im Hintergrund lehnten einige Bauarbeiter, darunter Stavros Tsivilikas, an ihren Baufahrzeugen. Gegenüber von diesen Baufahrzeugen entdeckte Michalis den silbergrauen Pick-up von Sokratis Samarakis.

»Ich wusste ja, dass sich einige Archäologen angekündigt hatten, aber derart viele …«, sagte Hannah.

Evangelis Embirikos, der Archäologiedirektor aus Chania, entdeckte Michalis und Koronaios und winkte ihnen kurz zu. Dann bemerkte er auch Hannah, ging auf sie zu und begrüßte sie.

»Frau Weingarten! Es freut mich, Sie wiederzusehen«, sagte er.

»Die Freude ist ganz meinerseits«, erwiderte Hannah. »Wir sind uns vor einigen Wochen begegnet, als Herr Embirikos einen Termin in Heraklion hatte«, erklärte sie, an Michalis gewandt.

Zwei dunkle Limousinen näherten sich.

»Ah, das sind weitere Kollegen aus Heraklion«, sagte Evangelis Embirikos wenig begeistert. »Ich werde sie in Empfang nehmen, bevor es Probleme gibt.«

Aus dem vorderen Wagen stieg ein junger Mann aus und begrüßte Evangelis Embirikos überaus herzlich. Embirikos reagierte eher distanziert.

»Das ist Markos Papastamatakis«, erklärte Hannah. »Der Assistent unseres Museumsdirektors. Markos betrachtet sich als stellvertretenden Museumsdirektor, aber das ist er nicht annähernd. Bis vor ein paar Monaten haben wir gut zusammengearbeitet. Aber seit ich die Koordination mit den anderen Sammlungen übernommen habe, ist er sauer auf mich. Den Job hätte er gern gehabt, und das lässt er mich spüren.«

Tatsächlich warf Markos Papastamatakis nur einen kurzen Blick Richtung Hannah und ignorierte sie dann.

Aus dem hinteren Wagen stieg ein sehr attraktiver junger Mann aus, ging auf Hannah zu und strahlte sie an.

»Hannah! Du auch hier!«, rief er.

Auch Hannah lächelte, als sie Mann sah.

»Ja, dann lass uns!«, sagte der Mann, ohne Michalis und

Koronaios zu begrüßen. »Es soll ja erstaunliche Funde hier geben.«

»Sekunde, ich komm gleich«, sagte Hannah und drehte sich zu Michalis um. Der Mann ging wenige Meter weiter, blieb aber in Hörweite und ließ Hannah nicht aus den Augen.

»Das ist Leandros«, sagte Hannah zu Michalis. »Ein Kollege am Museum. Wollt ihr mit auf das Gelände?«

»Nein, es reicht, wenn du uns nachher sagst, was hier für die Archäologie so interessant ist«, erwiderte Michalis.

»Gut. Bis gleich!«

»Leandros …«, sagte Michalis leise und bemerkte, dass Koronaios ebenfalls skeptisch zu sein schien. Michalis mochte sich selbst nicht, wenn er eifersüchtig war. Aber dieser Leandros hatte Hannah auf eine Art angesehen, die ihm nicht gefiel.

Nachdem die Archäologen und Archäologinnen auf dem Baugrundstück verschwunden waren, kam Christos Minotis auf Michalis und Koronaios zu und begrüßte sie, als habe es gestern kein Gespräch mit Koronaios gegeben.

»Wir sind vorhin gerufen worden, weil Frau Kaliotsis ihren eigenen Kolleginnen den Zutritt verwehrt hatte und es dabei laut wurde. Sie ist wirklich unglaublich, diese Frau. Ihr Chef hat das dann geregelt.« Christos Minotis blickte zu dem Gelände. »Frau Kaliotsis hat sich ein Feldbett in das große Zelt gestellt und übernachtet hier, damit sich niemand ihrer Ausgrabung nähern kann. Und das, obwohl sie ein Hotelzimmer in Falassarna hat.«

Michalis fragte sich, ob auch Minotis davon wusste, dass Lemonia Kaliotsis angeblich eine Pistole dabeihatte, wenn sie Bauvorhaben stoppen ließ.

»Ich werde jetzt ins Revier fahren«, sagte Minotis. »Zwei meiner Leute bleiben hier. Oder brauchen Sie mich vor Ort?«

»Nein. Vielen Dank«, sagte Koronaios. Auch er ließ sich das Gespräch mit dem Revierleiter nicht anmerken.

Michalis und Koronaios gingen zu den Bauarbeitern, begrüßten Stavros Tsivilikas und entdeckten auch Sokratis Samarakis, der in seinem Pick-up saß.

Sokratis Samarakis fuhr die Scheibe herunter, als Michalis und Koronaios zu seinem Wagen traten.

»Diese Leute lassen mich nicht auf mein Grundstück«, sagte er verzweifelt. »Aber es ist mein Grundstück, ich habe viel Geld dafür gezahlt! Und jetzt wird auch noch behauptet, wir hätten das Fundament außerhalb des Bereichs ausgehoben, der von den Archäologen genehmigt war. Das ist eine Lüge!«

»Hat Ihr Sohn sich inzwischen bei Ihnen gemeldet?«, wollte Koronaios wissen.

»Nein …«, sagte Samarakis zögernd. »Ich hab seit gestern nichts von ihm gehört.«

»Dann werden wir Ihren Sohn zur Fahndung ausschreiben«, erklärte Koronaios. »Teilen Sie ihm das bitte mit, falls Sie doch Kontakt zu ihm haben sollten. Er kann sicher sein, dass wir ihn finden werden. Sich einer Befragung zu entziehen, das hat Konsequenzen.«

Das große Zelt in der Mitte des Geländes versperrte den Blick auf das, was im hinteren Bereich untersucht wurde. Hannah tauchte bald wieder auf und erklärte ihnen, was sie erfahren hatte.

»Lemonia Kaliotsis ist gestern auf Knochen gestoßen. Vor allem aber auf Münzen und ein paar andere Gegenstände, die in der römischen Zeit den Toten mit ins Grab gegeben wurden«, sagte Hannah leise.

»Grabbeigaben?«, fragte Michalis überrascht.

»Ja, hier könnte der Friedhof gelegen haben, der zu dem antiken Hafen von Falassarna gehörte. Eigentlich ging man davon aus, dass die Toten in Höhlen in den Bergen bestattet wurden. Dieser Fund könnte die Forschung zu dem antiken Hafen völlig verändern. Deshalb sind alle so aufgeregt«, antwortete Hannah. »Sein Hotel kann Sokratis Samarakis dann allerdings vergessen. Er würde eine kleine Entschädigung bekommen, aber das wäre alles.«

»Vermutlich befürchtet er genau das«, erwiderte Michalis.

»Und was für Grabbeigaben sind gefunden worden?«, wollte Koronaios wissen.

»Dazu will sich noch niemand äußern«, sagte Hannah. »Auf jeden Fall wohl einige Münzen.«

»Münzen? Auf einem Friedhof?«, sagte Koronaios erstaunt.

Hannah lachte. »Früher wurden Toten oft Münzen mitgegeben. Häufig wurden sie in den Mund gelegt, damit der Tote sie nicht verlieren konnte.«

»Und warum Münzen? Tote brauchten im Jenseits doch kein Geld, oder?«, fragte Michalis.

»Na ja ... man hat damals geglaubt, dass ein Fährmann die Verstorbenen ins Totenreich bringt. Und dieser Fährmann musste ja bezahlt werden. Deshalb bekamen die Toten Münzen mit«, erklärte Hannah.

Michalis und Koronaios schüttelten ungläubig die Köpfe.

»Übrigens, auch wenn Evangelis Embirikos sich nett und freundlich gibt ...« Hannah deutete zur Baustelle. »Da drüben herrscht ein ziemliches Hauen und Stechen. Lemonia Kaliotsis hat die Funde gemacht, weil sie so hartnäckig und unerbittlich war. Aber den Ruhm dafür, den beansprucht Embirikos.«

»Dabei macht er so einen seriösen und umgänglichen Eindruck«, sagte Michalis.

»Ja, aber der Kampf unter Archäologen ist hart. Jede Grabung ist die Chance ihres Lebens, und wer nachgibt und sich in die Karten blicken lässt, hat verloren. Evangelis Embirikos wäre nicht da, wo er ist, wenn er sich nicht durchgesetzt und seine Kontakte in die Politik und nach Athen skrupellos ausgenutzt hätte. Lemonia Kaliotsis hätte sehr gern seine Position, aber sie hat keine Chance. Er ist gerissener. Von seinem kultivierten Auftreten darf man sich nicht täuschen lassen.«

»Dieser antike Hafen …«, überlegte Koronaios laut. »Ich frage mich, ob der anonyme Anrufer wusste, dass es auf diesem Baugrundstück etwas geben könnte, was die Archäologie interessiert.«

»Wollen wir uns die Überreste ansehen? Es ist ja nicht weit«, schlug Hannah vor.

»Ja. Gern«, erwiderte Koronaios.

Sie fuhren auf der Sandpiste etwa zwei Kilometer Richtung Norden, wo das Ausgrabungsgelände eingezäunt war.

»Wo genau hast du gestern nicht mehr aus den Felsen zurückgefunden?«, wollte Hannah von Michalis wissen.

Michalis deutete auf den Bereich, der sich an das Baugrundstück anschloss. »Irgendwo da hinten. Ich weiß nicht, ob ich mich einfach blöd angestellt hab. Der Bauarbeiter kannte sich auf jeden Fall gut aus.«

Hannah überlegte. »Der antike Hafen liegt ja oben auf den Klippen, weil sich 365 nach Christi die Küste durch ein Erdbeben um mehrere Meter gehoben hat. Vielleicht gab es vorher ja einen Weg vom Hafen zum Friedhof. Friedhöfe wurden abseits der Siedlungen errichtet. Und durch die Erdbeben hat sich möglicherweise der Weg verschoben und ist jetzt unpassierbar.«

Michalis wusste, was Hannah meinte. Damals hatte ein enormes Erdbeben das östliche Mittelmeer erschüttert, und Kreta hatte im Zentrum dieses Erdbebens gelegen. Der Westen Kretas wurde bis zu neun Metern angehoben, während der Osten einige Meter abgesackt war. Noch heute konnte man vom Meer aus in fünf bis neun Metern Höhe eine helle Linie an den Felsen erkennen, die sich über die westliche Küste erstreckte. Diese Linie war durch Ablagerungen der früheren Wasseroberfläche entstanden und zeigte jetzt den Höhenunterschied.

Auf dem weitläufigen Areal wehte ein leichter Wind, doch die Hitze, die während dieses Julitages zunehmen würde, war bereits deutlich zu spüren.

»Hier verlief früher die Kaimauer«, sagte Hannah und deutete auf eine fast hundert Meter lange Reihe von Steinen. »Vermutlich war das Hafenbecken in eine natürliche Lagune hineingebaut worden. Es gab zwei Kanäle, die vom Meer zu diesem Hafenbecken führten. Dadurch war der Hafen auch bei Sturm geschützt.«

»Es ist doch immer gut, einen gebildeten Menschen dabeizuhaben«, meinte Koronaios.

»Ihr müsst sagen, wenn ich zu viel rede!«, sagte Hannah.

»Nein, nein!«, erwiderte Michalis, der vermutete, dass Hannah heute früh, als er noch geschlafen hatte, am Laptop die Geschichte von Falassarna recherchiert hatte. »Gab es denn damals eine Stadt, zu der der Hafen gehörte? Ich erinnere mich, dass hier Piraten ihr Unwesen getrieben haben …«

»Ja, eine Zeitlang haben auch Piraten diesen Hafen genutzt und sind von hier aus zu ihren Beutezügen aufgebrochen. Das hat aber in der römischen Zeit den Herrschern nicht gefallen, und sie haben die Piraten vertrieben.« Hannah sah Michalis und Koronaios an. »Wollt ihr noch mehr wissen?«

»Unbedingt«, sagten Michalis und Koronaios gleichzeitig.

»Die reichen und mächtigen Städte lagen früher nie direkt an der Küste, damit sie nicht von See aus angegriffen und ausgeplündert werden konnten. Diese Städte brauchten für ihren

Handel aber einen Hafen, und den haben sie oft weit entfernt errichtet.«

»Auch diesen hier?«, fragte Michalis neugierig.

»Ja, wohl auch diesen hier. Südlich von Kissamos gibt es in den Bergen einen Ort, der heute nur noch ein Dorf ist. Polirrinia. Früher war Polirrinia groß und mächtig und hatte sogar das Recht, eigene Münzen zu prägen. Und dieser antike Hafen von Falassarna war der Hafen, der zu Polirrinia gehörte.«

»Was du alles weißt …«, sagte Koronaios beeindruckt.

Die drei folgten den Überresten des größeren der beiden ehemaligen Kanäle zur Küste. Am Ende dieses Kanals fielen die Felsen steil ab. Unten brandete das Meer gegen die Steine.

»Hier sieht man gut, wie sich die Küste gehoben hat«, sagte Hannah. »Der Kanal endet jetzt knapp zehn Meter über dem Meer.«

»Und wann war dieses Erdbeben, bei dem sich der Westen Kretas gehoben hat?«, fragte Koronaios.

»Wenn wir dem römischen Geschichtsschreiber Marcellinus glauben wollen«, erklärte Hannah, »dann war es am 21. Juni 365 nach Christus.«

»Na, dann glauben wir ihm doch einfach«, sagte Koronaios.

Hannahs Handy klingelte, und sie blickte auf das Display.

»Der Museumsdirektor. Da muss ich rangehen«, sagte sie.

Michalis und Koronaios beugten sich über die Felsen und sahen in die Richtung, in der Michalis sich gestern verlaufen hatte.

»Ob es hier vor knapp zweitausend Jahren wirklich mal einen Weg gab, der zu einem Friedhof führte?«, fragte Michalis.

»Kein Wunder, dass du den Weg nicht mehr gefunden hast, wenn der schon so alt ist …«, spottete Koronaios.

Hannah legte auf.

»Ich muss leider sofort nach Heraklion«, sagte sie. »Der Rat des Nationalmuseums in Rom hat den bisherigen Plänen jetzt mit letzten Änderungen zugestimmt, und sie brauchen die Vereinbarung bis heute Abend. Tut mir leid.«

»Und wie kommst du nach Heraklion? Sollen wir organisieren, dass dich jemand fährt?«

»Da sind genug Leute vom Museum aus Heraklion hier. Einer von denen fährt mich«, erwiderte Hannah.

Als sie zu dem Baugrundstück zurückkamen, wartete Leandros, Hannahs Kollege aus Heraklion, bereits auf sie. Und so, wie Michalis schon vorhin ein wenig Eifersucht verspürt hatte, als die beiden sich begrüßten, so gefiel es ihm auch jetzt nicht, dass dieser attraktive Mann sich freute, Hannah fahren zu dürfen.

»Wir telefonieren später, ja?«, sagte Hannah und küsste Michalis. Immerhin, dachte Michalis, tat sie das so, dass Leandros es mitbekommen musste. Trotzdem war Michalis nicht begeistert, als Leandros beim Losfahren auf der sandigen Piste unnötig viel Staub aufwirbelte.

»Fahren wir jetzt nach Kissamos und reden mit dem Sohn des anderes Hotels?«, schlug Koronaios vor.

»Ja, das sollten wir tun«, entgegnete Michalis. »Entweder können wir diesen Petros Katzourakis dann ausschließen, oder wir haben einen weiteren Verdächtigen.«

Auf dem Weg zu ihrem Wagen kam ihnen Stavros Tsivilikas, der Bauarbeiter, entgegen.

»Ich möchte Sie nicht stören …«, sagte Tsvilikas.

»Sie stören nicht. Ganz im Gegenteil«, antwortete Michalis. »Ich bin Ihnen wegen gestern immer noch sehr dankbar.«

»Ich bin froh, dass ich Ihnen helfen konnte«, entgegnete Tsivilikas. »Aber ich hab eine Frage. Ich hab gesehen, dass Sie mit einer der Archäologinnen gesprochen haben.«

Tsivilikas schien Hannah für eine Archäologin zu halten.

»Uns sagt niemand etwas, aber wir müssen wissen, ob diese Bauarbeiten hier fortgesetzt werden. Samarakis will uns nicht bezahlen, wenn der Baustopp bestehen bleibt«, sagte Tsivilikas.

»Ich gehe davon aus, dass die Archäologen schnell eine Entscheidung treffen werden. Und die wird Sokratis Samarakis dann sofort erfahren«, entgegnete Michalis.

Stavros Tsivilikas nickte. »Es ist nicht die erste Baustelle, auf der ich war und die gestoppt wurde. Auf keiner von denen ist jemals weitergebaut worden. Vermutlich wird es hier auch so sein«, sagte er und ging.

»Ohne diesen langen Strand gäbe es hier wahrscheinlich gar nichts«, sagte Koronaios, als sie durch Falassarna zurückfuhren. »Vor fast zweitausend Jahren wird hier ein wichtiger Hafen gebaut, und trotzdem ist daraus kein Ort geworden. Bis heute nur ein paar Hotels, Tavernen und Geschäfte. Wirklich verstehen tue ich das nicht.«

Sein Handy klingelte.

»Minotis«, sagte er und ging ran.

»Es gab einen Autounfall. Ich dachte, das wird Sie interessieren«, hört Michalis Minotis sagen. »Denn diesen Unfall hatte Karolos Katrougalos, der Malermeister. Seine Frau ist schwer verletzt und wurde nach Chania ins Krankenhaus gefahren. Es steht nicht gut um sie.«

»Und warum, meinen Sie, könnte das für uns wichtig sein?«, fragte Koronaios.

»Ein Zeuge hat einen dunklen Wagen gesehen, der plötzlich aus einem Seitenweg kam und Katrougalos den Weg abgeschnitten hat. Dieser Wagen ist danach geflüchtet. Das Irritierende daran ist …«

»Ja?«, fragte Koronaios ungeduldig.

»Katrougalos behauptet, er könne sich an keinen anderen

Wagen erinnern. Vielleicht steht er unter Schock. Aber ungewöhnlich ist es schon«, sagte der Revierleiter.

»Gut.« Koronaios sah Michalis an. Der nickte. »Wir kommen. Wo ist Katrougalos jetzt? Noch am Unfallort?«

»Ja, er ist noch hier. Der Ort heißt Polirrinia, gut zehn Kilometer südlich von Kissamos.«

»Polirrinia?«, fragte Koronaios überrascht.

»Ja. Kennen Sie das?«

»Nein, ich hab nur davon gehört.«

»Wenn Sie den Ort erreichen, führt links ein steiler, schmaler Weg nach oben zu den Ruinen der früheren Siedlung. Dort erwarte ich Sie«, erklärte der Revierleiter.

»Ich schätze, wir sind in einer halben Stunde bei Ihnen«, sagte Koronaios und legte auf.

»Polirrinia ... Eben erzählt Hannah uns noch, dass dieser antike Hafen zu Polirrinia gehörte. Und jetzt hat der Malermeister ausgerechnet dort einen Unfall. Merkwürdiger Zufall.«

»Ja ...«, antwortete Michalis. Vielleicht war es ein Zufall. Trotzdem hatte es mit diesem Fall zu tun, da war er sicher.

Um nach Polirrinia zu gelangen, mussten sie in Kissamos rechts in ein Wohngebiet Richtung Berge einbiegen. Durch mehrere enge Kurven führte die Straße auf eine Anhöhe.

»Es fällt mir übrigens enorm schwer, dir das, was Minotis mir gestern verraten hat, zu verschweigen«, sagte Koronaios unvermittelt, nachdem er eine Zeitlang geschwiegen hatte. »Ich hab letzte Nacht deshalb auch schlecht geschlafen. Wir beide, wir müssen uns vertrauen können. Und zwar vollkommen. Und ich fühl mich, als würde ich dich hintergehen. Das ist schwer zu ertragen.«

Michalis nickte. Er wusste, wie ernst Koronaios das meinte und dass es ihn vermutlich wirklich quälte, schweigen zu müssen. Dennoch versetzte es ihm einen Stich, daran erinnert zu werden.

»Über das meiste kann ich nicht reden, aber wie gesagt, wenn dieser Fall vorbei ist, werde ich Jorgos drängen, dich einzuweihen.« Koronaios schüttelte den Kopf. »Aber eine Sache, die Minotis mir gestern verraten hat, würde ich dir gern erzählen.«

»Bringst du dich oder mich damit in Schwierigkeiten?«, wollte Michalis wissen.

»Höchstens mich, wenn Minotis erfahren sollte, dass ich es dir erzählt hab. Ich musste ihm zusichern, niemandem ein Wort von dem zu sagen, was er mir anvertraut hat. Aber bei dieser einen Sache ist mir das egal.«

»Ich werde es für mich behalten«, versprach Michalis.

»Ja. Wobei es ohnehin erstaunlich ist, dass wir davon bisher nichts wussten. Offenbar traut sich in der Kriminaldirektion niemand, darüber zu reden. Dabei muss es offiziell in den Akten stehen. Aber gut.«

Michalis nickte. »Wie gesagt. Ich werde schweigen.«

»Ich weiß nicht, ob du das damals mitbekommen hast. Das ist neun Jahre her. Da warst du noch in Athen«, begann Koronaios.

»Ja. Ich bin erst seit sieben Jahren wieder auf Kreta.«

»Aber vielleicht hast du es trotzdem mitbekommen. Damals haben Leute hier im Nordwesten Kretas illegale Autorennen veranstaltet. Auf der Schnellstraße, aber auch in Chania und auf Straßen in den Bergen«, fuhr Koronaios fort.

»Ich erinnere mich daran. Mein Vater hat mir davon erzählt und sich sehr aufgeregt«, sagte Michalis.

»Ja, es gab mehrere Unfälle, weil Unbeteiligte nicht ausweichen konnten. Ein Schwerpunkt dieser Rennen lag um Kissamos herum. Minotis war als Revierleiter zuständig, und seine Beamten hatten einige junge Leute im Verdacht, aber keine Beweise.

Sie haben Straßen überwacht, doch diese Leute müssen gewusst haben, wo die Polizisten standen.«

»Hat das jemand aus dem Polizeiapparat verraten?«

»Schlimmer. Sehr viel schlimmer. Die Tochter von Minotis war damals sechzehn und gehörte zu einer dieser Cliquen, die die illegalen Rennen gefahren sind. Das hat Minotis aber nicht gewusst. Oder nicht wissen wollen. Auf jeden Fall …«

»Ja?« Michalis ahnte, was passiert war.

»Bei dem letzten dieser Rennen kam es nachts zu einem schweren Unfall. Bei Keramoti, Richtung Elafonissi. Einer dieser Verrückten wollte einen anderen vor einer engen Kurve überholen. Beide sind zu spät vom Gas, haben sich wohl berührt und sind mit über hundert Sachen aus der Kurve geflogen und ein Stück den Abgrund hinunter. Ein Wagen ist gegen einen Felsen geprallt.«

»Ich erinnere mich. Mein Vater hat mich am nächsten Tag in Athen angerufen. Es gab wohl drei Schwerverletzte und eine Tote«, sagte Michalis.

»Genau. Und diese Tote …«

»Das ist nicht dein Ernst.«

»Doch. Diese Tote war die Tochter von Christos Minotis. Mit sechzehn Jahren bei einem illegalen Autorennen gestorben, das ihr Vater hätte verhindern können. Aber er wollte nicht wahrhaben, dass seine Tochter Teil dieser Szene war. Und dass sie nicht nachts bei einer Freundin übernachtete, um für die Schule zu lernen.« Koronaios kniff die Augen zusammen.

»Vermutlich wirst du ja auch eines Tages Vater sein«, fuhr er fort. »Und wenn du selbst Kinder hast, und dann auch noch in dem Alter …« Koronaios schluckte. »Dann begreifst du erst, dass du dir das nie verzeihen kannst.«

»Seine eigene Tochter stirbt bei einem Unfall, als ihr Wagen gegen einen Felsen prallt … und Minotis wird vor ein paar Tagen nach Balos gerufen, weil eine Motoryacht gegen eine Felsküste gerast ist und es drei Tote gibt ...«, sagte Michalis.

»Genau. Das erklärt, warum der Malermeister meinte, Minotis würde verstehen, was es bedeutet, ein Kind zu verlieren«, sagte Koronaios. »Und es ist mir ein Rätsel, warum das bei uns in der Kriminaldirektion nicht alle wissen.«

»Es ist ein paar Jahre her«, sagte Michalis.

»Ja ... trotzdem.«

»Kann es sein, dass jemand nicht wollte, dass darüber geredet wird?«, fragte Michalis.

»Genau das befürchte ich«, antwortete Koronaios.

29

Das heutige Polirrinia schmiegte sich am Ende der Landstraße an einen Berg. Die Hauptstraße führte in den Ort hinein, aber auf der anderen Seite nicht wieder hinaus. Möglicherweise stammte diese ungewöhnliche Anbindung noch aus antiker Zeit, als man verhindern wollte, von mehreren Seiten aus angegriffen zu werden. Und später, als der Ort in der Bedeutungslosigkeit versunken war, hatte es keinen Grund mehr gegeben, eine weitere Straße in die Berge zu bauen.

Christos Minotis wartete neben einem Geländewagen auf sie.

»Das Auto von Karolos Katrougalos wird gerade geborgen. Ich schlage vor, ich bringe Sie erst einmal bis dorthin. An dem Abschleppwagen kommen wir allerdings nicht vorbei«, sagte der Revierleiter.

»Ist Karolos Katrougalos bei seinem Auto?«, fragte Koronaios.

»Nein, der ist oben. Oberhalb der Ruinen liegt der Friedhof der *Kirche der 99 Väter*. Dort ist sein Sohn Jannis letzte Woche beerdigt worden.«

»Katrougalos wollte nicht zu seiner Frau ins Krankenhaus fahren?«, fragte Koronaios.

»Nein … Danai war bewusstlos und wird notoperiert. Aber ihre Chancen sind wohl sehr gering«, erwiderte Minotis.

Michalis und Koronaios stiegen zu dem Revierleiter in den Geländewagen. Der schmale Weg, dessen Asphalt an vielen Stellen aufgeplatzt war oder fehlte, führte steil nach oben. Immer wieder wich Minotis Schlaglöchern aus. Nach zwei engen

Kurven endete die Fahrt. Ein Abschleppwagen blockierte die Durchfahrt bei dem Versuch, das Auto von Karolos Katrougalos aufzuladen.

»Wie gesagt, angeblich ist von dort« – Minotis deutete auf einen unbefestigten Pfad – »ein schwarzes Fahrzeug gekommen. Katrougalos erinnert sich nicht daran, aber er muss stark gebremst haben, von dem Weg abgekommen und an den Felsen hängen geblieben sein. Seine Frau war nicht angeschnallt, ihr Airbag hat nicht funktioniert …«

Die drei stiegen aus und betrachteten den demolierten Wagen. Er war seitlich aufgerissen, mit dem rechten Kotflügel gegen einen Felsen geprallt und dadurch wohl zum Stehen gekommen.

»Auf der anderen Seite wäre er in die Tiefe gestürzt«, sagte Minotis und deutete auf den Abhang neben dem Weg. Unten war das heutige Dorf Polirrinia zu erkennen, im Hintergrund Berge.

»Wir würden gern mit Katrougalos sprechen«, sagte Koronaios. »Wie weit ist es bis zu diesem Friedhof?«

»Knapp zwei Kilometer. Jetzt geht es noch einige hundert Meter steil nach oben. Dann kommt eine Taverne mit einem kleinen Parkplatz.«

»Eine Taverne. Das klingt gut«, sagte Koronaios schnell.

»Dort sitzt übrigens der Augenzeuge, der ein dunkles Fahrzeug gesehen haben will. Ein Urlauber aus der Schweiz, der die Ruinen besichtigt hatte. Ich habe ihn gebeten, dort zu warten.«

»Das war gut. Vielen Dank«, sagte Koronaios.

»Von der Taverne aus gibt es nur noch eine Schotterpiste. Ich kann Sie gern dorthin begleiten«, schlug Minotis vor.

»Das wird nicht nötig sein«, erwiderte Koronaios. »Das werden wir finden, Sie werden vermutlich hier benötigt.«

Der Revierleiter nickte.

»Ich habe Bergwanderungen schon immer gehasst«, sagte Koronaios schnaufend, nachdem sie zwei Kurven passiert hatten und die Taverne noch immer nicht in Sicht kam. Hinter der nächsten Kurve waren einige geparkte Autos zu sehen, und erst dann tauchte die Taverne mit einer schattigen Terrasse auf.

»Sie sind sicherlich die beiden Kriminalkommissare?«, fragte der Wirt, als sie sich gesetzt hatten. »Herr Minotis hat Sie bereits angekündigt.«

»Sehr aufmerksam von ihm«, sagte Koronaios. »Wir wollen einen Herrn aus der Schweiz sprechen. Wo finden wir ihn?«

»Dort«, erwiderte der Wirt und deutete auf einen Mann, der allein an einem Tisch saß. An einem anderen Tisch hatte ein Ehepaar Platz genommen, und eine Familie mit drei Kindern wartete auf ihr Essen.

»Vielen Dank. Könnten wir zwei Frappé haben und vielleicht zweimal Omelette?«, fragte Koronaios.

»Sehr gern«, erwiderte der Wirt.

»Ich schlage vor, mit dem Schweizer zu reden, bevor der Frappé gebracht wird«, sagte Koronaios.

»Dürfen wir?«, fragte Michalis, und der Schweizer hatte kaum aufgeblickt, da hatten sie sich schon zu ihm gesetzt.

»Michalis Charisteas, und das ist mein Partner Koronaios«, begann Michalis. »Sie haben den Unfall gesehen?«

»Ja«, sagte der Mann. Er war Anfang fünfzig, trug ein rotweiß-kariertes Hemd, eine kurze Wanderhose mit Hosenträgern und hatte einen roten Kopf, obwohl er im Schatten saß. »Ich hatte mir die Ruinen angesehen. Beeindruckend. Und der Friedhof, der ist unglaublich.«

»Uns interessiert vor allem der Unfall«, sagte Michalis. »Sie sind also von oben gekommen.«

»Ja. Und das ging alles so schnell.« Der Schweizer dachte nach.

»Ich kam um eine Kurve, da ist es recht steil, und dann hörte ich hinter mir einen Wagen und hab noch überlegt, wie ich ausweichen kann oder ob der Wagen an mir vorbeikommt. Das war ein Pick-up, die sind ja ziemlich breit. Der hupte, und ich musste zur Seite springen. Ich dachte noch, der ist doch zu schnell, wie gesagt, es war steil, und es kam gleich die nächste Kurve.«

»Und dann?«

»Kurz vor der Kurve führt ein Pfad nach rechts, und da schoss plötzlich ein dunkler Wagen raus. Der Fahrer von dem Pick-up hat stark gebremst, ist dadurch ins Rutschen gekommen und gegen einen Felsen geprallt. Ich hab noch gesehen, wie auf dem Beifahrersitz jemand herumgeschleudert wurde, dann war Ruhe. Der dunkle Wagen hat nicht angehalten, sondern ist einfach nach unten gerast. Die Frau auf dem Beifahrersitz war blutüberströmt, und der Fahrer hat auf sie eingeredet, aber sie hat nicht reagiert. Ich hab dann Hilfe geholt, und kurz danach kamen die Polizei und ein Krankenwagen.«

»Dieser dunkle Wagen«, sagte Michalis, »konnten Sie den Fahrer sehen? Oder die Automarke?«

»Nein, dafür ging alles zu schnell.« Der Schweizer überlegte. »Das war ein PKW, nicht sehr groß. Mittelklasse, würde ich sagen. Und etwas älter. Vielleicht ein asiatisches Auto, aber vielleicht auch ein amerikanisches … Ich weiß es nicht.«

»Aber dass der Wagen dunkel war, da sind Sie sicher?«, fragte Koronaios.

»Dunkel war er auf jeden Fall. Vielleicht schwarz, vielleicht dunkelblau oder ein dunkles Grau. Genau weiß ich es leider nicht.«

»Ich nehme an, unser Kollege hat Ihre Daten aufgenommen, falls wir noch Fragen haben?«, sagte Koronaios. Er hatte gesehen, dass der Wirt die Frappé und zwei Omelettes auf ihren Tisch gestellt hatte.

»Ja, das hat er«, erwiderte der Schweizer.

»Vielen Dank erst einmal«, sagte Koronaios und hatte es eilig, zu ihrem Tisch zu kommen.

»Vielleicht war es einfach nur Fahrerflucht«, sagte Michalis und trank von dem Frappé. Sein Omelette stand noch fast unberührt vor ihm, während Koronaios' Teller schnell leer gewesen war. »Minotis kennt doch garantiert auch hier in Polirrinia Leute. Er soll sich umhören, ob jemand einen dunklen Mittelklassewagen fährt.«

»Aber lass uns als Erstes mit Karolos Katrougalos sprechen. Ich kann mir nicht vorstellen, dass er sich an den Wagen überhaupt nicht erinnert«, entgegnete Koronaios.

Von der Taverne aus führte der Weg nur noch ein kurzes Stück bergauf, dann hatten sie die Anhöhe, auf der die Überreste des antiken Polirrinia ausgegraben worden waren, erreicht. Der Blick von hier oben war beeindruckend. Nach Norden lag hinter sanften Hügeln das Meer. Nach Süden ragten die Ausläufer der *Weißen Berge* auf. Davor erstreckte sich ein fruchtbares Tal mit unendlich vielen Olivenbäumen, die an das heutige Dorf Polirrinia grenzten.

Auf der Anhöhe führten kleine Pfade an den Ausgrabungen vorbei. Der einzige größere Pfad endete bei der massigen, schroff und abweisend wirkenden Kirche mit ihrem Friedhof. Dahinter erhob sich ein kegelförmiger Berg, an dessen Rückseite früher ein Kastell gestanden hatte.

Eine Gruppe von Urlaubern betrachtete andächtig die Überreste des antiken Polirrinia. Kein Auto war zu hören, und die Besucher sprachen kaum. Hin und wieder krächzte eine Krähe; der Wind strich über diese Anhöhe und die Blätter einiger Feigenbäume, die an dem Abhang zum Dorf Polirrinia wuchsen.

Auf dem Friedhof ließen Windstöße das Glas in den Halterungen der Grablichter klappern.

Karolos Katrougalos kniete vor einem Grab voller Blumen, die bereits verwelkten, und redete aufgewühlt auf das Grab ein. Michalis war sicher, dass er mit seinem verstorbenen Sohn Jannis sprach.

Was Katrougalos sagte, konnten Michalis und Koronaios nicht verstehen. Sie ließen ihm Zeit, bis er sich erhob, bekreuzigte und abwandte. Erst als er sich dem Ausgang des Friedhofs näherte, bemerkte er die beiden Kriminalkommissare. Allerdings schien er sich nicht sofort zu erinnern, wo er sie schon einmal gesehen hatte.

»Herr Katrougalos«, sagte Michalis, »wir waren vorgestern bei Ihnen. Als es bei Ihnen gebrannt hatte.«

Katrougalos nickte. »Ah, ja«, erwiderte er nur und schloss kurz die Augen.

»Wir haben von dem Autounfall gehört«, sagte Koronaios, »und wir hätten ein paar Fragen.«

»Fragen?«, entgegnete Katrougalos fast tonlos. »Fragen? Meine Frau liegt im Krankenhaus. Vielleicht wird sie sterben. Hier liegt mein Sohn.« Er deutete zu den Marmorgräbern, auf denen große Kreuze aufragten. »Und Sie wollen mir Fragen stellen? Können Sie mich nicht in Ruhe lassen?«

»Es ist leider unsere Aufgabe, Frage zu stellen«, sagte Koronaios. »Uns interessiert vor allem der Wagen, der Ihren Unfall verursacht hat.«

Karolos Katrougalos kniff die Augen zusammen und zuckte müde mit den Schultern. »Ich weiß nichts von einem Wagen. Ich muss die Kontrolle verloren haben. Plötzlich sind wir gegen den Felsen geprallt. Es ging so schnell. Es war alles zu viel in den letzten Wochen. Viel zu viel.« Damit ging er an Michalis und Koronaios vorbei.

»Sie erinnern sich wirklich nicht an einen Wagen?«, rief Koronaios ihm nach.

Ohne sich umzudrehen, hob Karolos Katrougalos einen Arm und winkte ab.

»Er wirkt sehr gefasst. Nicht wie jemand, der unter Schock steht«, meinte Koronaios.

»Vielleicht hat er den Fahrer, zumindest aber den Wagen erkannt. Oder er hat einen Verdacht, wer es gewesen sein könnte«, vermutete Michalis.

Bevor sie die Anhöhe verließen, ging Michalis zu dem frischen Grab. Hinter einem Berg von Blumen stand ein Foto des toten Jannis Katrougalos. Er war seinem Vater mit den langen, wilden Haaren und einem wehmütigen Gesichtsausdruck sehr ähnlich.

Auf dem Rückweg schwiegen Michalis und Koronaios. Die verstreuten Ruinen als letzte Zeugen einer großen Vergangenheit, dazu der weite Blick über die Berge und bis zum Meer – Kreta war reich an besonderen Orten, und dieser war einer davon.

»Hannah würde es hier mögen«, sagte Michalis. »Ich sollte mit ihr hierherfahren, wenn sie wieder Zeit hat.«

Christos Minotis war Michalis und Koronaios mit dem Geländewagen entgegengekommen und wartete kurz vor der Taverne auf sie.

»Der Weg ist wieder passierbar«, teilte er mit, »das Auto von Katrougalos wurde abtransportiert.«

»Der Schweizer hat uns von dem dunklen Mittelklassewagen berichtet, wegen dem Katrougalos gebremst hat«, sagte Koronaios. »Könnten Sie herausfinden, ob jemand hier so einen Wagen fährt oder ob er jemandem aufgefallen ist?«

»Ich habe mich im Ort schon umgehört. Die Einheimischen

fahren hier fast alle Pick-ups oder haben Motorräder. PKW sind in so einer Gegend unpraktisch«, erwiderte Minotis.

Koronaios nickte.

»Der Unfall hat die Leute sehr aufgewühlt. Die Familie von Karolos Katrougalos stammt aus Polirrinia, er ist hier aufgewachsen. Letzte Woche waren alle beim Begräbnis von Jannis, und jetzt fürchten sie, schon bald die Trauerfeier von Danai erleben zu müssen …«, sagte Christos Minotis ernst. Michalis überlegte, ob dieser Unfall den Revierleiter an den Tod seiner eigenen Tochter erinnerte.

»Ich habe übrigens von zwei Gerüchten gehört«, fuhr Minotis fort.

»Gerüchte?«, fragte Michalis.

»Gerüchte, weil ich die Informationen bisher nicht überprüfen konnte.«

»Und das wäre?«, wollte Koronaios wissen.

»Angeblich sind Karolos Katrougalos in den letzten Tagen Aufträge, die für den Herbst vereinbart waren, storniert worden. So etwas kommt vor, aber da es sich um mehrere Aufträge handelt, wäre es auffällig.«

»Und das zweite Gerücht?«

»Angeblich ist Stefanos Samarakis gestern in Topolia gesehen worden. Vor dem Haus seiner Schwester.«

Koronaios blickte Michalis an. »Dann sollten wir dort hinfahren.«

Sie stiegen zu Minotis in den Wagen, und an der Stelle, wo der Schweizer den Unfall beobachtet haben musste, bat Michalis ihn, anzuhalten.

»Wenn der Zeuge von hier aus den dunklen Wagen gesehen hat …« Michalis öffnete die Wagentür und sah sich um. Koronaios folgte ihm.

»Ist es denkbar, dass Katrougalos den anderen Wagen tatsächlich nicht wahrgenommen hat?«, fragte Michalis, während sie sich der Stelle, wo der Pick-up gegen die Felsen geprallt war, näherten.

Koronaios überlegte. »Der Weg ist schmal, da vorn ist die nächste Kurve … Vielleicht hat er mit seinem Handy etwas gemacht, hatte eine Nachricht bekommen, was weiß ich. Er schaut nicht auf den Weg, und plötzlich schreit seine Frau auf, weil sie den dunklen Wagen sieht. Er schreckt hoch, tritt auf die Bremse, verreißt den Lenker …«

Ja, dachte Michalis, so etwas war vorstellbar.

Aber er wurde das Gefühl nicht los, dass Katrougalos den Wagen und den Fahrer gesehen hatte und es einen Grund gab, warum er das abstritt.

Und das würde nichts Gutes bedeuten.

30

Topolia war eines jener Dörfer, die aus nicht viel mehr als einer Hauptstraße bestanden. Minotis hatte Michalis und Koronaios das Haus von Teresa Stavridis, der Schwester von Stefanos Samarakis, beschrieben. Es lag leicht erhöht und war über eine Rampe erreichbar.

Michalis und Koronaios sahen sich um, ob ein Wagen oder ein Motorrad auf Stefanos Samarakis schließen ließ, aber nichts deutete auf ihn hin. Aus dem Haus war Kinderlärm zu hören. Sie klopften an die Eingangstür. Eine junge Frau öffnete und sah die beiden verwundert an.

»Teresa Stavridis?«, fragte Michalis.

»Ja?«, entgegnete sie.

Michalis stellte sich und Koronaios vor. »Wir haben telefoniert«, fügte er hinzu.

»Ja, ich erinnere mich«, sagte Teresa Stavridis.

Wenn Michalis nicht gewusst hätte, dass diese Frau die Schwester von Stefanos und Tochter von Sokratis Samarakis war, wäre er nicht auf diesen Gedanken gekommen. Zwar war sie ebenso wie die beiden schlank, doch während ihr Bruder und ihr Vater Anzüge und teure Hemden trugen, vermittelte Teresa Stavridis den Eindruck einer jungen mehrfachen Mutter, die jeden Cent umdrehen musste. Über einer Jeans trug sie eine Schürze voller Flecken. Michalis ahnte, dass die Frau mit ihrem Vater gebrochen hatte und auch kein Geld von ihm annehmen wollte.

»Frau Stavridis, wir sind auf der Suche nach Ihrem Bruder Stefanos. Ist er bei Ihnen?«, fragte Koronaios.

Sie sah ihn überrascht an.

»Wie kommen Sie darauf?«

»Beantworten Sie doch bitte unsere Frage. Ist Stefanos Samarakis bei Ihnen?«

Teresa Stavridis schüttelte den Kopf. »Nein ...«

»War er in den letzten Tagen bei Ihnen?«

Von drinnen wurde ein Kinderschreien lauter.

»Einen Moment bitte. Eine Freundin ist zu Besuch, ich muss ihr kurz Bescheid sagen.« Teresa Stavridis registrierte den skeptischen Blick von Koronaios. »Keine Sorge«, sagte sie deshalb. »Ich hau nicht ab, und ich warne auch Stefanos nicht. Er ist heute früh gefahren, und ich weiß nicht, wohin.«

Sie verschwand und kam kurz danach mit einem etwa einjährigen Jungen zurück.

»Das ist Takis«, sagte Teresa Stavridis mit Blick auf ihren kleinen Sohn. »Wir sollten ihn nach meinem Vater benennen, aber das konnte ich nicht.« Sie sah Michalis und Koronaios an. »Mein Vater hat mir erzählt, dass Sie bei ihm in der Höhlenkirche waren und er Sie in die Probleme unserer Familie eingeweiht hat. Wollen wir uns in den Hof setzen?«

Ohne eine Antwort abzuwarten, ging sie voraus und steuerte vor einer Garage auf einen Tisch im Schatten zu, um den herum Plastikstühle standen und Spielzeug verstreut lag.

»Ich hoffe, Sie erwarten nicht, dass jemand die Stühle vorher abwischt. Und Frappé kann ich Ihnen auch nicht anbieten. Bei drei kleinen Kindern ist so etwas einfach nicht drin«, sagte sie entschuldigend. »Kein Problem«, erwiderte Koronaios und nahm Platz. Auch Michalis setzte sich.

»Was wollen Sie wissen?«, fragte Teresa Stavridis, während der kleine Takis sich auf ihrem Arm wand, bis sie ihn auf den Boden setzte. »Takis will sich einfach immer bewegen. Der wird uns noch ganz schön auf Trab halten die nächsten Jahre.«

»Ihr Bruder Stefanos war also bei Ihnen?«, fragte Michalis.

»Ja, das war er«, erwiderte die junge Mutter.

»Und wo ist er jetzt?«

»Ich weiß es nicht. Er ist heute früh gefahren, da hatten wir noch nicht einmal gefrühstückt.«

»Ihnen ist klar, dass wir nach ihm suchen und dringend mit ihm reden müssen?«, sagte Michalis.

Teresa Stavridis zögerte mit einer Antwort und beobachtete ihren Sohn, der sich bemühte, gleichzeitig zu krabbeln und kleine Bauklötze in der Hand zu halten.

»Es geht Stefanos nicht gut«, antwortete Teresa leise. »Artemis und Gavrilis sind tot, der Bau des Hotels ist gestoppt ...« Sie blickte kurz zum Himmel und atmete tief durch. »Stefanos ist nicht so, wie er nach außen scheint. Ja, er sieht gut aus, er ist immer teuer gekleidet, er lädt seine Freunde ein und lacht mit ihnen ...« Sie schluckte. »Stefanos ist viel empfindlicher, als man denken würde. Er will unserem Vater gefallen, deshalb spielt er den souveränen Kerl ... Aber glauben Sie mir. Dahinter steckt was ganz anderes.«

Teresa Stavridis stand auf, schnappte sich ihren Sohn und setzte ihn in ihrer Nähe wieder auf den Boden, nachdem er lautstark protestiert hatte.

»Ich mache mir Sorgen um Stefanos ...«, fuhr sie dann fort. »Er hat den Tod unserer Mutter noch schlechter verkraftet als ich. Und jetzt hat er auch noch Artemis verloren ... Ich weiß, dass Stefanos einen sehr schlechten Ruf hat. Er hat auch wirklich viel dafür getan, damit die Leute ihn verachten. Aber die, die ihn besser kennen ...« Sie beugte sich vor und flüsterte, als würde der kleine Takis verstehen, was sie sagte. »Und jetzt sucht ihn die Polizei. Ich habe Angst, dass er sich etwas antut.«

»Er muss nur mit uns reden. Mehr wollen wir nicht. Aber

dass er immer wieder vor uns flüchtet, lässt uns befürchten, dass er etwas zu verbergen hat«, sagte Michalis.

»Das hab ich ihm auch gesagt. Aber er hat Angst. Ich weiß nicht, ob Sie das verstehen. Angst ... Angst ist nicht vernünftig. Wer solche Ängste hat wie Stefanos, der handelt nicht vernünftig.«

»Glauben Sie, er könnte im Hotel bei seinem Vater sein?«, fragte Michalis.

Teresa zuckte mit den Schultern.

»Ich weiß es nicht. Er war heute früh plötzlich weg und geht seitdem nicht ans Telefon.« Sie schüttelte den Kopf. »Dabei hatten wir uns in den letzten Tagen so gut verstanden wie seit Jahren nicht. Aber so ist er.«

Teresa griff in ihre Schürze und holte ein Handy heraus, dessen Display gesplittert war.

»Das wollte ich Ihnen übrigens zeigen. Ich hatte Ihnen doch am Telefon gesagt, dass uns hier ein Mann aufgelauert und uns und die Kinder gefilmt hat. Mein Mann hat ihm das Handy abgenommen, weil er nicht aufhörte. Gab ein ziemliches Geschrei, aber mein Mann ist kräftig.« Sie lächelte. »Wir wollten dann die Videos löschen. Und wissen Sie, was wir auf dem Handy gefunden haben?«

Sie sah Michalis an, doch der schüttelte den Kopf.

»Der Typ war am Strand in Balos, als Artemis und Gavrilis gestorben sind. Der hat draufgehalten, wie das Boot gegen die Felsen gerast ist und Feuer gefangen hat. Und ich könnte schwören, das sind die Aufnahmen, die danach auch im Fernsehen liefen.«

»Wie bitte?«, fragte Koronaios.

»Ich kann mich täuschen. Aber mein Mann ist ziemlich sicher. Ich dachte, das könnte Sie interessieren.«

»Dieses Handy würden wir gern mitnehmen und auswerten«, bat Michalis.

»Machen Sie das. Wir legen keinen Wert auf so etwas. Ich finde es nur unglaublich, dass so ein Typ bei uns auftaucht, nachdem Artemis gestorben ist.«

Der kleine Takis hatte sich offenbar lange genug selbst beschäftigt und begann zu brüllen. Teresa nahm ihn auf den Arm, doch er brüllte weiter.

»Er hat Hunger«, sagte sie. »Und drinnen sieht es schlimm aus, da kann ich sie nicht reinlassen.«

»Wenn wir noch Fragen haben sollten, melden wir uns«, sagte Michalis und stand auf.

»Tun Sie das. Aber Sie sehen ja ... Sie werden verstehen, dass ich oft nicht ans Telefon gehen kann«, erwiderte Teresa.

»Das verstehen wir«, sagte Koronaios.

Sie gingen auf die Eingangstür zu, als Michalis etwas einfiel.

»Wir haben Ihren Bruder bisher meistens mit seinem Motorrad oder dem Pick-up Ihres Vaters gesehen. Hat er auch einen eigenen Wagen, einen PKW?«, fragte er.

»Einen Wagen ...? Ich kenne ihn auch nur mit Motorrad. Und in den letzten Jahren mit dem Wagen von Artemis.«

»Wissen Sie, was für einen Wagen Artemis hatte?«, hakte Michalis nach.

»Artemis hatte immer andere Autos ... Die hat ihr Bruder Danilos besorgt. Im Frühjahr hatte Artemis einen weißen BMW, aber den wollte sie loswerden. Weiß, das sieht nach Tourist aus, meinte sie.«

»Gut. Vielen Dank.«

»Ich mochte Artemis. Sie war gut für meinen Bruder«, sagte Teresa Stavridis noch. Der kleine Takis brüllte inzwischen so laut, dass sie kaum noch zu verstehen war. Sie winkte kurz, dann verschwand sie im Haus.

»Glaubst du ihr?«, fragte Michalis, als sie wieder im Wagen saßen. »Dass ihr Bruder hier war, sie aber nicht weiß, wo er jetzt steckt?«

»Normalerweise würde ich sagen, sie deckt ihn. Aber sie scheint sich ernsthafte Sorgen um ihn zu machen«, erwiderte Koronaios.

Eine Zeitlang fuhren sie schweigend Richtung Kissamos.

»Es ist jetzt halb vier«, sagte Koronaios. »Lass uns zum Hotel der Katzourakis fahren und mit Petros, dem Sohn, reden.«

»Und wenn wir schon in Kissamos sind, können wir sehen, ob Karolos Katrougalos ansprechbar ist. Vermutlich ist er in Chania im Krankenhaus bei seiner Frau, aber mich würde interessieren, was es mit diesen angeblich stornierten Aufträgen auf sich hat«, schlug Michalis vor.

Kurz darauf rief Jorgos an. »Habt ihr etwas Neues? Karagounis sitzt mir im Nacken«, sagte er.

»Karolos Katrougalos hatte einen schweren Autounfall. Du weißt, der Malermeister. Vielleicht Fahrerflucht, vielleicht steckt aber auch etwas anderes dahinter. Erzählen wir dir nachher«, sagte Koronaios und gab sich keine Mühe, höflich zu klingen. »Es stehen jetzt noch zwei Befragungen in Kissamos an, und dann kommen wir nach Chania.«

»Gut. Bis nachher.«

Vor dem Hotel *Orizontas* der Familie Katzourakis klingelte Michalis' Smartphone.

»Hannah«, sagte Michalis.

»Ich geh schon mal rein. Lass dir Zeit«, erwiderte Koronaios und verschwand im Hotel.

»Es ist gerade sehr hektisch bei uns«, sagte Hannah und klang gehetzt. »Aber ich wollte wissen, ob ihr in Falassarna noch etwas erfahren habt.«

»Wir haben den Verdacht, dass dieser anonyme Anrufer wusste, dass auf dem Baugrundstück etwas zu finden ist. Aber wie das alles zusammenhängt … Außerdem haben wir jetzt schon wieder ein neues Problem. Erzähl ich dir heute Abend.«

»Ja … heute Abend …«

»… wird es wieder spät bei dir?«

»Ja. Und morgen früh … Oh. Da klingelt der Direktor. Da muss ich rangehen. Ich meld mich nachher wieder, okay?«

»Ja …«

Hannah legte abrupt auf. Michalis blickte irritiert auf das Display. Es gab noch etwas, das Hannah ihm hatte sagen wollen. Und er ahnte, dass es ihm nicht gefallen würde.

Koronaios kam aus dem Hotel.

»Katzourakis war es sehr unangenehm, dass er uns nichts von der Beziehung zwischen seinem Sohn Petros und Melitta Papastasatos erzählt hat. Aber als Täter scheidet der Sohn eher aus. Das Hotel läuft so schlecht, dass er sich etwas anderes suchen musste. Er versteht wohl etwas von Computern und Marketing und arbeitet in einer Agentur in Athen. Ich denke, den können wir vergessen.«

»Theoretisch könnte er von Athen hierhergekommen, das Boot der Samarakis manipuliert haben und zurückgefahren sein«, überlegte Michalis laut.

»Theoretisch, ja. Aber das wäre ziemlich aufwendig, um sich nach Monaten an seiner Ex-Freundin und deren neuem Partner zu rächen«, entgegnete Koronaios.

»Du hast wahrscheinlich recht. Lass uns noch bei dem Malermeister vorbeifahren und dann zurück nach Chania.«

Bei Karolos Katrougalos öffnete niemand.

»Er und sein Sohn werden im Krankenhaus bei der Mutter sein«, sagte Koronaios.

Auf der anderen Straßenseite tauchte der Nachbar, mit dem sie beim letzten Mal geredet hatten, auf.

»Sie haben es sicher schon gehört ... Karolos und sein Sohn sind jetzt bei Danai. Eine schlimme Geschichte«, sagte der Nachbar.

»Ja. Furchtbar. Wir alle hoffen, dass die Frau überlebt«, antwortete Michalis und überlegte, ob der Nachbar es ihnen sagen würde, wenn er etwas über stornierte Aufträge wüsste. Doch sie mussten gar nicht lange fragen.

»Es ist eine grausame Zeit für die Familie. Vor kurzem der arme Jannis, einfach ertrunken. Und jetzt Danai ... Ich habe gehört, dass es kaum Hoffnung gibt. Aber vielleicht geschieht ja ein Wunder.« Der Nachbar schüttelte den Kopf. »Dabei sah es vor ein paar Monaten so gut aus. Jannis und Karolos hatten sich wieder vertragen, und die Firma lief auch wieder.«

»Lief die vorher nicht gut?«, wollte Koronaios wissen.

»Ach ... schlimm war es damals in der Finanzkrise. Da hatte niemand Geld, um etwas renovieren zu lassen. Und als das besser wurde, kam Corona, und jetzt erholen sich alle, und dann ...«

»Ja? Was dann?«, hakte Michalis nach.

»Jetzt im Juli, da ist ja alles vermietet, da renoviert niemand. Aber ab Ende September, da hätte Karolos sich vor Aufträgen kaum retten können ...«

»Hätte?«, fragte Koronaios.

»Drei Aufträge sind wohl geplatzt. Dabei hätte Karolos die wirklich gebraucht.«

»Wissen Sie, warum die geplatzt sind?«

»Vor ein paar Jahren gab es mal Ärger wegen angeblichem Pfusch. Aber das ist lange her«, antwortete der Nachbar.

»Gibt es Neider? Oder Konkurrenten?«, fragte Koronaios.

»Nein. Wir können wirklich nur hoffen, dass Danai sich erholt. Es wäre schlimm für Karolos. Ganz schlimm.«

Der Nachbar zog die Tür hinter sich zu.

»Es scheint also zu stimmen, was Minotis gesagt hatte. Katrougalos hat Aufträge verloren«, sagte Koronaios. »Ob er auch Feinde hat? Leute, die mit seiner Arbeit unzufrieden waren?«

»Ja. Vielleicht. Lass uns nach Chania fahren, mit Jorgos und Karagounis reden, und wenn sich nichts Neues mehr ergibt, machen wir morgen weiter.«

Koronaios nickte.

31

Sie stiegen vor der Kriminaldirektion aus und hatten fast die Treppe erreicht, als Hannah erneut anrief.

»Lass dir Zeit, ich geh schon mal hoch«, sagte Koronaios. »Aber gib mir noch dieses Handy, vielleicht kommen wir an die Videos ran.«

»Sekunde!«, rief Michalis ins Telefon, gab Koronaios das Handy, das Teresa Stavridis ihnen überlassen hatte, und suchte sich eine ruhige Stelle zum Telefonieren.

»Kommt ihr voran mit den Leuten in Rom?«, fragte er.

»Ja …«, erwiderte Hannah.

»Was ist?«, fragte er.

»Ach. Ein bisschen ärgert es mich, aber eigentlich ist es toll«, sagte Hannah zögernd.

»Was denn?«

»Mit den italienischen Kollegen haben wir uns jetzt so gut wie geeinigt. Unser Direktor will deshalb morgen nach Rom fliegen und die letzten Details klären.«

»Das ist doch gut, oder?«

»Ja. Aber ich soll mitkommen. Der Flieger geht morgen früh um sieben, ich muss um sechs am Flughafen sein, und heute Abend ist eine Videokonferenz mit Madrid. Wenn die gut läuft, kommen die Spanier morgen auch nach Rom. Und damit wären wir einen großen Schritt weiter.«

»Und was bedeutet das?«, fragte Michalis, denn er merkte, dass Hannah herumdruckste.

»Das heißt, dass ich heute Nacht in Heraklion bleibe. Das

Museum hat mir ein Hotelzimmer gebucht. Anders schaff ich das einfach nicht. Heute Abend Videokonferenz, vielleicht geht die bis Mitternacht, dann nach Chania, um vier wieder losfahren, das ist einfach unsinnig. Ich weiß, das ist blöd. Und ich hoffe auch, das passiert nicht öfter.«

Michalis wusste nicht, was er sagen sollte.

»Alles in Ordnung? Bist du noch da?«, fragte Hannah, weil Michalis schwieg.

»Ja. Klar. Schade. Ich hätte dich gern gesehen heute Abend«, sagte er.

»Wann hast du denn heute Feierabend? Dann können wir uns wenigstens am Computer sehen«, erwiderte Hannah.

»Vielleicht um sechs. Ich schreib dir einfach, okay?«

»Ja!«

Sie legten auf, und Michalis bemühte sich, keine schlechte Laune zu bekommen. Hannah hatte einen Job, für den sie viel unterwegs war und der ihr Spaß machte. Kein Grund zur Aufregung, redete er sich ein, aber glücklich machte ihn das nicht.

Sein Büro war leer. Michalis klopfte bei Myrta an.

»Weißt du, wo Koronaios ist?«, fragte er.

»Mit Jorgos oben bei Karagounis«, antwortete sie und grinste. »Für seine Verhältnisse ist unser Kriminaldirektor fast ausgerastet, als er von dem Handy mit den Aufnahmen von Balos gehört hat. Koronaios und Jorgos mussten noch in derselben Sekunde oben antreten.«

»Hat jemand etwas gesagt, soll ich auch noch hochgehen?«, erkundigte sich Michalis.

»Nein ... Die beiden kommen sicher bald wieder runter. Aber du könntest Stournaras anrufen. Die Gerichtsmedizin hat den Abstrich untersucht, den sie bei dem ertrunkenen Bauarbeiter gemacht hatten.«

»Mein Assi hat wirklich gut gearbeitet«, sagte Stournaras am Telefon. »An der Wunde gibt es eindeutig fremde DNA-Spuren. Ich will euch nicht vorgreifen, aber es könnte jemand nachgeholfen haben, damit dieser junge Mann betrunken ins Meer stürzt.«

Und damit könnte Karolos Katrougalos doch Gründe gehabt haben, beim Tod seines Sohns von einem Verbrechen auszugehen, dachte Michalis. Und dieser Katrougalos hatte heute einen schweren Autounfall gehabt, bei dem der Fahrer eines dunklen Wagens Fahrerflucht begangen hatte. Ein Wagen, an den er sich angeblich nicht erinnerte.

Michalis hörte, dass Koronaios und Jorgos den Fahrstuhl verließen.

»Eine junge Mutter überlässt uns ein Handy, mein Partner überlässt es mir – und unser Kriminaldirektor lobt mich. Weißt du, wie oft Karagounis mich in all den Jahren, die er jetzt da oben als Chef sitzt, schon gelobt hat?«, sagte Koronaios, als er mit Jorgos ins Büro kam.

»Ein Mal …?«, antwortete Michalis.

»Genau. Ein Mal! Und zwar heute.«

»Michalis wurde auch gelobt«, warf Jorgos ein.

»Dein Neffe hat ja noch viele Jahre in diesem Laden vor sich. Nein, im Ernst. Karagounis hat die Aufnahmen von Balos gesehen und war sofort sicher, dass es die sind, die im Fernsehen liefen. Jetzt lässt er ermitteln, wem das Handy gehört, und vielleicht erfährt er, wer im Netz behauptet hat, wir würden von einem Verbrechen ausgehen. Ich bezweifele zwar, dass das strafrechtlich relevant ist, aber Karagounis hat sich festgebissen. Es scheint ihn maßlos zu ärgern, dass Leute unserer Arbeit vorgreifen.«

Jorgos sah Michalis an.

»Kommst du bitte noch mal zu mir ins Büro? Ich würde gern noch etwas besprechen«, sagte er und ging.

Michalis blickte Koronaios fragend an.

»Weißt du, was er von mir will?«

»Nein … keine Ahnung.«

»Hat er sich nach gestern Abend erkundigt?«, fragte Michalis.

»Er wollte wissen, ob wir gestern Abend noch länger gearbeitet haben. Ich hab ihm gesagt, dass ich sofort nach Hause gefahren bin.«

»Ahnt Jorgos, dass du mit Minotis geredet hast?«

»Schwer einzuschätzen. Er war aber erleichtert, dass wir heute gut mit Minotis zusammengearbeitet haben«, erwiderte Koronaios.

Michalis überlegte. »Haben wir das?«

»Nach außen hin … vielleicht ja. Aber ich traue Minotis nicht mehr über den Weg. Normalerweise haben wir mit Autounfällen nichts zu tun, aber er hat uns sofort informiert. Als sei ihm klar, dass das in Polirrinia mehr als ein Unfall war.«

»Ja, das wundert mich auch«, sagte Michalis. »Ich geh mal zu Jorgos. Bist du noch da, wenn ich zurückkomm?«

»Selbstverständlich.«

»Ich bin froh, dass Koronaios sich wieder beruhigt hat. Gestern hab ich mir Sorgen gemacht. Es war ernst gemeint, dass ich überlegen muss, ihn von einem Fall abzuziehen, wenn er sich derart aufführt«, sagte Jorgos. »Aber ich wollte mit dir über etwas anderes reden.«

Michalis fühlte sich unbehaglich.

»Ich bin dein Onkel, und ich kenn dich, seit du auf der Welt bist«, begann Jorgos. »Ich weiß, du hattest manchmal auch schwierige Zeiten. Vor allem die Jahre in Athen. Deshalb hab ich mich ja so sehr dafür eingesetzt, dass du hierher versetzt worden bist.«

Jorgos musterte Michalis, und der wusste, worauf sein Onkel hinauswollte.

»Wir alle, also deine Eltern, deine Geschwister und auch ich, wir wissen, wie gut es dir geht, seit du mit Hannah zusammen bist. Und wir wünschen uns sehr, dass das so bleibt. Dass Hannah zurzeit so oft weg ist, ist sicher nicht einfach für dich.« Jorgos sah Michalis ernst an. »Du hast deiner Familie gestern Abend gesagt, dass du noch länger arbeiten musst. Aber ihr habt nicht mehr gearbeitet.«

Michalis hoffte, dass Jorgos ihn nicht direkt danach fragen würde, wo er gewesen war.

»Loukia wollte von mir wissen, warum du noch arbeiten musst. Ich hab ihr gesagt, dass ihr einen komplizierten Fall habt. Mehr nicht. Ich werde deine Ausreden aber nicht öfter decken. Zumal ich nicht weiß, was du wirklich getan hast. Und ich kann nur hoffen, dass es nichts ist, weshalb wir uns Sorgen machen sollten.«

»Nein, das müsst ihr nicht. Hannah ist im Moment oft weg, aber wir sind trotzdem glücklich. Und ihr Projekt wird auch nicht mehr ewig dauern«, erwiderte Michalis.

»Dann bin ich erleichtert. Mach Feierabend, und ich hoffe, dass Hannah heute früh nach Hause kommt«, sagte Jorgos und begleitete Michalis zur Tür.

Nachdenklich ging Michalis in sein Büro zurück.

»Alles in Ordnung?«, fragte Koronaios.

»Es ging um was Privates«, sagte Michalis.

»Ah. Die Familie Charisteas.«

»Sie machen sich Sorgen, weil Hannah so oft weg ist.«

»Du machst dir doch auch Sorgen, oder?«, fragte Koronaios.

»Sorgen … Es wäre mir lieber, sie wäre öfter hier. Ja. Aber das ist jetzt so.« Michalis sah Koronaios an. »Ich hab übrigens mit Stournaras gesprochen, als ihr bei Karagounis wart.«

»Und?«

»Die Gerichtsmedizin hat an dem Leichnam von Jannis Katrougalos fremde DNA gefunden. Vielleicht hatte sein Vater ja doch gute Gründe, warum er zunächst von einem Verbrechen ausgegangen war«, sagte Michalis. »Ich hab überlegt, jetzt noch ins Krankenhaus zu fahren und mit Karolos Katrougalos zu reden, falls er da ist.«

»Gut. Dann fahren wir dorthin«, sagte Koronaios.

Myrta rief im Krankenhaus an und erfuhr, dass Danai Katrougalos mehrere Stunden lang operiert worden war und im künstlichen Koma auf der Intensivstation lag. Karolos Katrougalos und sein Sohn Vassilis warteten auf Neuigkeiten.

Als Michalis und Koronaios auf der Station ankamen, waren die beiden jedoch verschwunden. Die Assistenzärztin, mit der Myrta gesprochen hatte, hatte sie informiert, dass die Polizei einige Fragen hatte. Daraufhin waren sie plötzlich aufgebrochen.

»Die wollten offenbar nicht mit uns reden«, sagte Koronaios.

Eine Ärztin teilte Michalis und Koronaios mit, dass der Zustand von Danai Katrougalos nach wie vor dramatisch war.

»Wir tun alles, was wir können«, sagte die Ärztin ernst. »Aber es wäre ein Wunder, wenn Frau Katrougalos diese Nacht überlebt. Sie hat schwerste innere Verletzungen.«

Es war kurz vor sechs, als Michalis vor seiner Wohnung aus dem Dienstwagen stieg und sich von Koronaios verabschiedete. Am liebsten wäre er einfach zu Hause geblieben, doch er war schon gestern nicht im *Athena* gewesen und wusste, dass vor allem seine Mutter nicht nur enttäuscht, sondern auch besorgt wäre, wenn er heute nicht käme. Zwei Abende ohne die Familie, das war für seine Mutter unvorstellbar.

»Du bist früh dran heute«, sagte Takis, als Michalis sich zu ihm an den Tisch vor den Eingang gesetzt hatte. Er blickte nur kurz von seinem Tablet auf, denn er war in Aktienkurse vertieft.

»Ja, aber es war kein einfacher Tag«, sagte Michalis.

»Wisst ihr denn immer noch nicht, was in Balos passiert ist?«, wollte Takis wissen.

»Wir kommen der Wahrheit näher«, erwiderte Michalis, »ich darf über laufende Ermittlungen aber nicht reden.«

»Ich bin sicher, das sehen nicht alle deine Kollegen so«, sagte Takis, schaltete sein Tablet aus und sah Michalis an. »Wann kommt Hannah?«

»Das wird spät werden«, antwortete Michalis. Er hatte keine Lust, darüber zu reden, dass Hannah heute gar nicht kommen würde.

»Schon wieder. Niemand arbeitet so lang wie Hannah. Die Deutschen nehmen das Arbeiten einfach zu ernst«, sagte Takis. »Ich hatte ja gedacht, sie wird langsam eine von uns, aber seit sie diesen Job in Heraklion hat …«

Takis' Handy klingelte.

»Bin gleich zurück«, sagte er und ging mit dem Handy weg.

Kaum war Takis außer Hörweite, setzte sich Sotiris zu Michalis und sah ihn besorgt an.

»Jorgos war gestern Abend noch hier. Bevor ich eingreifen konnte, wussten unsere Eltern schon, dass du nicht mehr gearbeitet hast. Also, dass Jorgos zumindest nichts davon wusste«, sagte Sotiris leise.

»Ja. Das hat er mir vorhin erzählt. Ich hatte gehofft, unsere Familie erfährt nichts davon. Aber ich konnte Jorgos gestern nicht sagen, worum es geht. Es war wirklich dienstlich«, erwiderte Michalis.

»Das glaub ich dir ja. Allerdings fragen sich unsere Eltern, was los ist. Ich finde, sie sollen dich und Hannah einfach in Ruhe lassen. Das wäre für alle besser.«

»Ja. Aber sie sind neugierig.« Michalis sah Sotiris an und vergewisserte sich, dass niemand ihn hören konnte. »Ich hab unserem Vater eben gesagt, dass es bei Hannah heute wieder spät wird. Das stimmt auch, aber sie fliegt morgen früh um sieben nach Rom. Und deshalb bleibt sie heute in Heraklion. Hat irgendwo ein Hotelzimmer. Wir sehen uns nachher am Computer.« »Oh«, sagte Sotiris nur.

»Mich macht das auch nicht glücklich. Es ist jetzt eben so«, sagte Michalis. »Unsere Eltern müssen das aber nicht wissen. Sonst machen sie sich nur noch mehr Gedanken.«

»Ja, das ist besser«, entgegnete Sotiris. »Ich kann mir vorstellen, dass es hier einen ziemlichen Aufruhr geben würde.«

Takis kam zurück.

»Ich bring dir gleich etwas zu essen. Dass Hannah in Heraklion übernachtet, bleibt unter uns«, sagte Sotiris leise und stand auf.

»Danke.« Michalis lächelte. Aber er sah, dass sein Bruder beunruhigt war.

Sotiris brachte Michalis *Patates fourno ladolemono me rigani*, Ofenkartoffeln mit Zitrone und Oregano, sowie eine *Revisia Soupa*, eine Kichererbsensuppe, und kurz darauf füllte sich das *Athena*, weil eine österreichische Reisegruppe eintraf und fast alle Tische belegte. Michalis' Mutter und seine Schwester Elena hatten deshalb nur Zeit, ihn kurz zu begrüßen, und auch Takis war damit beschäftigt, die Bestellungen aufzunehmen und mit den Gästen zu plaudern. Michalis nutzte deshalb die Gelegenheit, sich früh zu verabschieden.

»Kommt Hannah denn später noch?«, rief ihm seine Mutter in der Küche zu.

»Nein, es wird zu spät heute«, entgegnete Michalis und war froh, dass das nicht wirklich gelogen war.

»Hey!«

»Hey!«

Hannah wirkte bedrückt. Sie saß noch immer im Büro, stellte Michalis fest.

»Ich hab schon überlegt, aus diesem Projekt auszusteigen, wenn das so weitergeht«, sagte Hannah. »Auf Dauer will ich so nicht leben. Manchmal wache in einem Hotel auf und weiß im ersten Moment nicht, in welchem Land ich gerade bin.«

Michalis war überrascht. Die Möglichkeit, den Job hinzuwerfen, hatte Hannah bisher noch nie in Betracht gezogen.

»Hast du deiner Familie gesagt, dass ich heute in Heraklion bleiben muss?«, fragte Hannah.

»Sotiris habe ich es erzählt, aber den anderen ... Ich müsste tausend Fragen beantworten, und dazu hab ich keine Lust. Die Ermittlungen sind gerade kompliziert genug.«

»Das versteh ich. Seid ihr denn wenigstens vorangekommen heute?«

»Schwer zu sagen. Wir haben wenig Konkretes erfahren, aber ...«

»Ja?«

»Es gab einen dubiosen Autounfall. In Polirrinia.«

»Polirrinia? Warst du da oben?«, fragte Hannah.

»Ja. Vielleicht war es nur ein Autounfall, aber das glauben wir nicht. Immerhin ist es sehr schön dort. Wir sollten mal hinfahren.«

»Ja. Gerne!«

Beide erzählten noch ein wenig, wie ihr Tag verlaufen war.

Als sie sich schon verabschiedet hatten, fiel Michalis auf, dass Hannah nicht gesagt hatte, wie lange sie in Rom bleiben würde.

Er trank auf dem Balkon noch ein Glas Wein und ging dann ins Bett, obwohl es draußen noch nicht einmal richtig dunkel war.

Als um kurz nach eins sein Smartphone klingelte, wusste Michalis, dass das eine gute Idee gewesen war.

32

»Michalis?«

Es war die Stimme von Koronaios, auch wenn Michalis sie im ersten Moment kaum erkannt hätte, so verschlafen klang sie.

»Ja?«

Michalis blickte auf das Display. Es war 01.06 Uhr.

»Es ist geschossen worden.« Koronaios stöhnte mehr, als dass er sprach.

»Was? Wer? Wo ist geschossen worden?«

»Falassarna. Auf Evangelis Embirikos. Den Archäologen«, sagte Koronaios. Seine Stimme klang gepresst. Er schien noch im Bett zu liegen.

Michalis sprang auf.

»Weißt du etwas Näheres? Lebt Embirikos?«

»Ja, ja er lebt noch. Ein Krankenwagen ist unterwegs.« Wieder stöhnte Koronaios. »Wir müssen dorthin.«

»Ja, natürlich. Du klingst … Ich komm mit dem Roller zu dir, und dann nehmen wir den Wagen«, sagte Michalis.

»Ja, das ist gut. Bis gleich.«

Koronaios legte auf.

Michalis hielt nur den Kopf unter den Wasserhahn, rubbelte Haare und Bart halbwegs trocken, zog sich an, stürmte aus dem Haus und fuhr ohne Helm los. Um diese Uhrzeit waren die Straßen leer, und so würde er schneller wach werden. Er kam an der großen Markthalle vorbei, die gerade saniert wurde, nahm die *Odos Papandreou*, bog an der *Platia Eleftherias* ab und erreichte hinter dem Gerichtsgebäude die *Odos Giampoudaki*. Der

Dienstwagen stand gegenüber des Hauses, in dem Koronaios mit seiner Familie im zweiten Stock wohnte. Dort brannte Licht, und Michalis wartete, bis auch im Treppenhaus Licht anging.

Koronaios hielt in den Händen, worauf Michalis gehofft hatte: zwei Frappés.

»Schönen Gruß von meiner Frau«, sagte Koronaios, gab Michalis einen der Becher und warf ihm den Schlüssel zu.

Michalis trank einen Schluck, stellte das Blaulicht auf das Autodach und gab Gas. Fast alle Ampeln waren nachts ausgeschaltet, und nur an der Kreuzung zur *Odos Anapavseos* schaltete Michalis kurz das Martinshorn ein. Ansonsten genügte das Blaulicht, das an den Fassaden der vorbeiziehenden Häuser flackerte, damit die wenigen Autofahrer auswichen.

»Die Spurensicherung wird schon vor uns da sein«, sagte Koronaios, während sie über die Schnellstraße rasten. »Zagorakis und seine Leute sind noch im Hotel in Kissamos und haben sich sofort auf den Weg gemacht.«

»Weißt du etwas über den Zustand von Embirikos?«, fragte Michalis.

»Es besteht wohl keine Lebensgefahr. Das war zumindest der erste Eindruck des Arztes.« Koronaios gähnte. »Immerhin war ich um neun schon im Bett. Hast du denn überhaupt geschlafen?«

»Ich war um halb elf im Bett. Hannah übernachtet in einem Hotel in Heraklion und fliegt um sieben nach Rom.«

»Oh«, sagte Koronaios.

Falassarna lag im Dunklen, nur auf dem Meer glitzerte das Licht des Mondes. Das Baugrundstück war jedoch schon von weitem als strahlend heller Fleck zu erkennen. Zagorakis und seine Leute hatten Lampen auf Stative gestellt, um das Gelände auszuleuchten.

An dem abgesperrten Eingang bot sich ein inzwischen vertrautes Bild: Die Archäologin Lemonia Kaliotsis stand dort und schimpfte, heute Nacht allerdings auf der Außenseite der Absperrung. Sie wurde von dem Revierleiter Minotis und mehreren seiner uniformierten Beamten daran gehindert, das Gelände zu betreten.

»Das ist jetzt ein Tatort«, rief Minotis, »und damit hat die Polizei hier das Sagen und nicht Sie!«

Michalis und Koronaios gingen auf den Eingang zu. Sofort stürmte Lemonia Kaliotsis ihnen entgegen.

»Ich war es, die Embirikos gefunden hat! Ich habe die Rettung und die Polizei alarmiert! Und jetzt ruinieren diese Leute die Ausgrabung!«, brüllte sie.

»Diese Frau macht Ihren Kollegen Zagorakis wahnsinnig«, sagte Minotis. »Deshalb gibt es die strikte Anweisung, sie vorläufig nicht auf das Gelände zu lassen.«

»Das werden Sie bereuen!«, schrie Lemonia Kaliotsis. »Sie haben keine Ahnung, mit wem Sie sich anlegen! Der griechische Staat ist verpflichtet, seine antiken Schätze zu schützen. Das wird Konsequenzen haben!«

»Frau Kaliotsis«, sagte Michalis so ruhig wie möglich, »wir werden uns jetzt auf dem Gelände einen Eindruck verschaffen. Und danach kommen wir zu Ihnen.«

Michalis und Koronaios ließen Lemonia Kaliotsis stehen und betraten das Gelände. Christos Minotis folgte ihnen wie selbstverständlich.

»Frau Kaliotsis hat mir, bevor die Spurensicherung eingetroffen war, mitgeteilt, was hier angeblich passiert ist«, sagte er.

Michalis nahm zur Kenntnis, dass Minotis *angeblich* gesagt hatte. Er schien der Archäologin nicht zu trauen.

»Das Gelände wird rund um die Uhr von Archäologen bewacht. Auch nachts ist immer jemand da«, fuhr der Revierleiter fort. »In dem großen Zelt in der Mitte hat Lemonia Kaliotsis ein Feldbett für sich aufstellen lassen. Heute Nacht war aber Evangelis Embirikos hier. Keine Ahnung, warum er sich die Nacht um die Ohren schlagen wollte.«

Michalis konnte sich durchaus vorstellen, warum der Archäologie-Direktor das tat. Zum einen, wie Hannah gesagt hatte, weil er den Ruhm dieser Ausgrabung für sich beanspruchen wollte. Zum anderen musste es auch für einen so erfahrenen Mann wie Embirikos immer noch faszinierend sein, nachts mit den frisch entdeckten Überresten der antiken Vergangenheit allein zu sein.

»Wie geht es Evangelis Embirikos? Wie schwer ist seine Verletzung?«, erkundigte sich Koronaios.

»Er hat einen Bauchschuss abbekommen und einiges an Blut verloren, aber der Arzt war zuversichtlich, dass keine Lebensgefahr besteht«, erwiderte Minotis.

»War Embirikos ansprechbar? Hat er gesehen, wer auf ihn geschossen hat?«, fragte Koronaios.

»Nein, er war nicht vernehmungsfähig. Ich bin kurz vor dem Rettungswagen eingetroffen, da lag er blutend am Eingang des Zelts, und Frau Kaliotsis kniete neben ihm.«

»Hat sie jemanden hier auf dem Gelände bemerkt? Einen Fremden?«, hakte Koronaios nach.

Und warum, fragte sich Michalis, war Lemonia Kaliotsis überhaupt auf dem Gelände, wenn doch Embirikos die nächtliche Wache übernommen hatte?

»Angeblich hat Frau Kaliotsis gesehen, wie jemand weggerannt ist. Aber daran gibt es Zweifel. Das wird Ihnen Ihr Kollege Zagorakis erklären«, sagte Minotis.

Sie hatten das große Zelt erreicht, in dem Lemonia Kaliotsis nicht nur ihre Arbeitsmaterialien und antike Fundstücke verwahrte, sondern auch das Feldbett hatte aufstellen lassen. Im Eingangsbereich des Zelts hatte die Spurensicherung mit weißen

Linien markiert, wo Evangelis Embirikos gelegen hatte. Im Licht der Scheinwerfer glaubte Michalis, einen Blutfleck am Boden zu erkennen.

Zagorakis trat aus dem Zelt.

»Na, ihr seht ja auch nicht ausgeschlafener aus als meine Leute und ich«, sagte der Chef der Spurensicherung zur Begrüßung. Tatsächlich war der Mann, der für seine Eitelkeit berüchtigt war, zerzaust, unrasiert und wirkte übernächtigt. »Langsam hab ich diese nächtlichen Einsätze satt. Ich würde gern mal wieder in meinem eigenen Bett aufwachen, und zwar zu einer normalen Arbeitszeit.«

»Gibt es schon etwas, das du uns zeigen kannst?«, fragte Koronaios.

»O ja«, erwiderte Zagorakis. »Das fängt damit an, dass die Archäologin mich daran hindern wollte, dieses Zelt zu betreten. Ich würde unersetzliche archäologische Arbeit ruinieren, hat sie gezetert. Da war sie aber an den Richtigen geraten.« Zagorakis lächelte kurz. »Wobei ich zugeben muss, dass diese Frau ungewöhnlich ist. So entschlossen und lautstark wollte mich noch nie jemand daran hindern, einen Tatort zu untersuchen. Aber« – er deutete in das Zelt – »sie hatte dafür wohl auch Gründe.«

Das Zelt, in dem die Fundstücke katalogisiert und aufbewahrt wurden, war drei Meter breit, fünf Meter lang und so hoch, dass sie bequem darin stehen konnten. Michalis sah sofort, was Zagorakis ihnen zeigen wollte. Auf einem Tisch lag in einer Plastiktüte eine Pistole.

»Eine Walther PPK«, sagte Zagorakis. »Die Archäologin hat sofort zugegeben, dass das ihre Pistole ist. *Natürlich gehört die mir. Ich muss mich ja verteidigen können. Die Waffe ist angemeldet, da ist alles in Ordnung,* hat sie geschimpft. Könnt ihr euch vermutlich vorstellen.«

»O ja«, bestätigte Koronaios.

»Aus dieser Waffe ist heute Nacht geschossen worden. Der Lauf ist noch warm.«

»Fingerabdrücke?«, fragte Michalis.

»Ja. Wobei wir natürlich noch am Anfang stehen. Die Archäologin bestreitet, damit geschossen zu haben. Es hat den Kollegen aus Kissamos« – Zagorakis deutete auf Christos Minotis, der vor dem Zelt stehen geblieben war – »einige Mühe gekostet, aber wir haben Frau Kaliotsis Fingerabdrücke abgenommen.«

»Schmauchspuren an ihren Händen?«, fragte Koronaios.

»Nein. Aber sie könnte Handschuhe getragen haben. Die müsste sie dann irgendwo entsorgt haben. Vielleicht finden wir sie ja in der Nähe«, erwiderte Zagorakis und sah Michalis und Koronaios an.

»Wo hast du die Waffe gefunden?«, fragte Michalis.

»In dieser Tasche.« Zagorakis hielt eine Handtasche hoch. »Lemonia Kaliotsis streitet nicht ab, dass es ihre ist. Allerdings hat sie, bevor wir das unterbinden konnten, in diesem Zelt etwas gesucht. Sie behauptet, hier drinnen seien antike Fundstücke gestohlen worden.«

»Gibt es draußen etwas, das für uns wichtig wäre?«, wollte Koronaios wissen.

»Dort stehen wir noch ganz am Anfang. Es wird für uns einfacher, sobald die Sonne aufgegangen ist.«

Schon als sie das Zelt verließen, hörten Michalis und Koronaios die Archäologin schimpfen. Allerdings klang es dumpfer als vorhin, und als sie sich dem Ausgang näherten, begriffen sie, warum: Christos Minotis hatte sie in einen Wagen sperren lassen.

»Es ist mir sehr unangenehm«, sagte der Revierleiter, »aber anders war diese Frau nicht zu bändigen.«

»Wir kümmern uns um sie«, sagte Koronaios.

Michalis öffnete die Wagentür.

»Frau Kaliotsis. Mein Kollege und ich würden gern mit Ihnen reden«, sagte er.

Die Archäologin stieg aus dem Wagen.

»Sperren die mich in einen Wagen. Diese Idioten …«

»Erzählen Sie uns bitte, was heute Nacht passiert ist«, forderte Michalis sie auf.

»Eine meiner Aufgabe ist es, für die Sicherheit unserer Fundstücke zu sorgen. Diese Nacht wollte Embirikos das übernehmen. Das hat er früher häufig gemacht, und eine Nacht in einem richtigen Bett würde mir auch guttun, dachte ich.« Lemonia Kaliotsis schien zu überlegen. »Mein Sohn ist ebenfalls Archäologe und zurzeit bei einer Ausgrabung in Peru. Wir erreichen uns selten und hatten uns für Mitternacht verabredet. Zeitunterschied, Sie verstehen. Im Hotel hab ich schlechten Empfang, deshalb bin ich spazieren gegangen. Ich wartete auf den Anruf, da hörte ich Schreie und dann einen Schuss. Ich bin hierhergerannt, hab Embirikos gefunden und gesehen, wie jemand weggelaufen ist.«

»Können Sie die Person beschreiben?«, fragte Michalis.

»Nein. Es war ja dunkel.«

»War es eher ein Mann oder eine Frau …«

»Ich hab doch gesagt, es war dunkel!«

»Wir würden gern Ihr Handy sehen. Ihr Sohn müsste sich ja inzwischen gemeldet haben«, sagte Koronaios.

»Wie bitte? Glauben Sie mir etwa nicht?«, fauchte die Archäologin.

»Zeigen Sie uns einfach Ihr Handy. Dann ist das sofort erledigt. Reine Routine«, sagte Koronaios.

Lemonia Kaliotsis starrte ihn wütend an.

»Mein Handy hab ich verloren, nachdem ich den Notarzt und die Polizei angerufen hab. Das muss hier irgendwo liegen. Wahrscheinlich dort, wo Ihr Kollege sein Unwesen treibt und unsere Ausgrabung ruiniert!«

»Geben Sie mir Ihre Nummer. Ich rufe Sie an, und dann wissen wir, wo das Handy liegt«, sagte Koronaios.

»Ich hab den Ton ausgeschaltet! Das mach ich immer!«

»Ganz ruhig, Frau Kaliotsis.«

»Ich bin ruhig!«, brüllte sie.

»Falls Sie Ihr Handy wirklich dort verloren haben, werden wir es finden, und die Sache wird sich klären«, sagte Michalis.

»Das kann doch nicht Ihr Ernst sein!«

»Frau Kaliotsis. Dort drüben gibt es eine Waffe, die Ihnen gehört und mit der heute Nacht geschossen wurde.«

»Die muss jemand an sich genommen haben! Ich war ja nicht da!« Unvermittelt rannte Lemonia Kaliotsis Richtung Zelt.

»Minotis!«, rief Koronaios, und Sekunden später versperrte der Revierleiter mit drei uniformierten Beamten der Archäologin den Weg und packte sie.

»Lassen Sie mich los!«, schrie Lemonia Kaliotsis.

»Frau Kaliotsis!«, sagte Koronaios. »Es besteht der Verdacht, dass Sie auf Ihren Vorgesetzten, Herrn Evangelis Embirikos, geschossen haben. Wir müssen Sie vorläufig festnehmen und in Chania weiterbefragen.«

»Wie bitte?«

»Wir würden Sie bitten, Frau Kaliotsis nach Chania in die Kriminaldirektion bringen zu lassen«, sagte Koronaios zu dem Revierleiter. »Und sorgen Sie bitte dafür, dass sich keine Unbefugten dem Gelände nähern«, forderte Koronaios Minotis auf.

»Sie können sich auf mich verlassen«, erwiderte Minotis.

Michalis und Koronaios gingen zurück zu dem großen Zelt in der Mitte des Grundstücks.

»Ich informier Jorgos, dass Lemonia Kaliotsis auf dem Weg in die Kriminaldirektion ist«, sagte Koronaios und blieb mit dem Handy in der Hand zurück.

Michalis ging zu Zagorakis und bat ihn, auf das Handy von Lemonia Kaliotsis zu achten.

»Bisher ist uns kein Handy aufgefallen, aber falls wir eines finden, melde ich mich sofort«, sagte Zagorakis. »Ich bin ja nun wirklich kein Archäologe, aber wenn ich sehe, was die in den wenigen Tagen hier bereits gefunden haben ... dann könnte das hier eine der bedeutendsten Ausgrabungsstätten werden, von denen ich in den letzten Jahren gehört habe.« Zagorakis deutete auf einige Ringe und Messer, die in kleinen Kästen lagen. »Denn das hier dürfte ja erst der Anfang sein.«

Michalis suchte sich einen Platz, von dem aus er das Gelände im Blick hatte. Im Osten wurde der Himmel bereits ein wenig heller, irgendwo krähte ein Hahn, und in der Ferne war die Brandung hören. Ansonsten war es, bis auf die Stimmen der Spurensicherer, vollkommen still.

Michalis fragte sich, was hier passiert sein konnte. Die Kugel hatte Embirikos im Bauchraum getroffen. Jemand hatte also von vorn, vermutlich aus dem Zelt heraus, geschossen. Möglicherweise war der Archäologe im hinteren Bereich des Geländes bei der Grabung gewesen und hatte Geräusche gehört. Was aber hätte Lemonia Kaliotsis nachts dort tun sollen, das sie nicht auch tagsüber hätte erledigen können? Verdächtigte sie ihren Vorgesetzten, antike Fundstücke an sich zu nehmen? Oder wollte sie selbst Fundstücke beiseiteschaffen, um sie der Fachwelt präsentieren zu können?

Lemonia Kaliotsis war impulsiv und laut, und sie machte sich verdächtig. Aber würde sie auf ihren Vorgesetzten schießen und dann die Polizei und die Rettung alarmieren?

Koronaios kam auf Michalis zu. »Jorgos ist informiert. Myrta macht sich auch gleich auf den Weg ins Büro«, sagte er.

Die beiden sahen, dass ein Wagen vor dem Baugelände hielt.

Zwei Männer stiegen aus, von denen einer sich dem Gelände näherte. Als er in das Licht einer der Lampen trat, erkannte Michalis Stavros Tsivilikas, den Bauarbeiter, der Michalis aus dem Felsenlabyrinth befreit hatte.

»Herr Tsivilikas«, begrüßte Michalis ihn.

»Es wird erzählt, es seien Schüsse gefallen«, sagte Tsivilikas.

»Wer erzählt das?«, fragte Michalis.

»Die Leute hier. So was spricht sich schnell herum.«

Tsivilikas war anzusehen, dass er etwas auf dem Herzen hatte, und Michalis fragte sich, ob es einer der Arbeiter gewesen sein könnte, der auf das Gelände geschlichen war, um wertvolle Fundstücke an sich zu nehmen, und dabei von Embirikos gestört worden war.

»Ich möchte Ihnen etwas sagen«, begann Tsivilikas. »Vielleicht hätte ich das schon früher tun sollen. Aber ... ich hatte es versprochen.«

Stavros Tsivilikas atmete tief durch. »Jannis und ich waren befreundet.«

»Jannis Katrougalos?«,

»Ja. Jannis. Wir kannten uns seit Jahren. Ein feiner Kerl. Schlimm, was mit ihm passiert ist. Vor gut einer Woche, als wir gerade angefangen haben, da hatte Jannis hier bei den Arbeiten etwas gefunden. Da hinten, wo jetzt auch die Archäologen suchen. Tonscherben. Ich hatte so etwas schon mal auf einer Baustelle gesehen. Hinter Chania, auf Akrotiri. Da sollten wir eine Villa bauen. Die ist nie fertig geworden.«

»Jannis Katrougalos hatte antike Fundstücke entdeckt?«, fragte Michalis ungläubig.

»Ich bin kein Fachmann, aber ich hab solche Tonscherben schon öfter gesehen. Und wir wissen alle, wo die ersten Fundstücke sind, da finden sich schnell noch mehr«, sagte Tsivilikas.

»Was hat Jannis mit diesen Tonscherben gemacht?«, fragte Koronaios.

Der Bauarbeiter nickte ernst.

»Jannis hatte es oft nicht leicht. Weder mit sich selbst noch mit seinem Vater.«

»Aber die beiden hatten sich doch wieder vertragen, haben wir gehört?«

»Ja, das hatten sie, aber ... Jannis hatte bei seinem Vater mal Geld aus der Kasse gestohlen und wollte es zurückzahlen.« Es fiel Stavros Tsivilikas schwer, weiterzureden. »Er ist also mit diesen Tonscherben zu Stefanos Samarakis gegangen.«

»Er wollte Geld dafür haben?«, fragte Michalis.

»Ja. Stefanos Samarakis hat ihm wohl auch etwas gegeben, damit niemand von den Tonscherben erfährt.« Tsivilikas zögerte. »Das hat Jannis mir am nächsten Tag gesagt, und ich musste versprechen, niemandem davon zu erzählen. Daran hab ich mich gehalten. Bis jetzt.«

»Kann das noch jemand wissen?«, wollte Koronaios wissen. »Sein Vater?«

»Das ist möglich. Auf jeden Fall ... Zwei Tage später war Jannis tot. Ertrunken.« Er schüttelte den Kopf. »Jannis war ein guter Schwimmer. Wir waren nach Feierabend sogar im Meer. Ganz in der Nähe, dort, wo Sie nicht aus den Felsen rauskamen. Da ist ein kleiner Strand.« Der Bauarbeiter blickte Michalis hilflos an. »Jemand, der schwimmen kann, der ertrinkt doch nicht so einfach!«

Stavros Tsivilikas sah sich um und deutete zur Baustelle.

»Hier wird doch sowieso nie mehr gebaut. Das kann mir keiner erzählen. Und die Samarakis werden uns nicht weiter bezahlen, das kenne ich schon«, sagte er. »Deshalb wollte ich, dass Sie das wissen.«

Koronaios nahm sein Handy. »Ich ruf Jorgos an.«

Er ging zum Dienstwagen. Jorgos sollte eine Fahndung nach Stefanos Samarakis sowie einen Durchsuchungsbeschluss für dessen Räume besorgen. Seine DNA musste unverzüglich mit der, die die Gerichtsmedizin an dem Leichnam von Jannis Katrougalos gefunden habt, abgeglichen werden.

»Ich danke Ihnen sehr. Ich gebe ich Ihnen meine Nummer, falls Ihnen noch etwas einfällt«, sagte Michalis, reichte dem Bauarbeiter eine Visitenkarte und bekam auch dessen Handynummer.

»Sie kennen sich hier doch aus«, sagte Michalis. »Gibt es in Falassarna eine Bäckerei oder sonst jemanden, der so früh am Tag Frappé und etwas zu essen verkauft?«

»Eine Bäckerei? Nein. So was gibt es hier nicht. Das wird von Kissamos geliefert. Aber die Ersten, morgens, das ist das *Kalokeri*. Unten am Strand. Manchmal macht Angelos schon um sechs auf. Wenn er Lust hat. Bei ihm wohnen viele Familien mit kleinen Kindern. Die sind früh wach. Besonders die Deutschen.«

»Das *Kalokeri*. Danke. Das werden wir finden.«

»Die Fahndung und den Durchsuchungsbeschluss dürften wir bald haben«, sagte Koronaios, als Tsivilikas sich verabschiedet hatte. »Dann gehen wir ins Hotel der Samarakis, und wenn wir den Sohn dort nicht finden, nehmen wir etwas mit, an dem sich seine DNA befindet.«

»Das Privathaus des Vaters sollten wir auch durchsuchen. Ich kann mir gut vorstellen, dass er Stefanos bei sich versteckt«, schlug Michalis vor.

»Ja. Jorgos holt auch dafür die Genehmigung ein.«

Michalis dachte nach. Sobald sie einen DNA-Abgleich hatten, würden sie wissen, ob Stefanos Samarakis mit dem Tod von Jannis Katrougalos etwas zu tun hatte. Emilia Apostolidis, die

Schwester der toten Artemis, hatte ihnen von einem Streit erzählt, den Stefanos Samarakis hier in Falassarna mit einem Mann gehabt hatte. War dieser Mann Jannis Katrougalos gewesen? Hatte Stefanos Samarakis an dem Abend den angetrunkenen Sohn des Malermeisters von den Klippen ins Meer gestoßen?

Und: War es womöglich der Malermeister gewesen, der in Balos den Motor der Yacht manipuliert hatte? Wollte er den Tod seines Sohnes rächen?

»Lass uns als Erstes zu Karolos Katrougalos fahren. Ich will wissen, wo er an dem Abend war, als die Motoryacht in der Lagune verunglückt ist«, sagte Michalis.

»Aber vielleicht ist vorher ja noch ein Frappé und ein kleines Frühstück drin. Es könnte ein langer und aufreibender Tag werden«, erwiderte Koronaios.

33

Von der Hauptstraße führte ein asphaltierter Weg nach unten und endete am Strand neben dem *Kalokeri*, das Stavros Tsivilikas empfohlen hatte. Es war noch geschlossen, und die beiden Kommissare wollten schon nach Kissamos weiterfahren, als Michalis eine Nachricht bekam.

Ich hab Angelos angerufen, er wird jeden Moment im Kalokeri sein, hatte Tsivilikas geschrieben.

»Dann setzen wir uns doch und warten«, schlug Michalis vor.

»Sehr gern. Und falls ich einschlafen sollte, dann weck mich bitte erst, wenn der Frappé vor mit steht«, entgegnete Koronaios.

Im Osten war über den Bergen das erste Blau zu erkennen. Koronaios lehnte sich in dem Stuhl zurück, doch es war ihm zu unbequem. Er sah sich um, und sein Blick fiel auf die lange Reihe von Sonnenschirmen, die am Strand standen und zu denen jeweils zwei Liegen gehörten.

»Leg dich einfach auf eine der Liegen. Sobald der Frappé fertig ist, weck ich dich«, sagte Michalis.

»Ich kann mich im Dienst doch nicht einfach hinlegen …«, erwiderte Koronaios.

»Wenn jemand etwas sagt, dann war das eine offizielle Dienstanweisung von mir.« Michalis grinste.

Koronaios blickte sich um. Noch war niemand am Strand. Er stand auf, wählte eine Liege und legte sich hin.

Michalis sah auf die Uhr. Viertel vor sechs. Wenn Hannahs Flug nach Rom um sieben ging, dann müsste sie jetzt wach sein.

Er überlegte, sie anzurufen, entschied sich aber, ihr nur eine Nachricht zu schicken. Wenige Sekunden nachdem er ihr geschrieben hatte, rief Hannah ihn an.

»Warum bist du denn schon wach?«, fragte sie.

»Es gab Schüsse. In Falassarna. Koronaios und ich sind bereits seit einigen Stunden vor Ort.«

»Und auf wen ist geschossen worden?«, fragte Hannah.

»Es wird nicht lange ein Geheimnis bleiben. Aber du solltest es offiziell nicht von mir erfahren haben.«

»Selbstverständlich nicht. Aber das klingt, als ob …«

»Jemand hat auf Embirikos geschossen. Es gibt einen Verdächtigen, aber ich denke, es war jemand anders«, sagte Michalis.

»Ich werde schweigen, versprochen«, antwortete Hannah. »Ich muss jetzt leider los. Ich meld mich, wenn wir in Rom gelandet sind.«

Sie legten auf. Michalis lauschte den Wellen und beobachtete den heller werdenden Horizont. Wieder lag ein langer, heißer Sommertag vor ihnen, und Michalis hoffte, dass sie diesen komplizierten Fall endlich aufklären würden, bevor es weitere Tote gab. Drei Menschen waren in der Lagune von Balos gestorben, und der Tod von Jannis Katrougalos hing wohl ebenso damit zusammen wie der Autounfall seiner Eltern. Mit dem Archäologen Embirikos waren es bisher sechs Menschen, die Opfer von Gewalt geworden waren. So etwas hatte Michalis auf Kreta bisher noch nicht erlebt.

Die Schweinwerfer eines Wagens näherten sich auf der abschüssigen Straße. Das Auto hielt direkt neben dem Dienstwagen von Michalis und Koronaios. Gähnend stieg ein Mann aus.

»Ich hatte gehofft, heute mal etwas länger schlafen zu können«, rief er Michalis gut gelaunt zu, »aber meine Tochter war auch schon wach. Was kann ich für Sie tun?«

»Zwei Frappés bitte«, sagte Michalis. »Und etwas zum Frühstück. Geht das um die Zeit schon?«,

»Viel zu essen kann ich Ihnen noch nicht anbieten«, sagte der Wirt. »Die Lieferung aus Kissamos wird in einer Stunde hier sein. Omelette könnte ich Ihnen machen. Und Brot von gestern aufbacken, wenn Ihnen das recht ist.«

»Sehr gern«, erwiderte Michalis. »Sagen Sie ...« Ihm war ein Gedanke gekommen.

»Ja?«

»Wie viele Tavernen gibt es in Falassarna, die direkt am Strand liegen?«

»Wir hier im *Kalokeri* und hinten, bevor die sandige Piste mit der Baustelle anfängt, da ist das *Ilios*. Sonst sind alle weiter oben, näher an der Straße.«

»Sie kennen Stefanos Samarakis?«, fragte Michalis.

»Ja. Natürlich.«

»War er vor einer guten Woche abends mal hier? Mit seiner Verlobten?«

Der Wirt überlegte.

»Abends, sagen Sie ... das kann sein. Ich könnte meinen Kellner fragen. Ich stehe ja meistens in der Küche«, erklärte er.

»Es wäre gut, wenn er sich an den genauen Abend erinnert. Ich gebe Ihnen nachher meine Nummer.«

»Ich geh kurz in die Küche. Zweimal, hatten Sie gesagt?«

»Ja«, erwiderte Michalis. »Mein Kollege wird gleich wieder hier sein.«

Der Blick des Wirts ging zum Strand und blieb an der Liege hängen, auf der Koronaios lag und von der ein leises Schnarchen zu hören war.

Stefanos Samarakis könnte also mit Artemis vor einer Woche hier gewesen sein. Falls der Kellner sich an ihn erinnerte und es der Abend gewesen war, an dem Jannis Katrougalos ertrunken war, dann fügte sich das Bild langsam zusammen.

Um Koronaios herum tauchten die ersten übernächtigten Urlauber mit ihren Kindern auf, und einige Jogger liefen ihre Runden an dem Strand. Noch war die Sonne nicht über den Horizont gestiegen, aber es war hell und für den Frühsport noch nicht zu warm.

Der Strand stand in beiden Richtungen voller Sonnenschirme sowie Liegen. Nach rechts, Richtung Norden, erhoben sich nach etwa hundert Metern einige Felsen direkt am Meer. Die höchsten mochten zwanzig Meter hoch sein. Diese Felsen hatte Michalis von der Terrasse der Taverne aus gesehen, wo er am ersten Tag mit Koronaios gegessen und die Wirtin keinen Zweifel daran gelassen hatte, dass die Samarakis und ihr Hotelneubau in Falassarna unerwünscht waren.

Kinder spielten im Sand, und Wellen rollten sanft an den Strand. Irgendwo bellte ein Hund. Für einen Moment genoss Michalis diese Idylle. Es schien eine heile Welt zu sein, doch in der Nähe war geschossen worden, und irgendwo hier war Jannis Katrougalos gewaltsam ums Leben gekommen.

Der Wirt stellte zwei Frappés auf den Tisch.

»Omelette kommt gleich. Oder soll ich noch warten?«, fragte er mit Blick auf die Strandliege und Koronaios.

»Nein, ich sag ihm Bescheid«, erwiderte Michalis, stand auf und weckte Koronaios.

»Was?«, rief Koronaios, richtete sich auf und sah sich verwirrt um. Für einen Moment schien er nicht zu wissen, wo er war.

»Der Frappé steht bereit. Omelette kommt gleich.«

»Das wird auch Zeit«, erwiderte Koronaios, streckte sich und ging langsam Richtung Taverne. Ganz wach schien er noch nicht zu sein.

Müde tranken die beiden ihren Frappé und aßen das Omelette mit Schafskäse, Zwiebeln und Tomaten.

Der Wirt trat an ihren Tisch.

»Ich hab Kostas angerufen, meinen Kellner. Er erinnert sich an Stefanos Samarakis und seine Verlobte. Am Donnerstag vor einer Woche, da waren die beiden abends hier. Da ist er sicher«, sagte der Wirt.

»Letzten Donnerstag …« Michalis nickte. Am Freitag war Jannis Katrougalos frühmorgens tot im Wasser treibend gefunden worden.

»Kostas hat mir noch was erzählt, das ihn gewundert hatte«, sagte der Wirt.

»Was war das?«, fragte Michalis.

»Die beiden waren eigentlich längst gegangen, da hat Kostas die Verlobte an ihrem Wagen gesehen. Allein. Und eine Stunde später stand sie wohl immer noch da und schien ziemlich sauer zu sein.« Der Wirt sah Michalis und Koronaios an. »Ich weiß nicht, ob das wichtig ist. Es war auf jeden Fall ungewöhnlich.«

Ja, dachte Michalis, das war sogar sehr wichtig. Denn es bestätigte, was Emilia Apostolidis, Artemis' Schwester, ihnen erzählt hatte.

34

Eine Stunde später trafen sie sich mit dem Revierleiter und zwei seiner Beamten vor dem Haus von Sokratis Samarakis. Die richterlichen Beschlüsse waren eingetroffen, wie Koronaios während der Fahrt von Jorgos erfahren hatte.

»Unser Kriminaldirektor ist informiert, und er hat wohl Druck gemacht, damit die Genehmigungen so schnell erteilt werden. Jorgos kommt mit zwei Kollegen zu uns, falls wir Unterstützung benötigen«, sagte Koronaios.

Bei Sokratis Samarakis öffnete niemand, und es gab keine Hinweise, dass sich jemand im Haus verstecken könnte.

»Einer Ihrer Beamten bleibt hier und beobachtet das Haus«, sagte Koronaios zu Minotis. Dann brachen sie zum Hotel *Pelagos* der Familie Samarakis auf. Zwei weitere Teams von Minotis machten sich ebenfalls auf den Weg.

Hinter dem Hotel entdecken Michalis und Koronaios, von einem Lieferwagen verdeckt, sowohl den Pick-up des Vaters als auch das Motorrad des Sohns.

Es war halb neun Uhr morgens, und in der Lobby waren noch keine Touristen. Die Rezeptionistin, die bereits in den letzten Tagen hinter dem Tresen gestanden hatte, hatte auch heute Dienst.

»Nein, tut mir leid. Die beiden sind nicht im Haus«, teilte sie nervös mit, als Michalis und Koronaios sie nach Stefanos und Sokratis Samarakis gefragt hatten.

»Davon werden wir uns selbst überzeugen«, sagte Michalis.

»Geben Sie uns bitte die Schlüssel für die Suite von Stefanos Samarakis und für das Büro des Vaters.«

»Das darf ich nicht«, erwiderte die Rezeptionistin ängstlich.

Wortlos hielt Koronaios den Durchsuchungsbeschluss hoch. Eingeschüchtert nahm die Frau zwei Schlüsselkarten und reichte sie Michalis.

»Einer Ihrer Leute behält die Frau im Blick«, sagte Michalis zu Minotis, als er sich mit Koronaios auf den Weg zum Büro von Sokratis Samarakis machte.

»Sie können sich auf uns verlassen«, entgegnete Minotis.

Das Büro von Sokratis Samarakis war leer. Auf seinem Schreibtisch stand ein frischer Frappé.

»Haben Sie genug Leute, um auf allen Etagen den Fahrstuhl und das Treppenhaus zu überwachen?«, fragte Koronaios den Revierleiter.

»Ich habe sechs Leute hier, das müsste reichen. Ich fordere weitere Unterstützung an«, erwiderte Minotis.

Michalis und Koronaios fuhren mit Jorgos, der zeitgleich eingetroffen war, in den fünften Stock und öffneten die Suite. Sie war leer, das Bett unberührt.

»Irgendwo muss dieser Kerl doch stecken«, sagte Koronaios.

Michalis fand im Bad eine Zahnbürste, steckte sie in einen Beweismittelbeutel und verschloss ihn. Dasselbe tat er mit einem Glas, das vor dem Badezimmerspiegel stand und benutzt war.

»Dritter Stock, dritter Stock! Den Schlüssel für die 308, aber sofort!«, hörten sie plötzlich die Stimme von Minotis aus einem Funkgerät.

Michalis und Koronaios liefen auf den Flur, nahmen das Treppenhaus und erreichten den dritten Stock.

»Hier! Hier ist der Vater rein!«, rief Minotis leise und winkte den beiden.

»Einer meiner Männer hat Sokratis Samarakis entdeckt. Er ist in das Zimmer gegangen, als habe er dort etwas zu tun«, fuhr Minotis fort.

Sekunden später kam ein Polizist mit der Schlüsselkarte für die 308 die Treppe hochgerannt.

Koronaios klopfte an die Tür.

»Herr Samarakis!«, rief er. »Sie haben fünf Sekunden, um aufzumachen, danach kommen wir rein!«

Es dauerte keine drei Sekunden, da wurde die Tür geöffnet.

»Ja?«, sagte Sokratis Samarakis und tat so, als sei er vollkommen überrascht. »Was wollen Sie?«

Koronaios hielt den Durchsuchungsbeschluss hoch, schob den Hotelier zur Seite und betrat das Zimmer. Im Vergleich zur Suite im fünften Stock war es klein, doch es war hell, gut geschnitten und geschmackvoll eingerichtet. Vor allem aber war es leer.

»Warum haben Sie sich hier vor uns versteckt?«, fragte Koronaios streng.

»Ich soll mich versteckt haben?«, fragte Sokratis Samarakis, hielt eine Schlüsselkarte für das Zimmer hoch und bemühte sich, zumindest ein wenig empört zu klingen. »Der Wasserhahn hatte getropft. Gestern war der Klempner hier, und ich wollte kontrollieren, ob jetzt alles in Ordnung ist.« Er ging ins Badezimmer und drehte einen Wasserhahn auf und zu. »Sehen Sie? Alles in Ordnung. Heute Nachmittag kommen die nächsten Gäste, und das Zimmer ist in dem Zustand, den sie erwarten können.«

»Wo ist Ihr Sohn?«, fragte Koronaios.

»Stefanos? Das wüsste ich auch gern. Ich mache mir große Sorgen um ihn.« Der Hotelier wollte beunruhigt klingen. Doch diesmal glaubte Michalis ihm nicht.

»Herr Samarakis«, sagte er, »wenn Sie uns nicht freiwillig sagen, wo Ihr Sohn sich versteckt, werden wir das gesamte Hotel durchsuchen müssen.«

»Das dürfen Sie nicht!«

»Und ob wir das dürfen!«, sagte Koronaios.

Sokratis Samarakis überlegte. »Ich werde meine Mitarbeiterin anweisen, Ihnen die Schlüsselkarten für die nicht belegten Zimmer zu geben«, sagte er dann.

»Tun Sie das. Und zwar jetzt«, erwiderte Koronaios.

»Es sind aber nicht viele. Wir haben Hochsaison und sind fast vollständig ausgebucht«, fügte der Hotelier hinzu.

Es gab in der Tat nur eine Handvoll Zimmer, die nicht belegt waren. Während diese durchsucht wurden, blieb Michalis im Foyer und behielt die Rezeption im Auge. Samarakis kam nervös aus seinem Büro, sagte etwas zur Rezeptionistin und verschwand wieder.

»Nichts«, sagte Koronaios eine Viertelstunde später, als er mit Jorgos auftauchte. »Kein Stefanos Samarakis.«

»Gut«, erwiderte Michalis und ging zur Rezeption.

»Sie drucken mir bitte die aktuelle Belegung aller Zimmer aus. Alle. Und zwar jetzt«, sagte er zu der Frau.

Die Rezeptionistin starrte ihn entsetzt an.

»Das ... das darf ich nicht«, stammelte sie und wollte zum Telefon greifen.

»Geben Sie uns bitte diese Liste«, sagte Koronaios so sanft, wie es ihm möglich war.

»Da muss ich erst Herrn Samarakis fragen ...«

»Es scheint Ihnen nicht klar zu sein, Frau« – Koronaios blickte auf das Namensschild – »Frau Daskalakis. Wir ermitteln in einem Mordfall. Und wenn Sie sich weigern, mit uns zu kooperieren, kann das für Sie sehr unangenehm werden. Bei einer möglichen Mittäterschaft ...«

»… Mittäterschaft?«

»Mögliche Mittäterschaft. Da kennt die Staatsanwaltschaft wenig Gnade«, drohte Koronaios.

Die Frau atmete tief ein. Dann öffnete sie am Computer eine Datei, druckte sie aus und reichte sie Michalis. Der überflog die Liste und verglich sie mit den leeren Zimmern, die bisher durchsucht worden waren.

»Im dritten und im fünften Stock gibt es jeweils ein Zimmer, das laut dieser Liste nicht belegt ist, für die wir bisher aber nicht die Schlüssel erhalten haben.«

»Das sind Zimmer … für Notfälle«, sagte die Frau leise.

»Wie auch immer. Die Schlüsselkarten«, forderte Michalis.

Die Frau reichte Michalis zwei Karten. Der sah sich nach Minotis um.

»Sie sorgen dafür, dass Frau Daskalakis nicht telefoniert und auch sonst mit niemandem redet, bis wir zurück sind.«

»Selbstverständlich«, erwiderte Minotis, winkte zwei seiner Leute zu sich und blieb ebenfalls in der Nähe.

Michalis lief mit Koronaios zum Fahrstuhl und sah, dass Jorgos sich in der Nähe der Rezeption postierte. Vermutlich, dachte Michalis, traute auch er Minotis nicht.

Michalis und Koronaios nahmen sich als Erstes das Zimmer im dritten Stock vor. Während sie auf dem Weg dorthin waren, hörte Michalis, wie draußen ein Motorrad startete.

»Haben Minotis' Leute die Fahrzeuge der Samarakis im Blick?«, fragte er leise.

»Ich fürchte, die sind abgezogen worden, um das Treppenhaus und die Fahrstühle zu überwachen«, erwiderte Koronaios.

Das Zimmer war eindeutig bewohnt. Das Laken war neben das Bett gerutscht. Michalis legte die Hand auf die Matratze.

»Noch warm …«, sagte er.

Wenn Stefanos Samarakis hier gewesen war, dann hatte er das Zimmer gerade erst verlassen. Michalis und Koronaios entdeckten im Mülleimer ein Pflaster mit eingetrocknetem Blut sowie zwei Zigarettenstummel. In der Hoffnung, DNA von Stefanos Samarakis daran zu finden, steckten sie die Sachen in Plastikbeutel und nahmen sie mit. Dann fuhren sie in den fünften Stock. Dort war das leere Zimmer unberührt.

»Wir gehen davon aus, dass Sie Ihren Sohn decken und ihn hier im Hotel versteckt haben«, sagte Koronaios zu Sokratis Samarakis, der hinter seinem Schreibtisch saß. Inzwischen wussten sie, dass Michalis tatsächlich das Motorrad von Stefanos Samarakis gehört hatte, denn es war verschwunden.

»Nein …«, erwiderte der Hotelier matt.

»Ich kann Ihnen nur raten, mit uns zu kooperieren. Vermutlich haben Sie Ihrem Sohn zur Flucht verholfen. Das kann auch für Sie vor Gericht enden.«

Sokratis Samarakis nickte nur, sagte aber nichts.

»Halten Sie sich zur Verfügung und informieren Sie uns, sobald sich Ihr Sohn meldet«, sagte Michalis zum Abschied. Seine Hoffnung, dass Sokratis Samarakis sie informieren würde, war allerdings gering.

Michalis und Koronaios übergaben Jorgos die Beutel mit den Zigarettenstummeln, der Zahnbürste, dem Pflaster sowie dem Glas. Jorgos wollte nach Chania aufbrechen und den Kriminaldirektor informieren.

»Wir werden jetzt zu dem Malermeister fahren«, sagte Michalis. »Vermutlich ist er bei seiner Frau, aber vielleicht treffen wir auf seinen Sohn.«

»Ich schicke ein Team ins Krankenhaus«, erwiderte Jorgos. »Die sollen Katrougalos im Blick behalten und uns auch sagen, wie es um den Archäologen steht. Ich hatte vorhin übrigens kurz das Vergnügen mit seiner Mitarbeiterin. Wie ihr es gesagt habt, Frau Kaliotsis ist sehr empört und laut. Sobald ihr Vorgesetzter vernehmungsfähig ist, erfahren wir hoffentlich, ob sie auf ihn geschossen hat.«

Michalis nickte. Seine Zweifel, dass Lemonia Kaliotsis geschossen hatte, behielt er für sich.

Michalis und Koronaios hatten das Geschäft von Katrougalos noch nicht ganz erreicht, da öffnete der Sohn die Tür und ging sehr langsam zu einem Motorrad.

»Herr Katrougalos!«, rief Michalis. Vassilis drehte sich um. Seine Augen waren blutunterlaufen und verheult.

»Meine Mutter …«, sagte er nur, stieg auf sein Motorrad und gab Gas.

Koronaios griff zu seinem Handy.

»Minotis? Schicken Sie sofort einen Wagen zum Ortsausgang Richtung Chania. Vassilis Katrougalos ist vermutlich auf dem Weg ins Krankenhaus zu seiner Mutter. Der Streifenwagen soll für ihn deutlich sichtbar in seiner Nähe bleiben. Normalerweise fahren die Leute dann vorsichtig. Wenn nicht, müssen Ihre Beamten ihn anhalten und ermahnen. Aber nur dann.«

Koronaios legte auf und sah Michalis skeptisch an.

»Natürlich sollte er in dem Zustand eigentlich überhaupt nicht auf einem Motorrad sitzen«, erwiderte Koronaios. »Aber sollen wir jemanden, der gerade seine Mutter verloren hat, daran hindern, zu ihr zu fahren?«

Koronaios wählte erneut. Jorgos meldete sich sofort.

»Wir gehen davon aus, dass Danai Katrougalos vor kurzem verstorben ist. Es soll jemand ins Krankenhaus fahren. Der Sohn ist vermutlich ebenfalls auf dem Weg dorthin. Wir müssen wissen, was der Vater tut.«

Koronaios legte auf und sah Michalis an.

»Ein grauenhafter Tag. Und ich würde viel darum geben, wenn er jetzt besser werden würde.« Koronaios blickte kurz zum Himmel und presste die Lippen aufeinander. »Ich weiß, eigentlich bist du für so etwas zuständig. Aber heute bin ich es, der ein mieses Gefühl hat.«

Sein Handy klingelte. »Minotis«, sagte Koronaios und ging ran. »Immerhin«, sagte er, nachdem er aufgelegt hatte. »Vassilis Katrougalos hatte wohl schon ein, zwei Mal riskant überholt, bis er den Streifenwagen bemerkt hat. Seitdem fährt er vorschriftsmäßig.«

Seit sie vor dem Haus des Malermeisters Katrougalos angekommen waren, hatte Michalis den Eindruck, beobachtet zu werden. Jetzt öffnete sich auf der gegenüberliegenden Straßenseite die Tür, und der Nachbar trat auf die Straße. Wieder trug er eine alte Armeehose und ein olivfarbenes T-Shirt.

»Karolos hat mich gerade angerufen. Danai ist gestorben«, sagte der Nachbar leise. »Er macht sich Sorgen um Vassilis. Wir sollen ein Auge auf ihn haben.«

»Vassilis ist auf dem Weg ins Krankenhaus. Wir haben dafür gesorgt, dass er Polizeibegleitung hat«, erwiderte Koronaios.

Der Nachbar kniff verwundert die Augen zusammen, erwiderte jedoch nichts.

»Wir würden Ihnen gern ein paar Fragen stellen«, sagte Michalis.

»Mir?«

»Ja. Wir wissen, dass Katrougalos und sein verstorbener Sohn ein sehr enges Verhältnis hatten. Der Tod von Jannis muss den Vater aus der Bahn geworfen haben.«

Der Nachbar nickte.

»Wir haben Sorge, dass Katrougalos etwas tut, das er später

bereuen wird«, fuhr Michalis fort. »Den Sohn zu verlieren und jetzt die Frau. Ich glaube, niemand kann sich diesen Schmerz wirklich vorstellen und auch nicht, wozu ein Mensch danach in der Lage ist.«

Michalis hatte den Eindruck, dass der Mann mit sich rang, ob er etwas über den Malermeister preisgeben sollte.

»Katrougalos hat behauptet, dass er in Polirrinia kein anderes Auto gesehen hat, bevor er die Kontrolle über seinen Wagen verloren hat. Aber wir sind nicht sicher, ob wir ihm das glauben sollen.«

Der Nachbar schüttelte den Kopf und wollte wieder ins Haus gehen. In der Tür tauchte jedoch seine Frau auf.

»Es wird nicht besser, wenn du nichts sagst«, meinte sie resolut. Auch sie trug eine Armeehose. Ihre kräftigen Arme waren wie die ihres Mannes voller Tattoos. »Das macht Jannis nicht wieder lebendig. Und Danai auch nicht.«

Der Nachbar drehte sich zu Michalis und Koronaios um.

»Karolos ... Er hatte früher ein Problem mit Alkohol. Ein großes Problem. Aber die letzten Jahre war er trocken.« Der Mann nickte. »Bis vor zehn Tagen.« Er schüttelte den Kopf. »Wir sitzen oft abends hier vor seiner Werkstatt. Jahrelang hat Karolos dann Frappé getrunken. Oder Wasser. Niemals Alkohol. Bis zu Jannis' Tod.«

»Kurz danach geschah dann das Unglück von Balos ...«, sagte Michalis.

»O ja. Schrecklich«, erwiderte der Nachbar, und Michalis nahm dessen Verunsicherung wahr.

»An dem Abend. Bevor in der Lagune drei Menschen gestorben sind. Haben Sie da auch hier zusammengesessen?«, fragte er.

»Ich darf darüber nicht reden. Das habe ich Karolos versprochen«, sagte der Nachbar.

»Versprochen? Er hat dir gedroht!«, rief die Frau aufgebracht.

»Gedroht?«, fragte Koronaios.

Der Nachbar rührte sich nicht.

»Gedroht … weil er an dem Abend noch mal losgefahren war?«, hakte Koronaios nach.

Der Nachbar hob den Kopf und blickte zum Himmel. Dann nickte er.

»Ist er mit dem Auto gefahren?«, wollte Koronaios wissen.

Der Nachbar schüttelte den Kopf.

»Mit dem Motorrad?«

Der Mann nickte.

»Hat er Werkzeug mitgenommen?«

Der Nachbar zuckte mit den Schultern. Es war eher ein »Ja«.

»Versteht Katrougalos etwas von Schiffsmotoren? Hat er selbst ein Boot?«

»Vor vielen Jahren, da hatte er ein kleines Boot, nichts Besonderes. Da ging es ihm gut. Ihm, der Familie, der Firma. Aber in der Finanzkrise wollte dann niemand mehr Geld ausgeben, und Karolos war fast pleite. Hat zu trinken angefangen und alles verkauft. Auch sein Boot.« Er presste die Lippen aufeinander. »Früher war Karolos anders. Hat viel gelacht. Der Firma geht es inzwischen besser, aber er … manchmal fahren wir zur Jagd. In die Berge. Dann ist Karolos so, wie er früher war. Aber kaum sind wir wieder hier …« Er schüttelte den Kopf. »Und seit Jannis tot ist …«

»Die beiden hatten sich gerade erst wieder versöhnt?«, fragte Michalis.

Der Nachbar sah die Kommissare an.

»Karolos darf nie erfahren, dass ich Ihnen das gesagt habe. Nie«, sagte er, stand auf und ging an seiner Frau vorbei ins Haus.

»Wenn wir noch Fragen haben, wie erreichen wir Sie?«, erkundigte sich Koronaios.

»Wir sind hier«, sagte die Frau.

»Wir müssen herausfinden, ob Katrougalos an dem Abend in Balos war«, sagte Michalis.

»Dieser Wirt in der zweiten Strandbar in Balos, der hat gesagt, dass er Katrougalos von früher gut kennt. Dass Katrougalos am Strand gefeiert hat, aber jetzt seit Jahren nicht da war«, sagte Koronaios. »Er hat ihn also wohl auch an dem Abend nicht gesehen. Aber oberhalb der Lagune, wo die Autofahrer ankommen, da gibt es einen Parkplatz und einen Kiosk. Vielleicht erinnert sich da jemand an Katrougalos.«

»Unser Dienstwagen würde die Schotterpiste nicht überstehen. Minotis hat einen Geländewagen, mit dem kommen wir da hoch. Rufst du ihn an?«, sagte Michalis. »Ich sag Jorgos Bescheid.«

Jorgos war kurz vor Chania, als Michalis ihn erreichte.

»Zwei Kollegen sind in der Klinik. Karolos Katrougalos ist bei seiner Frau, und die Ärzte bitten um Zurückhaltung. Unsere Leute bleiben vor Ort und informieren mich, sobald er auftaucht«, sagte Jorgos.

»Ich weiß, es ist ein furchtbarer Moment. Aber falls es Katrougalos war, der in Balos das Boot manipuliert hat – wir müssen mit ihm reden. Koronaios und ich versuchen herauszufinden, ob er in Balos an dem Abend gesehen wurde«, entgegnete Michalis.

»Haltet mich auf dem Laufenden. Den Mann einer gerade verstorbenen Frau zu einer Befragung zu drängen … dafür brauchen wir gute Gründe.«

»Ich weiß«, sagte Michalis.

Jorgos legte auf. Michalis las eine Nachricht, die Hannah geschrieben hatte. *Bin gut in Rom angekommen. Sind auf dem Weg zur nächsten Besprechung. Wie geht es euch? Vermisse dich.* Er wollte ihr zurückschreiben, doch Koronaios beendete in diesem Moment sein Gespräch und grinste.

»Der Geländewagen ist irgendwo in den Bergen, da haben sich wohl ein paar Urlauber mit ihrem kleinen weißen Mietwagen festgefahren und blockieren den Weg eines Schäfers. Aber ich habe mit Minotis eine andere Lösung gefunden.« Koronaios schien sich über das, was er vorschlagen würde, zu amüsieren. »Im Revier gibt es zwei Motorräder. Super gefedert, damit kommen wir an allen Schlaglöchern vorbei. Außerdem sind sie als Polizeifahrzeuge gut erkennbar, es werden sich also alle anderen zusammenreißen und uns überholen lassen.«

»Mit Motorrädern? Ist das dein Ernst?«, fragte Michalis. »Du weißt, wie schlecht die Strecke ist?«

»Schlecht, na ja … du kannst ja langsam fahren. Natürlich, wenn du eine andere Idee haben solltest, gerne … Mir ist nichts Besseres eingefallen.«

»Und Minotis offenbar auch nicht.«

»Doch, durchaus. Es gäbe die Möglichkeit, mit dem Boot nach Balos zu fahren. Allerdings nur mit einem kleinen offenen Boot, das große ist unterwegs. Und es ist Wind vorhergesagt, es könnte ungemütlich werden. Vor allem aber müssten wir dann zu Fuß über den Bergrücken. Mindestens eine halbe Stunde. Bei jetzt schon dreißig Grad. Wäre dir das lieber?«

»Selbst wenn es mir lieber wäre …«

»Genau. Ich würde mich weigern. Und dich oben erwarten, nachdem ich mit dem Motorrad hochgefahren bin.«

35

Eine halbe Stunde später bogen sie mit den Polizeimotorrädern Richtung Balos ab. Hinter Kaliviani wurde an einer Schranke die Gebühr für die Schotterpiste kassiert. Michalis und Koronaios wurden durchgewunken.

Auf dem ersten Kilometer war die Straße zwar ungeteert, doch in einem guten Zustand, so dass Michalis sich schon fragte, ob alle, die vor dieser Piste warnten, vielleicht übertrieben. Doch kurz darauf begann jener schwierige Teil der Strecke, der so berüchtigt war. Links ragten kahle, schroffe Hügel auf, und rechts ging es steil hinunter zum Meer. An manchen Stellen gab es Leitplanken, die verhindern sollten, dass Wagen in die Tiefe stürzten, doch an anderen Stellen fehlten sie. Unzählige Kleinwagen quälten sich um die vielen Schlaglöcher herum, an ein Überholen war für sie nicht zu denken. Michalis und Koronaios hingegen schlängelten sich mit ihren Motorrädern an den Autos vorbei, und sobald sie als Polizeifahrzeuge erkannt wurden, wurde sogar Platz gemacht.

Sie erreichten den überfüllten Parkplatz und entdeckten in der Nähe eines Kiosks mehrere Motorräder.

»Ah, die beiden Herren aus Chania«, sagte die Frau, die im Kiosk bediente, nachdem Michalis und Koronaios sich vorgestellt hatten. »Alexis hat mir von Ihnen erzählt«, fügte sie hinzu, trat aus dem Kiosk zu Michalis und Koronaios und steckte sich eine Zigarette an.

»Auch eine?« Die Frau streckte ihnen die Packung entgegen.

»Vielen Dank. Nein«, sagte Koronaios. »Ist lange her.«

Michalis musterte die Frau. Sie hatte lange, hellblond gefärbte Haare und etwas sehr Entspanntes an sich, als würde sie jeden Sommertag am Meer genießen, obwohl sie hier oben inmitten von viel Blech und Staub arbeitete.

»Sie kennen Alexis?«, fragte Michalis. Alexis war jener Wirt einer der Strandbars, dem es weniger um große Einnahmen als um gute Abende am Strand ging.

»Ja, natürlich. Er hat schon vermutet, dass Sie auch irgendwann bei mir auftauchen werden.«

»Wie kommt Alexis darauf?«, wollte Michalis wissen.

»Na ja … Sie scheinen ja davon auszugehen, dass das Samarakis-Boot nicht einfach so gegen die Felsen gerast ist, sondern dass da jemand nachgeholfen hat. Und derjenige muss ja irgendwie in die Bucht gekommen sein. Und alle, die kein Boot haben, müssen hier bei mir vorbei.«

»Noch ermitteln wir in alle Richtungen«, erklärte Koronaios.

»Ja. Natürlich«, sagte die Frau und lächelte.

»An dem Abend, als das Boot der Samarakis verunglückt ist. Waren Sie da auch hier oben?«, fragte Michalis.

»Donnerstag? Ja. In der Saison bin ich jeden Tag hier.«

»Ist Ihnen an diesem Abend jemand aufgefallen, der sich ungewöhnlich verhalten hat?«, fragte Koronaios.

Die Frau verzog den Mund und deutete auf den Parkplatz.

»Sie sehen doch, was hier los ist. Und das ist nur der Anfang. Abends stehen hier bis zu zweihundert Autos. Und die, die an der Straße parken, zähl ich gar nicht mit. Das waren schon mal fast vierhundert. Da kann ich Ihnen wirklich nicht sagen, ob etwas ungewöhnlich war.«

»Aber die Motorräder. Das sind vermutlich nicht so viele«, meinte Michalis.

»Nein. Zwanzig, manchmal dreißig. Ist den meisten zu unbequem.«

»Und die parken direkt neben Ihrem Kiosk.«

»War nicht so geplant, hat sich aber so ergeben. Ich hab die Motorräder dann auch im Blick.«

»Sie wissen also auch, wer an dem Donnerstag mit dem Motorrad hier oben war«, hakte Michalis nach.

Die Frau nickte. »Ja. Wer interessiert Sie denn besonders?«

»Alexis hat uns erzählt, dass Karolos Katrougalos früher oft hier war«, sagte Michalis.

»Karolos?«, fragte die Frau überrascht und fuhr sich durch die Haare. »Was soll denn Karolos damit zu tun haben? Der hat doch wirklich gerade genug andere Probleme.«

»Ja, und diese Probleme interessieren uns. War er letzten Sonntag hier oben?«, fragte Michalis.

»Letzten Sonntag ...« Die Frau blinzelte in die Sonne, als würde sie nachdenken. »Sein Sohn Vassilis war zumindest nicht hier oben. Da bin ich sicher. Könnte natürlich sein, dass er mit einem Boot gekommen war, mit Freunden.«

»Nach Vassilis haben wir nicht gefragt.«

»Ich weiß. Aber ich kann mir nicht vorstellen ...«

»Das kann sich fast nie jemand vorstellen. Im Nachhinein«, sagte Koronaios. »Das ist das Traurige an unserem Beruf. Wir stoßen auf vieles, was niemand für möglich gehalten hätte.«

»War Karolos Katrougalos an dem Abend hier? Mit seinem Motorrad?«, wiederholte Michalis die Frage.

Die Frau ließ sich Zeit. Dann nickte sie.

»Ja«, sagte sie. »Ja, Karolos war hier. Seit langem mal wieder. Das letzte Mal ist vielleicht zwei oder drei Jahre her. Ich hatte den Eindruck, dass ich ihn nicht sehen soll. Er hat weit hinten geparkt und mir den Rücken zugedreht.« Sie kniff die Augen zusammen und verzog den Mund. »Er ist schnell Richtung Lagune gegangen.«

»Da sind Sie sicher?«, fragte Koronaios.

Die Frau zuckte mit den Schultern. »Hab ich doch gesagt.«

Vor dem Kiosk hatte sich eine Schlange gebildet. Einige Kinder quengelten, weil sie an den Strand wollten, ihre Eltern aber noch etwas kaufen wollten.

»Ich müsste eben ...«, sagte die Frau und deutete auf die wartenden Kunden.

»Kein Problem. Könnten Sie uns Ihren Namen und eine Telefonnummer geben, falls wir noch Fragen haben?«, sagte Koronaios.

Die Frau schrieb beides auf einen Zettel und reichte ihn Michalis. Der bedankte sich und gab ihr eine Visitenkarte.

»Falls Ihnen noch etwas einfällt«, sagte er.

Die Frau nahm die Karte und legte sie neben ihre Kasse.

Michalis und Koronaios gingen zurück zu den Motorrädern.

»Auch wenn seine Frau gerade gestorben ist ... Katrougalos muss befragt und eventuell in U-Haft genommen werden. Möglicherweise besteht Fluchtgefahr«, sagte Michalis leise.

Er rief Jorgos an und erklärte ihm, was sie herausgefunden hatten.

»Falls Stefanos Samarakis tatsächlich Jannis Katrougalos getötet hat, dann hätte dessen Vater ein starkes Motiv. Stark genug für eine solch schreckliche Tat, deren Konsequenzen Katrougalos vielleicht nicht klar waren«, erwiderte Michalis.

»Aber Beweise dafür, dass Stefanos Samarakis den Sohn des Malermeisters getötet hat, haben wir noch keine?«, fragte Jorgos.

»Durch die Aussagen der Schwester der Verlobten und durch den Kellner in Falassarna haben wir eindeutige Indizien. Und sobald der DNA-Abgleich vorliegt, könnten wir den Beweis haben.«

»Die Spurenträger sind auf dem Weg ins Labor. Ich mache Druck, vielleicht bekommen wir noch heute die Ergebnisse. Zur Not schalte ich den Kriminaldirektor ein«, sagte Jorgos.

Michalis überlegte. »Wir sollten die Anruflisten von Vater und Sohn Katrougalos besorgen und sie abgleichen. Wenn die beiden an dem Abend telefoniert haben, könnte Katrougalos gewusst haben, dass sein Sohn Stefanos Samarakis treffen will.«

»Gut. Myrta soll das veranlassen, und ich fahre zum Krankenhaus. Vielleicht hat Katrougalos ja eine Erklärung für all das«, sagte Jorgos und legte auf.

Auf dem Rückweg genoss Koronaios es, die zahlreichen Autos, die sich nach oben quälten, mit dem Motorrad zu umkurven, und zwar deutlich schneller als Michalis.

An einer engen Stelle zog sich eine Rinne quer über die gesamte Breite des Weges. Zwei Wagen standen sich dort Motorhaube an Motorhaube gegenüber. Einer war von oben gekommen, einer von unten, und beide Fahrer hatten versucht, die schmalste Stelle der Rinne zu erwischen und blockierten jetzt die Straße. Als sie Koronaios auf dem Polizeimotorrad entdeckten, hofften sie, er würde das Problem regeln. Koronaios winkte jedoch ab und fuhr weiter, und auch Michalis fand, er hätte im Moment Wichtigeres zu tun, als sich um Autofahrer zu kümmern, die so eine Situation nicht selbst regeln konnten.

Hinter der kleinen Schranke, wo die Straße wieder asphaltiert war, wartete Koronaios auf Michalis.

»Zweimal hätte ich mich fast hingelegt«, sagte Koronaios, »aber ansonsten ... Es war gut, die Motorräder zu nehmen. Hast ja gesehen, wie die Autofahrer sich quälen.«

»Während du Spaß hattest, hab ich nachgedacht. Wir sollten gleich bei dem kleinen Yachthafen halten und uns erkundigen, ob Katrougalos in letzter Zeit mal da war und sich vielleicht sogar das Boot der Samarakis angesehen hat«, entgegnete Michalis.

»Gute Idee«, erwiderte Koronaios.

Michalis blickte auf die Uhr. »Gleich halb drei. Wir könnten mit der Befragung in der Taverne beginnen, falls der Hafenmeister nicht da ist.«

»Eine noch bessere Idee.«

Michalis' Smartphone klingelte.

»Jorgos«, sagte er und ging ran. »Ja?«

»Karolos Katrougalos ist geflüchtet«, erklärte Jorgos verärgert. »Ich hab vor der Intensivstation auf ihn gewartet. Er muss einen anderen Ausgang genommen haben. Ein Kollege hat ihn und seinen Sohn Vassilis draußen entdeckt. Katrougalos ist zu seinem Wagen gerannt, und der Sohn hat unseren Kollegen mit seinem Motorrad den Weg versperrt.«

»Katrougalos ist also entkommen?«, fragte Michalis.

»Ja. Von hier ist er sofort auf der Schnellstraße, und im Moment gibt es keine Spur von ihm. Die Fahndung ist raus.«

»Und Vassilis?«

»Ist mit seinem Motorrad abgehauen, während die Kollegen den Vater verfolgt haben.«

»Koronaios und ich fahren jetzt zum Yachthafen in Kissamos, um nachzufragen, ob sich Katrougalos bei dem Boot von Samarakis umgesehen hat«, sagte Michalis.

»Gut. Und ich werde alles dafür tun, dass wir ihn finden.«

»Bist du noch im Krankenhaus? Gibt es etwas Neues von dem Archäologen?«, wollte Michalis wissen.

»Ich kümmer mich darum. Bis später.«

Jorgos legte auf.

»Ich ruf Minotis an. Seine Leute sollen das Haus von Katrougalos im Blick behalten«, sagte Koronaios.

Das Büro des Hafenmeisters war geschlossen. Diesmal gab es auch keinen Zettel mit dem Hinweis, wann er anzutreffen wäre. Michalis und Koronaios nahmen deshalb in der Taverne Platz und fragten den Wirt, ob er den Malermeister kennen würde.

»Natürlich kenne ich Karolos. Schlimm, was ihm gerade passiert. Erst der Sohn, jetzt die Ehefrau ... Karolos hat vor vier Jahren hier alles neu gestrichen. Einige hatten mich vor ihm gewarnt, die hatten wohl schlechte Erfahrungen gemacht. Aber bei mir hat er sehr gut gearbeitet.«

»War er in letzter Zeit mal hier? Privat?«, fragte Michalis.

Der Wirt überlegte. »Ja, vor einer Woche ungefähr. Da ist er hier mit seiner Frau spazieren gegangen. Hat sich Boote angesehen. Vielleicht wollte er sich wieder eins kaufen. Er hatte ja mal eins.«

»Wissen Sie, wo das Boot der Samarakis lag?«, erkundigte sich Koronaios.

»Da drüben. Neben dem Sportboot.« Der Wirt deutete auf die andere Seite des Hafens.

»Katrougalos und seine Frau sind also spazieren gegangen. Auch dort drüben?«, fragte Michalis.

»Ja. Ich glaub schon. Es war voll bei uns, so genau hab ich darauf nicht geachtet.«

»Gut. Vielen Dank. Wir würden übrigens gern eine Kleinigkeit essen. Was empfehlen Sie heute?«, fragte Koronaios.

»Die Sardellen wurden heute früh gefangen. Und die Sepia sind ebenfalls ganz frisch.«

Michalis entschied sich für die *Sardeles sto fourno*, Sardellen aus dem Ofen. Koronaios wählte die *Soupies me marasa*, Sepia mit Fenchel. Als Vorspeise wählten sie Ziegenkäse mit Feigen in einem Mantel aus Traubensirup.

»Und wissen Sie, wann der Hafenmeister wieder da sein wird?«, fragte Michalis.

»Schwer zu sagen«, erwiderte der Wirt. »Er ist vorhin rausgefahren, aber fragen Sie mich nicht, wohin und wie lange das dauern wird.«

Während sie auf das Essen warteten, bekam Michalis eine Nachricht von Hannah. *Alles in Ordnung bei dir?* Michalis erinnerte sich, dass er noch nicht dazu gekommen war, auf die Nachricht, die sie ihm vorhin geschrieben hatte, zu antworten. *Geht so. Wann hättest du Zeit zum Telefonieren?*, schrieb er zurück. Kaum hatte er die Nachricht verschickt, da klingelte sein Smartphone.

»Das ist Hannah«, sagte Michalis zu Koronaios und stand auf. »Sagst du Bescheid, wenn das Essen da ist?«

»Klar. Es sei denn, deins sieht besser aus als meins«, erwiderte Koronaios.

»Hey!«

»Hey!«

»Es ist ein harter Tag für euch?«, fragte Hannah.

»Ja ... Immerhin machen wir Fortschritte. Und bei dir?«

Michalis sah beim Telefonieren, dass sich jemand dem Sportboot näherte, das neben dem Boot der Samarakis gelegen hatte. Er lief in die Richtung.

»Das Gespräch mit dem Römischen Nationalmuseum war gut, gleich landen die Leute aus Madrid, und dann geht es weiter. Wir sind zuversichtlich«, berichtete Hannah.

»Und ... Weißt du schon, wann du wieder zurückkommst? Heute wohl nicht?«

»Nein!« Hannah lachte. »Nein, heute nicht. Unser Museumsdirektor hat angedeutet, dass es morgen weiter nach Berlin gehen könnte. Weil die Kollegen dort noch immer Probleme machen.« Hannah seufzte. »Das könnte wieder Tage dauern. Allmählich kann ich keine Hotels mehr sehen. Ich vermiss dich.«

Michalis hatte das Sportboot erreicht. Zugleich sah er, dass der Wirt die Vorspeisen servierte und Koronaios ihm winkte.

»Ich dich auch. Aber ich muss jetzt jemanden befragen. Vielleicht hören wir uns ja später noch mal.«

»Auf jeden Fall!«

Sie legten auf, und Michalis ging auf einen älteren Mann zu, der gerade dabei war, sein Sportboot zu starten.

»Entschuldigen Sie! Eine Frage.« Michalis hielt seinen Polizeiausweis hoch.

»Ja?«, fragte der Mann misstrauisch.

»Sie sind häufig hier?«

»Ist das verboten?«

»Nein. Sie kennen Karolos Katrougalos?«

Der Mann verzog den Mund. »Wer kennt ihn nicht. Erst der Sohn, jetzt die Ehefrau ... Schlimm. Wirklich schlimm.«

»War er in letzter Zeit mal hier?«

Der Mann überlegte.

»Ungefähr vor einer Woche hatte ich eine Tour gemacht und bin abends zurückgekommen. Da lag das Boot von Sokratis noch hier. Und als ich auf meinen Liegeplatz zusteuerte, war jemand bei dem Boot.«

»Auf dem Boot oder auf dem Steg?«

»Kann ich nicht sagen. Es war dämmerig, und ich war mit dem Anlegemanöver beschäftigt. Auf jeden Fall ist derjenige schnell weggegangen.« Der Mann deutete in die Richtung, aus der Michalis gekommen war. »Aber hinten, am Ende vom Steg, da wartete Danai auf ihn, seine Frau. Erst da hab ich gesehen, das es Katrougalos war.«

»Okay. Vielen Dank.« Michalis sah, dass Koronaios ihm energisch winkte. Vermutlich wurden gleich seine Sardellen gebracht. »Ich bräuchte Ihren Namen und eine Telefonnummer von Ihnen. Falls wir noch Fragen haben.«

Der Mann zögerte. »Denken Sie, Katrougalos hat mit den Toten in Balos zu tun? Fragen Sie deshalb?«

»Wir ermitteln in viele Richtungen«, erwiderte Michalis vage und notierte die Angaben, die der Mann machte.

»Das wurde aber auch Zeit«, sagte Koronaios, als Michalis sich dem Tisch näherte. Im selben Moment kam der Wirt mit zwei Tellern zu ihnen.

»Der Ziegenkäse ist kalt geworden, und deine Sardellen wurden im Ofen warm gehalten«, sagte Koronaios. »Hat es sich wenigstens gelohnt?«

Michalis wartete, bis der Wirt wieder gegangen war.

»Als dieser Mann abends mit seinem Sportboot zurückkam, hat Katrougalos sich das Boot der Samarakis angesehen. Ob er sogar an Bord war, konnte der Mann nicht sagen. Katrougalos wollte nicht erkannt werden, aber der Mann ist sicher, dass er es war.«

»Katrougalos könnte also überlegt haben, wie er das Boot manipulieren kann«, entgegnete Koronaios.

»Ja, der Gedanke drängt sich auf«, sagte Michalis.

Sein Smartphone klingelte.

»Jetzt iss doch erst mal«, sagte Koronaios verärgert.

»Jorgos. Da muss ich rangehen«, erwiderte Michalis. »Ja?«

»Von Katrougalos gibt es bisher keine Spur«, berichtete Jorgos. »Aber dafür ist Embirikos ansprechbar. Der Archäologe.«

»Hast du mit ihm geredet?«

»Ja. Er hat gesehen, wer auf ihn geschossen hat, und ist absolut sicher.« Jorgos machte eine kurze Pause. »Stefanos Samarakis. Da gibt es für Embirikos keinen Zweifel. Absolut keinen.«

»Stefanos Samarakis hat auf den Archäologen geschossen«, sagte Michalis leise zu Koronaios.

»Das kann doch nicht wahr sein«, erwiderte der ebenso leise.

»Ich bin jetzt auf dem Weg in die Kriminaldirektion. Lemonia Kaliotsis wird natürlich aus der U-Haft entlassen.«

»Wir haben den Revierleiter aufgefordert, das Haus der Katrougalos im Blick zu behalten«, sagte Michalis. »Wir sind übrigens gerade am Yachthafen in Kissamos. Katrougalos hat sich hier bei der Motoryacht von Samarakis umgesehen. Dafür gibt es einen Zeugen.«

»Sehr gut. Ich hoffe, wir finden ihn schnell.«

»Er könnte eine Gefahr darstellen. Jetzt, wo auch noch seine Frau gestorben ist. Und Stefanos Samarakis ist ebenfalls abgetaucht«, sagte Michalis.

»Gebt mir sofort Bescheid, wenn ihr neue Hinweise habt.«

»Machen wir.«

»Und tut mir den Gefallen und seid vorsichtig. Ihr seid übermüdet. Macht nichts Unüberlegtes. Und ... guten Appetit. Ihr seid doch garantiert nicht nur am Yachthafen, um Fragen zu stellen. Es sei euch gegönnt.«

Jorgos legte auf.

»Jetzt fang endlich an zu essen«, sagte Koronaios. »Katrougalos oder Stefanos Samarakis, einer von beiden wird auftauchen, und dann werden wir viel Arbeit bekommen.«

»Oder die beiden rasen gerade aufeinander zu, und wir müssen sie finden, bevor sie sich begegnen.«

Der Ziegenkäse und die Sardellen waren köstlich. Doch Michalis hatte noch nicht ganz fertig gegessen, als Koronaios' Handy klingelte.

»Minotis«, sagte Koronaios.

»Bei der *Aghia Sofia*, der Höhlenkirche, sind Schüsse gefallen. Touristen haben in der Höhle einen verletzten älteren Mann entdeckt, der im hinteren Bereich in die Tiefe gestürzt ist. Er ist ansprechbar. Der Beschreibung nach dürfte es sich um Sokratis

Samarakis handeln. Ich bin auf dem Weg dorthin!«, rief Minotis ins Telefon.

»Wir sind ebenfalls unterwegs«, sagte Koronaios und legte auf. »Wir nehmen die Motorräder.«

Koronaios eilte in die Taverne und drückte dem Wirt Geld in die Hand. Michalis nahm noch zwei Gabeln von dem Ziegenkäse mit Feigen und lief zu seinem Motorrad.

36

Die Ampel vor dem schmalen Autotunnel stand zum Glück auf Grün. Michalis hatte befürchtet, Koronaios hätte sich andernfalls mit Blaulicht durch den Tunnel gedrängt und darauf gehofft, dass die entgegenkommenden Autofahrer ihn rechtzeitig bemerken und Platz machen würden.

Auf dem Weg nach Topolia hatten Michalis und Koronaios mehrere Einsatzfahrzeuge der Polizei überholt. Christos Minotis wartete bereits an der Treppe, als Michalis und Koronaios eintrafen. Ein Krankenwagen stand ebenfalls dort.

»Ist schon jemand bei Samarakis? Und sind noch weitere Schüsse gefallen?«, fragte Koronaios, während sie die vielen Steinstufen nach oben stiegen.

»Der Rettungswagen ist gerade angekommen. Bisher haben sich Urlauber und ein Mesner um den Verletzten gekümmert. Ob es wirklich Sokratis Samarakis ist, werden wir gleich sehen«, erwiderte Minotis.

Michalis war deutlich schneller als Koronaios und Minotis und erreichte nach wenigen Minuten das verrostete eiserne Gitter, passierte den zum Torbogen gewachsenen Feigenbaum und betrat die Höhlenkirche. Sie schien menschenleer zu sein, und Michalis brauchte einen Moment, um in der hohen, riesigen Höhle im Hintergrund Stimmen wahrzunehmen. Er ging um den großen Felsen herum, an der kleinen Kapelle vorbei und folgte dem Weg in den hinteren Bereich, wo es dunkel war und Wasser von der Decke tropfte.

Zwei Männer leuchteten von einem Felsvorsprung aus mit ihren Handys in die Tiefe. Michalis näherte sich diesem Felsvorsprung, rutschte dabei auf dem glitschigen Untergrund aus und konnte sich gerade noch halten. Seine Augen brauchten einen Moment, um sich an die Dunkelheit zu gewöhnen. Der Felsen war abschüssig wie eine steile Rampe, und in etwa vier Metern Tiefe entdeckte Michalis drei Menschen. Eine Frau sowie ein stämmiger Mann beugten sich über Sokratis Samarakis, der auf einem Stein saß und Schmerzen zu haben schien.

»Herr Samarakis?«, rief Michalis.

Der Hotelier hob den Kopf.

»Herr Samarakis, Michalis Charisteas hier. Die Hilfe für Sie wird gleich eintreffen«, sagte Michalis.

»Haben Sie meinen Sohn gesehen?«, rief Samarakis mit dünner Stimme.

»Wo sollte ich ihn gesehen haben?«

»Auf dem Weg nach unten!«

»Nein, Stefanos war nicht auf der Treppe«, erwiderte Michalis und wollte zu Samarakis nach unten steigen, doch die Frau warnte ihn.

»Es ist sehr rutschig! Sorgen Sie lieber dafür, dass wir Seile und Leitern bekommen!«, rief sie.

Michalis hörte, dass die Sanitäter und kurz danach auch Koronaios und Minotis die Höhle erreicht hatten.

»Hier drüben!«, rief er. »Wir brauchen Seile und Leitern!«

Minotis ging zum Höhleneingang zurück und informierte seine Leuten, die daraufhin alles, was sie an Seilen dabeihatten, nach oben brachten. Gleichzeitig alarmierten sie die Feuerwehr, die mit ihrem Equipment bei der Bergung helfen sollte.

Nachdem die Seile fixiert waren, stiegen die Sanitäter, unterstützt von zwei jungen Polizisten, zu Samarakis nach unten.

Während der Verletzte untersucht wurde, kletterte auch Michalis hinunter. Koronaios blieb auf dem Felsvorsprung stehen.

»Charisteas, Kriminalkommissar«, sagte Michalis zu der Frau. »Sie haben Herrn Samarakis hier unten gefunden?«

»Ja«, sagte die Frau mit italienischem Akzent. »Ich war mit meinem Mann oben in der kleinen Kapelle. Plötzlich haben wir Schreie gehört. Und dann Schüsse. Wir haben uns in der Kapelle versteckt, hinter der Ikonostase. Als es ruhig war, haben wir uns vorsichtig rausgetraut.« Sie sah nach oben, wo ihr Mann einer derjenigen war, die mit den Handys für etwas Licht gesorgt hatten. Inzwischen hatten Minotis' Leute Lampen gebracht, die diesen Teil der Höhle, der sonst in ewiger Dunkelheit lag, ausleuchteten.

»Haben Sie die Polizei alarmiert?«, fragte Michalis.

»Ja. Als alles ruhig war, hat mein Mann die Polizei gerufen. Der andere Mann« – die Italienerin zeigte nach oben – »hatte sich auf der anderen Seite der Höhle versteckt. Er hatte gesehen, wie zwei Männer nach draußen liefen, und etwas später kam dieser Mesner angerannt.« Die Frau deutete auf den stämmigen Mann. »Wir haben dann gehört, dass hier unten jemand wimmert. Mein Mann ist weggerutscht, deshalb bin ich nach unten gestiegen. Der Mesner hat mir geholfen.«

Michalis sah, dass die Sanitäter mit Sokratis Samarakis fertig waren.

»Er hat Glück gehabt«, sagte einer der Sanitäter leise zu Michalis. »Etliche Schürfwunden, ein verstauchter Knöchel und vermutlich ein gerissenes Außenband am linken Fuß. Aber keine Brüche und nichts, was nicht heilen wird.«

Sokratis Samarakis wollte sich aufstützen und aufstehen, sank mit schmerzverzerrtem Gesicht jedoch sofort wieder zu Boden.

»Wir bekommen ihn erst hoch, wenn die Feuerwehr Leitern

auf die Felsen gelegt hat. Vorher haben wir keine Chance«, sagte der Sanitäter.

»Kann ich mit ihm reden?«, fragte Michalis.

»Ja, vielleicht lenkt ihn das ab«, erwiderte der Sanitäter.

»Herr Samarakis, was ist hier passiert? Wer hat hier auf wen geschossen?«, wollte Michalis wissen.

»Stefanos ... heute Mittag ist er endlich wieder aufgetaucht. Vollkommen verwirrt.« Sokratis Samarakis schloss für einen Moment die Augen. »Damals, als meine Frau so krank war, haben Stefanos und ich hier oft gebetet, das hat ihm immer gutgetan.« Samarakis stockte. »Ich hab ihn heute gedrängt, mit mir hierherzufahren, um zu beten.« Er sah Michalis flehend an. »Im Grunde ist er ein guter Junge.«

Michalis fiel auf, wie gedämpft die Geräusche hier in der Tiefe der Höhle waren. Samarakis' Worte schienen von den feuchten Felswänden, deren Tropfen seit Jahrtausenden steinerne Gebilde schufen, verschluckt zu werden.

»Stefanos weiß, was Sie ihm vorwerfen. Durch das Beten wurde er ruhiger und hat mir genau erklärt, wo er war, als Jannis starb und als dessen Mutter den Autounfall hatte. Er kann es nicht gewesen sein, dachte ich, und hab ihm vorgeschlagen, dass ich mit Karolos Katrougalos rede. Damit es keine weiteren Toten gibt.«

»Dachten Sie, Katrougalos und Ihr Sohn könnten einander gefährlich werden?«, fragte Michalis.

Vom Höhleneingang waren Stimmen zu hören. Vermutlich näherte sich die Feuerwehr.

»Am Tag nach dem Unglück von Balos. Da waren Sie doch im Hotel bei uns. Stefanos ging es schlecht, und er hatte diese Wunde an der Augenbraue«, sagte Sokratis Samarakis.

»Angeblich war er gestürzt«, merkte Michalis an.

»Er hatte sich betrunken und Katrougalos aufgelauert. Mit

einer Pistole, obwohl er sich kaum noch auf den Beinen halten konnte. Sie haben sich geprügelt, und Katrougalos hatte ihn an der Augenbraue erwischt. So hab ich Stefanos dann gefunden. Blutüberströmt.« Erneut schloss Sokratis Samarakis die Augen.

»Ich habe Katrougalos heute angerufen und ihm vorgeschlagen, dass wir uns versöhnen. Hier in der Höhle. Von Stefanos habe ich nichts gesagt. Er hatte versprochen, sich zu verstecken und erst aufzutauchen, wenn ich ihn rufe.« Sokratis Samarakis schüttelte den Kopf. »Ich hätte meinem Sohn nicht glauben dürfen.«

Von oben war das Klappern von Leitern zu hören.

»Natürlich hatte ich eine Pistole dabei, und ich war auch sicher, dass Katrougalos eine hat. Plötzlich ist Stefanos hinter ihm aufgetaucht und wollte ihn überwältigen. Ich wollte dazwischengehen, Katrougalos hat mich gepackt und mir die Waffe aus der Hand geschlagen. Dabei bin ich gestrauchelt und konnte mich gerade noch an einen Felsen klammern.« Er deutete nach oben. »Stefanos ist nach draußen gerannt. Katrougalos hat auf ihn gezielt, aber Stefanos war wohl schon bei den Steinstufen. In dem Moment konnte ich mich nicht mehr halten und bin hier unten aufgeschlagen.«

Von dem Felsvorsprung aus wurden Leitern angelegt. Mit Gurten und Seilen gelang es der Feuerwehr und den Sanitätern, Samarakis zu bergen und ihn zu dem befestigten Weg vor der kleinen Kapelle zu bringen. Dort wollten sie ihn auf eine Trage legen, doch der Hotelier bestand darauf, die fast zweihundert Stufen mit Hilfe von Krücken selbst nach unten zu gehen. Von Stefanos Samarakis und Karolos Katrougalos fehlte jede Spur.

Michalis informierte Koronaios sofort über das, was Sokratis Samarakis ihm erzählt hatte.

»Wir wissen nicht einmal, ob einer den anderen überwältigt hat oder ob beide verletzt sind«, schloss Michalis seine Zusammenfassung ab. Sie riefen Jorgos an und klärten mit ihm und Christos Minotis, wie die Fahndung nach den beiden mutmaßlich bewaffneten Männern verstärkt werden könnte. Mehrere Teams überwachten sowohl das Haus von Samarakis und sein Hotel *Pelagos* als auch das Haus von Katrougalos. Andere Teams fuhren Streife und hofften, auf einen der Gesuchten, vielleicht aber auch auf Vassilis, den Sohn von Katrougalos, zu stoßen.

»Ich werde beantragen, die Handys von Stefanos Samarakis und Karolos Katrougalos orten zu lassen«, sagte Jorgos.

»Das könnte helfen«, sagte Michalis. Allerdings wusste er, dass Leute, die nicht gefunden werden wollten, Wege fanden, um nicht geortet werden zu können.

Die Sanitäter hatten Samarakis untersagt, selbst mit seinem Pick-up nach Hause zu fahren. Allerdings musste er ohnehin feststellen, dass sein Wagen verschwunden war. Vermutlich hatte Stefanos ihn genommen. Widerwillig ließ Sokratis Samarakis sich in den Rettungswagen setzen und nach Hause bringen.

Michalis und Koronaios gingen zu den Motorrädern.

»Wir sollten in Topolia bei der Schwester von Stefanos Samarakis halten. Da hat er sich schon mal versteckt. Vielleicht hat sie eine Idee, wo er sein könnte«, sagte Koronaios.

»Und wenn wir dort nichts herausfinden, fahren wir zu Katrougalos nach Hause. Ich glaube zwar nicht, dass er oder sein Sohn dort sind, aber vielleicht hat der Nachbar eine Idee, wo er stecken könnte.«

37

Nach einem knappen Kilometer erreichten sie den einspurigen Tunnel, der durch den Felsen führte. Sie mussten vor der roten Ampel warten, und Michalis sah, dass Koronaios unter dem Helm gähnte. Normalerweise hätten sie jetzt während der Fahrt besprochen, welche Schlüsse sie aus dem, was sie in der Höhlenkirche erfahren hatten, zogen. Auf den Motorrädern war das nicht möglich.

Mittlerweile war früher Abend, und Michalis befürchtete, dass noch eine lange Nacht vor ihnen lag. Die Ampel sprang auf grün, doch weil die vorderen Wagen nicht sofort losfuhren, wurde es erneut rot, bevor Michalis und Koronaios sie passiert hatten. Koronaios verlor die Geduld, schaltete an seinem Motorrad das Blaulicht ein, überholte zwei wartende Autos und fuhr in den Tunnel. Michalis gab notgedrungen ebenfalls Gas und erreichte wie Koronaios nach wenigen Sekunden die Autos, die vor ihnen losgefahren waren. Während er die niedrige, schwach beleuchtete Röhre durchquerte, fragte er sich, ob Samarakis in der Höhlenkirche tatsächlich auf eine Versöhnung gehofft hatte. Als Michalis am Ende des Tunnels wieder in das Abendlicht eintauchte, war er sicher, dass der Hotelier das Gegenteil erreicht hatte. Sein Sohn und Katrougalos wollten keine Versöhnung. Sie wollten Vergeltung.

»Stefanos Samarakis und Karolos Katrougalos verdächtigen einander, ihre Angehörigen getötet zu haben, und wollen sich deshalb gegenseitig umbringen«, sagte Michalis, als er neben

Koronaios vor dem Haus von Teresa Stavridis vom Motorrad stieg.

»Ja«, erwiderte Koronaios ernst. »Wir müssen sie finden, bevor sie aufeinandertreffen.«

Nachdem sie geklopft hatten, öffnete ein Mann mit kurzen Haaren, kräftigen Oberarmen und vielen Tattoos. Er musterte Michalis und Koronaios wenig freundlich.

»Wir würden gern Teresa Stavridis sprechen«, sagte Koronaios.

»Warum?«, fragte der Mann. Aus dem Hintergrund war Kindergeschrei zu hören.

Koronaios hielt seinen Polizeiausweis hoch. Der Mann warf nur einen kurzen Blick darauf.

»Ihr wart gestern schon mal hier?«

»Ja. Ist Ihre Frau da?«, entgegnete Koronaios.

»Teresa wollte mit Takis zum Arzt. Husten«, teilte der Mann mit.

»Wann wird sie zurück sein?«

Der Mann zuckte mit den Schultern.

»Kann manchmal dauern beim Arzt.«

»Ihre Frau hat unsere Nummer. Richten Sie ihr bitte aus, dass sie uns dringend anrufen muss«, sagte Michalis.

»Wird gemacht. Noch was?«

»Wissen Sie, wo Stefanos Samarakis ist?«, fragte Koronaios.

Der Mann lachte kurz auf.

»Stefanos? Nein. Wir reden auch nicht so viel miteinander.«

»Aber er war vor kurzem ein paar Tag hier«, hakte Koronaios nach.

»Deshalb reden wir trotzdem nicht viel. War's das?«

»Erst einmal ja.«

Der Mann schloss die Tür.

»Vielleicht täusche ich mich«, sagte Koronaios leise, »aber

ich kann mir vorstellen, dass Sokratis Samarakis sich einen anderen Schwiegersohn gewünscht hätte.«

»Vermutlich hat seine Tochter genau deshalb diesen Mann geheiratet«, erwiderte Michalis und nahm sein Smartphone. »Ich versuch es bei ihr.«

Doch bei Teresa Stavridis sprang sofort die Mailbox an.

Zwanzig Minuten später hielten Michalis und Koronaios vor dem Geschäft der Katrougalos. Im Haus des Malermeisters brannte kein Licht, dafür bei dem Nachbarn.

»Vassilis, der Sohn, war vorhin hier«, berichtete der Nachbarn. »Er hat aber kein Wort gesagt, obwohl wir draußen waren. Hat die Tür zugeknallt. Ich kann's ja verstehen. Erst der Bruder, jetzt die Mutter ...«

»Wie lange ist er im Haus geblieben?«, fragte Koronaios.

»Nicht lang ... vielleicht eine halbe Stunde. Wir haben gehört, wie er sein Motorrad anwirft, und dann war er auch schon wieder weg.«

»Gut. Vielen Dank erst einmal.«

Es war fast dunkel, als Michalis und Koronaios vor dem Polizeirevier von Kissamos von den Motorrädern stiegen.

»Viertel vor zehn«, sagte Koronaios. »Und das, nachdem wir letzte Nacht kaum geschlafen haben. Aber so schnell wird das nichts mit dem Feierabend, fürchte ich.«

»Lass uns kurz besprechen, was für Möglichkeiten wir jetzt haben«, erwiderte Michalis.

Sie setzten sich in ihren Dienstwagen.

»Hat Sokratis Samarakis wirklich gedacht, er und Katrougalos könnten sich versöhnen?«, fragte Koronaios.

»Vielleicht war es auch eine Falle, die Samarakis und sein Sohn dem Malermeister gestellt haben und die aus dem Ruder gelaufen ist. Alles scheint damit angefangen zu haben, dass Jannis Katrougalos auf der Baustelle in Falassarna ein paar alte Tonscherben gefunden hat. Letzte Nacht schießt Stefanos Samarakis auf den Archäologen und nimmt seinen möglichen Tod in Kauf. Wir landen immer wieder bei dieser Baustelle«, entgegnete Michalis.

Koronaios nickte nachdenklich.

»Wir werden Minotis auffordern, ein Team nach Falassarna zu schicken und dort nach den beiden zu suchen«, sagte er.

»Bist du sicher, dass wir uns auf ihn verlassen können?«, fragte Michalis.

»Heute gab es keinen Moment, an dem er uns etwas verheimlicht hat. Im Hotel hat er uns zu Samarakis geführt, obwohl es für ihn leicht gewesen wäre, nichts zu sagen. Im Grunde haben wir keine Wahl. Wir müssen ihm trauen.«

Die Eingangstür des Polizeireviers öffnete sich. Im Gegenlicht näherte sich Minotis dem Wagen von Michalis und Koronaios.

»Es war ein langer Tag für Sie«, sagte der Revierleiter. »Wir haben einige *Mezedakia*, Vorspeisen, besorgt. Frappé gibt es selbstverständlich auch. Seien Sie unsere Gäste, wenn Sie wollen.«

Michalis und Koronaios sahen sich kurz an. Michalis hätte auf diese Einladung lieber verzichtet, aber er wollte nicht unhöflich sein.

»Sehr gern«, sagte er deshalb, ließ Koronaios vorgehen und schickte Hannah schnell eine Nachricht. *Bei uns wird es wohl spät werden. Ich hoffe es geht dir gut? Wir hören uns eher morgen.*

Michalis ging ins Revier und sah Koronaios, Minotis und zwei Kollegen im Mannschaftsraum an einem großzügig gedeckten Tisch sitzen. Auch dieser Raum war größer und besser ausgestattet, als es Mannschaftsräume waren, die Michalis kannte.

Die Kollegen hatten Zucchinipastete, Zwiebel-Teigtaschen sowie *Bougatsa*, süßen Mizithra-Käse im Blätterteig, besorgt.

Michalis war hungrig und vor allem müde. Während des Essens erfuhren sie, wo Christos Minotis seine Polizisten verteilt hatte und dass er seine vielen Kontakte zu nutzen versuchte. Doch von Stefanos Samarakis und Karolos Katrougalos fehlte bisher jede Spur.

Hannah schrieb Michalis zurück, dass sie noch ein Arbeitsessen hätte und Michalis sich melden sollte, wenn er zu Hause war. Dass seine Familie ihn nicht längst mit Anrufen und Nachrichten eingedeckt hatte, lag vermutlich an Jorgos. Wahrscheinlich hatte er seine Eltern darüber informiert, dass der Einsatz heute länger dauern würde.

Christos Minotis blieb es nicht verborgen, dass vor allem Koronaios immer wieder gähnte.

»Ich könnte zwei Hotelzimmer hier für Sie organisieren«, bot der Revierleiter an. »Sie könnten einige Stunden schlafen, und sobald es eine Spur gibt, wären Sie bereits vor Ort.«

Michalis und Koronaios waren kurz davor, auf dieses Angebot einzugehen, als das Handy von Minotis klingelte.

»Teresa Stavridis ist bei ihrem Vater eingetroffen«, hörten Michalis und Koronaios aus dem Handy des Revierleiters und sprangen sofort auf.

Teresa Stavridis war nicht überrascht, als sie zehn Minuten später die Haustür bei ihrem Vater öffnete und Michalis und Koronaios ihr gegenüberstanden.

»Wir hatten um Rückruf gebeten«, sagte Koronaios.

»Ja«, sagte sie nur und führte Michalis und Koronaios in das Wohnzimmer, wo Sokratis Samarakis vor einem stumm geschalteten Fernseher saß. Den verletzten Fuß hatte er hochgelegt. Er bewegte sich nicht, und Michalis begriff: Der Hotelier schlief.

»Es war ein harter Tag für ihn«, sagte Teresa Stavridis leise. »Die ganzen letzten Tage waren schlimm. Stefanos war der Einzige in der Familie, der zu ihm hielt. Und jetzt …«

»Wo kann Ihr Bruder sich verstecken?«, fragte Koronaios. »Wir befürchten, dass das nächste Unglück passiert, wenn wir ihn nicht finden.«

»Sie sind nicht die Einzigen, die sich Sorgen machen«, erwiderte Teresa Stavridis. »Und wenn ich wüsste, wo er ist, wäre ich längst dort. Auch wenn er sich oft wie ein Idiot benimmt – Ich will ihn nicht verlieren.«

»Ihr Bruder ist uns immer wieder in Falassarna begegnet«, sagte Michalis. »Gibt es dort etwas, wo er unterkommen könnte? Kennt er dort jemanden?«

»Nein … also niemanden, von dem ich wüsste. Aber …«

»Ja?«

»Seine Frauengeschichten. Da gab es immer welche. Vielleicht gibt es in Falassarna eine Frau, bei der er sich versteckt. Ich weiß es nicht«, erwiderte Teresa Stavridis.

»Stefanos ist in Falassarna zweimal vor uns Richtung Küste geflüchtet. Er muss sich dort sehr gut auskennen. Warum? Was kann es da geben?«

»Es gibt da diese Höhle, das Liebesnest«, erklärte die Schwester.

»Dahin hat sich Ihr Bruder schon mal geflüchtet«, sagte Michalis und überlegte. Diese Höhle. Konnte sie sein Versteck sein?

»Ja … Stefanos hat da öfter Nächte mit Frauen verbracht. Auch mit Artemis. Am Anfang. Es muss dort sehr romantisch sein. Direkt am Meer, ein kleiner Strand, Lagerfeuer …«

»Helfen Sie uns«, drängte Koronaios. »Wenn Ihr Bruder sich

melden sollte, dann informieren Sie uns. Wir können ihn nur schützen, wenn Sie mit uns zusammenarbeiten.«

»Ja«, wiederholte Teresa.

»Wie geht es Ihrem Vater?«, erkundigte sich Michalis, bevor sie das Haus verließen.

»Die Sanitäter haben ihm etwas zur Beruhigung gegeben. Jetzt schläft er, und da bin ich froh. Ich weiß nicht, wie lange er das noch durchhält.«

»Du hast die Nummer von dem Bauarbeiter«, sagte Koronaios, als sie wieder im Wagen saßen. »Vielleicht gibt es eine Möglichkeit, jetzt zu dieser Höhle zu kommen.«

Michalis lachte kurz auf. Die Vorstellung, im Dunkeln über die Felsen zu klettern, die ihm schon bei Tag unüberwindlich vorgekommen waren, erschien ihm absurd. Trotzdem wählte er die Nummer von Stavros Tsivilikas.

»Jetzt? Zu der Höhle?« Der Bauarbeiter klang fassungslos. »Mit Taschenlampen, aber das wird nicht einfach ... Geben Sie mir ein paar Minuten. Ich versuche etwas anderes.«

Nach einigen Minuten meldete sich Stavros Tsivilikas.

»Ich hatte mal meinen Onkel erwähnt, der am anderen Ende von Falassarna eine Taverne hat. Das *Nikolaos*. Daneben ist ein kleiner Hafen, sein Schwiegersohn hat dort ein Boot. Der könnte Sie zu der Höhle bringen. Das ist einfacher, und wenn Sie an Land wollen, gibt es ein Schlauchboot mit Außenborder. Wir könnten uns in zwanzig Minuten beim *Nikolaos* treffen.«

Michalis sah Koronaios fragend an. Der nickte.

»Gut. Wir sind in zwanzig Minuten da«, sagte Michalis und fuhr los.

Koronaios informierte Jorgos und Christos Minotis.

38

Der kleine Hafen im Süden von Falassarna war eine moderne Anlage aus viel Beton und mit wenig Atmosphäre. Dennoch erschien der Hafen Michalis wie eine letzte friedliche Zuflucht, bevor sie an Bord gingen. Bald würde der Mond über die Berge kommen, doch ohne sein Licht war das Meer noch eine weite, schwarze Fläche. Michalis hatte schon immer Respekt vor dessen Tiefe gehabt, und bei Nacht beeindruckte ihn die Vorstellung, tausende Meter Dunkelheit unter sich zu haben, noch mehr. Natürlich würden sie, um die felsige Küste in der Nähe des Baugrundstücks zu erreichen, keine solchen Tiefen überqueren. Doch schon wenige Kilometer weiter draußen fiel der Meeresboden steil ab, und das Meer wurde bis zu dreitausend Meter tief. Der Gedanke, in einer solchen Gegend über Bord zu gehen, hatte Michalis bereits als Kind erschreckt, deshalb war er immer lieber an Land geblieben.

Sie hatten sich mit Stavros Tsivilikas, dem Bauarbeiter, in der Taverne seines Onkels getroffen, die direkt neben dem Hafen lag. Christos Minotis, der Revierleiter, war mit einem Kollegen zur Sandpiste an dem Baugrundstück der Samarakis gefahren. Sollte Stefanos Samarakis sich tatsächlich in der kleinen Höhle verstecken und bemerken, dass Michalis und Koronaios vom Wasser aus nach ihm suchten, würde Minotis ihn aufhalten und vorläufig festnehmen, falls er zu fliehen versuchte.

Michalis hätte gern mehr Polizisten vor Ort gehabt. Mühsam hatte er Jorgos überredet, wenigstens zwei weitere Kriminalkommissare von Chania nach Falassarna zu schicken, die sich bereit halten und bei Gefahr sofort eingreifen würden.

»Wir werden mehr Leute brauchen, wenn Stefanos Samarakis und vielleicht auch Katrougalos hier sind«, hatte Michalis gesagt.

»Michalis. Vier Kriminalkommissare aus Chania und mehr als zehn Leute von Christos Minotis, die in Kissamos und Falassarna im Einsatz sind. Das wird genügen, um zwei Verdächtige festzunehmen, falls ihr sie überhaupt finden solltet. Dass Samarakis die Höhle, dieses Liebesnest, als Versteck nutzt, ist bisher nur eine Vermutung«, hatte Jorgos erwidert.

Natürlich war Michalis nicht sicher, ob Stefanos Samarakis sich wirklich in dieser Höhle aufhielt. Aber er war sicher, dass er und Katrougalos bewaffnet waren, und das beunruhigte ihn zutiefst. Denn sollte Katrougalos dort auftauchen, müsste Minotis auch ihn festnehmen, und Michalis war nicht sicher, ob der Revierleiter diese Aufgabe ernst genug nahm. Minotis schien darauf zu vertrauen, dass er beide Gesuchte seit Jahren kannte und sie ihm deshalb weniger Probleme bereiten würden, als es bei Michalis und Koronaios der Fall wäre. Deshalb war Minotis überzeugt, er und ein Kollege würden ausreichen, um die schmale Piste zu sichern. Außerdem wären die anderen Polizisten, die in Kissamos das Hotel und die Häuser von Samarakis und Katrougalos überwachten und sich in den Straßen umsahen, ja innerhalb einer Viertelstunde vor Ort, wenn es darauf ankäme.

Michalis wurde den Eindruck nicht los, dass Minotis sogar hoffte, die Gesuchten selbst verhaften und den Fall damit aufklären zu können – und nicht die Kollegen von der Kriminaldirektion aus Chania.

Der Verwandte von Stavros Tsivilikas, der Schwiegersohn seines Onkels, machte das Boot fertig zum Ablegen. Sobald Michalis,

Koronaios und Tsivilikas an Bord gegangen waren, löste der Verwandte die Leinen und nahm zunächst Kurs auf die offene See, um von dort die Höhle ansteuern zu können.

Bei der Ausfahrt aus dem Hafen blinkte auf der Mole lediglich ein grünes Leuchtfeuer, das den Schiffen nachts den Weg durch die schmale Einfahrt wies. Normalerweise wurde eine Hafeneinfahrt durch grüne und rote Signale markiert, doch hier gab es nur dieses eine Signal. Michalis verbot sich, darüber nachzudenken, ob das ein schlechtes Omen war.

Der Wind hatte sich gelegt, und der Motor des Boots lief ruhig. Michalis und Koronaios standen unter dem Verdeck und beobachteten die Küste.

An dem langen Sandstrand schienen zwei größere Partys stattzufinden, denn es gab laute Musik und bunte Lichter. Im Vorbeifahren bemerkte Michalis auch die beiden Felsen, die am Ende des Strands lagen. Ihre Umrisse waren vor einem der beleuchteten Hotels gut zu erkennen.

Kurz darauf gab Stavros Tsivilikas seinem Verwandten das Zeichen, so langsam wie möglich zu fahren, und trat zu Michalis und Koronaios.

»Dort drüben«, sagte er und deutete auf eine Stelle an der Küste, die ein wenig heller zu sein schien. »Dort liegt das Liebesnest mit dem kleinen Strand davor.«

Michalis strengte sich an, um in der Dunkelheit etwas zu erkennen. Koronaios griff zu seinem Handy und teilte Minotis mit, dass sie die Höhle erreicht hatten.

»Verstanden«, entgegnete Minotis. »Ich bin auf Position.«

»Gibt es eine Möglichkeit, mit dem Schlauchboot in der Nähe an Land zu gehen und von dort zur Höhle zu kommen?«, fragte Michalis. Tsivilikas dachte einen Moment nach.

»Knapp fünfzig Meter weiter. Wir müssten dann über flache Felsen steigen, aber mit Taschenlampen würde das gehen.«

Während das Boot langsam zu der Stelle fuhr, glaubte Michalis, vor der Höhle eine Bewegung zu erkennen.

»Da ist jemand«, sagte er.

Auch Koronaios nahm die Gestalt wahr.

»Er hat uns bemerkt. Scheinwerfer!«

Tsivilikas reichte ihm einen hellen Strahler, mit dem Koronaios den Bereich um die Höhle beleuchtete.

»Da! Er flüchtet!« Michalis hatte gesehen, dass jemand links von der Höhle auf einen Felsen stieg. Koronaios leuchtete dorthin, und sie konnten die Gestalt gerade noch erkennen, bevor sie hinter einem Felsen verschwand.

»Gibt es einen Weg hoch zur Sandpiste, der im Dunkeln für Stefanos Samarakis machbar wäre?«, fragte Michalis.

»Ja, da führt ein Weg hinauf. Nicht ganz einfach, aber wenn er ihn kennt, dann findet er ihn auch nachts«, erwiderte Tsivilikas.

Sofort rief Koronaios erneut Minotis an.

»Stefanos Samarakis ist geflohen und dürfte auf dem Weg zur Sandpiste sein«, informierte er ihn schnell.

»Wir werden ihn in Empfang nehmen«, erwiderte Minotis.

»Ist der Weg hoch zur Sandpiste im Dunkeln auch für uns machbar?«, fragte Michalis den Bauarbeiter.

Stavros überlegte. Michalis blieb es nicht verborgen, dass der Bauarbeiter kurz skeptisch zu Koronaios blickte.

»Mit Taschenlampen könnte das gehen. Wir müssen allerdings an zwei Stellen klettern. Trauen Sie sich das zu?«, fragte er.

»Selbstverständlich!«, sagte Koronaios sofort, der den Blick von Tsivilikas ebenfalls bemerkt hatte.

Tsivilikas ließ seinen Verwandten so nah wie möglich zur Höhle fahren und das Schlauchboot zu Wasser lassen.

Michalis rief Jorgos an. »Ist die Verstärkung schon in Falassarna?«

»Vor zehn Minuten haben sie Kissamos erreicht. Sie dürften jetzt bei Platanos sein«, teilte Jorgos mit.

»Sie sollen sich beeilen. Stefanos Samarakis ist von dieser Höhle aus geflüchtet. Vermutlich will er zu der Sandpiste, und da steht nur Minotis mit einem Kollegen.«

»Ich gebe den beiden Bescheid«, erwiderte Jorgos.

Wenige Minuten später gingen Michalis, Koronaios und Tsivilikas an Land. Während der Bauarbeiter sich im Dunkeln orientierte, warf Michalis einen Blick in die Höhle. Sie war so niedrig, dass er kaum stehen konnte. Auf einer Matratze mit einer sauberen Decke lag eine Sonnenbrille, wie Michalis sie bei Stefanos Samarakis gesehen hatte.

»Hier geht's lang«, rief Tsivilikas, und Michalis beeilte sich, ihm und Koronaios zu folgen.

Jeder von ihnen hatte eine Taschenlampe in der Hand. Tsivilikas ging voran, und an den Stellen, wo sie über Felsen steigen mussten, leuchtete er Michalis und Koronaios den Weg.

Plötzlich klingelte das Smartphone von Michalis.

»Teresa Stavridis«, sagte er überrascht und ging ran.

»Mein Vater hat einen Anruf bekommen. Von Stefanos. Daraufhin ist er mit den Krücken nach draußen gehumpelt und in seinen Wagen gestiegen. Er ist jetzt unterwegs. Ich nehme an, nach Falassarna«, sagte Teresa Stavridis.

»Ihr Vater? In seinem Zustand?«, fragte Michalis.

»Ich hab versucht, ihn aufzuhalten. Sinnlos. Immerhin ist ihm ein Auto gefolgt. Ich nehme an, das waren Leute von Ihnen.«

Ja, das hoffte Michalis auch.

»Mit welchem Wagen fährt Ihr Vater? Seinen Pick-up hat doch Ihr Bruder?«, fragte er.

»Mein Vater hat noch den Wagen unserer Mutter. Sentimentalität. Er wollte ihn nie verkaufen.«

»Was für ein Wagen ist das?«

»Ein Kombi. Irgendein Asiate. Mittelklasse Honda, Toyota, Mazda, ich weiß es nicht«, erwiderte Teresa Stavridis.

»Dunkel?«, fragte Michalis.

»Dunkelgrau, würde ich sagen.«

Ein dunkelgrauer Mittelklassewagen. Womöglich der Wagen, der in Polirrinia Karolos Katrougalos den Weg abgeschnitten und den Unfall verursacht hatte.

Michalis informierte sofort Jorgos. Minotis schickte er nur eine Nachricht, damit ihn das Klingeln nicht verraten konnte, falls er sein Handy nicht stumm geschaltet hatte.

Kurz darauf standen Michalis, Koronaios und Tsivilikas vor einem zwei Meter hohen Felsen.

»Ich steige als Erster nach oben. Dann sehen Sie, wo Sie sich abstützen können, und ich kann leuchten und helfen«, schlug Tsivilikas vor.

»Gut«, erwiderte Koronaios und beobachtete konzentriert, wo der Bauarbeiter sich hochzog und wo seine Füße Halt fanden. Kaum hatte Tsivilikas die Spitze des Felsens erreicht, folgte Koronaios ihm. Michalis leuchtete von unten und bemerkte, dass sein Partner an zwei Stellen innehielt und schwer atmete, bevor er weiterkletterte. Tsivilikas gab nur die nötigsten Anweisungen und war froh, als Koronaios neben ihm stand. Michalis folgte ihm, und sein Respekt davor, wie entschlossen Koronaios nach oben geklettert war, wuchs, denn es war alles andere als einfach.

»Weiter«, war das Einzige, was Koronaios sagte, als Michalis oben auf einem kleinen Plateau angekommen war.

Schon nach wenigen Metern erschwerten links und rechts von dem Weg dornige Büsche das Vorwärtskommen. Tsivilikas leuchtete nach vorn, wo der Weg vor einem weiteren Felsen endete.

»Wenn wir oben sind, wird es einfacher und ist nicht mehr weit bis zur Sandpiste«, sagte er.

Doch noch bevor sie diesen letzten Felsen erreichten, hallte ein Schuss durch die Nacht.

Kurz darauf ein zweiter. Dann hörten sie, wie ein Motorrad gestartet wurde und sich entfernte.

»Ruf Jorgos an. Wir brauchen Verstärkung«, rief Koronaios und lief auf den Felsen zu.

Michalis nahm sein Smartphone und erreichte Jorgos, während er Koronaios und Tsivilikas folgte.

»Es sind Schüsse gefallen, und wir haben ein Motorrad gehört. Möglicherweise ist Stefanos Samarakis damit auf der Flucht. Wir sind auf dem Weg durch das Dickicht«, rief er in das Handy.

»Ich schicke sofort alle los, die verfügbar sind. Und einen Rettungswagen. Unsere zwei Kollegen sind kurz vor Falassarna, die werden den Motorradfahrer stoppen. Myrta ist auf dem Weg ins Büro. Sobald sie da ist, komme ich zu euch. Einer von uns muss vom Büro aus koordinieren.«

In der Ferne wurde das Motorrad leiser, und Michalis glaubte, ein Scheppern oder einen Aufprall zu hören. Kurz darauf startete das Motorrad erneut und fuhr mit lautem Aufheulen davon.

Koronaios kletterte an dem Felsen bereits nach oben. Tsivilikas leuchtete von unten und sagte ihm, wo er sich abstützen und festhalten konnte.

»Bleiben Sie bitte in meiner Nähe«, sagte Tsivilikas leise zu Michalis, »falls Ihr Kollege abrutscht.«

Michalis behielt Koronaios im Blick und schrieb Minotis eine Nachricht. *Alles in Ordnung bei Ihnen?* Doch er ahnte, dass er keine Antwort bekommen würde.

Koronaios schaffte es, sich nach oben zu ziehen. Michalis war als Nächster an der Reihe, und wieder stellte er beeindruckt fest, wie sicher Koronaios diesen Felsen erklommen hatte.

Wofür Michalis und Koronaios jeweils mehrere Minuten gebraucht hatten, dauerte bei Tsivilikas nicht länger als dreißig Sekunden. Kaum stand er neben den beiden, ging er schon voraus Richtung Sandpiste. Der Mond kam gerade über die Berge und warf ein unwirkliches, kaltes Licht auf die Landschaft.

»Bevor wir den befahrbaren Weg erreichen, lassen Sie uns vorgehen«, ermahnte Koronaios leise. »Wir wissen nicht, was uns erwartet.«

Der Streifenwagen stand ohne Licht auf einem der Pfade, die in die Olivenhaine hineinführten.

»Was ist hier passiert?«, fragte Koronaios leise. »Minotis hatte doch einen Kollegen dabei?«

Sekunden später war er es, der den leblosen Revierleiter am Boden entdeckte.

»Hier!«, rief er, fühlte die Halsschlagader und schüttelte den Kopf. Christos Minotis lag in seinem Blut. An seinem Oberkörper waren zwei Einschüsse zu erkennen.

Michalis beugte sich über den toten Revierleiter. Tsivilikas blieb in respektvollem Abstand zurück. Er hatte die beiden Kriminalkommissare in der Dunkelheit sicher durch das unwegsame Gelände geführt. Jetzt schien ihm klar zu werden, wie gefährlich die Situation war.

Michalis sah, dass in der Uniform von Christos Minotis etwas aufleuchtete. Vorsichtig griff er in die Tasche und zog das Handy heraus, das angerufen wurde.

»Ja? Charisteas am Handy von Minotis«, meldete er sich.

»Christos?«, rief jemand. »Wir verfolgen Sokratis Samarakis! Er ist mit einem dunklen PKW unterwegs und kurz vor Falassarna! Der alte Kerl ist verdammt schnell!«

Michalis vermutete, dass der Beamte in einem Streifenwagen saß, der über die nächtlichen Straßen raste.

»Hören Sie!«, sagte Michalis. »Hier ist nicht Ihr Chef. Hier ist Michalis Charisteas, Kriminalpolizei Chania.«

»Ah? Dann geben Sie mir doch Minotis!«

Michalis zögerte. Noch nie hatte er einem Kollegen mitteilen müssen, dass sein Chef im Dienst erschossen worden war.

»Sagen Sie Ihrem Kollegen am Steuer, dass er langsamer fahren soll.«

»Du sollst langsam fahren«, hörte Michalis den Polizisten sagen.

»Dann verlieren wir ihn doch!«, erwiderte der andere.

»Ich weiß nicht, irgendwas muss passiert sein.« Es dauerte einen Moment, bis der Polizist wieder sprach. Michalis sah, dass Koronaios ebenfalls zu seinem Handy griff. Sicherlich wollte er Jorgos informieren.

»Wir fahren langsam. Was ist los?«, fragte der Polizist nervös.

Michalis atmete tief durch. »Ich muss Ihnen mitteilen, dass Ihr Vorgesetzter Christos Minotis im Dienst erschossen worden ist.«

Michalis hörte am Handy nur noch leise Fahrgeräusche. Die beiden Männer schwiegen entsetzt.

»Das ... das kann nicht Ihr Ernst sein«, stammelte der Polizist.

»Mein Kollege Koronaios und ich stehen bei Christos Minotis. Bitte informieren Sie Ihre Kollegen. Wir müssen davon ausgehen, dass Stefanos Samarakis Ihren Chef getötet hat. Er ist bewaffnet, und wir wissen nicht, was er noch tun wird. Falls einer Ihrer Kollegen auf ihn treffen sollte, ist absolute Vorsicht geboten.«

»Ja, wir werden unsere Kollegen informieren.«

»Gut. Sehen Sie sich in der Lage, Sokratis Samarakis dennoch weiter zu verfolgen?«, fragte Michalis.

Kurz herrschte Schweigen.

»Ja, wir werden ihm folgen. Das sind wir Christos schuldig. Und wenn wir den Alten haben …«

»Keine Selbstjustiz«, unterbrach Michalis ihn. »Es gibt Indizien, aber noch keinen Beweis. Informieren Sie mich, sobald Sie wissen, wohin Sokratis Samarakis fährt«, sagte Michalis, gab dem Polizisten seine Nummer und legte auf.

Auch Koronaios hatte telefoniert.

»Jorgos schickt alles los, was wir an Leuten haben.«

Michalis nickte. Der Gedanke, dass dieser Tod vielleicht zu verhindern gewesen wäre, wenn Jorgos schon vor Stunden Verstärkung geschickt hätte, verbot sich. Ein Kollege, der im Dienst erschossen wurde, war der Albtraum eines jeden Polizisten. Da brauchte es nicht noch gegenseitige Vorwürfe.

Michalis und Koronaios knieten neben dem toten Christos Minotis nieder und bekreuzigten sich. Michalis sah, dass auch Tsivilikas niederkniete.

»*Anapavsou en irini.* Ruhe in Frieden«, sagte Koronaios leise und strich Christos Minotis über das leblose Gesicht.

Auf der Sandpiste näherte sich ein Mann zu Fuß. Michalis und Koronaios sprangen auf und griffen nach ihren Waffen, doch dann sahen sie, dass der Mann eine Polizeiuniform trug.

»Was, was ist …«, stammelte er und erstarrte, als er Christos Minotis am Boden liegen sah. »Ich … Christos hatte mich angewiesen, bei der ersten Taverne den Zugang zum Strand zu bewachen, falls Stefanos Samarakis dort flüchten sollte. Wenn ich hier gewesen wäre …«

Michalis wusste, was der Mann dachte. Vielleicht wäre Minotis dann noch am Leben. Doch vielleicht würde auch dieser Polizist jetzt erschossen dort liegen, wo der Revierleiter lag.

Die Handys von Michalis und Koronaios klingelten fast gleichzeitig.

»Wir haben ihn verloren«, sagte der Polizist, der mit seinem Kollegen Sokratis Samarakis verfolgt hatte. »Plötzlich war sein Wagen verschwunden. Mitten in Falassarna. Wir hatten ihn im Blick, aber auf einmal war er weg.«

»Bleiben Sie dort, wo Sie ihn zuletzt gesehen haben. Irgendwo muss er sein. Wir kommen so schnell wie möglich zu Ihnen«, erwiderte Michalis und legte auf.

Auch Koronaios legte auf.

»Unsere Kollegen haben den Motorradfahrer gestoppt. Aber es ist nicht Stefanos Samarakis. Es ist Vassilis Katrougalos.« Koronaios sah Michalis kopfschüttelnd an. »Ich hab ihnen gesagt, dass sie ihn in ihren Wagen verfrachten und zum Ende der asphaltierten Straße kommen sollen. Vielleicht kann er uns wenigstens sagen, wo sein Vater ist. Aber das heißt auch …«

Michalis wusste, was Koronaios meinte. Wenn Stefanos Samarakis nicht auf dem Motorrad gesessen hatte, dann musste er noch hier in Falassarna sein.

»Sie sind bewaffnet?«, fragte Koronaios den Polizisten, der erschüttert vor dem Leichnam von Christos Minotis stand.

»Ja …«

»Trauen Sie sich zu, bei Ihrem Chef zu bleiben und sich zu schützen, falls jemand kommen sollte, und uns dann zu informieren? Verstärkung ist auf dem Weg und wird jeden Moment eintreffen«, erklärte Koronaios.

»Ja, das werde ich schaffen«, antwortete der Mann.

»Gut. Den Schlüssel für den Einsatzwagen haben Sie, oder ist der bei Minotis?«

Wortlos griff der Polizist in die Jackentasche von Christos Minotis und reichte Koronaios den Wagenschlüssel.

»Gut. Herr Tsivilikas? Sie kommen bitte mit uns«, sagte

Koronaios zu dem Bauarbeiter. »Sobald wir auf Kollegen stoßen, bringen wir Sie in Sicherheit.«

39

Am Ende der Sandpiste, wo der kleine Supermarkt sowie die Taverne lagen, wartete bereits der Zivilwagen mit den Kollegen, die Vassilis Katrougalos gestoppt hatten. Ein Motorrad lag an der Seite dieses kleinen Platzes am Boden. Michalis erkannte, dass es das von Stefanos Samarakis war.

»Steigen Sie aus«, herrschte Koronaios den Sohn des Malermeisters an. Vassilis Katrougalos war völlig verängstigt und erzählte zitternd, was passiert war.

Er und sein Vater hatten den ganzen Abend nach Stefanos Samarakis gesucht. Vassilis mit seinem Motorrad, Katrougalos mit dem Wagen. In Falassarna waren sie auch die Sandpiste entlanggefahren und hatten das Motorrad von Stefanos Samarakis entdeckt. Weil sie hofften, dass er irgendwann auftauchen würde, hatten sie am Anfang der asphaltierten Straße auf ihn gewartet. Sie hatten dann die zwei Schüsse und das Motorrad gehört, das sich von der Sandpiste her näherte. Katrougalos hatte Stefanos Samarakis den Weg versperrt, und der war mit dem Motorrad gestürzt.

Dieser Sturz war es, den Michalis wahrgenommen hatte. Das Motorrad, das kurz darauf weiterfuhr, war jedoch das von Vassilis gewesen. Als Stefanos Samarakis neben seinem Motorrad lag, hatte Karolos Katrougalos seinen Sohn gedrängt, zu verschwinden.

»*Das hier muss ich allein regeln*!, hat mein Vater gerufen, und ich bin abgehauen«, berichtete Vassilis.

»Was hat Ihr Vater vor?«, wollte Michalis wissen.

»Das weiß ich nicht«, sagte Vassilis leise, und Michalis glaubte ihm, dass er es tatsächlich nicht wusste.

Michalis sah seine Kollegen aus Chania an.

»Vassilis Katrougalos bleibt in eurem Gewahrsam. Seid bitte immer erreichbar und bringt als Erstes Herrn Tsivilikas zu dem kleinen Hafen von Falassarna. Seine Familie wird ihn dort in Empfang nehmen. Wenn bis dahin keine Verstärkung eingetroffen ist, folgt ihr danach dieser Sandpiste. Nach einem knappen Kilometer findet ihr einen Kollegen aus Kissamos bei dem Leichnam von Christos Minotis. Unterstützt ihn und sorgt dafür, dass die Situation dort ruhig bleibt.«

Die Kollegen schoben Vassilis in ihren Wagen. Michalis gab Tsivilikas zum Abschied die Hand und dankte ihm, bevor er in den Wagen stieg und losfuhr.

»Wenn es stimmt, was der Sohn sagt, dann hat Katrougalos den Hoteliersohn überwältigt. Aber wo ist er jetzt, und was hat er mit ihm vor?«, überlegte Koronaios laut.

Michalis nahm sein Smartphone und rief die Polizisten aus Kissamos an, die Sokratis Samarakis gefolgt waren.

»Sokratis Samarakis ist nicht wieder aufgetaucht?«, fragte er.

»Nein. Bisher nicht.«

»Bleiben Sie, wo Sie sind. Wir kommen zu Ihnen. Vielleicht finden wir einen Hinweis, wo er stecken könnte.«

Michalis und Koronaios fuhren los und passierten nach einigen hundert Metern ein Hotel, neben dem ein Weg nach unten zum Strand zu führen schien. Kurz darauf stießen sie hinter einer Kurve auf den Streifenwagen.

»Wo genau haben Sie Sokratis Samarakis zuletzt gesehen?«, erkundigte sich Michalis.

Einer der Polizisten deutete in die Richtung, aus der Michalis und Koronaios gekommen waren.

»Als wir die Kurve erreicht hatten, war er verschwunden. Danach kommen kleine Hotels und Pensionen. Vielleicht versteckt er sich irgendwo dort«, sagte der Polizist.

Michalis hatte einen anderen Gedanken.

»Wissen Sie, wo genau vor einer Woche die Leiche von Jannis Katrougalos gefunden wurde?«

»Irgendwo hier. Nicht weit weg von dem geplanten Hotelbau, hat Christos mal gesagt«, antwortete einer von ihnen.

»Hat er noch etwas gesagt? Vielleicht etwas von zwei Felsen am Strand?«

Die Polizisten überlegten.

»Zwei Felsen … ja, Christos hat welche erwähnt. Er hat sich gewundert, wie jemand hier ertrinken und sich Schürfwunden zuziehen kann.«

»Gut. Bleiben Sie bitte hier, falls Sokratis Samarakis doch noch auftauchen sollte. Verstärkung wird gleich eintreffen und auch ein Krankenwagen«, sagte Michalis.

»War … war Christos sofort tot?«, fragte einer der Polizisten.

»Er hat zwei Schüsse in den Oberkörper bekommen, soweit wir das beurteilen können. Wir gehen davon aus … er dürfte sehr schnell gestorben sein«, erwiderte Koronaios.

»Falls wir nicht erreichbar sein sollten«, sagte Michalis, »dann kann es sein, dass wir zu diesen Felsen an den Strand fahren. In einigen hundert Metern gibt es vor einem Hotel einen Weg nach unten. Es ist möglich, dass Sokratis Samarakis dort seinen Sohn sucht.«

Michalis und Koronaios stiegen in den Einsatzwagen.

»Du meinst …«

»Jannis Katrougalos ist bei diesen Felsen gestorben, und sein Vater glaubt, dass Stefanos Samarakis ihn getötet hat. Vielleicht will Katrougalos, dass Samarakis genau dort ebenfalls stirbt.«

»Ja, das würde ich ihm zutrauen«, erwiderte Koronaios.

»Ich hab mir die Küste angesehen, als wir mit dem Boot unterwegs waren. Es sind die einzigen etwas höheren Felsen, direkt nebeneinander und mit einem schmalen Sandstreifen dazwischen. Wenn sich jemand bei einem Sturz Schürfwunden zuzieht und ertrinkt, dann da.«

Sie hatten das Hotel erreicht, neben dem ein unbeleuchteter Weg steil nach unten zum Strand führte.

»Hier?«, fragte Koronaios.

»Es ist eine Möglichkeit«, sagte Michalis, doch er bog noch nicht ab.

»Worauf wartest du?«, wollte Koronaios wissen.

Michalis sah ihn an.

»Minotis ist tot. Hat das, was er dir anvertraut hat, mit unseren Ermittlungen zu tun? Sollte ich etwas wissen, bevor wir auf Stefanos Samarakis und Katrougalos stoßen?«, fragte er.

Koronaios atmete tief durch.

»Nein … Nein, das dürfte für das, was uns am Strand erwartet, nicht wichtig sein. Aber …«

»Ja?«

»Jetzt, wo Minotis nicht mehr lebt … Wenn das hier vorbei ist, werde ich dir erzählen, worum es ging. Vielleicht weihe ich Jorgos vorher ein, und es ist für ihn in Ordnung, wenn du es weißt. Und wenn nicht, dann riskiere ich eben viel Ärger. Aber jetzt« – Koronaios blickte zum Strand, der sich in der Tiefe ausbreitete – »sollten wir alles tun, um diesen Fall zu Ende zu bringen.«

»Gut«, sagte Michalis und bog auf die abschüssige Piste ein, die mit einem Zementbelag halbwegs befahrbar gemacht worden war.

Während sie Richtung dunkles Meer fuhren, bemerkten sie oberhalb von Falassarna aus Richtung Kissamos blaue Lichter, die schnell näher kamen.

»Die Verstärkung und hoffentlich ein Krankenwagen«, meinte Koronaios und griff zu seinem Handy. »Wenigstens Jorgos sollte wissen, was wir vorhaben.«

Auch Jorgos, erfuhr Koronaios, war auf dem Weg nach Falassarna und hatte Kissamos bereits hinter sich gelassen.

Sie hatten den Strand erreicht und kamen im Sand nur noch schlecht voran. Michalis schaltete den Motor und die Scheinwerfer aus. Nach einigen Sekunden hatten sie sich an die Dunkelheit gewöhnt und konnten im Licht des Mondes, der inzwischen hoch über den Bergen am Himmel stand, Konturen erkennen.

»Da«, sagte Koronaios leise und deutete nach vorn.

Dort stand ein dunkelgrauer Kombi. Der Wagen, mit dem vermutlich Sokratis Samarakis gefahren war. Die Fahrertür war offen, der Wagen leer.

»Irgendwo hier muss der alte Samarakis sein. Unglaublich, wenn der mit angebrochenem Knöchel hier herumläuft«, sagte Koronaios.

Viel wichtiger war jedoch: Wo waren Katrougalos und Stefanos Samarakis?

Hinter dem Wagen von Sokratis Samarakis, vielleicht zweihundert Meter entfernt, ragten die beiden knapp zwanzig Meter hohen Felsen auf.

»Wenn wir Glück haben, liegen in unserem Kofferraum schusssichere Westen«, sagte Koronaios.

So leise wie möglich stiegen sie aus. Sie rochen das Salz des Meeres sowie die Düfte von Thymian, Salbei und der Stranddistel, die hier nah am Wasser wuchs. Aus der Ferne drang vom Sandstrand her Musik, die Michalis vorhin vom Boot aus bereits gehört hatte. In die Klänge mischte sich das Rauschen des Meeres.

Es hätte eine traumhafte Sommernacht sein können. Doch

nicht weit von ihnen gab es zwei Männer, die sich gegenseitig umbringen wollten. Und es war zu befürchten, dass sie Michalis und Koronaios längst bemerkt hatten.

Die schusssicheren Westen waren zu klein, und Michalis fragte sich, ob sie ihn und Koronaios im Ernstfall wirklich schützen würden. Aber es gab keine andere Möglichkeit, deshalb legten sie die Westen an und gingen langsam und mit gezogenen Waffen in Richtung der beiden Felsen. Etwas abseits fiel ihnen ein zweites Auto auf. Ein PKW, dessen Kofferraum offen stand.

Michalis und Koronaios erreichten den ersten Felsen. Von oben hörten sie Stimmen und Geräusche, schlichen näher und entdeckten an der äußersten Spitze des Felsens zwei Menschen. Trotz der Dunkelheit erkannte Michalis den Hoteliersohn. Das Gesicht von Katrougalos war abgewandt, doch er glaubte, in seiner Hand eine Pistole auszumachen. Michalis verdeckte das Display seines Smartphones, damit ihn das Licht nicht verriet, und schaltete den Ton aus. Dann schrieb er an Jorgos: *Mindestens zwei Leute, bewaffnet. Die Kollegen oben wissen, wo wir sind.*

Michalis und Koronaios schlichen näher und hörten die Stimme von Stefanos Samarakis.

»Ich hab mit dem Tod von Jannis nichts zu tun!«

»Ihr habt euch getroffen, und danach war er tot«, erwiderte Katrougalos.

Michalis und Koronaios konnten erkennen, dass Stefanos Samarakis unmittelbar am Abgrund stand. Ein, höchstens zwei Schritte, dann würde er in die Tiefe stürzen.

Koronaios trat auf einen losen Stein, rutschte aus, fing sich aber sofort wieder. Allerdings hatte sich Geröll gelöst und rollte nach unten.

Katrougalos und Stefanos Samarakis hatten das Geräusch gehört.

»Helfen Sie mir! Katrougalos will mich umbringen!«, rief Stefanos.

In dem Moment nahm Michalis unterhalb des Felsens eine Bewegung wahr. Vermutlich war es Sokratis Samarakis. Dass er jetzt eingreifen könnte, verschlimmerte die Situation.

»Noch ein Schritt, dann hast du es geschafft«, sagte der Malermeister.

»Ich hab damit nichts zu tun! Wir verschaffen dir Aufträge, du bekommst …«

Ein Schuss zerriss die Nacht. Stefanos Samarakis kam ins Straucheln, blieb aber stehen. Katrougalos hatte wohl absichtlich daneben gezielt und gehofft, Stefanos würde eine unbedachte Bewegung machen und abstürzen.

»Waffe weg«, rief Koronaios.

»Verschwinden Sie«, schrie Katrougalos.

In dem Moment bogen mehrere Wagen mit Blaulicht von der Hauptstraße auf die steile Zementpiste Richtung Strand ein. Katrougalos blickte zu den Polizeiautos und war dadurch kurz abgelenkt. Stefanos sprang nach vorn, stieß den Arm des Malermeisters zur Seite und trat ihm gegen das Knie. Katrougalos sackte zusammen, Stefanos wollte ihm die Waffe abnehmen, doch Katrougalos hielt sie fest umklammert.

Koronaios gab einen Warnschuss in die Luft ab.

»Waffe weg!«, brüllte er, während Michalis mit gezogener Pistole die beiden Männer im Blick hatte. Stefanos riss Katrougalos hoch und verdrehte ihm den Arm, bis der vor Schmerzen aufschrie und die Waffe fallen ließ. Sofort schob Stefanos sich hinter Katrougalos und nutzte ihn als Deckung, während er mit der Pistole auf ihn zielte.

»Er hat mich bedroht! Sie haben es gesehen!«, schrie Stefanos.

»Weg mit der Waffe«, forderte Koronaios ihn energisch auf.

»Stefanos! Ergib dich!« Sokratis Samarakis war unterhalb des Felsens, gestützt auf eine Krücke, aufgetaucht und hatte ebenfalls eine Pistole in der Hand.

»Katrougalos wollte mich töten! Ich hab nichts getan!«, schrie Stefanos seinem Vater zu.

»Geben Sie auf!«, rief Michalis. »Dann werden wir das alles klären!«

Die ersten Polizeiwagen hatten den Strand erreicht. Koronaios gab ihnen mit seiner Taschenlampe Zeichen, während Michalis auf Stefanos zielte. Die Türen der Polizeiwagen wurden aufgerissen, und die Kollegen sprangen aus den Wagen.

»Lassen Sie mich gehen!«, brüllte Stefanos Samarakis, gab einen Warnschuss ab und hielt die Pistole an den Kopf von Katrougalos.

»Geben Sie auf!«, rief Michalis erneut. Er sah, dass mehrere Polizisten sich den Felsen genähert hatten.

Ein weiterer Schuss zerriss die Dunkelheit.

»Tu, was er sagt!«, rief Sokratis Samarakis.

Michalis begriff, dass auch der Vater einen Warnschuss abgegeben hatte.

Zwei Suchscheinwerfer trafen die beiden Männer. Die Polizeikollegen versuchten, Stefanos zu blenden, und in dem Moment riss Katrougalos sich los.

»Bleib stehen!«, schrie Stefanos und wollte abdrücken. Michalis war sicher: Der Hoteliersohn würde Katrougalos töten. Deshalb musste er tun, was er noch nie getan und wovor er sich immer gefürchtet hatte.

Er schoss auf einen Menschen.

Stefanos Samarakis wurde von dem Einschlag nach hinten gerissen, taumelte und sackte zusammen. Ungläubig blickte er an Michalis vorbei in die Tiefe, denn er hatte wahrgenommen, was auch Michalis gehört hatte: einen zweiten Schuss, der Stefanos ebenfalls getroffen und den jemand abgegeben hatte, der in Michalis' Richtung stand.

Sein Vater. Auch Sokratis Samarakis hatte geschossen. Auf seinen eigenen Sohn.

Katrougalos hatte sich in dem Moment, als die zwei Schüsse fielen, zur Seite geworfen. Jetzt kam er hoch, verlor den Halt, rutschte weg und drohte in die Tiefe zu stürzen. Ohne zu zögern, rannte Michalis auf Katrougalos zu, um ihm zu helfen – und sah gerade noch, wie Stefanos im Liegen auf ihn zielte. Michalis ließ sich zu Boden fallen, hörte einen Schuss, rollte auf dem felsigen Untergrund ab, hörte einen weiteren Schuss und sah, dass die Hand, in der Stefanos eben noch eine Pistole gehalten hatte, nach hinten gerissen wurde und die Waffe zu Boden fiel. Koronaios stürzte sich auf Stefanos, nahm dessen Pistole an sich und drehte sich zu Michalis. Der registrierte, dass Katrougalos sich mühsam an einen Felsen klammerte und mehrere Polizisten zu ihm stürmten – und erst dann spürte er, dass es an seiner linken Schulter warm wurde und er einen metallischen Geschmack im Mund hatte.

Michalis tastete zu der Stelle, wo sich sein weißes Hemd rot färbte, und starrte dann ungläubig auf das Blut an seinen Fingern. Sein eigenes Blut. Starke Schmerzen breiteten sich in seinem Oberkörper aus, und er versuchte vergeblich, sich an einem Felsen aufzurichten.

Koronaios beugte sich über Michalis.

»Michalis! Michalis! Alles in Ordnung?«, rief er.

»Ich … mein Arm …«, antwortete Michalis mühsam.

»Michalis braucht Hilfe! Sofort!«, brüllte Koronaios, riss sich sein Hemd vom Leib und presste es auf die Wunde. Ein Kollege kam angerannt und öffnete Michalis' schusssichere Weste. Stefanos Samarakis musste ihn direkt daneben unterhalb des Schlüsselbeins getroffen haben. Koronaios redete auf Michalis ein, doch der hörte ihn nur wie aus weiter Ferne. Als ihm schwindlig wurde, begriff er: Seine Verletzung könnte schlimmer sein, als er es sich vorstellen wollte.

Michalis verlor das Zeitgefühl, und plötzlich hörte er das knatternde Geräusch eines Hubschraubers, der auf dem Strand landete. Mehrere Notärzte liefen auf den mittlerweile von zahlreichen Scheinwerfern hell erleuchteten Felsen zu. Sie untersuchten Michalis, versorgten notdürftig seine Wunde und hängten ihn an den Tropf. Er wurde auf eine Trage gehoben und in den Hubschrauber gebracht, und während ihm jemand eine Sauerstoffmaske aufsetzte, sah Michalis, dass eine weitere Trage in den Hubschrauber geschoben wurde, auf der Stefanos Samarakis lag, vollkommen reglos.

Michalis bekam noch mit, wie die Rotorblätter starteten und der Hubschrauber abhob.

Von dem Moment an erinnerte er sich an nichts mehr.

40

Die Augen konnte Michalis noch nicht öffnen, doch er hörte Stimmen. Vertraute Stimmen.

»Die Lider haben sich bewegt. Er wacht bestimmt gleich auf.« Das war sein Vater Takis.

»Ich sag einem Arzt Bescheid.« Michalis erkannte die Stimme seines Bruders Sotiris.

»Willst du nicht hier sein, wenn Michalis aufwacht!«, rief Loukia, seine Mutter.

»Ein Arzt ist wichtiger«, sagte Michalis' Schwester Elena.

Noch hatte Michalis nicht genug Kraft, um die Augen aufzuschlagen. Aber er lächelte. Zumindest glaubte er das. Doch alle Familienmitglieder behaupteten später, er habe nicht gelächelt.

Die Stimmen wurden leiser, und Michalis spürte, dass er wieder wegdämmerte.

»Er hat Glück gehabt. Großes Glück«, hörte Michalis jemanden sagen.

»Ja«, erwiderte eine andere Stimme, und diesmal lächelte Michalis tatsächlich. Denn es waren die Stimmen von Koronaios und Jorgos. Und auch wenn Michalis nicht wusste, was seit den Schüssen passiert war, so erinnerte er sich daran, dass Koronaios sofort reagiert und ihm dadurch womöglich das Leben gerettet hatte.

»Er lächelt!«, sagte Sotiris.

»Und er bewegt die Füße!«

»Und die Hände!«

Das waren seine Mutter und seine Schwester Elena.

Vorsichtig öffnete Michalis die Augen, schloss sie aber sofort wieder. Denn wie ein Schwarm schwarzer Krähen schien sich in diesem Moment seine Familie auf ihn stürzen.

»Jetzt lasst ihn doch in Ruhe! Michalis braucht Ruhe!«, rief Takis.

»Er wacht auf. Ich möchte Sie bitten, kurz den Raum zu verlassen.« Eine fremde Stimme.

»Aber …!«, rief Elena.

»Du hast gehört, was der Arzt gesagt hat! Raus jetzt!«, erwiderte Takis.

Stühle wurden gerückt, die vertrauten Stimmen wurden leiser, und eine Tür schloss sich.

Michalis öffnete erneut die Augen. Er sah einen freundlichen Mann in einem weißen Kittel an seinem Bett. Hinter dem Fußende, etwa zwei Meter entfernt, stand sein Bruder Sotiris und strahlte.

»Herr Charisteas? Können Sie mich hören?«, fragte der Arzt.

Michalis nickte und wollte antworten, doch er konnte nicht sprechen. Sein Mund war ausgetrocknet, und an seiner Nase war ein Schlauch befestigt, der ihn mit zusätzlichem Sauerstoff versorgte.

»Sie müssen nicht sprechen«, sagte der Arzt ruhig. »Wir haben Sie vorhin operiert, und es ist alles gut gegangen. Sie werden bald wieder ganz der Alte sein.«

Michalis nickte, doch er spürte, wie ihm die Augen erneut zufielen. Trotzdem nahm er noch wahr, dass es draußen dunkel war, und er bemerkte, dass sich noch jemand im Raum befand. Auf einem Stuhl neben der Tür saß Koronaios. Und Michalis hätte schwören können, dass sein Freund und Partner vor Freude weinte. Dann schlief Michalis ein.

Als Michalis das nächste Mal aufwachte, fühlte er sich kräftiger, und es störte ihn auch nicht, dass seine gesamte Familie um ihn herum versammelt war und wild durcheinander redete.

»Er wacht auf! Jetzt lass ihn doch in Ruhe! Wir müssen den Arzt informieren! Hoffentlich kann er bald wieder essen! Wie kannst du in so einem Moment ans Essen denken! Aber Michalis muss wieder zu Kräften kommen! Jorgos soll dafür sorgen, dass so etwas nie wieder passiert! Was kann denn Jorgos dafür? Ich hab Michalis immer gesagt, er soll vorsichtig sein! Er war vorsichtig! Aber du siehst doch …«

Michalis öffnete die Augen. Es war heller Tag. Schlagartig verstummte das Durcheinander der Stimmen, und für einen Augenblick war es vollkommen ruhig. Dann aber gab es kein Halten mehr.

»Michalis!«, riefen alle, und diesmal hinderte niemand Loukia und Elena daran, an das Bett zu stürzen und ihn vorsichtig zu umarmen. Die beiden Frauen hatten Tränen in den Augen, und so anstrengend ihre Fürsorge oft war, so froh war Michalis in diesem Moment, dass sie sich um ihn kümmerten.

»Geht es dir gut? So etwas darf nie wieder passieren! Wir sind fast umgekommen vor Angst!«, riefen Loukia und Elena durcheinander.

»Jetzt lasst Michalis in Ruhe! Ihr seht doch, dass er noch nicht reden kann!«, sagte Takis energisch.

Loukia und Elena blickten ihn verärgert an. In dem Augenblick kam der Arzt herein.

»Sie sind aufgewacht! Das ist gut!«, rief der Arzt fröhlich und trat an Michalis' Bett. Loukia und Elena machten ihm Platz.

»Bleiben Sie, bleiben Sie«, forderte der Arzt sie auf. »Vielleicht kann eine von Ihnen unserem Patienten etwas zu trinken geben, dann muss ich keine Pflegerin rufen.«

Elena griff sofort nach einem Becher und wollte Wasser eingießen, doch ein strenges *»Elena!«* von ihrer Mutter genügte, damit sie sich zurückhielt. Loukia ließ es sich nicht nehmen, ihrem jüngsten Sohn den ersten Schluck Wasser nach der Operation selbst zu geben.

»Herr Charisteas«, sagte der Arzt. »Es ist alles gut gelaufen. Wie geht es Ihnen?«

Michalis räusperte sich und brauchte einen Moment, bis er sprechen konnte.

»Gut ...«, erwiderte er und hörte selbst, wie schwach und ungewohnt rau seine Stimme klang. »Ich ... was ist denn genau ...«

»Michalis, später ...«, sagte Loukia schnell, doch der Arzt winkte ab.

»Es ist gut, wenn Ihr Sohn weiß, was wir gemacht haben, und er sich auf die nächsten Tage einstellen kann«, erklärte er.

»Er bleibt erst einmal hier!«, rief Loukia sofort.

»Jetzt lass doch den Arzt reden«, sagte Takis.

Der Arzt warf ihm einen dankbaren Blick zu.

»Ein Projektil ist unterhalb Ihres linken Schlüsselbeins eingedrungen und durch das Schulterblatt am Austritt aus dem Körper gehindert worden«, erklärte der Arzt. »Wir konnten das Projektil operativ entfernen. Die Muskulatur wird sich in einigen Wochen, spätestens in einigen Monaten vollständig regeneriert haben. Zum Glück wurden keine Bänder oder Sehnen ernsthaft verletzt. Dennoch werden Sie Ihren linken Arm eine Zeitlang nur sehr eingeschränkt bewegen können. Wir haben ihn ruhiggestellt, und das wird auch noch einige Wochen so bleiben müssen.«

Michalis sah an sich herunter und bemerkte, dass sein linker Unterarm auf seinem Bauch lag und fixiert war. Ein Verband um den Rücken herum verhinderte, dass er den Arm bewegen konnte.

»Hab ich viel Blut verloren?«, fragte Michalis.

»Wir konnten Ihren Blutverlust zum Glück rechtzeitig stoppen. Eine Transfusion hatten wir vorbereitet, mussten aber nicht darauf zurückgreifen. Das Projektil hatte einen der arteriellen Äste getroffen, die von der Achselarterie abgehen. Das konnten wir operativ beheben«, sagte der Arzt.

»Und ... werde ich deshalb Probleme haben in Zukunft?«, fragte Michalis.

»Bei normalem Heilungsverlauf nicht«, erwiderte der Arzt. »Machen Sie sich darüber keine Gedanken. Es ist alles gutgegangen.«

Michalis verzichtete auf weitere Fragen. Doch die Blicke seiner Mutter und seiner Schwester ließen ihn vermuten, dass es auch schlimmer hätte ausgehen können.

»Wir werden alle paar Stunden nach Ihnen sehen. Wenn Sie etwas benötigen« – der Arzt deutete auf den Notrufknopf, der über dem Bett hing – »dann drücken Sie hier auf den roten Knopf. Auch« – er sah die Familie von Michalis lächelnd an – »wenn Sie vielleicht mal etwas Ruhe brauchen.«

Der Arzt verließ das Zimmer.

»Du hast gehört, was der Arzt gesagt hat. Mach dir keine Sorgen, es ist alles gutgegangen, und darüber sind wir alle sehr erleichtert«, sagte Takis.

»Und was ist mit Stefanos Samarakis, auf den auch geschossen wurde?«, fragte Michalis.

»Keine Fragen zu deinem Beruf!«, entgegnete seine Mutter energisch. »Du brauchst Ruhe und musst dich erholen. Um alles andere kümmern sich Jorgos und deine Kollegen.«

Michalis erinnerte sich, dass Jorgos und Koronaios vorhin ebenfalls hier gewesen waren. Sie würden ihm sicherlich berichten, was mit dem Sohn des Hoteliers passiert war. Aber wohl nicht in Anwesenheit seiner Mutter.

Sotiris blickte auf sein Handy. Er schien eine Nachricht bekommen zu haben.

»Sie sind gleich hier«, sagte er, und alle Familienmitglieder richteten sich auf, strichen ihre Kleidung glatt und fuhren sich durch die Haare. Sie hatten seit vielen Stunden im Krankenzimmer ausgeharrt, und jetzt schien jemand zu kommen, bei dem sie einen guten Eindruck machen wollen. Kurz überlegte Michalis, ob es der Kriminaldirektor sein könnte, der ihn hier aufsuchte.

Sekunden später wurde die Tür geöffnet. Die Familie wich ein wenig zurück, als Hannah sich dem Bett näherte. Sie strahlte, hatte Tränen in den Augen, küsste Michalis vorsichtig und versuchte, sich zusammenzureißen.

»Ich schlage vor, wir lassen die beiden allein.« Das war eine Anweisung von Takis, kein Vorschlag.

»Aber …«, wandte Elena ein.

»Du hast gehört, was unser Vater gesagt hat!«, fuhr Sotiris ihr über den Mund.

In der Tür entdeckte Michalis Koronaios und Jorgos. Er ahnte, dass sie Hannah vom Flughafen abgeholt und hierhergebracht hatten.

»Koronaios?«, sagte Michalis leise.

»Keine Gespräche über den Job!«, ermahnte Loukia und schob Koronaios aus dem Zimmer.

Hannah atmete tief durch, als sie allein waren.

»Wie bist du so schnell hierhergekommen?«, wollte Michalis wissen. »Oder … lieg ich hier etwa schon seit Tagen?«

»Nein … Sotiris hat mich heute Nacht gleich angerufen. Ich bin sofort in Rom zum Flughafen, hab den ersten Flieger nach Athen genommen und von da nach Chania …«, erwiderte Hannah, und ihr kamen die Tränen. Michalis begriff: Sie hatte Angst gehabt, ihn womöglich nicht mehr lebend anzutreffen.

»Der Arzt hat sich eben sehr zurückhaltend geäußert. Aber … stand es schlecht um mich?«, fragte Michalis.

Hannah biss sich auf die Lippe.

»Du hast Glück gehabt. Sehr viel Glück. Ein halber Zentimeter, hat Koronaios mir eben erzählt …«, sagte sie dann. »Ein halber Zentimeter weiter unten, und deine Achselarterie wäre getroffen worden. Und dann …«

Bei einer verletzten großen Arterie hätte er verbluten können, das wusste Michalis. Eigentlich sollten schusssichere Westen diese Arterien schützen, doch die Weste war einfach zu klein gewesen.

»Die Ärzte sagen, sie hätten alles im Griff gehabt …« Hannah schluckte. »Aber das wusste heute Nacht noch keiner.«

Michalis schloss die Augen. Sosehr er sich freute, dass Hannah hier war, so erschöpft war er auch.

»Was ist mit Stefanos Samarakis? Lebt er?«, fragte er, ohne die Augen zu öffnen.

»Ja, er lebt, aber es ist nicht sicher, ob er …«

Den Rest der Antwort hörte Michalis nicht mehr. Er war wieder eingeschlafen.

Michalis wachte an diesem Tag immer wieder auf. Jedes Mal, wenn er die Augen öffnete, waren Hannah und jemand von seiner Familie in seiner Nähe. Am späten Nachmittag war Hannah auf einem Stuhl eingeschlafen und schreckte hoch, als Michalis sie ansprach.

»Du hast letzte Nacht wohl kaum geschlafen?«, fragte er. »Wann hat Sotiris dich denn angerufen?«

»Heute Nacht um drei. Um eins war ich ins Bett gegangen«, antwortete Hannah.

»Wie lange werde ich hierbleiben müssen?«, erkundigte sich Michalis am Nachmittag bei dem Arzt.

»Warum fragen Sie? Gefällt es Ihnen bei uns nicht?« Der Arzt lachte.

»Doch, es gefällt mir sehr gut hier …«

»Keine Sorge. Wie ich vorhin schon sagte. Den verletzten Arterienast konnten wir operieren. Das Projektil herauszuholen war komplizierter. Jetzt müssen wir sicherstellen, dass sich die Wunde nicht entzündet«, erklärte der Arzt.

Michalis verkniff sich die Frage, ob er dafür im Krankenhaus sein musste, denn niemand blieb auf Kreta länger als unbedingt nötig in einem Krankenhaus.

Nachdem Hannah noch ein weiteres Mal auf einem Stuhl eingeschlafen war, wurde sie von der Familie gedrängt, nach Hause zu fahren und dort zu schlafen. Die anderen würden sich die Nacht über abwechseln, so dass immer jemand bei Michalis wäre. Hannah weigerte sich jedoch, Michalis allein zu lassen, und am Abend tauchte Sotiris mit einem Feldbett für Hannah auf.

»Zu Hause würdest du sicherlich besser schlafen, aber bevor du hier vom Stuhl fällst …«, sagte Sotiris.

Hannah war dankbar für das Feldbett, und auch das Krankenhaus hatte keine Einwände. In griechischen Krankenhäusern war die ärztliche Versorgung zwar gut, es gab allerdings fast kein Pflegepersonal. Alle gingen davon aus, dass die Familien sich um die Kranken kümmerten und sie auch mit Essen und Getränken versorgten.

Am Abend bekam Michalis ein leichtes Schlafmittel. Als er morgens aufwachte, schlief Hannah noch tief und fest.

Michalis wurde von den Ärzten aufgefordert, aufzustehen und herumzulaufen, um den Kreislauf in Schwung zu bringen. Die ersten Schritte waren mühsam, doch als er zwei Stunden später den nächsten Anlauf nahm, schaffte er es bereits bis an das Ende des Flurs und zurück, ohne dass ihm schwindelig wurde.

Am Nachmittag kam Takis zu Besuch und spielte mit Hannah Tavli. Michalis lag im Bett und genoss es, das Klackern der kleinen Würfel und die Stimmen seiner Freundin und seines Vaters zu hören. Takis schien weniger ehrgeizig zu sein als sonst, denn Hannah war kurz davor, die zweite Runde, das *Plakoto,* zu gewinnen – und das passierte sonst nie.

Plötzlich betrat der Klinikleiter, der bisher noch nicht bei Michalis gewesen war, mit dem Chefarzt das Zimmer.

»Sie haben hohen Besuch, Herr Charisteas«, sagte der Chefarzt. Michalis wunderte sich und hörte das Geräusch schneller, harter Schritte, das er aus der Kriminaldirektion kannte und das in der Regel kein gutes Zeichen war.

Tatsächlich betrat der Kriminaldirektor Karagounis das Krankenzimmer. Reflexartig wollte Michalis sich aufrichten, doch er sank stöhnend wieder zurück.

»Bleiben Sie liegen, bleiben Sie liegen«, sagte Karagounis und blieb vor dem Bett stehen.

»Frau Weingarten. Herr Charisteas«, begrüßte er Hannah und Takis. »Ich will gar nicht lange stören. Ich wollte mich nur persönlich davon überzeugen, dass es Michalis gutgeht.«

Der Chefarzt stellte dem Kriminaldirektor einen Stuhl an das Bett. Der setzte sich.

»Herr Charisteas, ich habe mir große Sorgen und auch Vorwürfe gemacht«, begann Karagounis. »Ich könnte es mir leicht machen und Ihnen einfach für Ihre Pflichterfüllung und Ihren großen Einsatz im Dienst danken. Doch darum geht es nicht. Natürlich danke ich Ihnen, das ist selbstverständlich. Aber vor allem möchte ich Ihnen sagen, wie sehr ich Sie schätze. Sie wollen bei Ihren Ermittlungen mehr, als nur einen Schuldigen finden. Sie wollen ein Verbrechen aufklären und dadurch weitere Verbrechen verhindern. Das ist es, was Sie auszeichnet. Und dafür möchte ich Ihnen danken.«

Karagounis stand wieder auf. Michalis sah ihn verwundert an. Der Kriminaldirektor hatte den Weg in die Klinik tatsächlich nur gemacht, um ihm das zu sagen.

»Ich hoffe, dass Sie schnell wieder gesund werden. Aber lassen Sie sich Zeit. Es liegen noch viele Jahre der Zusammenarbeit vor uns. Und darauf freue ich mich.«

Karagounis bemühte sich um ein Lächeln. Auch das war selten und wirkte wie eine ungewohnte, schiefe Grimasse. Dennoch spürte Michalis, dass dieses Lächeln und die Dankbarkeit ernst gemeint waren.

Der Kriminaldirektor verließ das Krankenzimmer. Der Klinikleiter und der Chefarzt waren irritiert. Mit einem so kurzen Besuch hatten sie offenbar nicht gerechnet.

Michalis schloss die Augen. Hannah griff nach seiner Hand.

»Alles in Ordnung«, sagte er, ohne die Augen zu öffnen, »spielt ruhig weiter.«

Am nächsten Tag untersuchte der Arzt, der Michalis operiert hatte, die Wunden und machte ein Ultraschallbild, um zu sehen, wie gut der verletzte Arterienast heilte. Er war mit dem Heilungsverlauf zufrieden, und Michalis fragte ihn, ab wann er sich zu Hause auszukurieren könnte.

»Dafür ist es noch etwas früh. Eine Schussverletzung an einem Arterienast, das ist keine Kleinigkeit. Wir müssen von Tag zu Tag sehen. Aber keine Sorge. Wir behalten Sie nicht länger hier als nötig.«

Am folgenden Tag bekam Michalis dieselbe Antwort. Doch er fühlte sich immer kräftiger und wurde ungeduldig. Zumal seine Mutter Jorgos so sehr ins Gewissen geredet hatte, dass weder er noch Koronaios es wagten, zu Michalis Kontakt aufzunehmen. Es beunruhigte Michalis, nicht zu wissen, wie die Ermittlungen liefen, und er überredete Hannah, Koronaios anzurufen.

»Koronaios hat gesagt, dass er mir nichts sagen darf. Nicht einmal mir. Immerhin hat er angedeutet, dass der Fall weitgehend gelöst ist«, berichtete Hannah.

»Und Stefanos Samarakis? Hat Koronaios etwas zu ihm gesagt? Lebt er?«

»Ich wollte ihn fragen, aber da kam wohl Jorgos in den Raum, und Koronaios hat aufgelegt.«

Michalis schüttelte den Kopf. Seine Mutter musste wirklich sehr energisch darauf gedrängt haben, ihn in Ruhe zu lassen.

Am Tag darauf spazierte Michalis gerade mit Hannah über den Gang, als der Arzt zur Visite kam.

»Muss ich wirklich noch hierbleiben?«, fragte Michalis.

»Offiziell entlassen kann ich Sie noch nicht«, antwortete der Arzt.

»Und wenn ich auf eigene Verantwortung gehe?«

Der Arzt blickte Michalis skeptisch an.

»Ich werde Sie nicht zwingen, noch länger zu bleiben«, erklärte er. »Sie könnten eine Bandage bekommen, in der Ihr Unterarm liegt. Ihre Schulter muss vollkommen ruhiggestellt sein, der Arm darf auf keinen Fall bewegt werden. Und es müsste gewährleistet sein, dass die Wunden regelmäßig desinfiziert und verbunden werden.«

»Das könnte meine Freundin machen«, sagte Michalis.

»Tun Sie sich und Ihrer Familie den Gefallen und bleiben Sie noch bis morgen. Dann wäre eine Entlassung auf eigene Verantwortung vertretbar. Schmerzmittel könnte ich Ihnen mitgeben, und ich will Sie hier regelmäßig sehen, um einen Blick auf die Wunde zu werfen«, sagte der Arzt.

Hannah rief Sotiris an, und sie vereinbarten, Michalis morgen Vormittag gemeinsam nach Hause zu bringen.

41

Michalis genoss es, wieder zu Hause in der *Odos Georgiou Pezanou* zu sein. Hannah hatte sich freigenommen, um für ihn da zu sein. In den Tagen im Krankenhaus hatte sie von dort aus Mails bearbeitet und Telefonate geführt, und ein Mal war sie auch in die Wohnung gefahren, um an einer Videokonferenz teilzunehmen. Tagsüber hatte sie sich im Krankenhaus mit Michalis' Familie abgewechselt, und die letzten Nächte hatte sie bereits wieder in der Wohnung übernachtet.

»Der Museumsdirektor hätte gern, dass ich die nächsten Tage von hier aus zumindest im Homeoffice arbeite und erreichbar bin«, sagte Hannah. »Aber ich habe ihm gesagt, dass ich mich nur um dich kümmern werde. Vielleicht stellen sie fest, dass es auch ohne mich geht, und vielleicht kostet mich das meinen Job. Aber dann ist es so.«

Michalis hatte sich schon bald wieder ins Bett gelegt und wurde am Nachmittag geweckt, weil seine Familie auftauchte. Sie wollten wissen, wie es ihm ging, und brachten sehr viel zu essen mit.

»Es ist gut, dass du zu Hause bist«, sagte sein Vater. »Niemand sollte länger als nötig in einem Krankenhaus bleiben. Bei der Familie, da wirst du gesund. Das ist wichtiger.«

»Aber du verlässt auf keinen Fall die Wohnung!«, verlangte Loukia. »Du lässt dich pflegen, und Jorgos soll es nicht wagen, dich in die Ermittlungen einzubeziehen. Das habe ich ihm ganz klar gesagt.«

Michalis sah, dass sein Vater die Augen verdrehte. Takis

kannte seinen Sohn gut genug, um zu wissen, wie ernst er seinen Beruf nahm und dass er unbedingt erfahren wollte, wie es um die Ermittlungen stand.

Seine Mutter hatte angekündigt, die Familie werde nur kurz bleiben und das *Athena* etwas später öffnen.

»In der Küche ist alles vorbereitet. Und die Gäste werden das verstehen«, sagte Loukia.

Nach zwei Stunden drängten Takis und auch Sotiris zum Aufbruch, doch Loukia und Elena waren überzeugt, dass nichts Michalis so guttun könnte wie die Anwesenheit der Familie. So saßen sie auch am frühen Abend noch in der *Odos Georgiou Pezanou*, und erst als Michalis sich ins Schlafzimmer zurückzog, brachen sie schließlich auf.

42

Würde es dich stören, wenn ich Koronaios anrufe?«, wollte Michalis am nächsten Tag von Hannah wissen, als sie zum Frühstücken auf dem Balkon saßen. Er fühlte sich erholt und kräftiger.

»Natürlich nicht. Anders hältst du es doch sowieso nicht aus«, sagte Hannah.

Es hatte noch nie einen Fall gegeben, bei dem Michalis nicht bis zum Ende ermittelt hatte. Als er Koronaios jetzt anrief, war er etwas nervös.

»Deine Mutter hat Jorgos und mir verboten, zu dir Kontakt aufzunehmen. Ich hab seit Tagen gehofft, dass du dich meldest«, sagte Koronaios. »Ich bin jetzt noch bei einem Termin in Kissamos. Kann ich dich später anrufen, dann hab ich mehr Zeit?«, fragte er.

»Ja, gern, aber sag mir schnell, wie es bei Stefanos Samarakis aussieht«, bat Michalis.

Koronaios seufzte. »Er liegt noch im künstlichen Koma, sein Zustand ist kritisch. Du weißt, dass er zwei Schüsse abgekommen hat?«

»Ja«, erwiderte Michalis, »von mir und von seinem Vater.«

»Genau. Ein Projektil hat die Milz verletzt und starke innere Blutungen hervorgerufen. Der andere Schuss hat die Oberschenkelarterie getroffen, und er hat auch da viel Blut verloren. Es besteht immer noch die Gefahr, dass seine Organe versagen.«

»Und Katrougalos?«

»Katrougalos ... Wir haben ihn unverletzt verhaftet. Er sagt bisher nicht viel. Aber das würde ich dir gern ausführlich erzählen. Kann ich dich später anrufen?«, fragte Koronaios.

»Ja, gern.«

Koronaios rief am Nachmittag zurück, als Michalis gerade mit Hannah ins Krankenhaus fuhr, damit sich der Arzt die Wunde ansehen konnte. Sie vereinbarten, zu telefonieren, sobald Michalis wieder zu Hause war.

»Wäre es nicht einfacher, wenn ihr euch trefft?«, schlug Hannah vor. »Deine Familie muss es ja nicht erfahren, aber Koronaios könnte doch zu uns nach Hause kommen.«

Nach der Untersuchung machten Michalis und Koronaios aus, sich am nächsten Tag in der *Odos Georgiou Pezanou* zu treffen. Vormittags hatte Koronaios einen Termin, und am Nachmittag war die Chance groß, dass es auch Jorgos nicht auffallen würde, wenn er ein paar Stunden unterwegs wäre.

Auch an diesem Abend wurden Michalis und Hannah von der Familie mit Essen versorgt, doch diesmal war es nur Takis, der etwas vorbeibrachte.

»Du brauchst Ruhe«, sagte Takis, »außerdem habe ich Loukia und Elena erklärt, dass ihr ja auch mal zu zweit sein müsst. Das haben sie verstanden.«

Takis grinste, und Michalis wusste, dass er an Hochzeitspläne dachte.

43

Schon vom Balkon aus konnte Michalis beobachten, wie Koronaios am Ende der *Odos Georgiou Pezanou* aus dem Wagen stieg. Er freute sich, seinen Partner und Freund nach Tagen wiederzusehen, und stellte fest, dass er ihn regelrecht vermisst hatte.

Zur Begrüßung umarmte Koronaios Michalis vorsichtig.

»Ich bin wirklich heilfroh, dass es dich nicht schlimmer erwischt hat«, sagte Koronaios und hielt zwei Tüten hoch. Erst dann bemerkte er Hannah.

»Hannah!«, rief Koronaios. »Ich hab mich schon gefragt, ob jemand wissen darf, dass ich euch besuche.«

»Hannah darf alles wissen«, sagte Michalis, während Koronaios und Hannah sich begrüßten. »Ich hab auch Sotiris eingeweiht. Sollten meine Mutter oder meine Schwester auf die Idee kommen, sich hierher auf den Weg zu machen, warnt er uns.«

»Und? Muss ich mich dann hinter dem Sofa verstecken?«

»Ja. So ungefähr«, erwiderte Michalis.

»Könnte mir vielleicht jemand etwas abnehmen?«, sagte Koronaios.

»Ich ja wohl nicht!«, rief Michalis und deutete auf seinen fixierten Arm.

»Lässt er sich jetzt die ganze Zeit bedienen?«, spottete Koronaios und sah Hannah an.

»Daran soll er sich lieber nicht gewöhnen«, entgegnete Hannah und nahm Koronaios die Tüten ab.

»Ich hab ein paar *Kalitsounia* und *Melomakarona* besorgt«, sagte Koronaios.

»Ah! Ich auch!«, entgegnete Hannah und deutete Richtung Wohnzimmer, wo auf zwei Tellern Teigtaschen und etwas Honiggebäck lagen.

»Aber das hier, das hast du nicht!«, sagte Koronaios und streckte Michalis ein flaches Paket entgegen. »In der Hoffnung, dass du es im Dienst bald wieder brauchen wirst. Ich war in Kissamos, und sie haben sich an dich erinnert. Vor allem die Verkäuferin.«

Michalis nahm das Paket. Es war leicht und knisterte.

»Ein Geschenk?«, fragte Michalis.

»Nee, die Rechnung liegt dabei. Kannst du mir überweisen«, erwiderte Koronaios grinsend. »Natürlich ist das ein Geschenk!«

Sie setzten sich an den großen Tisch im Wohnzimmer. Michalis öffnete das Paket und fand ein weißes Hemd, wie er es vor ein paar Tagen in Kissamos gekauft hatte.

»Danke!«

»Wie gesagt, ich hoffe, du sitzt damit bald wieder im Wagen neben mir.«

»Ja, das hoffe ich auch«, sagte Michalis und blickte auf seine verletzte Schulter. »Aber das wird noch dauern, fürchte ich.«

»Ich lass euch gleich allein«, sagte Hannah. »Soll ich euch vorher noch einen Frappé machen?«,

»Lass mal«, sagte Koronaios. »Frappé kann ich machen, wenn wir einen wollen.«

»Gut. Dann bis später!«

Nachdem Hannah gegangen war, wurde Koronaios' Miene ernst.

»Geht es dir halbwegs?«

»Ja.« antwortete Michalis. »Aber ich bin sehr froh, wenn das alles ausgeheilt ist. Ich scheine großes Glück gehabt zu haben.«

»Wir haben uns riesige Sorgen gemacht. Ich soll dich von allen herzlich grüßen.«

»Danke. Grüß alle zurück. Ich komm euch so bald wie möglich besuchen«, erwiderte Michalis. »Bis ich wieder voll arbeiten kann, wird es allerdings noch einige Wochen dauern.«

»Lass dir Zeit. Dieser Fall scheint gelöst zu sein.«

»Mit Beweisen und Geständnissen?«, fragte Michalis.

»Stefanos Samarakis liegt noch im künstlichen Koma. Sollte er überleben und dann gestehen, Jannis Katrougalos in den Tod gestürzt und auf den Archäologie-Direktor geschossen zu haben, hätten wir wohl alle Geständnisse. Seine DNA wurde mit den Spuren abgeglichen, die Stournaras an dem toten Jannis gefunden hatte. Sie stimmen überein«, entgegnete Koronaios.

»Und Karolos Katrougalos hat gestanden?«, fragte Michalis.

»Heute Vormittag. Erst wollte er nicht reden, aber dann ...«, begann Koronaios.

»Was dann?«

»Wir haben über die Anruflisten herausgefunden, dass es sein Sohn Vassilis war, der anonym in Heraklion bei den Archäologen angerufen hat. Dann hat sich herausgestellt, dass Vassilis für den Abend in Balos kein Alibi hat, und damit haben wir seinen Vater konfrontiert. Da hat er sein Schweigen gebrochen.« Koronaios nickte. »Es gibt Geständnisse, da bin ich erleichtert. Aber hier ...«

»Warum? Was ist mit seinem Geständnis?«, fragte Michalis.

Koronaios seufzte.

»Karolos Katrougalos hat zugegeben, in Balos den Motor der Samarakis manipuliert zu haben. Aber er ist verzweifelt und beteuert, er habe nicht gewollt, dass es Tote gibt. Er habe den Samarakis einen Denkzettel verpassen wollen.«

Michalis nickte. »Den Gedanken hatten wir ja auch mal. Wenn die Motoryacht nicht gegen die Felsen geprallt, sondern zwei oder drei Stunden über das Meer gerast wäre, wäre irgendwann der Tank leer gewesen. Die Stunden wären schlimm gewesen, aber alle würden noch leben«, sagte er.

»Ja ... So seltsam das angesichts der drei Toten in Balos klingt, aber vielleicht ist Katrougalos einfach ein armes Schwein. Er wusste, dass sein Sohn Jannis auf der Baustelle diese Tonscherben gefunden und für sein Schweigen etwas Geld bekommen hat. Und er war es, der seinem Sohn eingeredet hat, er könne mehr verlangen. Deshalb ist Jannis an dem Abend in Falassarna zu Stefanos Samarakis gegangen. Er hat vorher ein paarmal mit seinem Vater telefoniert, und der hat es später immer wieder bei ihm versucht. Aber da konnte Jannis nicht mehr rangehen.« Koronaios schüttelte den Kopf. »Katrougalos war sofort davon überzeugt, dass Stefanos Samarakis seinen Sohn getötet hat. Er hat ihn sogar zur Rede gestellt. Erinnerst du dich, dass es in der Werkstatt des Malermeisters gebrannt hatte, als wir das erste Mal dort waren?«

»Ja. Angeblich ein Kabelbrand.«

»Das war Brandstiftung. Katrougalos ist sicher, dass es Stefanos Samarakis war. Der hatte ihm gedroht und auch dafür gesorgt, dass Aufträge storniert wurden. Stefanos und sein Vater.«

»Wusste Sokratis Samarakis von Anfang an Bescheid?«, fragte Michalis.

»Er wusste von den Tonscherben, und er wusste, dass sein Sohn nach dem Unglück in Balos Katrougalos verdächtigt hat. Dass Stefanos den Sohn des Malermeisters getötet hat, streitet Samarakis ab, aber das glaube ich ihm nicht.« Koronaios atmete tief durch. »Der Unfall in Polirrinia. Wir waren doch sicher, dass Katrougalos den anderen Wagen gesehen hat. Und so war es auch.«

»Und an dessen Steuer saß Stefanos Samarakis«, mutmaßte Michalis.

»Genau. Katrougalos hat Stefanos Samarakis erkannt. Da war ihm endgültig klar, dass er sich an dem Mann rächen muss, der seinen Sohn getötet und den Tod seiner Frau verursacht hat.« Koronaios schüttelte den Kopf. »Ich habe wirklich schon viel erlebt in all den Jahren. Aber so viel Gewalt und so viele Tote …«

Er blickte zum Balkon. Einige Mauersegler flogen in der Nachmittagshitze umher.

»Immerhin hat Samarakis zugegeben, dass es bei seiner Yacht ein Problem mit dem Motor gab. Und dass er und Stefanos deshalb mit einem Kabel von der Batterie die Zündspule unter Dauerstrom gesetzt haben, sobald der Motor eingeschaltet war. Vorher war ihnen der Motor ein paarmal auf dem Meer ausgegangen.«

»Und hat Karolos Katrougalos gestanden, dass er diese Metallschiene mit dem Winkel angebracht hat?«, fragte Michalis.

»Wir haben solche Metallschienen bei ihm in der Werkstatt gefunden. Er hat etwas gezögert, aber … ja, er hat es gestanden. Allerdings behauptet er, das Gegenteil gewollt zu haben. Die Samarakis sollten kein Gas mehr geben können und auf dem Rückweg von Balos hilflos auf dem Meer treiben und Angst haben. Allein auf dem weiten, dunklen Meer. Katrougalos hat angeblich nicht damit gerechnet, dass diese Metallschiene bei Vollgas einrasten könnte. Sein Plan war, lediglich den Gashebel zu blockieren. Aber als er wieder auf dem Weg zu seinem Motorrad war, hat er gehört, wie das Boot unter Vollgas lief. Er hat darauf gewartet, dass der Fahrer den Motor ausschaltet, und erst als das Boot an den Felsen in Flammen aufgegangen ist, hat er sich an ein Kabel erinnert, das ihm aufgefallen war und das von der Batterie zur Zündspule führte. Womöglich hat Gavrilis

Tavernarakis ja sogar noch versucht, das Kabel abzuklemmen, und deshalb die Felsen zu spät gesehen.«

Es war nicht zu übersehen, dass dieses Geständnis Koronaios erschüttert hatte. Vielleicht war es wirklich so, dass Katrougalos nicht geplant hatte, drei Menschen zu töten, aber trotzdem eine Katastrophe verursacht hatte.

»Wenn Katrougalos Glück und einen guten Anwalt hat, glaubt ihm ein Richter, und er kommt mit Totschlag davon. Dann wäre er in zehn Jahren wieder draußen. Aber ich hatte den Eindruck, darauf hofft er nicht. Ich denke, er sieht sich viele Jahrzehnte im Gefängnis.«

Koronaios blickte Richtung Küche.

»Jetzt könnte ich einen Frappé vertragen«, sagte er.

Michalis hob den rechten Arm. »Ich werde dir keine Hilfe sein.«

»Ich hoffe, ihr habt alles im Haus.«

»Natürlich.«

Koronaios machte sich an die Arbeit. Michalis setzte sich auf einen Barhocker und sah zu, wie Koronaios Zucker und den löslichen Kaffee in zwei Gläser gab, ein wenig Wasser darauf goss und die Mischung mit einem Mixer cremig schlug.

»Und Christos Minotis … Seid ihr sicher, wer ihn getötet hat?«, wollte Michalis wissen.

»Die Pistole, mit der auf Minotis geschossen wurde, haben wir in der Nähe des Motorrads von Stefanos gefunden. Mit seinen Fingerabdrücken. Alles spricht dafür, dass Stefanos mit dieser Waffe Minotis erschossen hat.« Koronaios konzentrierte sich auf den Frappé, legte den kleinen Mixer in die Spüle und gab Eiswürfel und etwas Wasser in die Gläser.

»Die Spurensicherung hat Stefanos' Fingerabdrücke auch an der Waffe der Archäologin gefunden, mit der auf Evangelis Embirikos, ihren Chef, geschossen wurde. Der ist absolut sicher, dass es Stefanos war. Er muss die Waffe in dem Zelt bei den Sachen der Archäologin gefunden haben.«

Koronaios nahm die fertigen Frappés und stellte sie auf den Wohnzimmertisch. Keiner von ihnen hatte bisher das Honiggebäck und die Teigtaschen angerührt.

»Ich frage mich allerdings immer noch, warum Samarakis auf seinen Sohn geschossen hat«, sagte Koronaios.

»Vielleicht wollte er verhindern, dass Stefanos redet?«, erwiderte Michalis.

»Ja, das könnte sein. Samarakis behauptet, er sei in Panik gewesen und wollte nicht, dass sein Sohn dich oder Katrougalos umbringt. Aber ich bin nicht sicher, ob ich ihm das glauben soll«, entgegnete Koronaios. »Denn falls Stefanos überlebt ... Vermutlich wird er dann auch auf den Gedanken kommen, dass sein Vater ihn zum Schweigen bringen wollte. Samarakis scheint jedenfalls nicht sicher zu sein, ob sein Sohn sich nicht irgendwann an ihm rächen wird.«

Nachdenklich nahm Michalis einen Schluck Frappé.

Er bekam eine Nachricht von Hannah. *Ich hab etwas für heute Abend eingekauft und würd die Sachen gern in den Kühlschrank stellen. Stör ich euch?*

Nein, natürlich nicht. Aber lass uns noch ein paar Minuten, schrieb Michalis zurück.

»Hannah wird gleich kommen. Oder gibt es noch mehr, was ich erfahren sollte?«, fragte Michalis.

»Eigentlich nicht. Aber ...«

Koronaios trank von seinem Frappé und gab sich einen Ruck.

»Jetzt, wo Minotis tot ist ...«, sagte er. »Jorgos hat mich von sich aus angesprochen. Willst du immer noch wissen, was es mit Minotis auf sich hatte?«

»Ja«, sagte Michalis und hoffte, nichts zu erfahren, das sein Verhältnis zu Jorgos belasten könnte.

»Gut. Ich versuche, es knapp zusammenzufassen.« Koronaios atmete tief durch. »Unser Kriminaldirektor und Minotis kannten sich schon ewig. Sie haben zur selben Zeit in Athen an der Polizeiakademie ihre Ausbildung gemacht und danach dort ihre ersten Fälle bearbeitet. Minotis hat behauptet, er sei der bessere Polizist gewesen, aber Karagounis war geschickter darin, Karriere zu machen. Viele Jahre später war Karagounis Kriminaldirektor in Chania, Minotis aber hatte es nur bis zum Kommissar in Rethimnon gebracht. Dann ging der Vorgänger von Jorgos, der Chef der Mordkommission in Chania, in Pension, und Minotis hat sich auf die Stelle beworben. Karagounis wollte verhindern, dass er Minotis hier in Chania in seiner Nähe hat, und hat ihn in eine Falle laufen lassen.«

»Das hat Minotis so dargestellt?«, hakte Michalis nach.

»Ja. Ich habe vor einigen Tagen Jorgos danach gefragt. Er hat zumindest nicht widersprochen«, erwiderte Koronaios.

»Was war das für eine Falle?«

»Minotis steckte damals in sehr komplizierten Ermittlungen. Drogen, Waffen, Korruption. Er musste vielen einflussreichen Leuten auf die Füße treten, war aber kurz davor, den Fall zu lösen, zumindest behauptete er das. Doch als er den Hauptverdächtigen verhaften wollte, war der angeblich gewarnt worden und untergetaucht. Beweise waren auch verschwunden, und der Fall konnte nie aufgeklärt werden. Minotis stand als derjenige dar, der an diesem Fall gescheitert war und seine Leute nicht im Griff hatte.«

»Lass mich raten«, sagte Michalis. »Damit kam er als Chef einer Mordkommission nicht mehr in Frage.«

»Ganz genau. Minotis war überzeugt, dass sonst er heute Chef der Mordkommission in Chania und damit unser Vorgesetzter gewesen wäre. Doch das wurde dann stattdessen Jorgos.«

»Okay … Und das hat Minotis den beiden nie verziehen?«

»Schlimmer. Er ist an dem Fall drangeblieben. Zwar konnte er ihn nicht mehr lösen, aber er hat behauptet, Beweise zu haben, dass Karagounis damals dafür gesorgt hat, dass der Hauptverdächtige gewarnt wurde und untertauchen konnte«, sagte Koronaios.

»Wow. Damit hätte er Karagounis in der Hand gehabt«, schlussfolgerte Michalis.

»Ja. Und er war wohl auch kurz davor, Karagounis hochgehen zu lassen, aber dann ist das mit seiner Tochter passiert«, fuhr Koronaios fort.

»Die Tochter, die bei einem illegalen Autorennen ums Leben gekommen ist.«

»Dieser Tod hat Minotis völlig aus der Bahn geworfen. Seine Frau hat sich von ihm getrennt und ist nach Thessaloniki gegangen, und Minotis hat in Kissamos in einem gut ausgestatteten Revier Dienst nach Vorschrift gemacht. Bis vor einer Woche«, erklärte Koronaios.

»Bis in Balos drei Menschen ums Leben gekommen und wir aufgetaucht sind.«

»Genau. Jahrelang hatte Minotis mit Karagounis und Jorgos kaum etwas zu tun gehabt. Aber jetzt gab es für ihn plötzlich die Möglichkeit, Karagounis und auch Jorgos zu beweisen, dass er schon immer der bessere Polizist war. Es wäre für Minotis eine tiefe Befriedigung gewesen, wenn wir alle gescheitert wären und er den Fall aufgeklärt hätte.«

»Hat Minotis auch vorgehabt, die alten Beweise gegen Karagounis wieder hervorzuholen?«, wollte Michalis wissen.

»Er hat wohl Jorgos gegenüber damit gedroht. Aber da bin ich nicht sicher«, erwiderte Koronaios.

Michalis sah Koronaios nachdenklich an. »Aber warum … warum konntest du mir das nicht sagen, als Minotis noch lebte? Was wäre dann passiert?«, fragte er.

Koronaios wich Michalis' Blick aus und seufzte.

»Minotis hat mir gedroht. Schlicht und einfach gedroht. *Wenn ich herausbekomme, dass Sie jemandem davon erzählt haben, lasse ich Karagounis auffliegen,* hat er gesagt. *Und ich werde Karagounis wissen lassen, dass Sie eingeweiht waren.*«

Koronaios schüttelte den Kopf. »Dadurch, dass ich das Geheimnis von Minotis und Karagounis kannte, war ich erpressbar geworden. Und ich wollte dich auf keinen Fall da mit reinziehen. Auf keinen Fall. Gleichzeitig hatte ich Angst, dass du glaubst, ich würde dir nicht vertrauen. Es war furchtbar für mich.«

Koronaios nahm einen Schluck Frappé.

»Ich hätte nicht zu Minotis fahren sollen. Aber das wusste ich erst, nachdem ich mit ihm geredet hatte.«

Auch Michalis trank von seinem Frappé und dachte nach.

»Und wusste Jorgos die ganze Zeit, dass Minotis eigentlich seinen Job wollte und etwas gegen unseren Kriminaldirektor in der Hand hatte?«, fragte Michalis.

»Das weiß ich nicht. Vielleicht wusste er es nicht von Anfang an, aber seit einigen Jahren schon, denke ich.« Koronaios schüttelte den Kopf. »Ich habe versucht, Jorgos danach zu fragen, aber er wollte sich dazu nicht äußern. Aber wie gesagt, er hat auch nicht widersprochen.«

Michalis hörte durch die offene Balkontür in der Gasse Schritte und musste lächeln. Als sie vor ein paar Jahren hier eingezogen waren, hatte er schnell festgestellt, dass er Hannah an ihrem Gang erkannte. Ihre Schritte waren entschlossen, hatten aber trotzdem eine gewisse Leichtigkeit: Hannahs Gang klang heiter.

»Hannah kommt«, sagte er. »Ich hoffe, das war alles?«

»Reicht dir das nicht?«, fragte Koronaios.

»Doch. Und es ist schlimmer, als ich gedacht hätte.«

Hannah kam zur Tür herein. Ihr Blick fiel auf den Tisch.

»Ihr habt ja gar nichts gegessen«, sagte sie.

»Wir waren nicht in Stimmung. Aber das ändert sich jetzt hoffentlich«, erwiderte Koronaios.

»Ich mach mir einen *Elliniko*«, sagte Hannah. »Aber ich nehme an, ihr trinkt weiter Frappé?«

Koronaios blickte Michalis fragend an und deutete mit dem Kopf zur Tür.

»Nein, bleib noch. Wir gönnen uns noch einen Frappé und reden über fröhliche Dinge«, sagte Michalis.

»Und vor allem kannst du nicht gehen, ohne etwas gegessen zu haben«, warf Hannah ein.

Eine Stunde später brach Koronaios auf, und wie Michalis es sich gedacht hatte, war von dem Honiggebäck und den Teigtaschen kaum noch etwas übrig.

»Ich hoffe, es war nicht zu viel für dich«, sagte Koronaios zum Abschied.

»Nein. Ich bin froh, dass der Fall aufgeklärt ist«, erwiderte Michalis, obwohl er wusste, dass es noch offene Fragen gab.

Koronaios ging. Michalis setzte sich in einen Sessel und schloss die Augen.

»War es sehr anstrengend für dich?«, fragte Hannah.

»Es geht … ich fühl mich schon wieder erstaunlich belastbar«, erwiderte er, behielt die Augen aber geschlossen. Von der Gasse her hörte er jetzt Koronaios' Schritte. Sein Gang war schwerer und langsamer als der von Hannah, aber auch er war ihm vertraut und unverkennbar.

Michalis öffnete die Augen und setzte sich zu Hannah an den Tisch.

»Vielleicht liegt es daran, dass ich jetzt bei den Ermittlungen nicht mehr dabei bin«, sagte Michalis. »Aber normalerweise habe ich, wenn ein Fall aufgeklärt ist, das Gefühl, die Angehörigen könnten mit der Zeit Frieden finden. Oder wir haben zumindest für Gerechtigkeit gesorgt. Aber dieses Mal …«

Hannah griff nach seiner Hand. Michalis riss sich aus seinen Gedanken und blickte zum Kühlschrank.

»Was hast du denn gekauft?«

»Ich hab überlegt, ob wir heute Abend mal zu zweit sind«, erwiderte Hannah. »Ich koch etwas. Nur für uns beide. Keine Termine, keine Familie. Was meinst du?«

»Sehr gern«, antwortete Michalis.

Als Hannah später im Bad verschwand ging, schlich Michalis ins Schlafzimmer, öffnete die Schranktür und beugte sich zu seinen gefütterten Winterstiefeln, in denen er die Schatulle mit den Ringen versteckt hatte. Er hatte den Eindruck, die Schuhe würden anders stehen als vorher, fasste in den linken Stiefel und erschrak: Die Schatulle war nicht da. Sie war in dem linken Schuh gewesen, da war er sicher, aber er fand sie im rechten. Er fragte sich, ob Hannah die Schatulle womöglich entdeckt hatte, und legte sie in einer Schublade unter die Wäsche.

Sein Smartphone klingelte. Gleichzeitig kam Hannah aus dem Badezimmer.

»Meine Mutter. Am liebsten würde ich nicht rangehen, aber dann stehen unsere Telefone nicht mehr still«, sagte Michalis. »Ja?«

»Wie geht es dir, und wann sollen wir euch etwas zum Essen bringen?«, fragte sein Mutter.

»Es geht mir ganz gut«, sagte Michalis. »Hannah und ich wollen heute Abend hier etwas kochen. Nur wir zwei. Das hatten wir lange nicht mehr.«

Seine Mutter schwieg. Michalis hätte erwartet, dass sie protestieren würde.

»Das ist schön für euch«, sagte sie jedoch. »Dann sehen wir uns morgen. Und falls ihr doch noch etwas braucht …«

»Dann melden wir uns. Danke!«

Michalis legte auf. Hannah sah ihn irritiert an.

»Was war denn das? Das hat sie einfach so akzeptiert?«

»Vielleicht ist im *Athena* viel zu tun, vielleicht gönnt sie uns unser Glück ...«, sagte Michalis. Dabei wusste er genau, warum seine Mutter so reagiert hatte.

Michalis fühlte sich besser als in den Tagen zuvor und wollte sich eigentlich nur kurz ausruhen. Er schlief jedoch mehrere Stunden, und als er aufwachte, hörte er, wie Hannah in der Küche hantierte. Er lächelte, doch dann tauchte das Gesicht des Malermeisters, der in Falassarna auf dem Felsen in die Tiefe abzurutschen drohte, vor seinem inneren Auge auf. Auf einmal kam Michalis der Gedanke, dieser unglückliche Mann könnte so bereitwillig gestanden haben, weil er seinen Sohn Vassilis schützen wollte. Koronaios hatte erwähnt, dass Vassilis es gewesen war, der anonym in Heraklion angerufen und der kein Alibi für die Unglücksnacht von Balos hatte. Hatte Karolos Katrougalos womöglich mit seinem eigenen Leben abgeschlossen und wollte mit dem Geständnis verhindern, dass gegen Vassilis ermittelt wird?

Michalis stand auf und ging zu Hannah, die in der Küche Lachs säuberte und in Stücke schnitt.

»Gut geschlafen? Ich hätte dich auch gleich geweckt. In einer halben Stunde können wir essen«, sagte Hannah und gab Michalis einen Kuss.

»Sehr gern.«

Draußen dämmerte es bereits.

»Ich ruf eben Koronaios an. Mir ist noch etwas eingefallen.«

Während er wartete, dass Koronaios ans Handy ging, verstärkte sich das mulmige Gefühl, das er seit dem Aufwachen hatte.

»Alles in Ordnung bei dir?«, fragte Koronaios.

»Hat Katrougalos in der U-Haft eine Einzelzelle? Ist er allein?«, fragte Michalis.

»Kann ich dir nicht sagen. Ist aber möglich. Warum?«

»Ich frag mich, ob Katrougalos nur gestanden hat, damit wir nicht mehr gegen sein Sohn ermitteln. Ohne sein Geständnis hätten wir kaum etwas gegen ihn in der Hand. Er könnte mit seinem Leben abgeschlossen haben. Er hat nichts mehr zu verlieren.«

Koronaios schwieg einen Moment.

»Ich ruf im Gefängnis an. Und wenn ich den Eindruck hab, die interessieren sich nicht dafür, fahr ich hin«, sagte Koronaios.

»Danke. Ruf mich bitte an, sobald du etwas weißt«, erwiderte Michalis und legte auf.

»Du machst dir Sorgen?«, fragte Hannah.

»Vielleicht ist das völlig unbegründet. Aber ich bin ruhiger, wenn ich weiß, dass jemand Katrougalos im Blick hat.«

Hannah hatte Spaghetti mit Lachs in Zitronensauce gemacht, und als Vorspeise einen grünen Salat mit gerösteten Pinienkernen, Avocado und Granatapfel. Wenn sie zu Hause kochte, wollte sie gar nicht erst in Gefahr geraten, mit Michalis' Mutter verglichen zu werden.

»Köstlich«, lobte Michalis das Essen, auch wenn Hannah unterschätzt hatte, wie schwer es für ihn war, Spaghetti mit nur einer Hand zu essen. Als Hannah einen Obstsalat als Nachtisch aus dem Kühlschrank holte, klingelte sein Smartphone.

»Du lagst richtig«, sagte Koronaios, »und es hätte dir auch nicht später einfallen dürfen. Katrougalos hatte sich die Pulsadern aufgeschnitten, aber wir haben ihn gerade noch rechtzeitig gefunden und ins Krankenhaus gebracht. Es besteht keine Lebensgefahr.«

Nach diesem Anruf schwiegen Michalis und Hannah. Beiden war der Appetit vergangen.

»Wollen wir, bevor wir weiteressen, eine Runde spazieren gehen?«, fragte Michalis.

»Fühlst du dich dafür gut genug?«,

»Ja, ich denke schon«, erwiderte Michalis.

Hannah und Michalis schlenderten zur Promenade am östlichen Stadtstrand. Am Horizont war noch ein letzter roter Schimmer des Sonnenuntergangs zu erkennen, und über den Gipfeln der *Weißen Berge* war am Himmel bereits die Venus zu erkennen.

Hannah kaufte für beide Eis, während Michalis auf der Mauer oberhalb des kleinen Strands saß, tief die sommerliche Abendluft einatmete und versonnen zum Horizont blickte. Er war froh, zum ersten Mal seit dem Krankenhaus wieder unter freiem Himmel zu sein.

»Woran denkst du?«, fragte Hannah.

»Daran, wie wir Katrougalos oben in Polirrinia angetroffen haben. Er war nicht mit seiner schwerletzten Frau ins Krankenhaus gefahren, sondern stand am Grab seines toten Sohns und schien auf ihn einzureden.«

»Denkst du, er hat sich schon da mehr für die Toten als für die Lebenden interessiert?«

Michalis blickte Hannah überrascht an.

»Auf den Gedanken bin ich noch gar nicht gekommen«, entgegnete er.

»Polirrinia würde ich mir gern mal ansehen«, sagte Hannah. »Es muss ein faszinierender Ort sein. Früher sehr mächtig, und heute fast völlig vergessen.«

»Ja, der Ort ist etwas Besonderes. Schon der Blick über die Bucht von Kissamos ist großartig.«

»Wir sollten einen Ausflug dahin machen, wenn du wieder gesund bist«, schlug Hannah vor.

»Eigentlich fühl ich mich heute schon ziemlich gesund«, meinte Michalis. »Lass uns doch jetzt fahren. Ich würde gern mal wieder etwas anderes sehen als Krankenzimmer und unsere Wohnung.«

»Deine Schwester und deine Mutter würden durchdrehen, wenn sie das mitbekommen.«

»Sie müssen es ja nicht erfahren.«

44

Es war nach Mitternacht, als sie Polirrinia erreichten und den kurvenreichen Weg nach oben fuhren. Hannah hatte eine Decke und auch etwas zu essen mitgenommen.

»Du wirst immer mehr zu einer Kreterin«, hatte Michalis gespottet, »einen Ausflug ohne Essen kannst du dir auch schon nicht mehr vorstellen.«

»Ich will nur verhindern, dass du einen Schwächeanfall bekommst«, hatte Hannah sich verteidigt.

Michalis hatte sich vorgenommen, nicht an den Unfall zu denken, der Danai Katrougalos das Leben gekostet hatte, doch natürlich dachte er daran. Als sie unterhalb des Plateaus bei der kleinen Taverne aus dem Wagen stiegen, war er nachdenklich.

»War es doch keine gute Idee, hierherzufahren?«, fragte Hannah.

»Ich hör gleich auf, daran zu denken«, erwiderte Michalis. »Aber was diesen Fall so furchtbar macht …«

»Ja?«

»Karolos Katrougalos und Stefanos Samarakis. Sie sind beide zugleich Opfer und Täter. Beide haben die Angehörigen des anderen getötet, und am Ende wollten sie sich gegenseitig umbringen. Eine grausame Verstrickung, die jetzt hoffentlich ihr Ende gefunden hat.«

Der Mond stand hoch am Himmel und tauchte die Landschaft in ein unwirkliches, silbernes Licht.

Hinter einer letzten Rechtskurve öffnete sich das Plateau mit der *Kirche der 99 Väter* und dem Friedhof. Dahinter ragte der schmale Berg mit den Überresten eines Kastells aus römischer Zeit auf. In der Ferne waren im Mondlicht die Umrisse der Berge zu erkennen, im Norden glitzerte die Bucht von Kissamos.

»Wow ...«, entfuhr es Hannah. Michalis hatte gehofft, diese kleine Hochebene würde auch nachts faszinierend sein, und jetzt war er regelrecht überwältigt.

Schweigend gingen sie ein Stück und blieben am höchsten Punkt des Plateaus stehen. Hannah breitete die Decke aus, und Michalis vergewisserte sich, dass die kleine Schatulle in seiner Hosentasche steckte.

Schon oft hatte er sich diesen Moment vorgestellt und sich gefragt, was er sagen würde. Würde er weit ausholen und sich herantasten, oder würde er, wie es zwischen Hannah und ihm oft passierte, der Situation mit einem Spruch etwas von ihrem Ernst nehmen?

Als er jetzt hier oben im Mondlicht auf dem Hochplateau stand, spielte es keine Rolle mehr, was er sich überlegt hatte. Er nahm mit der einen Hand, die er bewegen durfte, Hannahs Hände und sah ihr in die Augen.

»Ja, das möchte ich«, sagte Hannah leise.

Michalis war nicht sicher, ob er den Satz "*Willst du meine Frau werden?*" bereits gesagt oder ob Hannah ihn auch so verstanden hatte.

Vorsichtig holte Michalis die Schatulle aus der Tasche. Mit einer Hand versuchte er, den Deckel zu öffnen, und dann passierte, was er kurz befürchtet hatte: Einer der Ringe rutschte aus der Halterung. Für einen Moment hatte Michalis Angst, sie müssten jetzt den Rest der Nacht den Ring suchen, doch Hannah fing ihn reaktionsschnell auf.

»Das ist bestimmt ein gutes Zeichen«, flüsterte sie. »Kannst du im Mondlicht erkennen, welcher Ring für dich ist?«

»Sie sind gleich«, erwiderte Michalis leise. »Der Juwelier war entsetzt, aber ich wollte es so.«

»Das war sehr klug von dir …«

Hannah legte Michalis den Ring in die Hand und nahm ihm die Schatulle ab. Er streifte ihr den Ring über den Finger, nahm den zweiten Ring aus der Schatulle und reichte ihn Hannah. Behutsam schob sie ihn über seinen Ringfinger.

»Ich hab auch etwas mitgebracht«, sagte Hannah und holte zwei Gläser und eine kleine Flasche Sekt. »Ich konnte ja nicht ausschließen, dass wir auf etwas anstoßen wollen …«

»Hattest du eigentlich im Schrank die Schatulle entdeckt?«, fragte Michalis.

»Du hast deine Frage für heute Nacht schon gestellt. Weitere Fragen sind nicht erlaubt!«, rief Hannah und lachte.

Nicht nur die Milchstraße war am Himmel als helles Band deutlich zu erkennen, sondern auch viele Sternschnuppen. Michalis und Hannah hatten sich auf die Decke gelegt, und eine Weile deuteten sie jedes Mal zum Himmel, sobald sie eine Sternschnuppe entdeckten.

»Wann hast du die Ringe besorgt?«, fragte Hannah.

»Vor zehn Tagen …«

»Wusste deine Familie davon?«

»Ich wollte es verheimlichen. Aber dafür hätte ich nach Heraklion oder gleich nach Athen fahren müssen. In Chania spricht sich so etwas zu schnell herum«, sagte Michalis.

»Deine Familie muss ja fast verrückt geworden sein vor Aufregung. Und dann war ich auch noch ständig weg.«

»Am Anfang haben sie meinen Vater vorgeschickt, um mich auszuhorchen, aber das hat er bald aufgegeben. Sie denken sich natürlich ihren Teil. Deshalb hat meine Mutter vorhin auch so schnell akzeptiert, dass wir heute lieber zu zweit sein wollten.«

»Das heißt …«, sagte Hannah.

»Ja. Genau.«

»Was, ja genau?«

»Ich garantiere dir, dass morgen Vormittag jemand bei uns auftaucht. Ganz zufällig. Wahrscheinlich mit Essen«, sagte Michalis.

»Und sobald sie dann die Ringe an unseren Fingern sehen …«

»Haben wir beide keine ruhige Minute mehr. Vermutlich planen meine Mutter und meine Schwester seit Monaten unsere Hochzeit, und wir werden kaum noch gefragt. Hochzeiten auf Kreta, das sind riesige Feste. Viele hundert Gäste, Musik und Tanzen bis zum frühen Morgen und essen, essen, essen. Es ist unglaublich.«

Hannah betrachtete die Milchstraße und die Sternschnuppen, die noch immer unentwegt am Himmel auftauchten.

Michalis schloss die Augen. So schön diese Nacht auch war, er war sehr müde.

»Wollen wir das denn?«, hörte Michalis Hannah leise fragen.

»Wollen wir was?«

»Keine ruhige Minute mehr haben.«

»Vielleicht sollten wir …«

»Was? Durchbrennen?« Hannah lachte.

Michalis wollte sich zu ihr drehen, doch schon bei der geringsten Belastung seines linken Arms stöhnte er.

»Ich bin wirklich froh, wenn die Wunde verheilt ist«, sagte Michalis. »So könnte ich gar nicht mit dir durchbrennen, selbst wenn ich es wollte.«

»Schade …«

»Wir könnten ein paar Wochen warten, bevor wir es verkünden. Dann hätten wir bis dahin unsere Ruhe.«

»Aber sie warten doch darauf.«

»Dann warten sie eben noch etwas länger«, sagte Michalis.

»Und die Ringe tragen wir bis dahin nur, wenn wir zu zweit sind?«, fragte Hannah.

»Ja. Anders würde es nicht gehen.«

Hannah überlegte und nickte.

»Das ist eine sehr gute Idee.«

Dank

an Andrea Diederichs, meine Lektorin im S. Fischer Verlag, für das große Verständnis und die Unterstützung gerade auch in diesem Jahr.

An Ilse Wagner, meine Redakteurin, für die wirklich gute Zusammenarbeit.

An Franziska Hoffmann, meine Agentin, für die Hilfe vor allem in den schwierigen Phasen.

An Bettina Heitmann und Georgios Kiagias für die vielen Informationen, Hinweise und Einblicke, die ihr mir auf Kreta immer wieder gewährt.

An Anna Kagiadaki für ihr großes Wissen und die große Hilfsbereitschaft in archäologischen Fragen auf Kreta. Thanks a lot! Evcharisto poli!

An Sina und Bernd Dilley für den Bootsmotor in ihrer Werkstatt und die vielen Auskünfte.

An Hans Rausch, Angie Westhoff, Axel Trillhaase, Robert Möckel, Christian Schidlowsky, Hans-Erich Sievers, Richard Kohnen-Vogell und Tom Dollinger, weil ihr helft, ein Ohr leiht, anspornt und beratet.

Und an meine Eltern. *Anapavtite en irini*. Ruhet in Frieden.

Unter nikosmilonas@gmx.de können Sie mit dem Autor in Kontakt treten. Bei Instagram erreichen Sie ihn unter nikosmilonas_krimis und finden dort viele Fotos zu den Schauplätzen der Krimis.